KB048455

라인 비트윈

경계 위에 선 자

The Line Between

라인 비트윈

경계 위에 선 자

토스카 리 지음 | 조영학 옮김

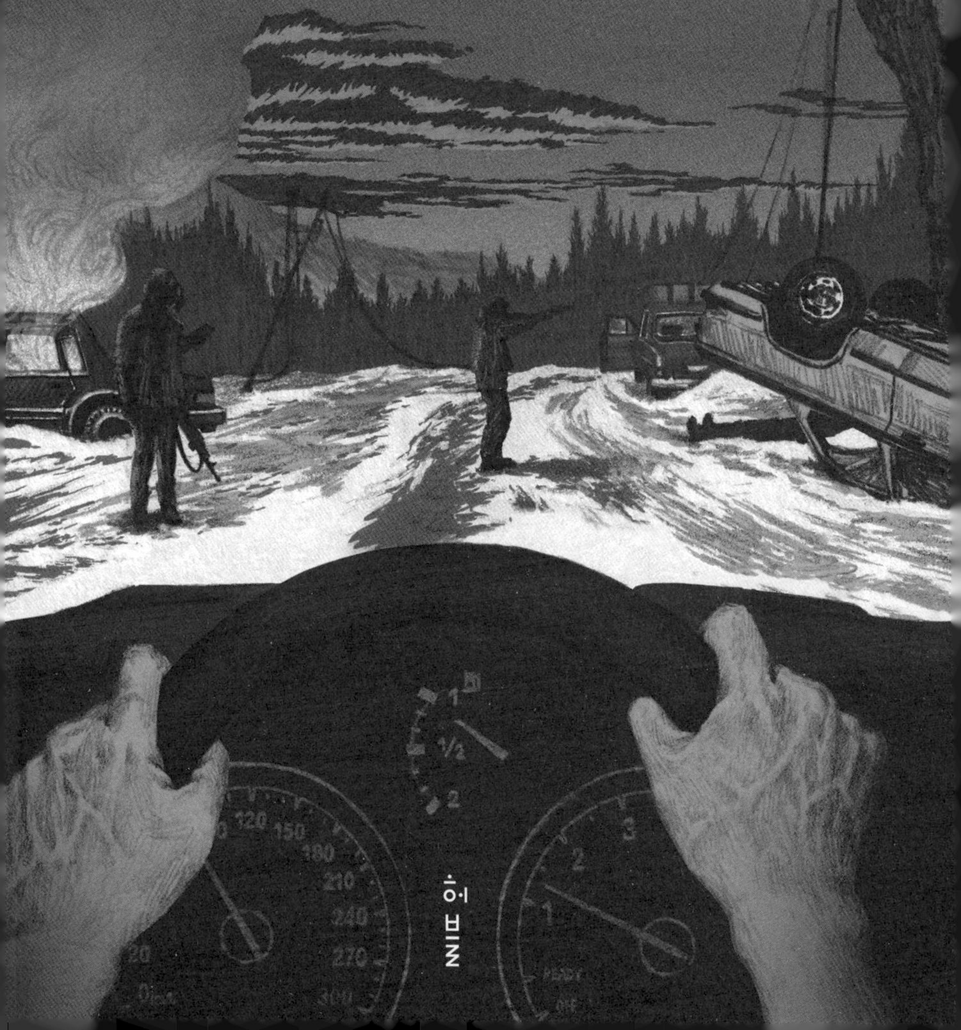

허블

이 책에 쏟아진 찬사들

"토스카 리의 잘 짜인 디스토피아 스릴러를 손에 넣는 순간 독자들은 밤을 지새우고 읽은 후에는 속편을 써달라고 애원할 것이다."

— 《라이브러리 저널》

"치밀하고도 숨 가쁜 스릴러, 플롯은 반전으로 가득하고 주인공은 용감하다."

— 《북리스트》

"숨 가쁘면서도 지극히 인간적인 스토리. 토스카 리는 섬뜩한 묵시론적 시나리오를 엮어, 생동감 있는 주인공들의 시선을 통해 훨씬 현실감 있게 만들었다.

— 패트릭 리, 《뉴욕타임스》 베스트셀러 『러너Runner』 저자

"『라인 비트윈: 경계 위에 선 자』는 과학소설과 끔찍한 현실과학의 경계를 무너뜨린다. 토스카 리의 문장은 아름답지만 경고는 섬뜩하고 현실은 두렵기만 하다."

— 조너선 메이버리, 《뉴욕타임스》 베스트셀러 『브이 워V-Wars』 저자

"매혹적이면서도 섬뜩하다. 『라인 비트윈: 경계 위에 선 자』는 필독서다. 토스카 리는 정서적으로 섬뜩하면서도 현실적으로 개연성 있는 스릴러를 자아냈다. 이런 식의 이야기는 독자들을 긴장시키고 속편을 갈망하게 만든다. 글은 아름답고 플롯은 치밀하다. 최고의 묵시론적 소설!"

— 니콜 바르트, 《뉴욕타임스》 베스트셀러 『네 주인은 언제나 나You Were Always Mine』 저자

"우리가 스릴러에서 원하는 게 있다. 서스펜스, 음모, 그리고 무엇보다 환호를 보내줄 매혹적인 주인공. 시카고에서 콜로라도까지 비포장도로의 숨 막히는 질주를 보라. 여러분은 마지막 문장까지 눈을 떼지 못할 것이다."

— 알렉스 카바, 《뉴욕타임스》와 《USA 투데이》 베스트셀러 『엇나간 신념Breaking Creed』 저자

"인상적인 디스토피아 스릴러… 토스카 리의 등장인물들은 매혹적이다. 특히 윈터의 단호하고도 인간적인 활약을 보라."

— 《퍼블리셔스 위클리》

"섬뜩할 정도로 현실적이고도 개연성 짙은 스토리. 『라인 비트윈: 경계 위에 선 자』는 전염성이 강한 소설이다. 잠 못 이룰 각오들을 하시라."

— 브렌다 노박, 《뉴욕타임스》 베스트셀러 『페이스 오프Face Off』 저자

"토스카 리는 이 놀랍도록 정교한 스릴러를 통해 반전과 음모의 정점을 찍었다."

— 스티나 홈스, 《뉴욕타임스》와 《USA 투데이》 베스트셀러 『잊힌 사람들The Forgotten Ones』 저자

"섬뜩한 묵시론적 롤러코스터 스릴러! 마지막 페이지까지 심장이 떨리며 손을 뗄 수 없다!"

— J. D. 바커, 세계적 베스트셀러 『네 번째 원숭이The Fourth Monkey』 저자

"치밀한 전개, 짜릿한 속도감, 저항 불가의 매혹적인 주인공, 『라인 비트윈: 경계 위에 선 자』는 무척이나 상쾌한 읽을거리다."

— 에밀리 카펜터, 베스트셀러 『인동덩굴 소녀의 매장Burying the Honeysuckle Girls』 저자

"『라인 비트윈: 경계 위에 선 자』는 섬뜩하다… 스릴러 팬이라면 결코 놓칠 수 없는 소설로서, 이야기 속의 갈등과 욕망은 오늘날 우리 세계를 돌아보게 한다. 이 소설은 훌륭한 소설인 동시에 세상을 향한 경고장이다."

— 낸시 킬패트릭, 『피의 왕좌Thrones of Blood』 시리즈 저자

"토스카 리의 『라인 비트윈: 경계 위에 선 자』는 첫 페이지부터 혼을 빼놓는다! 나는 이 소설에 별 다섯 개를 주고, 간이식량, 구급낭, 야전 나이프와 함께 생존 배낭에 넣고 다닐 것이다."

— 메리 데스페타노, 『용사Valiant』 저자

"〈시녀 이야기〉와 〈워킹데드〉의 여운이 심오하고도 강력한 서사소설에서 만났다. 토스카 리의 『라인 비트윈: 경계 위에 선 자』는 숨 막히는 이야기다. 그 속에서 한 여성은 자신의 어두운 과거를 극복하고 문명이 광기로 추락하는 것을 막는다. 놀라운 소설!"

— K. J. 하우, 세계적 베스트셀러 『스카이잭Skyjack』 저자

한국어판에 부쳐

한국과 한국 독자들께 인사 전합니다. 보고 싶습니다. 방한의 기회를 그렇게 바라고 또 바랐건만, 지난 2년간 코로나19 탓에 너무나 많은 바람과 계획이 꺾이고 말았네요. 지금으로서는 이 책이 여러분 손에 들어가게 된 것만으로도 고맙고 행복할 따름입니다. 동아시아 출판사의 한성봉 대표님, 한국에서 이 책을 출간해 주셔서 정말 고맙습니다.

『라인 비트윈: 경계 위에 선 자』와 속편 『라인 비트윈: 단 하나의 빛』은 둘 다 2019년에 출간되었습니다. 『라인 비트윈: 단 하나의 빛』이 출간되고 몇 개월 되지 않아 코로나19가 창궐하는 바람에 우리 세상은 영원히 바뀌고 말았죠. 두 소설이 소름 끼칠 정도로 예지적이라는 얘기를 많이 들었지만 제 생각은 다릅니다. 내가 참고한 과학자들도 언제든 또 다른 팬데믹이 우리 삶을 뒤바꿔 놓을 거라고 예언했죠.

가상의 예언이 아니라는 뜻입니다. 저로서는 그저 너무 빠르지 않기만 바랄 뿐입니다.

이 책의 출간 시기 때문에 사실 걱정도 많았답니다. 진짜 팬데믹을 살고 있는데 누가 팬데믹 소설을 읽고 싶겠어? 그런데 너무나 놀랍고도 고맙게도 두 책 모두 인터내셔널 북어워드를 수상했답니다. 『라인 비트윈: 경계 위에 선 자』는 베스트 미스터리/스릴러 부문, 그리고 『라인 비트윈: 단 하나의 빛』은 베스트 SF 부분이었죠. 요즘 디스토피아 서적들은 예전보다 조금 덜 사색적이고 때로는 조금 더 개연성이 강하거든요.

묵시론적 디스토피아 소설의 매력에 대해 종종 질문을 받습니다. 사람들은 왜 잘 쓰인 재난·생존이야기에 빠질까요? 세상의 종말 이야기를 흥미로운 현실도피로 만드는 까닭이 뭘까요? 개인적으로는, 이런 이야기들이 일상의 소음을 줄이고, 온갖 잡다한 상념들을 증류해 하나의 단순한 목표로 만들어 준다고 믿습니다. 이른바 사랑하는 사람들의 생존입니다.

내 디스토피아 이야기들이 다른 디스토피아 소설과 어떻게 다른가 하는 질문도 있었습니다. 예, 대답은 간단합니다. 사실 그건 장르를 초월해 제 이야기 모두에 적용할 수 있죠. 이야기는 희망으로 끝이 나야 합니다. 우리가 책을 읽는 이유는 비록 짧은 시간이나마 다른 사람의 삶을 살기 위해서입니다. 안전한 독서를 하면서도 위험을 경험하고 그로써 즐거움과 영감을 얻기 위해서죠.

이번 2부작을 쓰면서 크게 즐거웠던 일이라면, 제가 사는 미국 중서부를 배경으로 이야기를 쓸 수 있었다는 사실입니다. 어머니는 네브래스카에서 태어났습니다. 고조모는 혼자 사셨는데 초기 개척적인 가정교사로 활동했죠. 아버지는 서울 출신의 대학 교수이고 35년간 네브래스카대학에서 학생들을 가르쳤습니다. 전 네브래스카를 사랑합니다. 영광스럽게도 1990년대 후반, 미시즈 네브래스카로 활동하기도 했죠. 이 이야기들을 읽으면서 여러분도 미드웨스트 시골길을 함께 횡단하기를 기대합니다.

어서 한국에 돌아가고 싶습니다. 내 한국 이름, 이지연을 아는 친구, 친지도 보고 싶어요. 그 이전에는 한국어로 다시 탄생한 소설들을 통해 여러분과 만나는 데 만족해야겠죠. 그리고 toscalee.com에 오시면 저를 온라인으로도 만날 수 있습니다. 내 책에 대해 더 자세히 알 수 있고, 내 뉴스레터와 소셜미디어 링크도 접할 수 있을 겁니다. 여러분과 소통하기를 기대하겠습니다.

소설 재미있게 읽으시기를 빌며
토스카 리

지미와 줄리에게

반평생이 지난 다음에야 이렇게 사랑한다고 말하는구나.

나도 고자질거리가 많다. 너희 비밀을 까발리고,

호기심 많은 친구들 앞에서 너희를 망신 주고 말 테다.

프라이온^{prion}

noun pri·on /ˈprī-ˌän/
단백질 접힘에 오류를 야기해,
인간을 포함한 포유류의 두뇌와 신경조직을
점진적으로 파괴하는 감염체.
인류에게 치명적이다.

알래스카 내륙, 6월

농부가 돼지들을 찾으러 숲으로 들어갔다.

"질리! 질리!" 그가 소리쳤다. 암퇘지에 전처의 이름을 붙인 것이다. 망할 년, 나중엔 헝가리산 금돼지 만큼이나 뚱뚱해졌지. 털로야 돼지를 못 당하겠지만, 쯧쯧. 그래도 그년과 달리 질리는 부르면 집으로 돌아왔다. 적어도 돌아올 때는 알았다. 세 번째 출산을 앞둔 질리는 무슨 이유에선가, 수퇘지들까지 모조리 몰고 숲속으로 들어가 버렸다. 돼지 새끼 낳는 일이 무슨 행사라도 된다는 걸까?

농부는 쓰러진 나무들을 넘기도 하고 아래로 기어 통과하기도 했다. 이놈의 구석엔 제대로 서 있는 나무가 하나도 없다. '술 취한 숲.' 그래, 기후변화 운운하는 자들이 그렇게 불렀지. 마을의 싱크홀보다 영구동토층 녹는 게 더 심각하다고도 했던가? 굽잇길이 여기저기 새로 생기기는 했어도 그 밖에는 신경 쓸 일이 없었다. 기온이 올라가면

밭작물도 더 잘 자라지 않겠어? 돼지들이 이 부근을 파헤치지 않는다면 곧바로 죽은 나무들을 치우고 채소를 심을 생각도 했다. 그럼 어느 정도 돈을 절약할 수 있을 것이다. 타나나밸리 시장에 나가 채소를 팔수도 있다. 누가 아나? 1, 2년 후면 대마초를 재배할 수 있을지?

"질리!" 하마터면 무언가에 발이 걸려 넘어질 뻔했다. 처음에는 뿌리인 줄 알았는데 자세히 살펴보니 뼈였다. 쪼그리고 앉아 잡아당기니 어깨뼈 반쪽이 딸려 나왔다. 크기를 보니 순록의 뼈가 분명했다. 아직 물렁뼈가 남아 있고 가죽 자리도 거뭇거뭇했다. 새롭게 고깃덩어리가 뜯겨 나간 흔적도 보였다. 망할, 언제부터 여기 묻혔던 거야?

자리에서 일어나 닥치는 대로 땅을 걷어찼다. 잔해가 많지는 않았다. 언젠가 마피아의 속담을 들은 적이 있는데 그 말이 딱 맞았다. '시체는 돼지 밥을 면치 못한다.' 하긴 살아 있는 닭이 우리에 가까이 가도 돼지 밥이 되기는 하더군. 나름 비싼 값을 치르고 배운 교훈이다.

순록의 어깨뼈로 쓰러진 나무줄기들을 헤치며 들어가자 마침내 질리가 나타났다. 질리는 솔잎 위에 누워 있었다. 로미오와 페투니아, 월터도 함께였다. 그리고 막 태어난 진홍빛의 새끼 돼지들! 모두 열 마리였다. 유럽 평균보다 많고 지난번보다도 두 마리가 더 많았다.

월터가 농부의 손에 코를 디밀었다. 농부가 돼지의 등을 두드리며 손에 든 순록 뼈를 넘겨주었다. 농부는 벌써부터 머릿속으로 주판알을 두드리고 있었다.

올해는 괜찮겠어.

이틀 후, 페투니아가 마당을 돌아다니는데 꼬리에 핏자국이 보였다. 농부가 상처를 확인하려 하자 페투니아는 후다닥 달아났다. 아무리 불러도 로미오만 돌아왔다. 누군가 돼지들을 공격한 게 분명했다. 늑대? 아니면 곰?

농부는 집에서 샷건을 꺼내와 숲속으로 들어갔다.

월터는 기울어진 나무 그루터기 옆에 뻗어 있었다. 주둥이에서 피가 흐르고 살갗이 부풀어 올라 있었다. 그 너머에, 그의 소중한 암퇘지 질리가 뱃가죽이 벌어진 채 쓰러져 있었다. 갓난 새끼들도 난도질당한 채 주변에 널브러졌다.

노스우즈 농가에서 직접 키운 친환경 돈육

농부 직영의 네트워크로 레스토랑에 최상급 돈육을 제공한다. 미드나이트팜 농가들과 제휴하여 100퍼센트 알래스카산의 건강한 만갈리차 돈육을 공급한다.
돼지들은 자연 상태로 방목 사육하며, 호르몬이나 항생제는 절대 사용하지 않는다.
오늘날까지 신선한 돈육을 찾는 고객을 위해 옛 사육 방식을 고수한다.

까다로운 입맛을 지닌 고객을 위한 친환경 사육 방식

친환경 중심의 인도주의 사육을 고수하면서도 자연스러운 마블링에, 향미가 뛰어난 돈육을 생산한다. 옛 어른들이 먼저 찾는 그 맛, 베이컨과 포크찹…워싱턴 벨뷰, 베이컨 축제에서 최고의 베이컨 및 피플스초이스에 선정.

우리 농부들은 돼지들을 스트레스 없이 행복하게 키웁니다. 돼지들은 하루 종일 땅을 파고 뿌리를 캐고 축사에서 친구들과 즐겁게 놉니다. 그 결과 육질은 부드럽고, 일반 돈육보다 pH 함량이 높습니다.

친환경 사육!

- 자유방목, 옥수수 사료 사용 금지
- 글루틴 제로
- 성장호르몬 사용 금지
- 무가공… 아질산염, 질산칼륨 사용 금지
- 항생제, 스테로이드 사용 금지

제1장

아이오와주, 9월

통념에 따르면 천국과 지옥 사이에는 넘지 못할 경계, 즉 무한 차원의 영원과 공간이 있다. 루시퍼는 용케 9일 만에 그 차원을 넘어갔다. 물론 〈실락원〉 이야기다. 표준 속도를 대입하면 4만 2,000킬로미터에 달하는 거리다.

아니, 그 거리는 50센티미터, 즉 한 걸음에 더 가깝다.

이제 2~3센티미터 남았다.

매그너스는 게이트하우스 부근에 서 있었다. 말아 올린 소매에, 풀어 헤친 칼라. 그 아래 받쳐 입은 갈색 조끼가 드러났다. 그가 부스 안 파수꾼에게 고갯짓을 하자 기계 문이 미끄러지며 열렸다. 한 사람이 드나들 정도라면 쪽문으로도 충분하지만 저들이 나를 쪽문으로 내보낼 리는 없었다. 내가 쫓겨나는 장면은 말 그대로 본보기가 되어야 한다. 그래야 저 사람들이 두려워라도 하지 않겠는가.

나를 노려보는 눈총들이 달군 쇠처럼 뜨거웠다. 분노와 두려움으로 얼룩진 시선들. 아니, 어쩌면 슬픈 눈일지도 모르겠으나, 무엇보다 자신들이 내가 아니라는 안도감이 제일 크리라.

파수꾼 둘이 옆에 다가와 섰다. 나를 강제추방 할 참이다. 내가 명령을 거부하고 돌아서거나, 아니면 그 자리에 풀썩 주저앉으면 강제로라도 끌어낼 참이다. 기껏 스물두 살짜리 여자애가 아닌가. 오른쪽을 보니 무척이나 조급한 표정이다. 아니, 배고픈 걸까? 곧 점심시간이 아닌가. 나라는 년은 영원의 지옥불로 뛰어들면서도 기껏 싸구려 에그 샐러드 샌드위치 생각이나 한다! 오늘은 수요일, 양력으로 안식일이다. 오늘 부엌 담당은 로젤라, 성령이 가득하신 샌드위치엔 계란한 알 없이 병아리 콩만 드글드글할 것이다!

철문이 쾅! 음산한 굉음을 터뜨리며 열렸다. 철문 밖에는 자갈길이 깔려 있었고, 넓은 잔디밭에는 여기저기 금빛, 보랏빛 꽃들이 점점이 박혀 있었다. 그 풍경은 등 뒤의 저 정성껏 손질한 땅과 묘한 대조를 이루었다. 가까이에서는 들종다리 한 마리가 노래하고 먼 곳에서는 콤바인 한 대가 덜컹거리며 지나갔다.

나는 비닐백을 꽉 쥐었다. 얼마 되지 않는 소지품들, 갈아입을 속옷, 사진들이 빼곡한 육아 책, 바닷말 색의 돌멩이 하나. 나는 야생의 땅을 바라보았다. 블라우스 안쪽으로 땀이 흘러내렸다. 이 황량한 진입로를 따라 아무도 발 디딘 적 없는 초원을 뚫고 1킬로미터 정도 나가야 도로가 나온다.

자동차 한 대가 모퉁이에서 툴툴거렸다. 나를 기다리는 중이다.

보지 마! 돌아보지 마! 비로소 자존심의 목소리가 들렸다. 지난 10

년간 너무도 희미해서 내 안에 있는지조차 몰랐던 목소리. 그래도 난 돌아봐야 했다. 지난 15년간 집처럼 여겼던 이곳을 마지막으로나마 보고 싶어서가 아니다. 재클린 언니도 아니다. 내가 봐야 할 사람은 단 한 사람.

조카, 트룰리.

500명 가까운 인파가 넓은 진입로를 가득 메웠다. 선택받은 자들. 난 그들 사이에서 마침내 트룰리를 찾아냈다. 트룰리는 앞쪽에서 재클린의 손을 잡고 있었다. 산들바람에 아이의 머리카락이 가볍게 흩날렸다.

처음에는 입 모양으로라도 "사랑해"라고 말할 생각이었다. 비밀 사인으로 오른쪽 귓불을 당기면 내가 떠난 후에도 오랫동안 기억해 줄 것이다. 아이를 보면 눈물이 울컥하겠지만 그래도 아이의 혼란을 사랑한다는 말로라도 달래주고 싶었다.

순간 난 심장이 멎고 말았다.

트룰리가 나를 노려보는 것이 아닌가! 트룰리의 분홍빛 얼굴이 이내 붉게 달아올랐다. 나는 무슨 말이든 하고 싶었으나 아이는 이미 엄마 손을 뿌리치고 무리 속으로 달아나 버렸다.

"트룰리!" 내가 헉! 신음을 삼키며 따라가려 했으나 파수꾼들이 내 팔을 잡았다.

"안돼, 기다려! 트룰리!" 몸을 비틀자 비닐백이 흔들리며 허벅지를 때렸다. 이렇게 떠날 수는 없어. 절대로. 세상에, 어떻게 이런 일이!

절대로.

나는 언니를 보았다. 언니는 6인의 장로 옆에 서 있었다. 겨우 스물일곱 살인데도 두 뺨은 홀쭉했고 외모는 너무도 나이 들어 보였다.

"아이한테 무슨 말을 한 거야?" 내가 외쳤다. 파수꾼들이 나를 매그너스에게 끌고 갔다. 매그너스는 대문 앞에 서 있었다. 보이지 않는 경계의 저쪽.

"윈터 로스." 매그너스가 나를 불렀다. 등 뒤의 사람들에게까지 들릴 만큼 큰 목소리였다. 말인즉슨, 그가 직접 나를 향해 소리쳤다는 뜻이다. 어제까지 턱을 장식했던 수염 자국은 보이지 않았다. 어찌나 깔끔한지 애프터셰이브 냄새까지 풍길 정도였다.

"제발." 내가 애원하며 그의 시선을 붙잡으려 했으나 그는 모르는 사람이라도 대하듯 나를 피했다.

"넌 오랫동안 의도적으로 복종을 거부했다…" 내 목소리는 바람에 날아가도 그의 말은 사람들에게 정확히 전달될 것이다.

"작별 인사라도 하게 해줘요!"

"…우상숭배, 절도… 너는 무엇보다도 나약한 신도들의 미래를 파멸로 이르게 했으며… 동료들의 탄원을 무시하고 참회도 거부한 바, 내 너를 사탄에게 보내 육신을 파괴토록 하리라."

그 소리는 마치 다른 차원에서 들리는 듯했다. 전에도 저들이 저렇게 말하는 것을 보고 들은 적이 있다. 다만 그 말이 나를 겨냥하리라고는 상상도 못 했다. 결국 이렇게 되는군. 작별 인사도 못 하게 하다니. 망할 인간.

매그너스가 두 손을 들어 올렸다. "따라서 네 자격을 말소하고 이 성스러운 공동체 밖으로 추방하되, 다만 오늘 상실한 구원을 네 스스로 되찾기를 기도하리로다. 구원이 지구에 매여 있듯 천국에서도 이루어지리로다." 그가 손을 내리자 무리가 그 말을 따라 했다. 그가 내 눈을 바라보며 조용히 덧붙였다. "너로 인해 우리 심장이 찢어지는구나, 윈터."

나도 항변하고 싶었으나 파수꾼들이 벌써 나를 지옥의 경계를 향해 끌고 가기 시작했다. 나는 마지막으로 돌아보았다.

트룰리는 보이지 않았다.

난 고개를 떨어트렸다.

한 발짝, 영원의 거리는 고작 한 걸음에 불과했다.

지옥에 떨어진 것을 환영하노라.

제2장

재클린의 침실 구석에서 눈 하나가 깜빡였다.

"몰래 감시하는 건가? 우린 지금 속옷 차림인데?" 재클린이 그 눈을 의심스럽게 노려보며 물었다. 재클린은 열두 살, 나보다 다섯 살이 많았지만, 당연히 이런 일들이 무서울 나이였다.

그 말을 듣고 보니 나도 무서워졌다.

엄마가 무릎을 꿇고 우리 손을 잡아주었다.

"그럴 리가 있겠니? 저 카메라는 우리를 보호하는 거야. 이곳을 둘러싼 커다란 담벼락처럼. 덕분에 괴물 걱정은 하지 않아도 되잖아, 안 그래?"

재클린은 못 믿겠다는 표정이었으나 굳이 말을 꺼내지는 않았다. 대신 손을 내밀어 엄마 머리카락을 귀 뒤로 쓸어 넘겨주었다.

"이 집 예쁘지 않니?" 엄마가 일어나며 물었다. 우리는 엄마를 따라 침실 밖으로 나가 계단을 내려갔다. 계단에는 예수와 다른 사람들이 그려진 그림이 걸려 있었다. 엄마는 조각된 나무 난간과 1층 거실 테이블의 화분 받침대를 보며 감탄사를 연발했다. 엄마가 구석을 가리키기에 나도 그쪽을 보았다. 그곳에서도 불빛 하나가 깜박거렸다.

"봐, 여기도 카메라가 있지?"

"할머니 집 같아." 재클린이 중얼거리며 자기 상체를 끌어안았다.

"그래서 더 예쁘잖아? 여기 양탄자 좀 보렴. 누군가가 우리를 위해 만든 것 같구나. 여기가 씨앗 농장인 건 알고 있지?" 엄마가 물었다.

재클린은 나무 의자에 털썩 주저앉았다.

"TV도 없고 화장실은 무서워."

"난 맘에 들어." 내가 말했다. 우리 아파트보다 넓기 때문이다. 게다가 내 침실까지 있다.

"나도 맘에 들어." 엄마도 동의했다. 나는 엄마를 따라 좁은 부엌으로 들어갔다. 엄마가 찬장을 열었다. "세상에, 이것 보렴… 수제 젤리도 있어! 자두로 만들었네!" 엄마가 단지를 꺼내 손 글씨로 쓴 꼬리표를 보여주었다.

엄마의 그런 모습은 처음 봤다. 기껏 천으로 덮어놓은 빵 덩어리나 젤리 따위에 저렇게 좋아하다니. 난 오히려 기분이 나빴다. 빵을 썰어놓은 것도 아니고, 가방 속에 넣어둔 것도 아니잖아. 그런데도 엄마는 서랍 속 빵칼을 찾으며 미소까지 지었다. 엄마가 저렇게 좋아하는 표정을 본 지가 까마득했다.

그날 오후 언니 또래의 여자아이 둘이 찾아와 함께 놀았다. 내 또래도 한 명 있었는데 이름은 아라였다. 아라는 시카고의 절친들보다도 나를 훨씬 상냥하게 대해주었다.

그날 밤, 침대 옆에서 엄마와 함께 무릎을 꿇을 때 나는 이곳에 영원히 있게 해달라고 기도했다.

다음 날 아침, 엄마가 외출복으로 갈아입었다.

"옷은 왜 차려입어?" 재클린이 팔짱을 끼며 물었다.

"장로님들 뵙기로 했어." 엄마는 데님 스커트를 끌어당겨 무릎까지 내려오게 했다.

아라도 옆에 조용히 서 있었다. 아침 식사 때 갈색 계란 바구니를 들고 왔다가 돌아가지 않고 남아 있었던 것이다. 아라는 손수건으로 만든 인형을 꼭 안고 있었다. 세상에, 얼굴 없는 인형이라니. 마음에 들지 않았다.

"이게 낫지?" 엄마가 아라를 보며 물었다.

아라가 고개를 끄덕였다.

"멍청해 보여." 재클린이 입을 삐죽거렸다.

엄마는 블라우스를 빼내서 허리띠를 가렸다.

"됐다. 자, 나 없는 동안 친구들 말 잘 들어. 여기도 규칙이 있으니까 실수하면 안 된다. 아라, 윈터가 잘못하지 않게 잘 지켜줄 거지, 응?"

아라가 다시 고개를 끄덕였다.

엄마가 우리 둘에게 입을 맞추고 떠난 뒤, 재클린의 새 친구들이 찾아왔다.

아라는 내 침대에 앉았다. 나는 내가 제일 좋아하는 물건들을 보여

주기 위해 정리해 두었다.『팬시 낸시』와『아멜리아 베델리아』시리
즈는 돼지 저금통 옆에 가지런히 세우고, 부엌에서 국그릇을 가져와
온갖 색의 머리핀과 머리끈을 담아두었다. 아라가 그릇 안을 들여다
보더니 하나씩 꺼내 만지작거렸다.

"네 머리도 해줄까?" 내가 말했다. 아라의 머리는 곱게 땋아 고무줄
로 단단히 묶었다. 어제와 똑같이. 고운 머릿결이 달무리처럼 얼굴을
감싸며 흘러내렸다. 내가 아라의 손에서 분홍색 나비 핀을 집었다.

"이거 어때?"

그녀가 고개를 저었다.

"이건?" 내가 다른 핀을 집으며 물었다.

아라는 이번에도 고개를 저었다.

내가 하나하나 고르며 물었으나 아라는 모조리 싫다고만 했다.

"좋아… 그럼, 책 읽을래?" 내가 재차 물었다. 계속 호의를 거부당
하니 기분이 좋지만은 않았다.

아라는 돼지 저금통을 신기한 듯 보았다. 내가 저금통을 쏟아 동전
을 세어보자고 하자 아라는 돼지 저금통에서 손을 뗐다.

"만찬관에 가자. 하벤이 아이스크림을 만들었어." 아라가 내 손을
잡으며 말했다.

만찬관이 뭔지는 몰라도 아이스크림은 마음에 들었다. 나는 아라를
따라 계단을 내려갔다. 계단에서는 친구가 재클린에게 기타 잡는 법
을 알려주고 있었다.

"말썽부리지 마." 재키가 나를 보지도 않고 중얼거렸다.

우리는 정원의 오솔길을 지나 예배당으로 향했다. 내가 보기에 이

곳은 농장과 교회 캠프 같은 곳의 딱 한가운데였다. 캠프에는 기다란 건물들이 있는데 아라는 그 집들을 '토굴'이라고 불렀다. 교회는 그 가운데 있었다. 내가 멀리 커다란 철제건물을 가리켰다.

"저건 뭐야?" 내가 물었다.

"주문 씨앗 포장하는 곳인데 애들은 못 가. 이쪽이야."

커다란 만찬관 안에는 긴 식탁들과 대형 벽난로가 있었다. 아라는 나를 곧바로 부엌으로 데려갔다. 사투리 심한 중년 여자가 미소를 짓더니 앞치마에 손을 씻으며 자신을 하벤이라고 소개했다. 그녀는 나를 무척 중요한 인물처럼 대했다.

"자, 자리에 앉아 있어." 하벤은 그렇게 말하고는 비밀스럽게 주변을 둘러보았다. 우리는 밖으로 나가 식탁에 마주 앉았다. 아라의 얼굴 없는 인형은 천장을 올려다보았다. 잠시 후 하벤이 접시 두 개에 각각 열 가지 색 아이스크림과 스푼을 담아 왔다.

나는 스푼을 들고 망설였다. 이런 색의 아이스크림은 처음 본다.

"호박으로 만들었단다. 자, 먹어봐." 하벤이 활짝 웃으며 일러주었다.

맛은 조금 이상했지만(재클린은 틀림없이 싫어했을 것이다) 그래도 맛있게 먹기로 했다. 새 친구와 함께였으니까.

"헛간에 새끼 고양이들 있는데, 가서 볼래?" 아이스크림을 다 먹은 후 아라가 말했다.

나도 고양이는 좋아하지만 반려동물을 키워본 적은 없다.

가는 길에 다시 기다란 토굴 건물이 한 채 나왔다. 한 여자가 어린 아이들을 데리고 노래를 부르고 있었다. 여자는 나를 보더니 마치 기도하듯 두 손을 모았다. 왜 저러는지 묻기 위해 아라를 봤는데 아라도 똑같이 따라 하는 중이었다. 다만 아라의 시선은 다른 곳을 향해 있었다.

그때 그 남자가 걸어가는 것을 보았다. 키가 크고 머리카락은 짙은 색의 곱슬머리였다. 셔츠 소매를 팔꿈치까지 걷어 올리고, 겨드랑이에는 노트북을 끼고 있었다. 남자는 나를 보고 멈춰 서더니 눈가에 주름이 잡힐 정도로 씩 웃어주었다.

"그래, 네가 윈터로구나. 아이스크림 먹어봤어?" 그가 허리를 숙이며 묻기에 내가 고개를 끄덕여 답했다.

남자는 누가 엿듣는지 확인하기라도 하듯 주변을 둘러보았다.

"내 몫은 남겨두었겠지?"

내가 씩 웃으며 고개를 저었다.

그가 키득거리며 내 어깨를 쓰다듬었다. "똑똑한 소녀로군." 그가 손짓으로 나를 불렀고, 나는 상체를 기울였다. 그는 손을 오므려 컵 모양을 만든 후 내 귀에 댔다. "아라한테 외줄그네 보여달라고 해, 알았지?"

내가 웃으며 고개를 끄덕였다.

남자가 몸을 일으키자 아라가 다시 두 손을 모았다. 나도 덩달아 따라 했다.

"누구야?" 그가 떠난 후 내가 물었다.

"매그너스 님." 아라가 속삭였다.

엔클라베에서의 세 번째 아침, 우리는 교회에 갔다. 일요일도 아니잖아? 재클린은 이해 못 하겠다고 투덜댔다. 그래도 새로 사귄 두 친구는 마음에 들어 했다. 친구들은 둘 다 학교에 가는 대신 홈스쿨링을 했다. 재클린은 벌써 기타로 코드 몇 개를 연주했다. 그 때문에 천재니 뭐니 호들갑을 떨었지만 내가 보기엔 별거 아닌 것 같았다.

그날 두 번이나 매그너스를 보았다. 목사인 것 같은데 실제로 목사님이라고 부르는 사람은 없었다. 그는 성경에서 에덴동산을 인용하며 이곳 사람들은 특별하고, 세상은 추악하다는 얘기들을 했지만 내가 이해할 수 있는 내용은 많지 않았다.

다만 엄청 강해 보이기는 했다. 야구선수 같다는 생각도 들었고, 종이비행기를 기가 막히게 접을 것 같기도 했다. 하는 일도 멋지겠다 싶었다. 그는 나를 만나 기쁘다는 말도 해주었다. 무엇보다 엄마를 울릴 남자로 보이지는 않았다.

그가 설교를 마치고 우리 이름을 불렀다. 우리가 일어서자 한 사람씩 다가와 우리를 포옹해 주었다.

우리는 아침 예배에 나가기 시작했다. 매일 담임 목사가 바뀌었는데 수요 안식일만은 예외였다. 사실 어느 목사도 매그너스처럼 눈에서 빛이 나지는 않았다. 그때쯤 재클린이 남자애와 눈이 맞았다. 그 아이도 당연히 예배에 참석했기에 언니와 함께 엄마를 꼬드겨 집에서 놀 가능성은 사라지고 말았다. 재클린은 이내 크게 인기를 끌었다. 시카고에서는 상상도 못 할 일이었다. 나도 마찬가지였다. 아이들 시간이 끝나면 친구들이 우르르 숙소에 달려와 놀거나 내 머리를 땋아주었다. 아이들이 워낙 많아 침대에 한꺼번에 앉지 못할 정도였다.

여름의 마지막 날들은 새끼 고양이들과 놀면서 보냈다. 화단의 장군풀을 뜯어 먹고 나무에서 복숭아를 따 먹기도 했다. 예배 시간에는 기도를 배우고, 손뼉을 치며 노래를 따라 불렀다. 그렇게 좋아하던 만화도 그때쯤 까맣게 잊었다. 아파트 옆을 덜컹거리며 지나가던 기차 소음도 더 이상 그립지 않았다. 사실 페퍼로니 피자까지 잊지는 못했다. 내가 페퍼로니 피자 얘기를 하자 아라가 코를 찡그렸다. 다음 날 아침, 아동 예배 시간에 죽음이 우리 몸에 침범하지 못하게 해야 한다거나, 타락한 세상의 음식을 먹지 말아야 한다는 얘기가 나왔다. 아무래도 아라가 고자질을 한 모양이다. 방문객들한테는 계란과 밀가루를 허락하면서 신이 선택한 사람들한테는 금지하는 까닭이 뭘까?

선생님이 신약서를 읽을 때, 내 뺨이 새빨개졌다. 이곳의 신약서는 매그너스가 직접 썼다고 들었다. 선생님은 동물의 살을 먹는 행위를 비난하는 부분을 읽어주었다. 창피한 마음에 두 눈에 눈물까지 그렁그렁하자 아라와 선생님이 나를 안아주었다. 내가 주님의 뜻대로 사는 방법을 배워 정말 다행이라는 말도 했다.

나도 주님의 뜻대로 살고 싶었다. 진심이다. 시카고에 있을 때는 안전한 보호막이라고 해봐야 괴물들을 막는 담벼락뿐이었다.

엔클라베에 들어오고 한 달 후, 엄마가 하루 종일 집을 청소하고 정리했다. 손님이 온단다. 아주 특별한 손님인 모양이다. 다른 사람들이야 언제든 멋대로 드나들었으니까.

매그너스 님이면 좋겠어. 내가 엄마한테 말했다. 진심이다.

"그분 부인이셔. 케스트럴." 엄마가 곱게 땋은 머리를 어루만지며 대답했다. 언제부터인가 엄마도 머리를 땋기 시작했다. 매그너스 님이 결혼했구나. 왠지 아쉽다는 생각이 들었다.

케스트럴은 아는 얼굴이었다. 예배 시간에 무대에서 노래를 부르는 여자, 볼 때마다 천사 같다고 생각했던 아줌마였다. 하얀 스커트와 블라우스, 금발까지, 요정이 따로 없었다. 동화 속 공주님처럼 걱정이라고는 모르고 살 것만 같았다. 엄마한테서 그런 모습을 본 것도 아주 최근의 일이었다.

"실비아, 얘들아." 케스트럴이 엄마의 뺨에 키스했다. 그녀가 미소를 짓자 파란 눈이 반짝였다. "여러분에게 놀라운 얘기를 해주려고 왔어요."

케스트럴이 구두를 벗고 들어와 소파에 앉더니 덥석 엄마 손부터 잡았다.

"나는 지금 너무 행복해요. 왜인지 알아요?" 그녀가 재클린과 나를 돌아보며 물었다. "이곳 신천국^{New Earth}은 아주 특별한 가족이거든요. 여러분도 우리와 가족이 되면 좋겠어요. 함께 있을 거죠?"

재클린이 벌떡 일어나 엄마를 보았다. 엄마가 검지손가락을 입술로 가져다 댔다. 케스트럴의 말을 마저 듣자는 뜻이다.

"이건 아주 중요한 결정이란다. 그러겠다고 하면 함께 놀던 아이들이 너희들 자매가 되는 거야. 너무 좋지 않니?"

"그럼 아줌마가 우리 엄마가 되나요?"

재클린이 묻자 케스트럴이 웃었다.

"비슷해. 큰언니가 되거나."

그러나 내 귀에는 케스트럴이 우리에게 엄마 같은 존재가 될 수도 있다는 이야기만 들렸다. 그렇다면 매그너스는 아빠가 되는 건가?

케스트럴이 특유의 충만한 미소를 지었다.

"그리고 매그너스 님의 신약서에 복종하면 영원히 함께 지낼 수 있어."

"천국에서요?" 내가 물었다.

"여기 신천국에서. 신천국이 바로 천국이란다."

"하지만 우린 이미 신천국에 와 있잖아요?" 재클린이 난감한 표정으로 물었다. 나도 마찬가지였다. 우리가 들어올 때 밖에서 간판도 보았는데….

"정말 좋은 질문이야! 대답해 줄게. 이곳을 신천국이라고 부르는 이유는 이곳이 곧 새로운 천국이 되기 때문이란다. 얘들아, 이 병들고 타락한 세상은 곧 끝난단다. 그 후엔 선택받은 소수만이 새 세상에서 사는 거야. 알겠지?"

아니, 모르겠다. 하지만 그때 케스트럴이 엄마의 손을 꼭 잡아주자 엄마의 눈에도 희망이 차올랐다. 더 이상 무슨 설명이 필요할까.

"난 여기 있을래요. 엄마, 그래도 되죠?" 재클린이 물었다.

그때 케스트럴이 손가락 하나를 들고는 엄숙하게 선언했다. "그런데 알아둬야 할 게 하나 있어. 먼저 이전 세계의 것들은 잊어버려야 돼. 아니면 새 세계에 들어올 수 없거든. 꼭 규칙 때문에 그런 것만은 아니란다. 너희도 규칙은 싫어하지?"

우리가 고개를 끄덕였다. 예.

"준비를 해야 하기 때문이야. 세상이 끝나는 날이 오면 이미 늦지 않겠니? 이제 알겠지? 결심이 왜 그렇게 중요한지? 이건 너희들한테도 평생 제일 중요한 결심이 될 거야."

"나도 여기 있고 싶어요." 내가 속삭였다.

"좋아. 그럼, 나한테 보여주렴. 더 이상 죽어가는 세상에서 살고 싶지 않다고." 케스트럴이 말하자 엄마가 환히 웃으며 눈물을 훔쳤다.

"어떻게요?" 재클린이 물었다.

"자, 2층으로 가자." 케스트럴이 내 손을 잡았다.

우리는 함께 깜빡이는 눈이 있는 침실로 올라갔다. 케스트럴은 곧 바로 벽장으로 가더니 재클린의 스타워즈 티셔츠를 꺼냈다.

"재클린, 이곳에선 세속적 쾌락을 찬양하는 옷을 입지 않아. 상스럽 거나 형제들을 유혹하는 옷도 안 되고, 남자처럼 입지도 않는단다. 우리는 자랑스러운 여성이니 형제들이 우리를 존중하게 해야 해. 엄마가 얼마나 아름다운지 보려무나." 케스트럴이 말했다.

엄마가 이제 청바지나 데님 스커트를 입지 않는다는 사실을 깨달은 것도 그때였다. 엄마는 종종 데님 스커트를 입을 때마다 치맛단을 잡아당겨 무릎을 가리곤 했다. 지금 입은 치마는 어디서 났는지는 몰라도, 그렇게 입으니 어딘가 케스트럴처럼 보이기는 했다.

"가족이 되고 싶으면, 너희가 직접 이 물건들을 소각장으로 가져가야 해… 엄마가 대신 처리해도 되고."

재클린은 고개를 숙이고는 느릿느릿 벽장에 들어가 옷들을 하나하나 끌어내기 시작했다.

세상에, 이럴 수가! 재키는 〈스타워즈〉를 사랑했다. 한때는 〈스타워즈〉에 푹 빠져 살기도 했다. 배낭에 넣고 온 물건도 거의 그런 옷들뿐인데 그 모두를 묵묵히 내놓고 있지 않은가!

케스트럴이 허리를 굽히며 재클린의 이마에 입을 맞추었다.

"마침내 삶의 길을 택했구나. 너를 축복하마."

엄마와 케스트럴은 재클린의 소지품을 샅샅이 뒤졌다. 6학년 졸업

앨범은 필요 없잖니? 이곳에서 새 친구를 사귀고 진짜 가족도 생길 거야. 남자친구 사진도 버리자. 여자는 결혼하면 옛 남친 사진 따위는 거들떠보지도 않아, 그렇지? 헤드폰과 아이팟? 이제부터는 성가를 불러야 해. 테니스화는 여성스럽지 않아.

"그 대신, 우리는 훨씬 많은 선물을 받게 될 거야." 케스트럴이 재클린을 달래는 동안, 엄마는 쓰레기통을 가지고 나와 물건들을 욱여넣었다.

이제 내 차례다. 케스트럴이 내 침대 옆의 협탁을 보며 말했다. "윈터, 『팬시 낸시』가 우리 성스러운 가족에 어울린다고 생각하니?"

"안 되나요?" 내가 조심스레 되물었다.

"안 돼. 비싼 옷과 보석이 우리를 아름답게 해주지는 못한단다. 멋진 얘기 아니니?"

솔직히 잘 모르겠지만⋯ 나는 케스트럴에게 『팬시 낸시』와 『아멜리아 베델리아』까지 넘겨주었다. 뭔가 잘못된 책들이니 케스트럴이 그렇게 말하지 않았겠는가.

"그리고 이거. 이게 뭔지 아니?" 케스트럴이 돼지 저금통을 가리키며 물었다.

내가 인상을 찌푸렸다. "돼지 저금통이요."

"밖에서는 그렇게 말하겠지. 하지만 바깥세상은 악마의 집이야. 어린이들에게 거짓말을 일삼는단다."

"엄마가 준 건데요?"

"그래, 엄마한테도 거짓말을 하지." 케스트럴이 엄마를 힐끗 보며 대답했다.

"돼지 저금통이 아니면 뭔데요?" 재클린이 물었다.

"매그너스 님의 가르침에 따르면 저건 제단祭壇이야. 주님께 바치는 제단이 아니라, 탐욕의 악신, 마몬의 제단이지."

내 책, 옷, 머리핀, 구두 모두 두 번째 휴지통에 들어갔다. 나는 돼지 저금통을 밖에 들고 나가 케스트럴이 부엌에서 가져다준 망치로 박살을 내야 했다.

이제 알겠다. 아라가 머리핀을 왜 거들떠보지도 않았는지, 왜 내 장난감을 가지고 놀려 하지 않았는지. 엄마가 행복해하니, 그에 비하면 사소한 대가일 것이다. 다만 케스트럴에게 동전을 넘길 때는 나도 모르게 아랫입술이 파르르 떨렸다. 케스트럴은 그 돈은 '중요한 일'에 쓰겠다고 했다.

일이 끝나자, 케스트럴이 무릎을 꿇고 우리 손을 잡았다. "고귀한 여정을 위해서라지만, 속세의 연을 끊어내기가 쉬운 일은 아니란다." 그녀가 내 뺨에 흐르는 눈물을 닦아주었다. "이제 더 이상 어려운 일은 없을 거야. 새 자매들이 새 옷과 장난감을 가져다줄 테니까. 이곳에서는 물건을 모두 공유하니까 누군가를 시샘할 일도 없을 거야. 그래봐야, 곧 파괴될 세상에 사는 사람들이잖니? 그보다 중요한 게 있어. 무엇보다… 너희들은 마침내 집에 온 거란다."

그 말에 재클린이 울음을 터뜨리고 말았다. 난 재클린이 안됐다는 생각을 했다. 나도 불쌍하고… 하지만 재클린이 자란 세상을 이해하기엔 난 여전히 너무나 어렸다.

케스트럴이 일어나 재클린을 꼭 안고 뺨을 머리에 댔다. "다 잘될 거야. 너도 어느 날 충만해질 거란다. 고맙구나." 그런데 왜 아줌마가 우리에게 고맙다고 하는 걸까?

케스트럴은 휴지까지 빼앗지는 않았다. 대신 휴지가 떨어지면 깨끗한 손수건을 주머니에 넣고 다니라는 말은 했다. 이제부터 코 묻은 손수건을 들고 다녀야 한다는 뜻이다. 그래, 좋다. 그렇게 해서 우리가 안전하고 재클린이 더 이상 징징거리지 않는다면야 못 할 것도 없다.

그날 밤, 우리는 2층 층계참에서 기도를 했다. 머리 위에 예수님과 어떤 남자가 함께 있는 그림이 하나 걸려 있는데 이젠 그 남자가 매그너스라는 걸 알고 있다.

3주 후 우리는 토굴로 이사했다. 그동안 우리가 지내던 게스트하우스에 새 가족을 들여야 한단다. 부모와 남자애 셋, 그들이 등장하자 아이스크림도 며칠간 다시 나타났다. 우리가 새로운 삶을 결심한 후 사라졌던 아이스크림이다. 그 애들과 놀면 나도 먹을 수 있다기에 기꺼이 그중 막내를 환영했다.

그해 가을, 재클린은 젊은 여성들의 숙소에 재배정되었고 난 소녀동으로 옮겨졌다. 엄마는 독신 여성을 위한 건물로 떠났다. 사람들은 그곳을 '공장'이라고 불렀다. 엄마를 만나러 가는 건 금지되었다.

그래서 난 엄마가 병에 걸렸다는 사실도 까맣게 몰랐다.

제3장

자박자박 자갈길을 걷는데 들종다리의 노랫소리가 들렸다. 들꽃들도 한결같았다. 10분 전에도 그 모습이고, 보이지 않는 구원의 거품에 에워싸인 채 에임스에 갈 때도 그런 모습이었다. 태양은 빛나고 기온은 섭씨 20도 정도로 포근했다. 아름다운 날이다.

당연하다. 세상은 아름다움이라는 미망으로 가득하도다.

매그너스의 말이다.

하지만 내가 아는 유일한 아름다움은 저 담벼락 너머에 갇혀 있다.

걸음을 멈추고 돌아보니 대문이 그르렁거리며 닫히기 시작했다. 밋밋하기 짝이 없는 벽이 주차장을 가리고 그 너머 본관도 가렸다. 대문은 철의 장막처럼, 모여 있는 형제들을 잠식하기 시작했다. 마침내 매그너스만 남았다. 그는 나를 등진 채 진입로를 따라 올라갔다. 한 팔로 재클린, 내 언니의 허리를 안은 채.

그의 아내.

다른 사람들이 다가와 두 사람을 안아주었다. 누군가 찬송가를 부르자 모두들 점심 식사를 하기 위해 언덕을 올라갔다.

이윽고 대문이 그르렁거리며 완전히 닫혔다. 난 한참 동안 그쪽을 바라보았다. 이제 곧 이 땅이 나를 삼키고 번갯불이 내 속부터 태워버리겠지?

배 속이 울렁거렸다. 들종다리도 계속 조잘거렸다.

도로를 향해 걷는데 한 여인이 차에서 내렸다. 나는 비척거리며 걷다가 급기야 달리기 시작했다. 내딛을 때마다 비닐백이 허벅지를 때렸다.

엄마의 옛 절친, 줄리였다. 줄리가 나를 끌어안았다.

"오, 너구나. 찾았어, 마침내 찾았어."

나는 오열을 하며 흐느꼈다. 아직 눈물이 남아 있었다니! 내 울음은 마치 목이 졸린 채로 헐떡이며 내뱉는 소리 같았다.

"…네 엄마한테도 말했다. 큰 실수라고." 줄리가 내 머리에 대고 한탄하듯 내뱉더니, 나를 떼어내며 위아래로 훑어보았다. "저 미친 곳으로 간다고 해서 내내 싸웠어. 괜찮아. 이제 안전하단다. 맙소사, 어쩌면 넌 그렇게 네 엄마를 빼닮았니? 아픈 데는 없고?"

내가 멍하니 고개를 끄덕였다.

"여기서 당장 나가자." 줄리는 어깨 너머를 돌아보고는 나를 자동차 쪽으로 이끌었다. "이곳 인간들은 절대 변하지 않아. 네 언니도 미쳤어… 아니, 앞에 앉아라. 배고프니? 배고파 보이는구나."

나는 조수석에 앉았다. 뒷자리에는 10대 소녀가 타고 있었다. 탱크톱에 반바지 차림, 소녀는 구부정하게 앉아 휴대폰을 두드리고 있었다. 초록색 꽁지머리 위로 쓴 커다란 헤드폰이 인상적이었다. 그녀가 나를 보더니 헤드폰을 벗어 목에 걸었다.

"안녕." 소녀가 인사했다.

차가 움직였다. 난 다시 벽을 돌아보았다. 트룰리와 나 사이의 보이지 않는 끈이 점점 팽팽하게 당겨졌다. 차라리 비명이라도 지르고 싶었다.

"윈터, 그 애는 로렌이야. 애들하고는 이복 지간이고 나이는 열여섯이란다."

애들, 이복형제? 무슨 뜻이지? 난 무심코 듣다가 마침내 줄리의 두 아들 얘기라는 걸 깨달았다. 그 옛날 주말마다 함께 어울려 놀던 아이들. 엄마가 재키와 나를 줄리 집으로 데려다주기도 했다. 우리와는 달리 없는 게 없던 집이었는데. 비디오 게임, 애니메이션 방송, 아이스캔디와 독립기념일의 폭죽놀이… 그러고 보니 줄리 가족이 이사한 이후로 독립기념일 행사에 참여해 본 적이 없군. 그 후 1년간 내 세계는 암흑이 되었고 마침내 엔클라베에 들어왔다.

"로렌은 애틀랜타에서 태어났어. 이혼한 뒤 켄과 그곳으로 이사했거든. 켄, 기억하지? 우리가 결혼한 지도 15년이나 되었구나."

어쩔 수 없었다. 로렌의 핫팬츠와 탱크톱, 머리카락, 줄리의 이혼과 재혼, 결혼 전에 로렌이 태어났다는 사실, 줄리가 운전하는 내내 그녀의 손목에서 달랑거리는 예쁜 팔찌, 이 모든 것들을 봤다면 매그너스는 분명 잔소리를 쏟아붙였을 것이다. 매그너스의 잔소리가 머릿속에서 계속 맴돌았다. 어쨌거나 로렌과 줄리는 다들 매력적인 사람들이

긴 했다.

로렌의 헤드폰에서 쇳소리 같은 음악이 흘러나왔다. 나는 그 음악에 집중했다. 매그너스의 목소리를 틀어막기 위해서였다.

지옥에 있다는 게 이런 뜻일까? 사방에서 매그너스를 보고 들어야 하는 것?

"그래서, 어땠어?" 로렌이 물었다.

"뭐가?" 내가 되물었다.

"사이비 종교 집단에서 지내는 일."

"로렌!" 줄리가 백미러를 보며 소리쳤다.

"뭐가? 엄마도 그렇게 불렀잖아!" 로렌이 항변했다.

줄리가 손을 들었다. "로렌 잔트. 한마디만 더 해봐."

사이비 종교.

그 단어는 나도 안다. 농산물 장터에 따라갈 때, 바깥 사람들로부터 그런 더러운 거짓말을 들을지도 모른다고 경고를 받기도 했다. 매그너스는 다른 사람들이 우리를 조롱하면 오히려 그걸 자랑스럽게 생각해야 한다고도 했지만, 막상 10대 아이들이 우리를 이상한 시선으로 보면 나도 모르게 두 뺨이 벌게지곤 했다. 지금 로렌의 눈빛처럼.

다시 돌아보았지만 더 이상 담벼락이 보이지 않았다. 지평선에 묻힌 것이다.

몇 킬로미터 달린 후 줄리가 식당 앞에 차를 세웠다. 식당 구석에 TV가 있었다. TV를 본 게 얼마만인가? 붉은색 부스들을 보니 어릴 때 갔던 데니식당 기억도 났다. 아이오와주로 가는 길에 그곳에서 '멋진' 식사를 했다. "치즈버거를 먹자. 언제 또 먹게 될지 누가 알겠니?"

엄마의 말에 난 치즈버거를 먹었다.

지금은 치즈버거 생각만으로도 욕지기가 났다. 주방 냄새, 기름진 고기와 감자튀김도 마찬가지다.

테이블의 메뉴판을 뚫어져라 보았지만 아직은 트룰리의 마지막 표정만이 선했다.

"윈터? 뭐 먹을래?" 줄리가 묻는다.

그러고 보니 종업원이 벌써 와 있다. 이곳에서는 모두 나를 배려하는구나.

"곡물이나 유제품 들어가지 않은 메뉴가 있나요?" 내가 종업원에게 물었다. 코에 피어싱, 손목에 문신을 하고 새빨간 립스틱을 바른 여자.

여자가 천장을 올려다본다. "포트 로스트, 프라이드치킨…"

"아니면 소고기?"

"샐러드?" 여자가 어깨를 으쓱했다.

"샐러드 주세요."

"잠깐, 조금만 기다려요. 예?" 줄리가 종업원에게 말했다. 여자가 자리를 뜨자 줄리가 내 쪽으로 몸을 기울이더니 조용히 말했다. "윈터, 그렇게 먹으면 안 돼. 봐봐. 가죽하고 뼈만 남았잖아."

"채식주의자야, 뭐야?" 로렌이 물었다.

"여기 봐. 수프. 수프는 어때? 여기, 여기. 검은콩과 쌀로 만들었잖니?"

하지만 내 눈에 들어온 것은 다른 메뉴였다.

"아이스크림 먹어도 돼요?"

"그래, 그게 좋겠다! 여기, 주문이요." 줄리가 찰싹 메뉴판을 때리며 종업원을 불렀다. 주문하는 동안 난 줄리를 보았다. 줄리는 확실히 달라졌다. 내 기억보다 훨씬 예뻐졌다. 예전에는 뚱뚱했는데… 눈 주변의 다크서클도 사라지고 머리색은 밝아져 금발에 가까웠다. 선글라스를 머리에 얹은 탓인지 얼핏 영화배우처럼 보이기도 했다.

아름다움이라는 미망…

닥쳐.

나는 양해를 구하고 화장실에 갔다. 종이타월로 손을 닦고, 잠시 망설이다 한 장, 두 장, 세 장을 더 빼내 주머니에 넣었다. 이제 내게 뭐라고 하는 사람도 없으니.

나는 소매로 손을 덮은 뒤 문을 열었다.

초콜릿 아이스크림을 먹으면서, 애틀랜타에서 어떻게 그렇게 빨리 이곳에 올 수 있었는지 물었다. 줄리의 기름진 치즈는 차마 쳐다보기도 어려웠다.

"이사 온 지 벌써 5년이야. 지금은 네이퍼빌에 살아. 시카고에서 30분밖에 안 걸리지."

"엿 같은 동네." 로렌이 투덜댄다.

줄리가 로렌을 노려보다가 내게 시선을 돌렸다.

"그래, 엄마 얘기 좀 해보렴."

나는 아이스크림을 쿡 찔러보았다. 아이스크림은 기억보다 훨씬 더 달콤했다. 특별히 찾는 것은 없었지만, 나는 무심코 주위를 둘러보았다. 파수꾼들이 나를 다시 끌고 갈까 두려운 걸까? 어차피 상황은 꼬여버렸고, 아직은 쉽사리 끌려갈 생각이 없다.

"병에 걸린 것만 알아요." 내가 대답했다.

"그게 언제지?"

"제가 열두 살 때. 10년쯤 전인가 봐요."

줄리가 내 쪽으로 감자튀김을 내밀었다. 나는 하나를 집어 끄트머리를 씹어보고 녹은 아이스크림 위에 찍어보았다. 어릴 때 종종 하던 짓이다. 그러고 보니 어디선가 체리 사탕과 빈부리토 냄새가 나는 듯했다.

"병명이 뭐라디? 얘기해 주던?"

"그 사람들 말로는, 그곳에 들어가기 전부터 이미 영혼에 병이 들었다고 했어요."

줄리는 쨍그랑 포크를 내려놓으며 '하느님 맙소사'를 중얼거렸다. 물론 기도는 아니다.

"윈터, 잘 들어. 사람들은 늘 아파. 당연히. 그냥 아픈 거야. 하지만 악마가 아니라 병균 때문이야. 스트레스 때문이기도 하고. 엄마가 앞으로 얼마나 더 견딜지는 신도 모른단다. 엄마를 병원에 데려간 적 있니?"

"저도 몰라요."

엄마가 예배에 나오지 않은 적이 있었다. 소녀동 사감과 재클린에게 엄마가 어디 있는지 물었지만 대답해 주지 않았다. 결국 본관까지 갔다가 파수꾼에게 잡혀 교육관에 끌려가 밤새도록 참회를 해야 했다.

사흘 후, 엄마가 돌아왔다고 한 소녀가 알려줬지만 엄마를 만날 수는 없었다.

"엄마는 치료받은 적이 있니? 엄마한테 선택권을 주기는 했어?" 줄리가 신경질을 내며 물었다.

병자를 치료하겠다고 어찌 병자에게 데려갈쏘냐? 복된 이들과 함께 지내면 회복하리로다.

갑자기 식욕이 떨어졌다.

"나보고 기도하랬어요. 엄마가 건강을 되찾을 수 있게, 내 죄를 고하라고. 내 죄를 인정하면 엄마를 구할 수 있다고도 했죠."

로렌은 헐, 하며 기막혀했다. 줄리는 잠시 눈을 감았다. "애야, 말도 안 되는 얘기야, 알지?"

내가 고개를 끄덕였다. 스스로 참회실에 들어가 일주일 동안 금식했다는 말은 줄리에게 굳이 하지 않았다. 그때 난 과거를 샅샅이 뒤져 잘못했음 직한 일들을 빠짐없이 적어냈다. 아라의 인형에 얼굴을 그리고, 재키 언니 친구들의 코바늘 바구니에서 실을 한 뭉치 훔쳐 인형을 꿰맨 다음 아라에게 인형이 귀신 들린 것 같다고 놀리기도 했다. 인형을 아라 침대에 올려놓고 구석에 숨은 다음 악마의 인형술사처럼 실을 잡아당긴 적도 있다. 아라가 비명을 지르는 바람에 소녀동 사감 둘이 놀라서 기숙사로 달려왔는데, 하필 그중 하나가 바닥에 넘어져 턱을 다쳤다. 그때 나는 처음으로 참회실에 갇혔다. 당시에는 비명을 지르며 문을 걷어찼을 뿐, 기도는 한 번도 하지 않았다. 물론 그 사실도 기록했다.

달콤한 케이크를 잊지 못하고, 토마토 통조림 만드는 일이 싫고, 예배 시간에 남자애들에게 키스하는 꿈을 꾸었다는 사실도, 순서대로 고해했다.

한 아이에게 본 조비 노래를 가르치고, 청소 시간에 『핑키와 브레인』 장면들을 재현해 보여주고, 아라의 베개에 몰래 방귀를 (그것도 여러 번) 뀌었다는 사실도 적어냈다. 악마의 인형 사건 이후 아라가 툭하면 내 일탈 행위를 고자질하는 데 대한 보복으로 저지른 짓이었다.

참회실에서 나오자마자 6인의 장로 앞에서 그 죄를 모두 고해해야 했다는 얘기도 하지 않았다. 스물세 쪽의 죄들, 사실이거나 과장하거나 만들어 낸 죄들. 나는 손을 떨고 굴욕의 눈물까지 흘리며 죄목을 하나씩 읽어 내려갔다. 그 이야기에 등장하는 아이들이 나를 미워하게 되겠지만 그래도 난 고백했다. 그 일을 해야지만 엄마가 살아난다고 확신했기 때문이다.

고해를 마치는 순간, 엄마가 치유되리라고 확신했다는 얘기도 하지 않았다. 고해를 하고 그 벌로 하루 더 금식을 하면서 다시 태어난 기분이 들었다는 얘기도, 그 후 마음이 편해지며 은총으로 가득 찼다는 말도 굳이 얘기하지 않았다.

엄마가 보고 싶어 미칠 것만 같았다. 엄마를 만나 다 잘될 거라고 말해주고 싶었다. 엄마가 요양 중이라고 했을 때 그렇게 끈기 있게 기다린 이유도 그 때문이었다. 나는 엄마가 정말 좋아지고 있다고 믿었다.

"그래서 어떻게 됐지?" 줄리가 묻는다.

"돌아가셨어요." 짧고도 부족한 대답.

고개를 돌린 줄리의 턱이 파르르 떨렸다. 로렌이 우리 둘을 번갈아 보았다. 잠시 후 줄리가 냅킨 자락으로 눈물을 찍어낸 뒤 테이블 너머 내 두 손을 잡아주었다.

함께 있는 내내 줄리는 손을 씻지 않았다. 한 번도.

"자, 잘 들어. 네 잘못이 아냐. 그 어느 것도. 누군가 잘못이 있다면, 너희를 그곳으로 데려간 네 엄마 잘못이겠지… 아니, 아냐. 그것도 아니다. 네 엄마 결정이 맘에 들지는 않지만 그렇게 말할 수는 없지. 엄마는 보호소에도 안 가고 애틀랜타에도 오지 않으려 했어. 네이트가 찾아올까 봐 그랬다는데 정말 그럴지도 모르잖아. 그냥 강제로라도 너희 세 모녀를 차에 태우는 건데 후회스럽구나."

네이트.

아버지의 이름을 들은 것도 15년 만이다.

"그러고 보니 그 말도 해야겠구나. 네 아빠도 2년 전에 세상을 떠났단다." 줄리가 내 손을 만지작거리며 말했다.

"어떻게요?" 나도 모르게 나온 말이다.

"자살이야. 머리에 총을 쐈지."

자살? 영겁의 저주에 빠질 죄악. 그때까지 저지른 죄로도 부족했다는 건가?

"유감이라고 말하고 싶지만 솔직히 모르겠다." 줄리는 입을 굳게 다물었다. "이메일을 받자마자 네 엄마한테도 알리려 했어. 소식을 들으면 새 출발을 할 용기를 얻을지도 모른다고 생각했는데… 저놈들 말이 엄마가 죽었다는구나. 얼마나 놀랐던지."

줄리가 내 손을 놓고 눈물을 닦았다. 줄리의 마스카라가 번졌다. "너희들하고 얘기하고 싶었지만 그것마저 허락되지 않았어. 너희가 과거의 사람들과 만나기를 원치 않는다며. 맙소사, 그럴 리가 없잖아!" 줄리가 분을 참지 못한 채 씩씩거린다.

아니, 그럴 리가 있었다. 2년 전이라면 난 그런 요구에 꿈쩍도 하지 않았을 것이다. 아무리 줄리가 보고 싶었다 해도 내 믿음은 그보다 더 컸으니까. 나는 여전히 내 주변에서 일어난 불행들을 나 자신의 이해 부족이나 잘못된 본성 탓으로 돌리고 있었다. 내 눈을 노려보는 진실과 마주하기보다는, 말이 안 되는 상황을 합리화하는 편이 훨씬 더 쉬웠다.

게다가 내겐 이제 재클린… 그리고 트룰리밖에 없지 않는가.

"변호사도 만나봤다. 이런 문제를 많이 다뤄본 사람이지만 더 이상 너희 둘 다 미성년자가 아니잖니."

내가 번쩍 고개를 들었다.

"재키 언니한테 딸이 있어요."

줄리가 눈을 끔벅였다. "딸? 몇 살인데?"

"네 살요. 그 애를 빼낼 수 있을까요?"

줄리가 한숨을 내쉬었다. "얘야, 아이를 부모한테서 빼앗으려면 그 애가 위험하다거나 학대를 받는다는 증거가 있어야 해. 그 애를 누가 때렸니? 학대하는 사람이 있어? 아니면… 함부로 손을 댄다든가?"

맙소사, 누가 매그너스 딸에게 해코지를 하겠는가? 난 고개를 저었다.

"그럼, 언니는 어떻게 된 건데?" 로렌이 묻는다.

"뭐가?"

"왜 쫓겨났느냐고."

난 두 사람의 시선을 느꼈다. 로렌은 내 머리에 뿔이라도 돋은 것처럼 나를 노려보았고, 줄리의 호기심 밑으로는 벌써부터 분노가 똬리를 틀고 있었다.

지난 4주간의 우여곡절을 어떻게 다 얘기한단 말인가? "신앙을 포기했어."

"그래, 그나마 넌 네 앞가림은 할 능력이라도 있지. 재키도 어서 정신 차리면 좋으련만. 아무튼 너라도 빠져나와 다행이다."

다행? 그건 금지된 단어다. 내가 다행인 걸까?

아니, 난 혼자다. 그 이상도 그 이하도 아니다. 가진 것이라고는 이 차 앞좌석의 비닐백이 전부인 철저한 무일푼. 가족도 집도 없고 이 바깥세상에서 어떻게 살아갈지 아무 계획도 없다.

그런데 다행이라고?

종업원이 맞은편 부스에 멈춰 서더니, 손에 든 커피포트도 잊은 채 멍하니 TV를 바라보았다. 그녀의 시선을 쫓아가니, 화면에 주차장이 보이고 주차장 지붕에 세 사람이 서 있었다.

"소리 좀 키워봐." 그녀가 다른 종업원을 불렀다.

검은색 앞치마를 차려입은 여자가(나이는 더 어려 보였다) 카운터의 리모컨을 집어 볼륨을 키웠다. 아나운서의 목소리가 우리 부스에까지 닿았다.

"…당국의 발표에 따르면, 시카고 다운타운에서 한 부부와 신원미상의 유모가 자기 아이들에게 하늘을 나는 법을 가르치고 있습니다. 정말로 기이하고 끔찍한 광경이 아닐 수…" 아나운서도 정말 당혹스러운 목소리다.

"사람들이 미쳐가고 있어." 줄리가 고개를 저으며 탄식했다.

"약 먹은 거 아냐?" 로렌이 중얼거렸다.

어느 가족의 사진이 화면 가득 펼쳐졌다. 아무것도 이해할 수가 없었다. 사람들이 활짝 웃으며 주차장 지붕에 서 있었다. 모두 흰옷을 입었다. 금발의 엄마, 피부색이 짙은 아빠, 사춘기의 소녀와 더 어린 소년… 남자애는 한 팔로 독일 셰퍼드를 안고 있었다.

갑자기 아나운서의 목소리가 커지더니 사진이 사라지고 다시 생중계로 돌아갔다. 때마침 한 사람이 지붕 위에서 하늘로 날아오르다가 백조처럼 다이빙을 했다. 줄리가 헉! 신음을 흘렸고, 종업원이 비명을 질렀다. 포트의 커피가 튀었다. 화면에 다시 앵커의 모습이 나타났다.

"오, 세상에!" 로렌도 놀라 화들짝 헤드폰을 벗었다.

"저기, 죄송한데요." 줄리가 종업원의 시선을 끌려 했다. 손님 몇몇은 그 장면을 더 자세히 보기 위해 TV 앞으로 다가갔다. "채널을 돌리면 안 될까요? 아이들이 볼 내용이 못 되네요."

종업원이 돌아보았다. "그 말 들었어요? 아이들에게 하늘을 나는 법을 가르치겠다고?"

그때 TV가 갑자기 먹통이 되었다. 식당 조명도 모두 꺼졌다. 종업원이 짜증을 내며 성큼성큼 주방으로 걸어갔다.

"무슨 일이지?" 로렌이 주변을 둘러보며 물었다.

"글쎄다. 어쨌든 나가는 게 좋겠어." 줄리가 가방에서 돈지갑을 꺼내 지폐 몇 장을 테이블 위에 놓았다.

나도 부스를 빠져나왔다. 손바닥은 땀에 젖었고 손가락은 차가웠다.

"이… 이런 일이 자주 있나요?" 차에 탄 다음 내가 물었다. 백조처럼 뛰어내리는 모습이 머릿속에서 계속 도돌이표를 찍었다. 너무 끔찍해.

도대체 내가 어떤 세상에 돌아온 걸까?

"정전?" 줄리가 차를 빼면서 계기반을 힐끗 보았다.

"아뇨, 뉴스에 나온 사람들요." 엔클라베에서도 폭풍우가 불면 정전이 되곤 했지만, 지금은 창을 통해 햇볕이 쏟아져 들어왔다.

"점점 늘어나는 것 같긴 해. 미친 짓 아니면 총 들고 난리법석이야."

"테러도 있고." 로렌이 뒷좌석에서 거들었다.

"말했잖아. 총 들고 난리라고."

"도로 한복판에서 춤도 추는데, 뭘." 로렌이 덧붙였다.

"응?" 내가 되물었다.

줄리가 눈을 굴리며 혀를 찼다. "어떤 미친놈이 59번 고속도로에서 문워크를 하다가 차에 치였지 뭐니? 내가 친 건 아니지만, 아무튼 식료품 사는 중에 일어난 일이기는 해. 1시간 동안 교통이 두절되었는데, 게다가 차는 기름이 바닥났고… 누가 콘서트에 간다며 몰고 나갔다가 그냥 처박아 둔 덕이란다. 결국 기름이 떨어져 긴급출동까지 부르고…" 줄리가 힐끔 백미러를 보았다.

"미안하다고 했잖아!" 로렌이 투덜댔다.

"내가 그랬지. 앞으로 일주일 동안 차 대여 금지라고."

나는 두 사람을 번갈아 보았다. 누군가 고속도로에서 목숨을 잃었다. 지금껏 배운 바에 따르면, 지금 이 순간 그 사람은 지옥에서 몸부림을 치고 있을 텐데… 이들은 기껏 불편 타령이나 하고 있다.

하지만 식당에서는 둘 다 질겁하지 않았던가. 말인즉슨, 이런 일이 정상적이지는 않다는 뜻이다.

"그런데 어떻게 정오 전에 아이오와주까지 오셨어요?" 내가 천천히 물었다.

"어제 왔어. 아니면 일찍 올 수가 없었지." 줄리의 대답이었다.

"제가 전화한 건 오늘 아침인데요?" 다이얼을 돌린 것도 15년 만의 일이다. 심지어 내 파일에 적힌 번호가 누구 전화인지도 몰랐다.

줄리는 나와 도로를 번갈아 보다 이마를 찡그렸다. "얘야, 벌써 사흘 전에 음성 메시지를 받았단다. 네가 잠시 묵을 곳이 필요하게 될 것 같다는."

"예? 누가요?" 사흘 전이면 추방 결정이 나기도 전이었다.

"네 언니, 재클린."

제4장

새로 온 여자애는 내 또래였다. 열다섯에서 한 살 정도 위나 아래? 특유의 오만상을 짓는 표정을 보니 이곳에 처음 왔을 때의 재클린이 생각나기도 했다.

아니, 이 아이에 비하면 재클린은 양반이었다.

재클린이 여전히 세상의 눈치를 보았지만, 그 아이는 자기를 어떻게 보든 개의치 않겠다는 분위기를 뿜뿜 풍기고 다녔다. 머리는 반쪽만 밀고 화장을 두껍게 한 탓에 눈총을 많이 받기도 했다. 솔직히 말하면, 난 그래서 그 아이에게 끌렸다고 해야겠다.

"아이스크림 먹을래?" 내가 물었다. 데리고 나가려는 티는 되도록 내지 말라고 했는데. 게스트하우스의 거실, 한때 우리가 묵던 곳이다. 그때만 해도 이곳이 우리 집이라고 생각했다. 양탄자와 인형 등을 볼 때마다 엄마가 이곳을 좋아했던 기억만 떠올랐다.

그때마다 엄마의 부재가 고통스러웠다.

소녀가 나를 돌아보는데 표정이 거의 '지금 장난하니?' 수준이었다.

"정원에 연못을 새로 만들었어. 여름이면, 그 물에 발을 담그고…"

그때는 1월 중순이었다.

"담배 없냐?" 소녀가 물었다. 옴니 장로가 소녀의 아버지를 데리고 단지 구경을 떠났기에, 그 집에 나 혼자뿐이었다. 그런데도 아이의 목소리가 너무 커서 움찔할 수밖에 없었다. 구석의 카메라 눈도 무서웠다.

"아니, 없어." 손님들은 엔클라베에서도 상당한 자유를 누렸다. 선택받은 이들과 동일한 규칙에 얽매이지도 않았다. 소녀가 찢어진 티셔츠 차림에 입에 담배까지 꼬나물고 엔클라베를 돌아다닌다고 생각하니 나도 모르게 웃음이 났다. 아라와 그녀의 사도 군단은 뭐라고 할까?

"떨은?" 소녀가 물었다.

"응?"

"없어?"

"떨이 뭐야?" 내가 당황해하며 대답했다.

소녀가 눈을 굴리며 돌아앉았다. 한쪽 머리는 면도를 해 격자무늬를 이루고 있었고 반대쪽 머리는 검은 머리카락이 턱까지 흘러내렸다. 검은색 아이라인, 양쪽 귀에 각각 피어싱 다섯 개… 검은색 아이라인만 아니었다면 정말 예쁜 소년처럼 보이겠다는 생각도 들었다. 혹은 양쪽 귀에 다섯 개씩 박아놓은 스터드 피어싱이라도 없었으면. 어느 쪽이건 그녀를 더 예뻐 보이게 만드는 것 같지는 않았다.

그래도 난 그 아이가 좋았다. 야성적이고 위험했으며 무엇보다 바깥세상 냄새가 났다. 당연히 반발했어야 하지만 나는 오히려 그 아이와 친구가 되고 싶었다. 게다가 상점을 담당하던 재클린이, 의복과 상담 업무를 맡게 되면서 일주일에 이틀은 에임스에 나가 있었다.

"음, 애, 이리 와봐." 내가 일어나며 따라오라고 손짓을 했다.

소녀는 한숨을 내쉬더니 한 박자 늦게 부엌으로 따라왔다. 나는 선반에서 잼 단지를 꺼냈다. 새 가족이 올 때마다 신선한 잼을 갖다 놓는데 이번에는 딸기였다.

"이 안에 카메라가 있어." 내가 속삭였다.

소녀가 눈썹을 치켜떴다. 마침내 아이의 호기심을 건드린 것이다.

"이거 수제 잼인데 먹어볼래?" 내가 큰 소리로 물었다. 누구든 엿듣는 사람이 있을 것이다.

내가 손짓으로 대답을 유도했다.

"어, 그래. 맛… 있어 보이네."

"넌 이름이 뭐야?" 내가 조심스레 물었다.

"셰이. 웬 개떡 같은 곳이냐, 여긴? 설마 화장실에도 카메라가 있는 건 아니겠지? 네가 오기 전에 오줌도 쌌단 말이야. 미친놈들."

"어디에서 왔어?" 내가 물었다. 서랍에서 식칼을 꺼내 쩽그랑거리고 빵 덩어리도 찾았다.

"샌디에이고." 소녀가 중얼거렸다. 그녀가 카운터 끄트머리에 기대 팔짱을 꼈다.

캘리포니아 사람은 처음 봤다. 이곳 사람은 아무도, 전에 어디에서 살았는지 얘기하지 않는다.

"해변도 봤겠네?" 내가 물었다.

"매일 봤지. 해변에서 살았으니까."

세상에나, 신기해라! "어떻게 생겼어?"

"존나 끝내줘." 소녀가 주머니에서 휴대폰을 꺼내 사진들을 보여주었다. 소녀가 친구들과 함께 있는 사진을 옆에서 보는데 가슴이 쿵쾅거렸다. 이런 게 파티라는 걸까? 장난스러운 표정을 짓고, 개와 원반 던지기 놀이를 하고, 비키니 차림으로 누운 사진도 있었다. 옛날 같았으면 그러려니 했겠지만 난 사진들을 보며 충격을 받았다. 부럽기도 하고 질투도 났다. 저 밝은 표정들, 물 빛깔.

천국이 저런 모습이리라고 상상했지만… 천국은 황금색이 아니라 푸른색이어야 한다.

"자." 소녀가 휴대폰을 건네며 자신은 빵조각을 집어 들었다.

휴대폰은 접촉 금지 물건이다.

그래도 난 받아 들었다.

나는 사진을 한 장 한 장 천천히 넘겨보았다. 푸르른 바다, 하얗게 부서지는 파도, 노련한 서퍼들, 야자나무, 찬연한 하늘, 보랏빛과 오렌지색의 석양, 캠프파이어를 즐기는 또래 아이들, 아이들의 옷과 손가락 사인, 화장 등에 특히 시선이 끌렸다. 손에 든 플라스틱 컵과, 막대사탕을 문 여인, 선글라스와 황갈색 피부도 모두.

해변 사진이 끝나도 난 계속 휴대폰 화면을 넘겨보았다. 눈썹에 피어싱을 한 귀여운 남자애가 셰이를 안은 채 키스를 했다… 저런 식으로 남자와 키스하는 기분은 어떨까? 얼마나 당당하고 거리낌이 없으면 키스하면서 사진까지 찍을까?

세상에, 남자가 (셰이가 아니라) 손톱을 검게 물들였잖아! 나는 눈을 깜빡였다.

"남자친구야. 아버지가 나를 이곳에 데려온 이유도 어느 정도는 걔 때문이지." 그녀가 휴대폰을 받으며 눈을 굴렸다.

"남자가 손톱에 매니큐어를 칠했네?" 내가 물었다. 그에게 어떤 매력이 있는지도 궁금했다.

"하면 안 돼?"

새 손님을 가르치는 건 내 몫이 아니다. 게다가 사진을 더 보고 싶기도 했다.

"음악도 있니?" 내가 속삭였다.

"물론. 아주 많아."

"이어폰도 있지?"

우리는 코트를 집어 들고 부엌 뒷문으로 빠져나갔다. 그런 다음, 주머니에 손을 넣고 먼저 만찬관으로 건너갔다. 아이스크림은 이를테면 필수 코스인 셈이다.

"역겨워. 뭘로 만든 거야?" 셰이가 중얼거리며 그릇을 밀쳐냈다.

"당밀." 덕분에 셰이 몫까지 아이스크림을 차지했지만 너무 오랜만에 먹는 터라 예전과 어떤 차이가 있는지는 알지 못했다.

그다음엔 셰이를 온실로 데려가는 척 하다가, 그곳을 지나 외줄그네가 있는 헛간으로 향했다. 우리는 다락 계단에 숨어 이어폰을 나눠 끼고는 꼬박 20분 동안 노래를 들었다. 심장이 내내 쿵쾅거렸다.

셰이에게 끌려서는 안 된다. 절대 금기사항이다. 오히려 그 반대로 셰이가 무조건적인 보호와 사랑 안에 있다는 느낌을 받도록 유도하고, 그녀 주변에서 일어난 불경한 일들에 묵묵히 도덕적 판단을 가해야 했다. 그런데 그날 난, 잼과 포용의 약속을 제공하는 대신 셰이 덕분에 내 안의 갈증을 해소했다. 난 한껏 들떴다. 엄마가 죽고 5년 만에 처음으로 살아 있는 것만 같았다.

3주 동안 매일 아침 예배를 끝내고 내가 허드렛일을 시작하기 전, 우리는 매일 빠져나가 셰이의 휴대폰에서 음악을 듣고 사진과 영상을 보았다. 나는 셰이를 부추겨, 그녀가 좋아하는 영화와 TV 프로그램 줄거리를 듣고 캘리포니아와 친구들 얘기도 들었다. 친구들은 셰이를 '코코'라고 불렀다. ("샤넬이라는 뜻인데 내가 제일 좋아하는 향수야.") 고등학교("하루하루가 드라마였어."), 파티, 매니큐어 이전에 사귄 남자애들 얘기도 해줬다. 남친들의 얼빠진 표정을 보며 웃고, 몇 분 동안 파라모어, 라디오헤드, 더 킬러스의 음악을 들었다.

일하는 도중에도 머릿속으로 노래를 재생하고 샤워할 때는 가사를 읊조렸다. 밤이면 노래에 맞춰 잠에 들었다. 죄의식을 저울질하기도 했으나 이들 음악에서 악마는 찾지 못했다. 오히려 예배 때 부르는 노래보다 더 생생했다. 전자기타와 절절한 목소리들에서 난 분명 주님의 음성을 들었다… 나한테 무슨 문제가 있는 걸까?

셰이는 다른 친구들과도 어울렸다. 그중에는 신앙의 여왕 아라도 있었다. 셰이와 아라가 아이들과 놀거나 교육관 옥상에 올라가기 시작하면서, 우리 둘이 있는 시간도 점점 줄어들었다. 난 질투가 나면서도 마음이 놓였다. 질투가 난 이유는, 저들의 가짜 우정 놀이에도 셰이의 표정이 밝은 데다, 『뱀파이어 다이어리』의 엘레나가 어떻게 되었는지 궁금했기 때문이고, 마음이 놓인 이유는 셰이가 사랑받는다고 느낄수록 이곳에 남을 가능성도 크기 때문이었다.

셰이 부녀가 선택받은 이에 합류했을 때 정말 기분이 좋았다. 셰이 덕분에 나는 엔클라베의 구속을 벗어나 보다 생생하게 사는 법을 배웠다. 세속은 아니더라도 세속의 삶을 사는 것이다. 셰이도 휴대폰을 빼앗겼지만 그래도 종말이 도래할 때까지 내게 들려줄 이야기, 노래, 추억은 얼마든지 있었다.

셰이의 제멋대로인 성격이 어느 정도 나한테 옮겨 온 건 아닐까 하는 상상도 했다.

가족의 물건을 담은 통은 상점으로 넘어갔다. 그곳에서 팔아 엔클라베를 위해 쓰거나 아니면 마을의 신천국 보호소에 보내질 것이다. 다만 셰이는 몇 주 동안 볼 수 없었다. 내가 물었더니 집중 공부를 하며 관리를 받는 중이라고 했다. 지금껏 함부로 살아온 만큼 정화가 필요하다는 얘기였다.

다음에 셰이를 보았을 때, 귀걸이는 모두 사라져 있었다. 정신없이 칠했던 아이라인도 더 이상 보이지 않았다. 반쪽짜리 머리카락은 자라 지금은 중간가르마로 덮인 채였다.

셰이의 일부도 외모의 변화와 함께 사라지고 말았다. 그건 한눈에도 알 수 있었다.

이틀 후, 나도 참회실에 갇혀야 했다. 셰이와 함께 어울리면서 오염되었다는 이유로. 셰이는 통과의례를 치르면서 나를 고발했다.

참회실에서 나오니 나를 위한 새로운 벌칙이 기다리고 있었다. 무엇보다 새 손님과 만날 때면 늘 통제를 받아야 했다. 오염된 세상의 유혹은 그걸로 끝이었다. 아이스크림도 없고 지난여름 신의 정원에서 만든 잼도 더 이상 허락되지 않았다.

그 이후, 셰이와 거의 얘기도 해보지 못했다.

열일곱 번째 생일 전날, 셰이가 주차장을 가로질러 밴이 있는 쪽으로 걸어갔다. 셰이는 손에 농산물 시장에 내갈 종자 바구니를 들고 있었다. 순간 질투가 아랫배를 찔렀다. 지난해 고등학교 과정을 마친 후, 나는 시장에서 물건을 팔거나 재클린과 에임스에서 의복 구호활동을 하기 위해 미친 듯이 일했다. 그 일은 당시 재클린의 담당이었다.

나를 바깥세상에 내보내기엔 '너무 나약하다'고 판단한 반면, 셰이는 이곳에 들어온 지 2년도 채 되지 않아 토요일마다 나가도 좋다는 허락을 받은 것이다.

그날 오후 셰이는 에임스의 인파 속으로 사라졌다. 돈 상자에서 100달러까지 들고.

이제 이해가 갔다. 셰이가 개종 이후 왜 그렇게 완벽하게 적응했는지. 셰이는 이곳에 머물 생각이 전혀 없었다. 그 오랜 시간 탈출 기회를 엿보며 기다린 것이다.

나와 어울리지 못한 이유도 그 때문이었다. 나 같은 문제아와 얽히는 순간 모든 게 물거품이 되고 만다.

지금껏 나는 셰이를 미워한다고 믿었다. 적어도 실망은 했다. 어느 날 밤 침대에 누웠는데 셰이 생각이 났다. 셰이는 샌디에이고에 돌아갔을까? 그래서 매니큐어 남친의 품에 안겼을까? 비키니 차림으로?

제5장

요컨대 이곳은 '지옥'인 셈이다. 줄리의 제2차고 위의 별채. 그렇게 큰 침대는 본 적도 없었다. 희고 두터운 이불에 푹신한 베개가 세 개나 놓여 있었다. 화장대에는 옷을 넣고도 남을 만큼 서랍이 달려 있었고 책꽂이에도 소설 책이 가득했다. 진짜 변기가 있는 욕실, 싱크대 위를 가득 채운 거울, 욕조 앞 부드러운 양탄자. 거실에 나가면 카우치에 누워 창문만 한 TV를 시청할 수 있었다. 자그마한 부엌에는 접시, 유리잔, 식기들이 구색을 갖추고 있고 작은 냉장고 안엔 줄리가 사놓은 플라스틱 생수병이 가득했다.

"다행이네. 무사히 돌아왔어." 우리가 도착하자 로렌이 얼굴을 찡그리며 말했다.

다행, 또 그 단어가 나왔다. 이번에는 나도 동의했다. 이곳에 와서 제일 먼저 안채를 보여주었을 때 이미 그 크기에 압도된 터였다. 시카고 시절 줄리의 옛집도 좋았지만, 이 집은 내가 열아홉 명의 여자애들과 함께 지낸 토굴보다 넓었다. 내 방 아래층 말고도 주차장은 두 개나 더 있었는데 하나는 레저용 보트가 자리를 차지하고 있었다.

"욕실에 비누, 샴푸, 칫솔, 다 있다. 내일 주스와 과자도 좀 사다 놓아야겠어." 줄리가 기지개를 켜며 말했다.

"엄마, 왜 난 별채 안 줘? 윈터 언니가 내 방 쓰면 되잖아." 로렌이 투덜댔다.

"윈터는 너보다 나이도 많고 프라이버시도 중요하잖아."

"나도 사생활 있어." 로렌이 중얼거렸다.

"남자애들은 다 어디 있어요?" 내가 물었다. 도착한 후 남자애들은 흔적도 보지 못했다.

줄리가 한숨을 내쉬었다.

"케이든은 약혼녀와 뉴멕시코에 살고, 스테판은 콜럼버스에서 대학에 다녀. 브렌든은 자기 아빠와 살기로 했고." 그녀가 씁쓸하게 웃으며 대답한다.

모녀와 다시 만난 것은, 로렌의 아버지가 퇴근길에 사 온 중국 음식을 먹기 위해서였다. 나로서는 그날 두 번째로 먹는 식당 음식이다. 모두를 위한 고기 튀김과 내 몫의 채소. 그리고 행운의 포천쿠키 몇 개.

켄, 로렌, 줄리가 테이블 위에 쿠키를 섞으며 웃었다.

켄은 인상이 좋았다. 안으로 들어오자마자 제일 먼저 줄리에게 키스하는데 눈가에 웃음기가 가득했다. 이혼한 여자와 결혼한 사실도, 의사라는 직업이 신의 의지에 반한다는 사실도 전혀 개의치 않는 듯 보였다.

무엇보다 소매를 내리고, 손목까지 단추를 채우지 않았는가!

"윈터가 먼저 고르렴." 켄이 말한다.

난 머뭇거렸다.

"음, 아무래도 나중에 해야 할 모양이다." 줄리가 내 눈치를 보더니 다시 쿠키를 모으려 했다. 내가 재빨리 제일 가까운 것을 집었다.

"이걸로 할래요."

"좋아. 행운을 빈다!" 켄이 제일 먼 곳의 쿠키를 고르고 로렌과 줄리가 남은 두 개를 두고 다투었다. 셋은 테이블에 쿠키를 깨뜨린 뒤 플라스틱을 개봉하며 키득거렸다.

"그대는 생각보다 강하다. 쳇, 노잼이네." 로렌이 투덜댔다.

"웃음은 만병통치약. 맞는 말이긴 하네." 켄.

나도 비닐을 벗기고 쿠키를 깨서 개봉했다. 그런데… 종이 쪽지가 없다! 난 난감한 표정으로 줄리를 보았다.

"스스로 운명을 개척해 나가라는 얘기 같구나." 켄이 쿠키 조각들을 정리하며 말했다. 남자가 이런 일 하는 것도 처음 본다. 그가 손짓으로 우리를 물러나게 했다.

"아가씨들은 영화나 한 편 때리시지? 윈터만 피곤하지 않으면." 그가 말했다.

나는 양해를 구하고 물러났다. 식사 고맙습니다. 모두 감사합니다.

별채에 돌아온 후 숙소를 구경했다. 짝이 맞지 않는 비누들, 작은 샴푸병 몇 개, 린스, 서랍 속 다른 세안 용품들. 깨알같이 쓰인 사용법도 읽어보았다.

부엌에 들어가 찬장에서 그릇도 꺼내 만져보았다. 접시 여덟 개, 유리 잔 여섯 개, 머그잔 네 개. 보조 테이블 줄을 카운터와 평행이 되게 맞춘 뒤에는 책장 앞에 무릎을 꿇고 이런저런 책들을 살폈다.

『빅 리틀 라이즈』, 『마녀』, 『유령탄광』, 『16세기의 유혹』, 『원숭이 신의 잃어버린 도시』. 엔클라베에선 절대 허용되지 않을 이야기들이다. 엔클라베에선 몇 개 되지 않는 고전 명작들만 반입이 가능했지만 그때조차 엄격한 조건들이 따라붙었다. 나는 낡은 책들을 살피다가 『빗속을 달리는 기술』을 꺼내 들었다.

책을 들고 침대에 오르니 협탁 위에 리모컨이 보였다. 난 겨우 버튼을 찾아 TV를 켰다.

외계인 영화, 범죄 드라마, 토론 프로그램… 여기저기 채널을 돌리니 섬뜩하기도 하고 신기하기도 하고 기가 막히기도 했다. 주차장 지붕에서 뛰어내린 가족에 대해 조금 더 알고 싶었는데, 갑자기 트룰리 또래의 여자아이가 나오는 TV 광고가 나를 충격에 빠뜨렸다. 순간 머릿속에서 매그너스의 목소리가 울렸다. 넌 트룰리를 버리고 달아났어, 세속적인 음식을 처먹고, 역겨운 포천쿠키를 헤집으면서 점이나 치고 앉아 있지.

닥쳐! 닥쳐! 닥쳐!

나는 두 주먹을 불끈 쥐었다,

채널을 돌리다 보니 디즈니 채널이 나왔다. 예전에 좋아했던 방송인데. 난 〈니모를 찾아서〉를 보다가 잠에 빠졌다.

제6장

셰이가 사라지고 맞은 첫 안식일, 예배는 제단 후진後陣의 위쪽 스크
린에 바깥세상의 기사 제목이 조용히 흐르는 것으로 시작했다.

전염병 창궐…

총격으로 13명 사망… 총격으로 27명 사망… 56명… 수백 명 사망…

눈사태, 허리케인, 지진, 산사태… 수천의 생명을 앗아 가다…

대홍수에 수백 명 사망…

기근으로 수천 명 사망…

인종청소, 난민…

아동 음란물 난립, 아동 수백 명 실종…

핵전쟁 위협…

헉, 으악, 선택받은 이들의 탄성과 비명 소리가 점점 커져갔다.

연단에 올라선 매그너스는 아무 말 없이 우리를 바라보았다.

"내가 이렇게 된다고 예언했어, 안 했어?" 그가 마침내 조용히 읊조렸다.

주변에서 '주여', '믿습니다' 하는 소리가 웅성거렸다.

"내가 말하지 않았던가? 언젠가가 아니라 바로 이 시대가 그렇다고? 오늘 다시 말한다. 바로 이 자리. 저것이." …스크린을 가리키며… "바로 종말의 시작이야. 지금도 벌어지고 있지. 내가 말하는 동안에도! 현혹된 자들이 불멸의 지옥 구덩이에 빠진 채 인류를 오염시키고 있어! 경찰은 막지 못해! 세계 지도자도 못 막아! 주님도 이제는 안 돼!"

"아멘!"의 합창이 등 뒤 신도석에서 쏟아져 나왔다.

"그런데 아직도! 아직도… 이렇게 묻는 자들이 있어. 왜 병들어 죽어가는 이들을 구하지 않나요? 왜 곧 멸망할 이들을 위로하지 않나요? 사마리아인도 도둑들한테 매 맞는 사내를 위로했는데. 왜죠?" 그가 다시 스크린을 가리켰다. "이 세상은 구원받을 자격이 없으니까! 주께서 이 세상을 증오하신다. 따라서 멸망해야 하는 거야. 내가 말하지 않았던가? 아니, 안 했구나. 주께서 말씀하시도다! '세상을 위해 우리가 무엇을 해야 합니까?'라고 묻는 자들에게, 전지전능하신 분께서 이렇게 대답하신다. '그날! 바로 그 날, 내가 세상을 파괴하리로다! 나는 정의롭도다!' 주께서 내게 그렇게 말씀하셨어."

고함 소리와 박수. 누군가 기도를 하는데 어찌나 말이 빠른지 그저 어버버 소리로 들렸다.

그가 두 팔을 펼치자 장내가 다시 조용해졌다. "형제자매들이여. 사랑하는 이들이여. 그렇다 해도 주께서는 자비로우시도다. 더 많은 이들을 우리에게 보낼 것을 드러내셨도다. 그들을 환영하면 그들의 영혼이 우리 머리에 왕관을 씌우리로다. 얼마다 더 올지는 모르겠으나, 내가 말하노니, 종말의 날, 쥐떼가 홍수를 피해 달아나듯 몰려들지어다. 하나 더!" 그가 고개를 숙이고 한숨을 크게 내쉬었다. "이곳에 있다고 모두 영광의 날을 보는 것은 아니야. 주께서 우리 중 거짓된 자를 폭로하셨으니!"

등 뒤에서 여자의 고함 소리가 들렸다.

매그너스의 어깨가 푹 꺼졌다. "그래, 내 눈으로 봤어. 직접! 여러분은 이렇게 말하겠지. '하지만 그들을 품었잖아요. 우린 이제 가족이에요!' 친구들이여, 여러분을 품었다고 끝이 아니야. 나도 인간이므로 속을 수 있다. 내가 아니라 그분이 품게 해야지. 그 어떤 거짓도 용서하지 않는 분께서! 어두운 심장에 뭘 숨기고 있는가? 아무도 모르리라 생각하겠지? 주께서 아셔! 주께서 아시면… 나도 알아! 이미 이름까지 다 말씀하셨도다!"

그가 신도석 중앙 통로를 올라오자 정적이 장막처럼 드리워졌다. 그가 다가오자 내 주변 사람들이 움찔하며 물러났다. 보지 않아도 느낄 수 있었다.

마침내 그의 시선이 내게 꽂혔다.

난 시선을 떨구었다. 냉기가 척추를 훑었건만 얼굴은 열병에라도 걸린 듯 점점 뜨거워졌다. 외적으로는 완벽해 보일지 몰라도 난 이미 이율배반적인 존재가 되었기 때문이다. 셰이와 어울린 죄로 미움받고 셰이가 탈출한 덕분에 용서받은 참회자. TV의 뱀파이어 이야기에 혹하고 몰래 록 음악을 부르는 신도. 속세를 갈망하며 스스로의 죄를 먹고 사는 선택받은 자.

케스트럴과 한 남자가 기타를 들고 연단에 올라가 노래를 부르기 시작했다. 주변 사람들도 노래를 따라 불렀다. 나도 용기를 내어 고개를 들었다. 심장이 얼마나 쿵쾅거리는지 옆자리의 여자가 들을까 겁이 났다.

그다음 주에는 아침에 깰 때마다 장로들이 나를 소환해 추방 명령이라도 내릴까 불안했다. 설상가상으로… 그 사람들 말이 맞았다. 지난 일주일간 난 수백 번을 참회했다. 무저갱으로 내동댕이쳐지고, 주님과 내 유일한 가족한테서 영원히 멀어질까 두려웠다.

다음 안식일, 선택받은 자들은 마당에 나가 아침 예배를 드렸다. 난 숨을 쉴 수가 없었다. 추방당하는 장면을 본 적은 없다. 추방은 어떻게 당하는 걸까? 매그너스가 내 이름을 부를까? 파수꾼들이 나를 무리에서 끌어낼까?

갑자기 무릎이 후들거렸다. 교육관에서 누군가 호위를 받으며 나왔다. 토머스, 내가 게스트하우스에 받아들인 첫 번째 가족의 아들이다. 장로들이 입구 주변에 서 있었다. 그중에는 지난겨울에 장로가 된 셰이의 부친도 있다. 매그너스가 주문을 읽으며 토머스의 불복종과 절도죄를 고발했다.

그걸 지켜보는 나는 마치 내가 그 자리에 서기라도 한 듯 안절부절 몸 둘 바를 몰랐다. 두려웠다.

토머스의 어머니가 울부짖으며 무릎을 꿇었다. 아들이 한 발짝이면 지옥의 무저갱으로 떨어질 판이다. 대문이 길을 따라 으르렁거리며 닫히기 시작했다. 토머스는 진입로 절반에도 이르지 못했는데.

그렇게 토머스도 떠났다.

용서를 받은 걸까? 두려워서 참회실에도 가져가지 못한 얘기들. '주님께 고해를 했으니 됐잖아?' 하며 스스로를 달래보지만, 그 때문에라도 더욱더 더러워진 기분이 들었다.

다음 주 다시 소집이 있었다. 너무 어지러워 거의 쓰러질 즈음 젊은 여자가 대문 앞으로 끌려 나왔다. 머리는 잔뜩 엉클어지고 얼굴은 오물과 눈물로 범벅이었다. 그래서 처음엔 그 여자를 알아보지 못했다. 그 순간 늦여름의 더위 속에서도 등줄기에 소름이 돋고 말았다. 리사? 지난여름 공장으로 떠나기 전, 함께 숙제도 하고 침대 세 개 간격을 두고 같은 방에서 잠도 잤다. 리사는 늘 조용했다. 다 큰 여성답지 않게 작은 목소리로 꼭 필요한 말만 했다. 그래서 사람이 아니라 한 조각 바람 자락 같다는 생각도 했는데….

리사는 매그너스 발아래 몸을 던지더니 처절하게 울부짖으며 매달리고 애원했다.

매그너스가 선고문을 읽었다. 그런데 리사를 간음과 난교로 고발하는 것이 아닌가! 난 귀를 의심했다. 사람들이 실눈을 뜨고 리사를 보았다. 지금까지 거들떠도 보지 않고서는! 사실, 저 바닥에 내동댕이쳐진 여자는 내가 아는 리사와 전혀 다른 사람이다. 매그너스의 고발 내용과도 거리가 멀었다.

대문이 열리면서 누군가 울부짖었다. 수석 파수꾼이 리사를 일으켜 세웠다. 리사가 그의 팔에 매달리는 바람에 결국 다른 파수꾼을 불러 강제로 끌고 가야 했다. 대문이 으르릉 울부짖으며 닫혔다.

혼자 남아 서 있는데 파수꾼 둘이 쪽문으로 돌아왔다. 그 후 둘은 점심 식사를 위해 올라갔다. 점심 식사를 생각하자 욕지기가 올라왔다. 나는 허리를 굽힌 채 자갈길 위에 토악질을 하고 말았다.

더 역겨운 노릇은, 떠난 사람들의 이름을 말할 수 없는 탓에 그 이름이 오히려 머릿속에서 점점 더 커져가기만 한 것이다. 차라리 비명이라도 지르고 싶었다.

며칠 후, 세탁 당번 일을 하는데, 캔디스라는 고양이 눈의 여자애가 목소리를 죽여 어찌된 영문인지 얘기해 주었다. 리사와 토머스가 창고에 함께 있다가 걸렸다는 것이다.

"말도 안 돼. 그런데 왜 리사만 고발 당한거야?" 내가 물었다.

"리사가 유혹했으니까. 창녀 같은 년. 그나마 토머스만 꼬드겼다니 다행이지 뭐야? 또 있는지 몰라도." 캔디스가 눈을 번들거리며 이죽거렸다. "지금쯤 둘이 저 밖에서 놀아나고 있을 거야."

나는 그녀를 쏘아보고는 개키던 리넨 옷들을 휴지통에 내동댕이쳤다. 그리고 곧바로 참회실로 올라가 수년 만에 처음으로 고해성사를 했다. 리사를 변호할 수도 없었다. 이제는 더 이상 존재하지 않기 때문이다. 다만 악마의 유희를 즐기는 문제라면 고발할 자가 하나 더 있었다.

캔디스는 사흘 동안 나타나지 않았다.

그해 가을, 케스트럴이 한밤중에 숨을 거두었다.

대동맥류가 그녀를 곧바로 주님의 궁전으로 데려갔다는 것이다. 세상이 새로워지는 날, 그곳 천계에서 기다리다 우리와 재회할 것이로다. 매그너스가 아침 예배에서 그렇게 말했다. 그러하니 눈물을 흘릴 이유가 없다는 얘기였다.

그래도 난 눈물을 흘렸다.

매그너스가 케스트럴의 신성에 대해 설교하며, 우리는 그녀를 신으로 기억해야 한다고 말했다. 그녀의 시신은 동이 트기 전에 실려 가지방 당국으로 넘어갔다.

내 어머니의 시신과 마찬가지로.

3주 후, 가을 첫 예배, 두 번의 결혼 선언이 있었다.

재클린의 결혼. 신랑은 매그너스였다.

그리고 내 결혼.

오리건 보건과학 대학병원

포틀랜드, 오리건 9월

앤지 보흘먼 박사는 일상생활이 불편할 만큼 매력적이었다. 기막힌 곡선미, 길고 붉은 머리카락, 상록수처럼 푸르른 눈… 어쩌면 소문대로 정말 수영복 모델로 돈을 벌어 의대 등록금을 마련했을지도 모르겠다. 과거 레지던트 시절 이혼 경력이 세 번이나 되는 프랭크 컨즈가 그녀에게 끌린 이유도 그 외모 때문이었다. 지금은 산전수전에 공중전까지 겪은 예순여덟의 나이이건만, 존스토크 어워드 수상자가 이토록 여전히 아름답다는 사실 자체가 믿기지 않았다.

오, 멋진 신세계여!

오늘, 영광스럽게도 의사 전용 휴게실에서 그녀를 만나기로 했다. 앤지 같은 여자를 만나기엔 휴게실만 한 곳이 없다. 컨즈 같은 노인이 죽 그릇을 쏟거나 자리에 앉다 방귀를 뀐다 한들 어느 의사가 신경이나 쓰겠는가.

어쩌면 그녀의 화려한 경력으로부터 파편 같은 통찰력이라도 얻을지 모른다.

"컨즈 박사님." 그녀가 미소를 지으며, 심드렁하게 자신의 샐러드를 찔러댔다.

"신경학과 일은 어때요? 잘되어 가나요?" 프랭크가 후추 통을 열어 그릇 안에 티스푼 반 정도를 뿌렸다. 아무래도 이곳에도 후추그라인더가 필요하겠다.

앤지가 고개를 저었다. "뇌염 창궐로 골치가 아파요. 환자가 벌써 일곱 명인걸요. 나이가 모두 50이 안됐는데, 벌써 며칠 됐죠. 한 명은 몇 주 전에 들어왔지만. 다들 초기 치매 증세를 보이는데도 뇌부종은 없거든요."

"호전은?" 그가 물었다.

"없어요, 한 명도. 중독, 환경 요인, 중금속, 마약 검사도 하고 면역 검사도 다 했거든요. 초기에 감기 증세를 호소해서 바이러스성이라고 생각했는데, 어제 보건과 이메일을 받았어요. 읽어보셨어요?"

그런 건 읽어본 지 벌써 몇 년 전이다.

"얘기해 봐요."

"동일 증세의 환자 열세 명이 워싱턴, 벨뷰의 오버레이크 의료센터에 실려 왔어요. 그런데 불과 한 달 사이에 수술을 받았다는군요. 그것도 모두."

프랭크가 수프를 저었다.

"진드기 감염 아닐까? 포와산 바이러스 검사는 해봤어요? 그 환자들한테서도 기억 손실과 신경학적 증후군이 있었잖소."

"하지만 오버레이크 수술 환자들이 모조리 진드기 감염일 리가 없지 않나요?"

"그야 모르지." 의학도 종교만큼이나 해답이 존재하지 않는다. 프랭크가 그 사실을 받아들인 지도 오래다. 원인을 찾지 못할 가능성은 언제나 존재하며 또 각오도 해야 한다. 한때는 그도 열정과 사명으로 세상을 구하고자 했으나, 지금은 앤지의 눈 밑 주름을 보면서 쟤는 왜 저러고 사나 하는 생각이나 하고 자빠졌다. 앤지도 이 자리에 오르기 위해 미모를 희생했으리라.

"의과대 감염병 과장한테 들여다보라고 할걸 그랬나 봐요."

"오, 마침 첸 박사가 과장이요. 예전에 내 레지던트였으니까 당신이 원하면 불러줄 수 있어요." 프랭크가 뿌듯한 표정으로 말했다.

"괜찮으시다면 저야 좋죠." 앤지가 점심을 남긴 채 도시락 뚜껑을 덮었다.

"얼마든지."

앤지가 떠나고 10분 후, 프랭크가 주머니에서 전화를 꺼내고는 인상을 찌푸렸다. 누군가에게 전화를 해야 할 것 같은데 기억이 나지 않았다. 최신 통화 내역을 스크롤 해가며 이름들을 노려보았지만 퍼뜩 '이 사람이야!' 하는 인물은 떠오르지 않았다. 메모장을 열어보았더니, 한 달 전에도 휴게실에 후추 그라인더가 필요하다고 적어놓았다.

아무래도 후추 그라인더 얘기겠지? 그는 아마존 앱을 열고 구형의 스테이크하우스 고급 모델을 검색했다.

제7장

다음 날 아침, 줄리가 옷가지들을 가져다주었다. "이 옷이 더 편할 거야." 청바지, 티셔츠, 재킷, 그리고 스니커즈 운동화… 아마도 로렌의 물건들이겠지?

재키의 메시지에 대해 묻자 줄리가 휴대폰으로 집 전화에 전화를 걸어 스피커로 연결해 주었다.

줄리? 저 재클린 로스예요. 아시죠? 실비아 딸. 저기… 오랜만에 이런 말씀 드려 죄송하지만 윈터가 이곳을 나가게 됐어요. 잠시 머물 곳이 필요합니다. 엄마는 몇 년 전에 돌아가셨는데 아시다시피 아버지한테 전화할 수가 없어서요. 이번 주 수요일 정오입니다. 꼭 부탁드리겠습니다. 이 번호로 전화하지는 마세요. 제 전화가 아닙니다. 신천국 사무실에 전화해 절 찾아도 안 됩니다. 그럼 전 끝장이에요.

재키의 목소리를 들으니 가슴이 찢어질 것만 같다. 어디에서 어떻게 전화를 걸었을까? 목소리는 초조했다. 배경음으로 사람들 소리, 차 소리가 들리는 것으로 보아 에임스일 것이다.

"저장해 주실 수 있어요?" 내가 세 번을 듣고 난 후 물었다.

"물론이지. 얼마든지 들으렴. 재키와 다시 만날 때까지." 줄리가 친절한 목소리로 대답했다. 가볍게 미소도 지었지만 나로서는 흉내도 못 낼 일이다.

"재키는 트룰리를 떠나지 않을 거예요."

내가 죽어가는 목소리로 대답하자 줄리가 손을 잡아주었다.

"윈터, 언젠가 트룰리도 나이가 들면 혼자 결정하게 될 거야."

아니, 매그너스가 보내줄 리 없다. 절대로.

로렌이 등교한 뒤 줄리가 나를 백화점에 데려갔다. 옷, 코트, 겨울 부츠를 사야겠단다. 깨끗한 속옷이 얼마나 좋은지 실감은 했지만 줄리가 쓴 돈 때문에 마음이 편치만은 않았다. 벌써 머릿속으로 금액을 계산한 후 언젠가 갚겠다고 다짐까지 하고 있으니.

그다음은 잡화상에 데려가, 차고 집에서 먹을 식재료도 준비해 주었다. 사실 상품의 양, 숫자, 다양한 모습에 기가 질릴 정도였다. 토마토 통조림, 깍뚝토마토, 양파와 후추가 가미된 깍뚝토마토, 토마토 스튜, 이태리식 토마토 스튜, 칠리페퍼를 가미한 토마토… 나는 제일 구석에서 자체 브랜드의 완두콩 통조림을 집어 들었다. 지난 10년간, 매년 며칠씩 죽어라 완두콩을 따고 껍질을 벗기고 씻고 깡통에 담았다. 완두콩이라면 쳐다보기도 끔찍할 정도로… 그런데 이곳에서 겨우 87

센트에 팔리고 있다니.

통조림을 다시 내려놓는데 누군가 나를 쳐다보고 있었다. 백발의 여성, 피부가 얼마나 투명한지 속이 다 비칠 것만 같았다. 그렇게 나이 많은 여자도 생전 처음이다. 주름진 입을 바라보는데 노파가 가늘게 신음을 흘렸다. 눈 밑 그림자가 상처처럼 깊었다.

"로지? 우리 로지 맞지?" 노파가 가까이 다가서는데, 돈지갑이 깡마른 손안에서 대롱거렸다.

"오, 아니에요. 제 이름은 윈터예요." 내가 난감해하며 대답했다.

노파가 숨을 몰아쉬며 두 팔을 벌렸다.

"로지, 로지야!"

난 어찌할지 몰라 주변을 살폈지만 줄리는 보이지 않았다. "잘못 보셨어요, 할머니. 전 로지가 아니에요."

노파가 움찔하더니 버럭 화를 냈다.

"왜 그렇게 말하지? 로지, 어서 어미에게 오렴."

노파가 갑자기 달려들어 내 팔을 잡았다. 노파의 두 눈은 초점을 잃었고 이마엔 땀방울이 번들거렸다. 나는 얼른 팔을 빼내 통로 반대쪽으로 달아났다.

"로지!" 노파가 거듭거듭 이름을 불러댔다.

줄리를 찾은 후에도 노파의 고함 소리는 계속 들려왔다.

줄리가 소란스러운 쪽을 보며 중얼거렸다. "대체 무슨 일이래?"

내가 상황을 설명해 주었다. 줄리가 카트를 밀고 계산대로 향할 때쯤 누군가 전화를 걸어 노파의 인상착의를 설명했다. 잠시 후 정복 차림의 직원 둘이 식료품 통조림 코너로 달려갔다. 노파의 비명이 들렸다.

계산을 하고 돌아보니 쇼핑객들이 통로를 오가고 있었다. 손님 하나가 모퉁이 진열장에서 크래커를 한 개 집어 들었다.

"내가 늙어서 맛이 가면 그냥 집에 가둬다오." 줄리가 쯧쯧 혀를 찼다.

집으로 돌아가다가 보니 은행 밖에 줄이 길게 늘어서 있었다. 주차장도 가득하고 드라이브 스루 통로도 꽉 막혔다. 정비 트럭이 ATM 입구를 막고 있었고 한 사람이 기계를 만지작거렸다.

"무슨 일일까요?"

"글쎄다."

그날 밤, 줄리가 낡은 아이폰을 건네며 내일 개통해 주겠다고 했다.

"갑자기 연락할 일이 생길지도 모르잖니?" 줄리는 켄, 로렌, 경찰서, 그리고 자기 번호를 입력해 주었다.

로렌은 저녁 내내 아이폰 사용법을 알려주었다. 메시지 보내기, 인터넷 검색하기, 셀카 예쁘게 찍기… 솔직히 내 모습에는 관심이 없다. 그런데 뭐? 입술을 쭉 내밀면 두껍게 보인다고?

"다들 셀카 찍어." 로렌은 그렇게 말하고는 어느 소녀의 리얼리티 쇼를 열어주었다. 맙소사, 내내 셀카를 찍어대며 자기 궁둥이와 사랑에 빠진 여자라니!

그래, 저런 타락 정도라면 나쁠 것도 없잖아?

며칠 후 로렌이 찾아와 차고 집 TV의 프로그램 시리즈를 어떻게 확인하는지 알려주었다. 난 잠을 잘 때도 TV를 켜두었다. 너무 조용하면 목소리들이 여기저기 신경을 건드리기 때문이다. 엔클라베에서 쉴 틈 없이 일한 탓인지, 책임질 일이 하나도 없는 지금이 오히려 어찌할 바를 모르겠다. 새벽 5시 이전에 잠드는 것도 불가능해 보였다.

셰이 생각도 했다. 엔클라베를 떠난 후 어떻게 지냈을까? 셰이가 제일 먼저 한 일이 자이언트버거를 먹고 담배를 피우고 대마초를 찾는 것이었을까? 늘 그런 얘기를 하지 않았던가.

불현듯, 난 휴대폰을 들고 사파리를 연 뒤, '셰이 디카로' 그리고 '샌디에이고'를 입력했다. 검색결과 없음. 난 '셰이'를 지우고 '코코'를 타이핑했다.

세 개의 항목이 올라왔다. 하나하나 클릭하던 중, 마침내 어느 소셜 네트워크 사이트에 접속했다. 로렌이 하루 종일 붙들고 있는 사이트였다. 난 물끄러미 프로필 사진을 바라보았다.

헤어스타일은 바뀌었지만 분명해.

그런데… 내가 자기 사진을 들여다보고, 이름 검색도 했다는 사실을 셰이도 아는 걸까? 아침 식사 때 로렌에게 물었더니 모를 거라고 했다. 나는 베이글 빵을 든 채로 차고 집으로 돌아와 브라우저를 다시 열었다. 그런데 문득 다른 생각이 들었다.

나는 검색창을 새로 열고 '매그너스 타이센'을 입력했다.

검색 결과가 화면을 가득 채웠다. 세상에, 신천국 웹사이트까지 있다니! 지금껏 듣도 보도 못 했는데. '컬트시계', '전임 하이브리드 CEO, GMO를 거부하다', '미래를 보는 타이센의 고대 비전' 등등, 하지만 나를 섬뜩하게 만든 것은 매그너스의 사진들이었다. 이곳, 바깥세상에서조차, 화면 속 매그너스는 두 눈을 이글거리며 나를 노려보고 있었다.

나는 화들짝 페이지를 닫았다. 심장이 쿵쾅거렸다. 유튜브에서 얼른 파라모어^{paramore}를 검색해 〈꺼버려^{Turn it off}〉를 틀고 듣고 또 들었다.

20분 정도 고생한 끝에, 계정을 만들어 셰이에게 댓글 다는 방법을 터득했다.

셰이에게,

나 윈터 로스야. 엔클라베에서 나왔어. 잘 지내지?

그간의 소식 듣고 싶어.

W.

다음 날 아침에 확인했지만 댓글이 없었다. 그 다음 날도.

3일 뒤, 셰이의 계정이 사라졌다.

줄리를 도와 허드렛일이라도 하고 싶었지만 애초부터 틀어지고 말았다. 금요일마다 청소하러 오는 여자가 있다지 않은가.

"제가 무료로 할 수 있어요." 내가 항변했다.

"얘야, 너한테는 적응할 시간이 필요해. 앞으로 어떻게 살지도 고민해야지. 거기… 엔클라베에서 학교를 마쳤는지 모르겠다만 아직 배워야 할 게 많을 거야."

앞으로 어떻게 살 생각이냐고? 지금껏 그런 질문을 한 사람은 아무도 없었다. 로렌의 관심사는 친구들과 휴대폰뿐인 듯 보였다. 줄리의삶이라 봐야, 로렌, 켄, 그리고 자신을 돌보는 일. 켄이 어떤 일을 하는지는 잘 모른다. 회사를 경영하며 신약을 개발한다지만 그래봤자 오늘, 이 생애를 어떻게 사느냐의 문제가 아닌가. 난 그마저 다 잊고 말았는데.

닥치는 대로 책을 읽었다. 과거와 달리 정해진 일정이 없다 보니 마음이 불편했다. 줄리가 일거리를 만들어 주기는 했다. 차고 집을 청소하고 손수 세탁을 할 것. 정원 잡초도 제거할 것. 줄리가 요리할 때 돕겠다고도 했으나, 이름 모를 불안감이 여전히 뒤통수를 쪼았다. 특히 호기심에 못 이겨 TV를 켤 때가 그랬다.

뉴스.

지난주에만 충격 사건이 다섯이다. 이라크와 러시아의 사이버 테러 위협도 있었지만, 정작 정치 토크쇼를 무색하게 만드는 뉴스는 미친 사람들의 창궐이다. 한 남자는 벌레에 감염되었다며 자기 다리를 절단하려 들고, 어떤 변호사는 에일리언이 침입했다며 자기 집에 무차별 총격을 해댔다. 시호크스의 미식축구선수가 방출되었다는 뉴스도 있었다. 스크럼을 짜다가 마귀를 보았다고 태클을 시도했다는 이유였다.

저녁 식사 중에 몇 가지 물어보았다. ISIS가 어디 출신이죠? 테러와 증오 범죄가 어떻게 다른 거죠? 그런 사람들과 미친 사람들의 차이는요?

"좋은 질문이야. 극단적 증오야말로 일종의 광기라고 할 수 있겠지." 켄이 베지버거를 먹으면서 대답했다. 내가 식사 준비를 하는 바람에 가족의 식사 모습도 바뀌었다. 일주일에 며칠은 채식만으로 저녁 식단을 꾸리기 때문이다.

사흘 후 저녁, 차고 집에서 전자레인지용 팝콘 봉투를 뜯다가, 갑작스러운 속보를 들었다. 난 얼어붙고 말았다.

중국에서 산사태로 1,000명 가까이 죽은 것이다.

팝콘이 공중제비를 돌듯, 매그너스의 설교가 마음 한구석에서 번개처럼 터졌다.

허리케인, 지진, 산사태… 수천 명 사망…

목덜미에서 식은땀이 비집고 나왔다. 나는 맨발로 계단을 뛰어 내려가 안채로 달려갔다.

부엌에 아무도 없었다. 부드러운 오렌지 빛의 조명이 조리대 상판을 비추었다. 왜 이렇게 조용할까? TV 소리를 쫓아 부랴부랴 서재에 들어가니, 켄은 일을 하고 줄리는 태블릿으로 잡지를 보고 있었다.

"중국에 산사태가 났어요." 내가 헐떡거리며 말했다.

켄이 고개를 들고, 줄리도 나를 보며 두 눈을 끔벅였다. 와인 한 잔이 탁자 위에 놓여 있었다. 전국적으로 치매 환자가 급증하고 있다며 TV 소리가 웅웅거렸다.

"도시 전체를 뒤덮었어요. 1,000명 이상이 죽었대요." 내가 계속 읊어댄다.

"그런 소식은 못 들었는데 슬픈 일이군." 켄이 고개를 저으며 대꾸했다.

내가 고개를 끄덕였지만, 두 사람의 무덤덤한 반응은 사실 기대 밖이었다. 난 이렇게 심장이 뛰고 두려움에 미칠 지경인데.

"얘야, 그런 일은 늘 일어난단다. 끔찍한 일이지. 하지만 쓰나미, 허리케인, 도네이도… 그런 건 자연현상이야. 대부분."

"침식작용이나 지진 여파였겠지." 켄이 덧붙였다.

하지만 그런 일이 일어났다는 사실만이 내 머릿속을 꽉 채우고 있었다. 종말을 알리는 끔찍한 참사들. 그러고 보면 나는 이곳에 온 이후로 내내 징후를 감시하고 확인하고 있었다. 매그너스가 틀리고 내가 옳았다고 증명하기 위해서?

문득 어떤 암시가 해머처럼 머리를 내리쳤다. 난 헉 숨을 삼켰다. 만일 매그너스의 예언이 맞는다면…

숨을 쉴 수가 없었다. 심장이 너무 빨리 뛰었다.

"얘, 윈터? 켄!" 줄리가 일어나며 나를 불렀다.

켄이 컴퓨터를 밀어내고 달려와 내 뺨과 머리를 만져보았다. 내 몸이 문제가 아니라고 비명이라도 지르고 싶었다. 저주받은 건 내 영혼이에요! 여러분 모두의 영혼이란 말이에요!

"…약품 캐비닛에 약병…" 줄리가 나를 소파로 데려가자 켄이 하얀 알약을 들고 돌아왔다.

"윈터? 이 약 먹어. 그냥 씹어 삼키면 된다. 맛은 별로라도 효과는 있을 거야."

잠시 후 조금씩 진정이 되었다. 기분도 조금 가라앉았다. 그렇다고 안녕할 수는 없잖아? 당연한 일이다.

"얘야. 자연재해는 늘 일어나. 그냥 삶의 일부라고 보면 된단다." 줄리가 내 손을 잡으며 말했다.

난 숨을 몰아쉬느라 목소리까지 갈라졌다. 토할 것만 같아. "매그너스 말이…"

줄리가 고개를 저었다.

"매그너스가 뭐라고 했든 상관없다. 얘야, 2004년에 쓰나미가 닥쳐 25만 명이 목숨을 잃었어. 허리케인 카트리나 때도 1,000명 이상이 죽었단다."

"음, 2,000명 가까웠죠. 내 기억으로는 1930년대에 중국에 홍수가 나서 몇백만 명이 죽었어요." 켄이 컴퓨터를 뒤지더니 이렇게 덧붙였다. "여기 있네. 400만 명 가까이 목숨을 잃었군."

"슬픈 일이지만 그렇다고 세상이 끝나지는 않았어. 산사태가 종말은 아니란다. 믿어도 돼."

내가 끄덕였다. 천천히.

이 사람들은 걱정하지 않는다. 속세의 사람들, 신약서에 귀를 닫은 바보, 멍청이들.

하지만 난 알고 있어.

세상이 끝난다고? 그건 영원히 불지옥에 떨어질 뿐 아니라, 재클린과 트롤리를 다시는 볼 수 없다는 뜻이기도 했다.

줄리가 거실 소파에 자리를 마련해 준 덕에 난 깊고도 자비로운 잠에 빠져들었다. 다음 날, 줄리가 나를 병원에 데려갔다. 의사가 켄의 친구라고 했다.

기분이 좋지는 않았으나 덕분에 매그너스의 목소리가 무뎌지고, 머릿속에서 돌풍처럼 휘몰아치던 옳고 그름의 전쟁도 잦아들었다. 어느 모로 보나, 매그너스가 예언한 종말이 현실로 다가오고 있었다. 아니, 이미 이곳에 와 있었다. 물론 내게도 한계는 있었다. 그의 신약서와 내가 아는 사실 사이 어딘가, 뭔가 어긋나 있기 때문이다.

며칠 후, 줄리가 나를 다른 의사에게 데려갔다. 라이커 박사는 가운도 입지 않았고 청진기도 없었다. 그녀는 PTSD와 강박 장애를 언급하며 처방을 해주었다. 난 내 생애 첫 번째 독감 예방주사를 맞고 병원에서 나가 처방약을 받았다.

약을 먹으면 힘이 없고 나른해진다. 약을 먹는 이유는 매일을 이겨
내기 위해서다. 영원의 불구덩이를 마주하고 나면 살아가기가 어려우
니까.

잠도 많이 잤다. 줄리 말도 잠을 많이 잘수록 좋단다. 잠을 자는 것
만으로도 큰 도움이 될 거야. 함께 헤쳐나가자꾸나.

줄리에게 어떻게 얘기해야 하지? 이미 운명은 정해졌고 뒤집을 방
법은 없었다. 매분 매초, 시간을 거슬러 되돌아가고 싶지만… 어차피
매번 똑같은 결정을 반복할 뿐이다.

세상은 종말을 향해 가고 있는걸.

줄리가 사준 새 옷은 어깨에서 엉덩이까지 흘러내렸다. 입맛이 전
혀 없었다. 줄리가 스프를 만들어 줘도… 그마저 먹지 못하면 선디 아
이스크림을 만들어 주었다. 약을 다 먹으면(졸음이 오는 약이다.) 진입로
에 나가 자동차 후진하는 법을 연습해 보자고 했다.

하지만 이미 집착증이 심한 터라 다른 생각은 거의 할 수가 없었다.
아이스크림이 다 무슨 소용이람? 어차피 모두 지옥행인데? 영혼도 구
하지 못할 텐데 운전은 배워서 뭐 해?

두 번째 진찰을 마칠 때쯤 라이커 박사가 차고 집의 TV를 없애라
고 조언했다.

집에 오는 길에 교회 건물들을 보았다. "거짓의 전파자들." 매그너
스는 그렇게 불렀다. 거짓 선지자들이 진리를 아무리 떠들어 대도 주
님은 오로지 우리에게만 진리를 드러내신다고.

그날 밤, 켄이 TV를 안채로 옮겼다. 그나마 휴대폰까지 빼앗지는 않았다.

난 미친 듯이 뉴스를 검색했다. 중국의 사망자는 1만 명을 넘어섰다. 허리케인 두 개가 플로리다를 덮치고 다른 하나는 버진아일랜드를 강타했다. 하지만 헤드라인을 장식하는 것은 언제나 조발성 치매의 전염이다. 사람들이 도로 한가운데서 돌아다니고 자기 집을 불태웠다.

매그너스의 예언대로야.

그런데 난 여기 밖에 있잖아. 오염된 곳에.

잠은 유일한 위안이었다.

다음 날 줄리와 로렌이 나를 강제로 산책에 끌고 갔다. 햇볕이 쏟아져 눈을 뜨기가 어려웠다. 로렌이 계속 학교에 가야 하는지 묻자, 줄리가 나중에 얘기하자고 대답했다. 내 앞에서 할 얘기가 아니라는 뜻이다.

그날 밤 식사를 하면서 켄이 내 휴대폰을 압수하겠다고 했다… 당분간만이야.

"우리도 이런 일은 처음이다, 윈터. 그래서 너와 함께 배워가는 중이란다. 사실, 갑자기 많은 정보에 노출되는 게 너한테 어떻게 받아들여질지 잘 몰랐어. 우리 잘못이다. 네가 아니라. 네게 필요한 도움과 정보를 제공해야겠다는 사실도 이제 깨달은걸. 넌 우리 가족이야. 혼자 고통을 겪지는 않게 하마, 알았지?"

그런다고 뭐가 달라지겠는가? 내게 필요한 도움을 주겠다고? 여기 사람들에겐 불가능한 일이다.

그날 밤 약을 먹고 최대한 늦게까지 잠을 잤다. 다음 날, 그다음 날도… 그러고 나니 기분이 조금 좋아졌다. 더 가벼워진 듯도 싶다. 한때 머릿속에서 사이클론처럼 들끓던 소음도 빠져나간 듯 고요했다.

나는 시금치, 아보카도, 치즈 샌드위치를 먹었다. 감자칩와 패스트리도 먹고, 차도 마셨다. 기온이 20도가 넘었는데도 낙엽이 떨어지고 있었다. 주말에 켄과 줄리가 인디애나 듄스 국립공원에 며칠 휴가 차 다녀오자고 제안했다. 우리 모두를 위해서야.

백사장도 놀랍고, 미시건 쪽빛 호수도 인상적이었다. 호수가 가닿은 시카고 수평선으로 한 무리 새떼가 따뜻한 가을바람을 타고 날아올랐다.

다음 날 아침에 알았지만 그건 새가 아니었다. 어느 고층 건물의 화재로 피어오른 연기였다.

신천국 퓨어라이프™ 고대 씨앗

- 100년 이상 된 토종 씨앗, 후터교 전통의 강낭콩, 시킴 오이, 고대 그리스 멜론 포함
- 300여 개 국가에서 수입한 특별한 종자들
- 고대 씨앗, 1,000년 이상의 크라포딘 비트, 크룩넥 수박, '므두셀라' 유대 대추야자, 그 밖에 300여 종의 다양한 미국 고대 씨앗
- 묘목 (엄선한 지방 농산물 직거래 장터에서 구입 가능)

설립자 소개

젊은 기업가 매그너스 타이센은 1994년 GMO 기반의 종자회사를 정상급 바이오테크 회사에 5,300만 달러에 매각하였다. 부귀영화, '패스트' 라이프 및 패스트푸드로는 자아실현이 불가능하다고 깨달았기 때문이다. 그는 4년간의 수행을 통해 인간의 진정한 의미와 가치는 우리 환경, 세계, 인간의 본질을 향한 영적 계시에 있음을 깨달았다.

깨달음의 결과: 신천국 공동체와 비영리 선교원은 아이오와주, 에임스 북쪽에 있으며, 신천국 퓨어라이프™ 종자은행 및 공동체를 운영한다. 오늘날, 우리는 삼위일체의 삶을 지향한다.

1. 우리 공동체에서는 무엇을 하든 창조주를 숭배하는 자세로 임합니다. 먹는 것도 사는 것도 신의 섭리에 따르고 있습니다.
2. 기초 생필품이 필요한 사람들에게 의복과 상담을 제공합니다. 공감으로 품어주고 올바른 길로 인도하겠습니다.
3. 유기농 종자은행과 작은 공동체를 통해 세계에서 가장 귀한 종자를 공급하며, 인류를 위해 고대 품종들을 발굴하는 데 힘씁니다.

매그너스의 삶을 알고 싶으면 여기를 클릭하세요

(매체 인터뷰 요청도 위의 링크를 이용하시기 바랍니다.)

신천국에 대해 좀 더 알고 싶습니다.

제8장

12일 후, 재클린은 매그너스와 결혼했다.

2주 후 나도 디카로 장로, 즉 셰이의 부친과 결혼해야 한다.

아침 예배 전체 모임에서 그 얘기를 듣는데 그 순간 하늘이 새까매졌다. 주변 여자들이 나를 끌어안으며 축하 인사를 했지만 내 귀엔 거의 들어오지 않았다.

디카로는 마흔아홉, 난 겨우 열여덟이고 셰이와 동갑이다. 셰이는 계모가 생기는 줄도 모르겠지? 셰이가 떠난 후 디카로 장로는 공식적으로 자녀가 없다.

예배 후, 그가 내 팔꿈치를 잡고 예배당 밖 벤치로 데려갈 때는 마치 안개 속을 떠다니는 기분이었다. 그는 나를 좀 더 알고 싶다고 했다. 그의 얘기도 들었다. 네바다에서 태어나 캘리포니아에서 대학을 다닌 얘기. 이혼하고 엔클라베에 들어오기 전, 샌디에이고에서 금융

회사를 운영했다는 얘기 등등… 이혼이 우리 결혼에 걸림돌이 되지는 않을 거야. 신약서 밖에서 일어난 일은, 흡사 존재하지도 않았다는 듯 완전히 지워지고 말았다.

셰이처럼.

"내가 순결한 몸으로 너한테 오지 못한 건 유감이다. 그런데… 너는?" 그가 이렇게 물으며 노골적으로 나를 훑어보았다.

내가 고개를 들었다. 두 뺨이 불에 탈 것만 같았다. 그런 질문을 하다니. 아니, 애초에 이런 얘기를 왜 하고 앉아 있지? 불쌍한 셰이. 넌 도대체 어디 있니?

"아뇨, 결혼한 적도, 아이를 낳아본 적도 없어요." 난 그렇게 대답하고는 연회 준비를 핑계 삼아 얼른 자리를 피했다.

난 부엌 탕비실에 숨어 들어갔다. 그리고 털썩 주저앉아 선반에 등을 기댄 채 손바닥으로 두 눈을 질끈 눌렀다. 어떻게 이런 일이? 도대체 누가 생각해 낸 걸까? 그가 나를 지목한 걸까?

아니, 그럴 수는 없어. 내가 어떻게 그를 그런 식으로 바라보겠어?

아니, 불가능해. 옴니 장로의 아들, 스물여섯 살의 미남. 그래, 남몰래 흠모한 적도 있지만… 그런 상념들이야 이미 몇 년 전에 참회했잖아? 아니면 여태 참회하는 시늉만 한 걸까?

지금껏 셰이의 아버지한테 무례하게 굴었다… 그래도 내가 보기엔 그도 마찬가지였어. 지난 3년간 열 마디도 채 나누지 않아놓고 제일 먼저 한 질문이 그 따위야? 맙소사.

나는 비틀거리며 간신히 점심 교대 근무를 마쳤다. 부엌 안쪽에서만 일하고 배식구는 최대한 피했다. 토굴 여자들의 질시 어린 눈초리도 가까스로 참아냈다. 지축이 기울고 궤도에서 벗어나는 기분이었다.

그날 밤은 약혼을 면하게 해달라고 기도했다. 명예고 나발이고 다 필요 없다고.

그리고 나는 그런 부탁을 해서 죄송하다고 기도했고… 다시 부탁했다.

다음 날 아침, 재클린의 결혼 준비도 이미 막바지였다. 꽃, 음식, 음악. 2시간의 예배는 인간과 신성의 유대를 상징하고, 그로써 신의 대변자 매그너스는 영광스럽게도 다시 한번 선택받은 여성과 하나가 될 것이다.

다행히 나는 당분간 사람들의 관심으로부터 벗어날 수 있었다.

내 결혼 문제로 힘들지 않았다면 재클린을 축하해 주었을까? 재클린은 우리 나이에 케스트럴이 된다. 다만 케스트럴이 모든 면에서 천사 같았다면 재클린은 뚱한 마녀에 가까웠다. 케스트럴은 부드러웠고 재클린은 모질었다.

그날이 오자 재클린도 행복해 보였다. 빛이 나기도 했다. 캐넌 장로가 그녀와 매그너스를 축복하고 옴니 장로는 아이들을 위해 기도했다.

재클린은 초조했을까? 첫날밤은 아니더라도 출산은 무섭지 않겠는가. 예전에 옆 동에서 어떤 여자가 4.5킬로그램짜리 여자애를 낳았는데 그 비명 소리가 끔찍할 정도였다. 산모는 겨우 열아홉 살이었다.

다음 날 아침, 나는 다른 여자 둘과 함께 차를 타고 에임스의 농산물 직거래 장터에 부스를 설치했다. 여름으로 접어들자 마침내 이곳에서 일해도 좋다는 허락이 떨어진 것이다. 첫 주엔 어안이 벙벙해 주변을 두리번거리기 바빴다. 낯선 사람 앞에서는 말을 더듬고, 반바지 차림의 여자들과는 눈을 피했으며, 화려한 손톱과 붉은 입술은 탐냈고, 폭염 속의 탱크톱은 부러워했다.

오늘은 부러움보다 질투 쪽이었다. 또래의 사내들과 웃으며 노닥거리는 여자애들. 손을 꼭 잡고 돌아다니는 젊은 연인들.

더러운 것들. 지옥불에 던져져야 비로소 나를 부러워하겠지? 저런 방탕한 삶을 내버려 둔 이 세상과 함께? 하지만 짧은 몇 시간 동안, 난 연인과 함께 다니는 기분은 어떨까 궁금해졌다. 신약서, 신천국, 엔클라베 따위는 아랑곳 않고, 사람들 앞에서 서슴없이 키스도 하고 데이트도 하고 영화도 보러 다니고 함께 요리도 하겠지? …아니면 혼자라도.

오늘은 그 어느 날보다 덥고 바빴다. 그래서였을까? 손님에게 거스름돈을 내주면서 뭔가를 보고 움찔했다. 돈 상자 옆에 원통형의 붉은 물체가 놓여 있었다.

그게 뭔지도 알고 누구 물건인지도 안다. 내 또래 소녀가 엄마에게 준다며 씨앗 몇 봉지를 주문하고, 거스름돈을 집어 가기 위해 붉은 립스틱을 내려놓은 것이다. 솔직히 말해서 그 아이의 모든 것을 보고 싶었다. 작은 향수병 냄새를 맡고 입술에 립스틱을 문대고 싶었다.

1시간도 더 전의 일이라 여자도 이미 멀리멀리 떠났을 것이다. 뒤쪽의 동료들을 보니 둘 다 바빠서 여념이 없었다. 나는 손으로 립스틱을 가리며 얼른 주머니에 넣었다.

이게 무슨 짓이람?

사용은커녕 소지도 불가능한 물건이다. 그런데 왜 그렇게 욕심이 난 걸까?

혼란스러운 탓에 거스름돈을 잘못 지급한 것도 손님이 떠난 후에야 깨달았다. 20달러가 아니라 10달러만 내준 것이다. 신천국을 제대로 알려주라고 지침도 받고, 무료 팸플릿과 설법 CD까지 가방에 넣어주었는데… 어쩌면 좋아!

나는 10달러를 들고 사람들이 흘러가는 방향으로 달렸다. 길을 따라 노점상들이 줄줄이 이어졌다. 남자가 모자를 썼던가? 셔츠는 무슨 색이었지? 손님에게 전혀 관심을 주지 않았던 것이 문제였다. 교태 비슷한 모습도 보여선 안 된다고 훈련을 받은 터라 애초에 남자들을 제대로 바라보지도 않았다.

막 포기하려는데, 파수꾼이 내 팔을 잡았다. 우리를 이곳에 태우고 온 사람이다. 오늘은 평소의 검은색 옷이 아닌 국방색 옷차림이었다.

파수꾼은 아무 말도 하지 않았다. 변명을 들을 필요조차 없었다. 부스에 따라온 것도 셰이 때문이었다. 그날 셰이는 돈 상자에서 현찰을 한 주먹 훔쳐 군중 속으로 사라졌다.

그런데 내가 손에 10달러 지폐를 들고 그 짓을 한 꼴이 아닌가.

"거스름돈을 잘못 계산해서 그래요." 내가 돈을 보여주며 변명했다. 파수꾼에게 잡힌 팔이 너무 아팠다.

"무슨 일 있습니까?" 등 뒤에서 남자 목소리가 들렸다. 몸을 돌려보니 '아이오와주'라고 쓰인 티셔츠 차림의 사내가 근처 타코 가판에서 빠져나오고 있었다.

남자는 근육질에 살갗도 햇볕에 그을려 가무잡잡했다. 야구모자도 거꾸로 쓰고 있었다. 난 너무 창피해 두 뺨이 빨갛게 달아올랐다. 파수꾼과 낯선 남자한테 이런 꼴을 보이다니! 사람들의 이목을 끌었다는 것 자체가 너무도 당혹스러웠다.

"아, 아무것도 아니에요. 고맙습니다." 나는 난감한 미소와 함께 그렇게 말하고 몸을 돌려 가판대로 돌아갔다.

돌아와 보니 사람들이 벌써 짐을 싸고 있었다.

우리는 일찍 장을 파했다. 밴을 타고 돌아오는데 다들 내 시선을 피하고 말도 걸지 않았다. 난 주머니에서 립스틱을 꺼내 좌석 밑에 감추었다. 참회실에 가면 몸수색을 하기 때문이다.

1시간 동안 고해관에게 설명하면서도, 나는 시장에서 나한테 괜찮냐고 물었던 사내 생각을 했다. 그런 식으로 나를 걱정해 준 사람은 아무도 없었다.

아니, 거짓말이다. 매그너스와 예수님께서 나를 지옥불에서 구해주지 않았던가. 그래도… 난 남자 이름이 궁금했다. 야구선수나 축구선수일까? 무슨 일을 하는 사람일까?

여자친구는 있겠지?

난 그런 생각들도 모두 실토했다. 고해관은 똑같은 질문을 반복하고 귀가 멍할 정도로 악을 써가며 1시간 동안 성경구절을 읊어댔다. 거짓말하지 말지어다! 도둑질하지 말지어다! 육체가 하는 일은 간통이자 간음이며 악마의 행위로다!

돈 상자 덕분에 오해는 풀렸지만, 여전히 난 손님의 10달러를 훔쳐 신천국의 명예를 더럽힌 여자였다. 더 이상은 시장에서 일하지 못한다는 뜻이다.

립스틱 얘기는 하지 않았지만, 세상의 유혹에 빠져 남자를 은밀히 쳐다보았다는 얘기는 했다. 이제 그 얘기는 고해관의 일지에 담겨 내일 아침 장로들의 책상에 놓이게 될 것이다.

셰이 아버지와의 약혼도 없던 일이 되었다. 고위직 남성의 배우자로서 부적합하다는 이유였다.

3주 후 그는 아라와 결혼했다.

기쁜 티를 낼 수는 없었다. 그랬다간 참회가 거짓이라며 또 다른 징계가 떨어질 것이다. 그래도 마음이 놓이기는 했다. 심지어 아라의 축복까지 빌어주었다. 아라는 결국 바라던 지위를 얻었다. 친구의 부친과 결혼하면서도 전혀 거리낌이 없었다. 아니, 그 친구는 아예 없었던 사람인 것처럼 굴었다.

부부는 그런 식으로 서로에게 잘 맞았다.

결혼 며칠 후, 나는 밴 청소 일을 맡았다. 무선 청소기를 들고 좌석 사이에 쪼그리고는, 조심스레 앉았던 자리 아래를 훑었는데…

없다! 립스틱이!

결혼하고 석 달 후, 재클린이 임신 사실을 알렸다.

사람들은 기적이라며 기뻐했다. 산파의 주장에 따르면, 재클린은 결혼 당일 밤에 임신을 했다.

매그너스는 한껏 기뻐하며 〈노래 중의 노래〉에서 시 한 수를 낭송했다. 그가 그렇게 부드러운 목소리를 내리라고는 상상도 못 했다. 신약서 4권에서 왕국의 도래에 대해 설교를 하며 안도의 한숨을 내쉬기도 했다.

나는 좌절감을 떨치고, 가능한 모든 시간을 재클린과 함께 보냈다.

몇 년 만에 처음으로 다시 재클린과 가까워진 것이다.

트룰리가 태어나던 밤(예정보다 3주 빨랐다.) 내 의문들은 더 이상 문제가 되지 못했다. 우리에겐 오로지 하나의 대답만 있었다. 트룰리.

제9장

11월 중순, 공황발작은 거의 사라졌다.

나는 로렌의 생일 기념으로 티라미수를 만들었다. 로렌이 제일 좋
아하는 음식이다. 그리고 줄리와 차를 타고 서점에 가서 라이커 박사
제안대로, 일기장을 하나 샀다. 새로운 삶 속에서 내가 이루고자 하는
것들을 하나씩 기록할 것이다.

몇 년 동안 가위질 한 번 안 한 머리카락도 정리하기로 했다. 줄리
의 단골 미용실에 가기로 한 것이다. 미용실의 잡지는 '서른 이후 아
름다움의 비밀', '날씬해지는 비법' 같은 밝은 제목으로 가득했다. 나
는 순서를 기다리는 동안 한 권을 집어 들어 대충 훑어보았다. 지중해
다이어트, 의사에게 성생활을 상담하는 요령… 중국에서의 죽음이나,
자신의 수족을 잘라낸 사건 얘기는 한 줄도 없었다. 도대체 누가 더
미친 걸까? 악령을 보고 사냥하는 남자와 그런 사람이 존재하지 않는

척하는 세상 중에서?

몇 주 후, 아이폰을 돌려받았다. 방송을 보거나 인터넷 검색을 하지 않는다는 조건이 붙었다. 얼마 후, 라이커 박사가 TV 시청을 허락했지만, 그 역시 내가 시청하는 프로그램 제목과 시청 후 느낀 점을 기록한다는 조건이었다. 전화 사용 제한은 풀렸다.

뉴스는 완전히 달라졌다. 지난 몇 주 동안 줄리와 켄이 얼마나 많은 뉴스를 숨겼는지도 깨달았다. 유명인의 추문이여, 스포츠와 정치 뉴스여, 바이바이. 헤드라인은 하나같이 웨스트코스트을 휩쓴 조기치매 환자가 급증하고 있다고 전했다. 그리고 '벨뷰13'…벨뷰13은 동일 병원에서 동일 증세를 보인 환자군을 뜻했다. 나이는 모두 55세 미만으로 두 번째 환자가 얼마 전에 목숨을 잃었다.

기자들이 직장동료, 이웃사람, 환자 가족들을 인터뷰했다. 다들 낙담하거나 두려워했으며, 어떻게든 회복하기를 기원했다. 기이한 행동을 촬영한 휴대폰 영상이 끊임없이 유튜브에 업로드 되고, 은행 열매와 허브 소재의 뇌기능 보조제들이 매진되기도 했다.

그중 몇 개를 보여줬지만 줄리는 코웃음만 쳤다.

"치매와 멍청이는 분명히 다르단다."

말은 그랬지만 줄리도 경보 장치를 작동하기 시작했다. 가족이 모두 집에 있을 때도 끄지 않았다.

며칠 후 상담 시간, 라이커 박사가 물었다. 신천국 인터내셔널을 검색해 볼 생각 안 해봤어요?

매그너스의 이름을 클릭한 적은 있었다. 그의 사진이 화면 구석을 채우고 나를 노려보았다.

"했어요." 대답만 했을 뿐인데도 그때의 두려움이 새삼 등줄기를 타고 미끄러졌다.

"그래서 읽어봤어요?"

"읽으려다 포기했어요."

"그때는 그게 현명한 방법이었을 거예요. 하지만 상황 파악에 도움이 될 것 같으면, 충분히 확인해 볼 필요도 있어요." 그녀가 다리를 꼬며 말했다.

"해보셨어요? 그러니까… 조사해 보셨나요?" 내가 물었다.

"당연하죠. 첫 번째 약속 직후에 한걸요."

"뭘 알아냈죠?" 내가 물었지만… 정말 알고 싶기는 한 걸까?

"준비가 되면 직접 확인해요. 줄리와 함께 봐도 좋겠네요."

그날 밤, 차고 집에서 혼자 휴대폰 검색창에 '신천국'을 입력했다. 줄리에게는 얘기하지 않았지만 심장이 콩닥거려 미칠 것만 같았다.

나는 조금 머뭇거리다 검색 버튼을 눌렀다.

화면이 잠시 까맣게 변하더니 이내 가득… 검색 결과가 줄줄이 나타났다.

'신천국, 전직 신도와 법정 공방', '대초원 위의 사이비 종교', '나는 사이비 종교를 떠났다…전 신천국 인터내셔널(NEI) 신도와의 대화', 'NEI, 잘못된 감금문화를 파헤치다', '비밀 종파의 '옴니 웨스트' 장로를 상대로 한 성추행 소송', '아이오와주 사이비 종교의 학대를 주장하며 고발한 여성'

매그너스의 분노에 찬 목소리가 들려왔다.

"박해와 거짓말들! 우리 방식과 세상의 방식은 달라! 현혹된 자들이 승냥이처럼 울어대는구나."

첫 번째 링크를 클릭했다. 성명 미상의 커플이 대학교수를 상대로 제기한 소송이었다. 교수가 아들을 세뇌해(역시 성명 미상으로 처리) 신천국으로 유혹한 뒤 여동생과 남동생까지 끌어들여, 가족과 만나지 못하게 했다는 얘기다. 그러고 보니, 외부인에게는 그런 식으로 보일 수도 있을 것 같다.

나는 위키피디아 페이지로 들어갔다.

신천국 인터내셔널(NEI)은 말세론적 종교단체이며, 아이오와주, 에임스 북쪽에 있다. 1992년 매그너스 타이센이 설립했으며, 종말론을 중심으로 현재의 지구가 멸망하면, 신도들만 지상의 천국에 들어간다고 설파한다.

타이센은 사업가 출신으로 1990년 TG+하이브리드사를 매각 후, 제프 그레고리라는 이름을 버리고 개명했다. 그 후 신이 자신을 새로운 아담으로 점지했다고 주장했다. 신도들에게는 신천국에 들어오기 위해 영적 기준을 엄격히 준수하고, 고대사회와 같이 결핍과 궁핍의 삶을 살 것을 강요한다.

"제프?" 내가 큰 소리로 되뇌었다.

그 아래 매그너스의 성장 과정이 적혀 있었지만, 기껏해야 고등학교를 중퇴한 얘기 정도였다. 그의 아홉 계명을 요약한 글, 매그너스, 옴니 장로, 신천국을 포함해, 사회의 비난들도 정리해 놓았다.

나는 스크롤을 내리고 참고 자료 파트를 찾았다. 그리고 신천국을 상대로 한 소송 관련 기사를 클릭했다. 부채 관련 소송이지만 매그너스 타이센은 '기부금'이었다고 주장했다. 몇 년 동안 지켜본 결과, 새로운 신도들은 자동차, 재산, 집은 물론, 은행 계좌까지, 통째로 공동생활을 명분으로 갖다 바쳤다. 하지만 다시 돌려달라고 했다는 얘기는 한 번도 듣지 못했다.

나는 검색 페이지로 돌아갔다. 성추행 링크를 클릭할까 고민했지만 차마 읽을 수가 없었다. 대신 '나는 사이비 종교를 떠났다… 전 신천국인터내셔널^{NEI} 신도와의 대화'를 클릭했다. '진리의 시계'라는 사이트였다. 스크롤을 내렸더니 앤의 경험담이 나왔다. 그녀는 10대에 신천국에 가입했으며 앤은 가명이었다.

내가 아는 한, 이렇게 쓸 수 있는 사람은 한 명뿐이다.

셰이.

하지만 난 사진을 보고 경악하고 말았다.

나를 노려보는 눈은 셰이가 아니었다.

케스트럴?

그럴 리가? 케스트럴은 죽었는데?

나는 얼른 스크롤을 올렸다. 기사는 지난해 작성되었다.

우리는 15년 전에 결혼했다. 어느 날 매그너스가 계시를 받았다며 젊은 여자와 재혼해야 한다고 말했다. 자식을 두라는 신탁이 내려졌다는데 내가 과거에 두 번이나 낙태를 한 터라 임신이 불가능하단다. 아니, 난 낙태를 한 적이 없다. 그가 첫 번째 계시를 받은 직후, 처음 만났을 때 난 고작 열일곱 살이었고 그와 처녀의 몸으로 결혼했다. 매그너스도 당연히 알고 있다. 하지만 신께서 분명히 말씀하셨다며, 내가 마음으로 아이 둘을 낙태했기에 다시 아기를 얻지 못한다고 주장했다.

난 내 과거를 샅샅이 뒤지기 시작했다. 내 아이든, 남의 아이든, 행여 악감정을 가진 적이 있었던가? 정말 미칠 것만 같았다. 내 정신도, 기억도 더 이상 믿을 수가 없었다. 난 분명 아이를 원했다. 예전에는 매그너스에게 아이가 필요 없다고 생각했다. 행여 임신이라도 할 경우 그가 나를 어떻게 대할지 두려워하기도 했다. 매그너스는 절대적 관심과 헌신을 요구한다. 엔클라베의 신도들에게 요구하는 것도 그렇다. 엔클라베에는 신도가 많지만 신의 중개자로서 매그너스가 항상 우선이라는 것 정도는 모두가 인정했다. 배우자보다도 먼저, 아이보다도 먼저, 심지어 성경보다도 먼저⋯

내가 항변하자, 매그너스는 감히 신께 반항한다며 나를 참회실에 처넣었다. 참회실에서 2주를 보냈지만 난 마음을 바꾸지 않았다. 남편을 다른 여자에게 넘기라고? 아니, 절대 못 해. 결국 인근 차고에 격리된 채 콘크리트 바닥에서 잠을 자야 했다. 그래도 거부하자 최후통첩이 떨어졌다. 받아들이지 않으면 추방하겠다.

참회실은 하얀 방이었다. 창문은 없고 간이침대 하나, 제단 하나가 있다. 참회자들이 방해받지 않고 묵상과 기도를 하도록 만든 공간이다. 독방에 갇힌 이후에는 며칠씩 밥도 물도 제대로 먹지 못한다.

난 겁이 났다. 추방당할 경우, 구원은 물론이고 유일한 가정과 가족을 잃게 된다. 어떻게 신께서 나한테 이럴 수 있단 말인가? 그것도 자신의 중개자를 통해서? 매그너스야말로 평생 순결을 설교한 사람이 아닌가?

추방은 남은 생애를 바깥세상에서 살다가 영원히 지옥에 떨어지는 징계를 뜻한다.

정말로 매그너스가 옳고 내가 미친 걸까? 매그너스가 뭐든 낌새를 드러냈는지 모르겠지만 난 깨닫지 못했다. 엔클라베에서는 자신의 본능을 믿지 말라고 가르치기 때문이다. 본능은 비열한 거짓말쟁이다. 무조건 장로들과 매그너스가 이르는 대로 따라야 한다.

결국 마음으로 두 아이를 낙태했다고 고해했지만 상황을 돌이키지는 못했다. 짐작컨대, 첩을 들일 경우 엔클라베 내에서 문제가 될 수 있다고 여겼을 것이다. (바깥세상은 아니다. 우리는 법적으로 결혼한 적이 없고, 엔클라베 밖에서 공개적으로 부부로 행세한 적도 없다. 관습법으로도 결혼 사실을 증명할 수 없다.) 분명한 사실은, 그가 더 이상 나를 아내로 인정하지 않는다는 것이다. 그렇게 하려면, 교리에 따라, 난 '죽어야' 했다.

사흘 후, 한 밤중에 끌려 나왔다. 그리고 200킬로미터 떨어진 서쪽으로 실려가 어느 정류장에 내동댕이쳐졌다. 가진 것이라고는 입고 있는 옷이 전부였다.

난 비틀거리며 의자에 앉았다. 기가 막혔다. 물론 케스트럴이 아니라 재키 때문이었다. 케스트럴에게 그런 일이 있었다면 재키 역시 무사할 수 없을 것이다.

재키는 케스트럴이 살아 있다는 사실조차 모른다.

지금껏 다들 죽었다고 믿었는데…

그럼 혹시.

엄마도?

나는 떨리는 손으로 새 탭을 열고 '실비아 로스, 아이오와'를 입력했다.

페이지는 결과물을 잔뜩 쏟아냈다. 주소, 화이트페이지[1], SNS 페이지들, 정형외과 웹사이트도 두 곳이 나왔다.

찾았다! 내가 찾은 것은 부고기사였다. 링크를 클릭하는데 심장이 두근거렸다. 사진은 엄마가 분명하고 날짜도 일치했다.

실비아 로스, 39세, 아이오와 에임스 거주(일리노이 시카고에서 이주). 짧은 암투병 이후 자택에서 사망. 슬하에 두 딸 재클린과 윈터가 있다.

추모지는 신천국 의료 및 상담 지원센터

마지막 줄이 어떤 의미인지는 안다. 몇 주 전 다른 주에서 친구가 죽었다며 줄리가 해준 이야기가 있다. 누군가 돈을 보냈을까?

신천국이 엄마의 죽음을 이용해 돈을 벌었다고?

다시 두 손이 떨리기 시작했지만 이번에는 이유가 달랐다. 분노. 매그너스를 향한 분노였다. 엄마, 재키, 케스트럴, 그리고 나 자신을 향한 분노이기도 했다. 참회실에서 지낸 순간순간이 억울하고 화가 치밀었다. 나를 추방한 것도 결국 신도들에게 본보기로 보여주기 위해서였어. 케스트럴처럼 차로 실어 나르지 않고, 야수처럼 몰아낸 게 그나마 다행이었을까?

아니, 분노보다 두려움이 먼저였다. 트룰리는 어떻게 하지? 재클린 언니는?

기사를 쓴 사람, 수전 러크먼의 이메일 주소가 있었다. 난 주소를

---

1 인터넷 사용자의 이메일 주소, 전화번호 따위의 정보를 제공하는 디렉터리 서비스.

클릭하고 짧은 메시지를 이메일 주소와 함께 입력했다. SNS 계정을 열 때 이메일도 하나 만들어 둔 터였다.

안녕하세요

이 글은 비밀로 해주세요 죄송하지만, 이 메시지를 '앤'에게 전달해 주시겠습니까? 앤은 엔클라베에 있을 때 알던 사람입니다. 메시지는 오로지 앤한테만 공유해 주세요. 고맙습니다.

K,

실비아의 딸이에요 소식은 들었지만 그때는 몰랐습니다.

다들 몰랐어요 전 지금 밖에 있습니다. 답신 부탁해요

W.

난 이름을 남겼다. 기자가 익명 요구를 무시한다 해도, 메시지가 온라인을 타고 신천국으로 넘어가게 하고 싶지는 않았다. 물론 인터뷰 상대가 되고 싶지도 않았다.

새벽 내내 신천국 관련 내용들을 읽었다. 신천국을 방문했다가 재산 양도 문제로 합류하지 않은 사람들의 이야기, 신천국 퓨어라이프 씨앗 회사의 반신반인 지도자와 그 뒤에 숨은 비밀 공동체에 대한 단평, '타마라'가 전하는 옴니 장로의 성폭행 이야기도 있었다. 타마라는 가족이 엔클라베에 있기에 차마 실명을 사용할 수 없다고 밝혔다.

리사 아니면 셰이라는 생각은 들었지만 어디에도 사진은 없었다.

마당 조명등을 내려다보았다. 머지않아 새벽 동이 틀 것이다. 나는 검색창에 '매그너스 타이센'을 입력했다. 검색 결과는 훨씬 많았다. 1990년대까지 거슬러 올라간 데다 출처도 보다 확실했다. 화학 산업 기사, 기업 소식 사이트, 업무분석표, 《경영 매거진》, 《피플》. 대부분 TG+ 하이브리드를 세우고 후일 5,300만 달러에 팔았을 때까지의 얘기들이다. 오랜 세월 여행을 하고, 파티를 하고, 기부금 청탁을 받았지만, 그런 식으로는 세상을 바꾸지 못한다는 특유의 주장도 보였다. 그의 주장에 따르면, 그는 암투병과 개종을 거치며 신의 목소리를 들었단다. '에덴의 방식'을 회복하고 새로운 지구를 준비하라는 신탁으로, 그 이후 GMO에 반기를 들고, 세상을 돌아다니며 고대의 희귀 씨앗을 모았다. 이스라엘의 대추야자인 '므두셀라'(2,000년 묵은 씨앗으로 발아한 나무다.)도 있었다. 최근에는 4,000년 묵은 편두^{扁豆}를 2만 5,000달러에 구입했으며, 북미와 중동 지역의 고대 발굴 현장에서, 불법으로 씨앗을 구매했다는 소문도 있었다. 그리고 이전 사업 파트너의 재정적 몰락… 블레인 오언.

난 잠시 그 이름을 노려보다가 "블레인 오언, TG+ 하이브리드"를 타이핑했다.

그의 사진과 생년월일… 그리고 사망일이 떴다.

불과 4주 전이다.

몇 개의 기사를 검색하다 캔자스 시티스타의 부고를 찾아냈다. 오랫동안 마약 중독으로 고생했다는 내용이었다.

다시 돌아가 검색결과를 훑던 중 TG+ 하이브리드의 회계 부정 기사가 눈에 들어왔다. 벌금이 수만 달러. 최고 재무 관리자 블레인 오언은 5개월을 복역했다.

오언의 주장도 실렸다. 매그너스가 죄를 덮어씌우고 고발까지 한 것이다.

다만 아무도 그 말을 믿지 않았다.

난 새벽 내내, 닥치는 대로 찾아 읽었다. 신천국, 매그너스, 블레인, 사이비 종교와 지도자들…

아침 무렵엔 완전히 지쳐버렸다.

한때는 내게도 목표가 있었다. 내가 특별한 사람이라는 거짓말도 믿었다. 천국에 들어갈 자리를 마련했기 때문에 특별한 사람이라고 했다. 그러나 보장은 없고, 매일매일 신앙으로 갈구하고 노력해야 내 것이 된다는 그 자리. 신앙이 완벽할 필요까지는 없어. 그저 멸망 지경의 세상보다 조금 더 낫기만 하면 된다. 맙소사, 나한테야 다행이 아닌가. 곰한테 쫓길 때 친구보다 더 빨리 달아나면 된다는 얘기의 영적 버전인 셈이니 말이다.

하지만 난 더 이상 선택받은 자가 아니다. 실체가 무엇인지 혼란스럽기만 한, 75억 인구 중 한 명일뿐이다. 아직 직장도 없는 스물두 살, 채식주의자가 아닌가. 친구는 정확히 셋, 이력서에 적을 기술은 전무.

그날 오후 몇 시간 잠을 잔 후 일기장을 폈다. 라이커 박사의 제안대로 이 새로운 삶에서 이루어야 할 목록을 적어볼 생각이다.

하지만 아직은 단 하나뿐이었다.

재키와 트룰리를 구출한다.

그날 밤, 휴대폰이 딩동 소리를 내며 켜졌다.

이메일.

UC 데이비스, 수의대학 해부병리학과, 3A동

대학원생 숀 고켄은《페어뱅크스 데일리 뉴스마이너》온라인 부고 기사를 노려보았다. 속이 메슥거렸다. 지난여름 한 농부가 만갈리차 사육자 게시판에 수퇘지가 암퇘지를 끔찍하게 살해했다며 글을 올렸다. 농부야 재수 옴 붙었다며 투덜거리고 말 일이지만, 숀의 여름 학기 장학금 프로젝트로서는 땡 잡은 셈이다. 때마침 내병성 종자를 주제로 잡은 터였다. 농부는 숀의 요청에 따라 돼지 시체를 파낸 다음 근육, 뼈, 뇌의 조직 샘플을 몇 개 보내주었다.

숀은 샘플을 저장하고 이내 잊어버렸다. 장학금 신청 마감이 2월이기 때문이다. 오늘, 연구를 재개하려다 보니 정보가 더 필요했다. 그런데 농부는 이미 지난 8월 숲속에서 시체로 발견되었다. 여동생이 전화를 받는데 농부가 며칠씩 숲을 헤매다가 사망했단다. 여자는 대화에 굶주리기라도 한 듯 말이 많았다. 전화를 건 사람이 누군지는 관심도 없었다. 그는 위로를 전하며, 수퇘지를 어디에서 구매했는지 조심스레 물어보았다.

여자가 한숨을 내쉬었다. "찾아볼 테니 연락처나 남겨요. 오빠가 그 전에… 파일을 잔뜩 불태우긴 했지만…."

"불태워요?"

"예. 직접 보셔야 해요. 그러니까… 오빠는 약을 할 사람은 아니지만 그 외엔 설명할 방법이 없네요. 함께 어울려 다니던 친구 둘도 오빠가 그렇게 된 후 목숨을 끊었거든요. 둘 역시 제정신이 아니었어요."

"제정신이 아니라는 게 어떤 의미죠?" 숀이 물었다.

"캐시 데브리스는 도살장에서 일했는데 띠톱으로 자기 머리 위쪽을 날려버렸어요."

숀이 미간을 찌푸렸다. "오… 세상에."

"다른 친구도 트럭을 몰고 건물을 들이받았어요. 며칠 후 병원에서 죽었고요."

"살아남은 돼지들은 어떻게 됐는지 아세요?"

"겨우 둘만 남았는데 오빠가 모두 도살했어요. 그래야 했죠. 돼지는 끝났다면서 마리화나를 심겠다는 헛소리를 하더라고요. 약 얘기를 한 것도 그래서예요."

숀은 다시 캐시 데브리스와 친구의 부고 기사를 찾았다. 아니나 다를까 둘은 같은 도살장에서 일했다.

뭔가 이상했다. 돼지들이 미쳐 날뛰었다. 농부와 친구 둘도 미쳤다. 이론상으로는 살아남은 돼지와 접촉한 이후였다.

숀은 다시 그의 여동생에게 전화를 걸었다.

"혹시 오빠가 돼지 뇌수나 척수를 먹었을 가능성이 있나요?"

"예, 돼지를 죽이는 날엔 친구들을 불러 계란과 함께 프라이해 먹곤 했어요. 일부러 뇌를 챙겼거든요."

프라이온(동물 사이에 질병을 전염하는 감염성 단백질)일까? 하지만 광우병의 원인인 뇌병증의 돼지 변이도, 인간형 변이인 크로이츠펠트-야콥병도 그렇게 빨리 인간에게 영향을 줄 수는 없다. 농부와 친구들이 프라이온에 감염된 동물 뇌를 먹었다 해도 증세가 나타나기까지는 몇년, 또는 몇십 년의 시간이 걸린다. 어쨌든 죽은 자의 뇌 샘플을 조사해야 알 수 있는 일이다.

숀은 돼지 뇌 샘플로 슬라이드를 몇 개 만들었다. 그리고 생각난 김에 샘플 비닐에서 흙 샘플도 채취했다.

40분 후, 더 이상 여름학기 장학금 프로젝트 따위는 안중에도 없었다.

그는 황급히 어딘가에 전화를 걸었다.

"뭔가 찾아냈어."

이틀 후, 숀의 프로젝트와 6,000달러의 장학금은 허공으로 증발했다. 샘플과 데이터가 모두 사라진 것이다.

제10장

마당을 가로질러 가는데 두 손이 떨렸다. 종무실에서 나를 왜 찾을까? 트룰리가 태어난 후 어떻게든 조용히 살면서 눈에 띄지 않으려고 노력했다. 트룰리와 지내는 시간마저 빼앗길까 봐. 이 네 살배기 소녀가 내 품에 뛰어들 때마다 나는 삶의 의미를 되찾았다.

나는 잠시 머뭇거리다 노크했다. 안에서 목소리가 들렸다. 난 안으로 들어갔다. 언젠가 엄마 소식을 묻기 위해 이곳을 찾아온 적은 있지만 방 안의 풍경은 거의 기억나지 않았다. 이번에는 크림색 커튼과 쿠션 의자들, 캐비닛, 책장들이 먼저 눈에 띄었다. 반대편 벽은 매그너스가 등장한 잡지 표지들로 도배가 되다시피 했다.《엔트레프레뉴어 매거진》,《오거닉파머》,《포브스》,《아케올로지 투데이》. 매그놀리아가 자리에서 일어났다. 형광등 불빛 탓인지 10년 전에 비해 양 어깨가 늘어진 것 같았고 밤색 머리카락도 더 잿빛처럼 보였다. 턱도 더

뾰족해진 듯했다. 그동안 어떤 변화가 있었는지는 모르지만 로젤라의 요리 덕분은 아닐 것이다.

"윈터." 매그놀리아가 말했다. 어딘가 안도하는 목소리다. 그녀는 나를 맞은편의 작은 책상으로 이끌었다. 책상 위에는 컴퓨터가 놓여 있고 서류가 산더미였다.

"지난주 재고 조사 결과야. 이건 지난 분기 씨앗 수확량이고." 매그놀리아는 서류 더미를 가리키더니 손을 뻗어 컴퓨터 마우스를 잡았다. 모니터 화면이 켜졌다.

"무슨 말씀이신지…?" 화면의 격자무늬를 보기는 했지만 그녀가 왜 나한테 그런 말을 하는지 이해할 수가 없었다. 컴퓨터를 본 것도 거의 15년 만이다. 여기 창고에도, 내가 수학을 가르치는 학교에도 컴퓨터는 없다. 심판의 날엔 전기가 사라지고 미래의 신천국에서도 컴퓨터는 필요 없을 것이기 때문이다. 이곳에 컴퓨터가 한 대도 아니고 두 대씩이나 있다는 사실에 솔직히 충격을 넘어 배신감까지 들었다.

"오늘부터 오후엔 여기서 일해야 해." 그녀는 그렇게 말하며, 『원숭이도 이해하는 엑셀』 한 권을 건넸다.

규칙은 간단했다. 맡은 일만 처리할 것. 파일에는 손대지 말 것, 전화는 받지 말 것, 이곳에서 하는 일의 내용이나 정보는 절대 발설하지 말 것.

엑셀 스프레드시트와 친해지는 데는 사흘이나 걸렸다. 그것도 커서가 말을 듣지 않고 컴퓨터 화면 속을 제멋대로 뛰어다니는 고물 마우스로 이루어 낸 성과였다. 옴니 장로와 캐논 장로는 고갯짓으로 환영했지만 셰이의 아버지는 알은체도 하지 않았다. 매그너스의 집무실

문은 언제나 굳게 닫혀 있었다. 장로들이 노크할 때마다 목소리가 들리기는 했다. 어느 날 갑자기 그가 집무실에서 나오더니, 전화를 받으며 나를 성큼성큼 지나쳤는데, 난 그가 나오자마자 서류를 떨어트리며 두 손을 공손히 모으고 인사를 했다.

일은 재미있었다. 3시간이 훌쩍 지나고 어느새 저녁 당번 신고를 해야 했다. 나흘째 되는 날, 매그놀리아는 부엌 근무를 면제했으니 사무실에서 더 일하라고 알려주었다. 나로서는 좋은 일이다. 너무 좋아서 저녁 식사 시간까지 사무실에 남아 있었다.

불과 이틀 사이에 주변 사람들의 행동도 조금 이상해졌다. 소녀동 관리인 아이리스는 약혼이 깨진 후 나를 타박하기 일쑤였지만, 그날 밤에는 나를 보자 기이할 정도로 쩔쩔매며 고분고분했다. 내 옷도 세탁 바구니 깊숙이 처박았다 꺼내는 바람에 다 구겨졌는데 이제는 곱게 개인 채 침대 위에 놓여 있었다. 유아동 관리자인 아라벨라도 마찬가지다. 트롤리를 만나러 가면 다른 아이들 뒤치다꺼리까지 맡더니, 그날 밤은 아이들 기도 시간에까지 초대해 주었다.

장로들이나 매그너스와 지근거리에서 일한다는 이유로, 매그놀리아가 어느 정도 대우를 받기는 했지만 그 특혜가 나한테까지 돌아오다니 솔직히 어안이 벙벙했다. 나는 농산물 장터에서 의심스러운 행동을 한 이후 5년 동안 열심히 눈총을 받았던 바로 그 여자가 아닌가!

오늘 밤 식사 시간을 놓친다 해도 로젤라가 개의치 않고 식사를 챙겨주리라 믿는 것도 그래서다.

6시 30분이 조금 지난 시간, 함수를 마무리하려는데 매그너스 집무실의 문이 열리고 있었다. 난 재빨리 자리에서 일어났지만, 손을 모으기도 전에 그의 전화벨이 울렸다.

전화벨이 울려도 매그너스는 받지 않고 혼자 중얼거리기만 했다. 마침내 전화를 받았을 때 목소리엔 피로감까지 역력했다.

"예?"

집무실 마룻바닥이 삐걱거리는 소리와 함께 발신자 목소리가 나한테까지 들렸다.

"여보세요?" 그가 다시 물었다.

약간의 소란. 그리고 "헤이, 오랜만이야!"

"누구지?" 매그너스가 되물었다. 짜증 섞인 목소리.

"이런, 그렇게까지 오랜만은 아니지 않나?"

잠시 정적. 이윽고 매그너스의 짧고도 어색한 웃음.

"블레인, 미안하네, 친구. 오늘 조금 힘든 날이었어. 어떻게 지내나?"

"오, 알다시피 늘 편안하지. 종교 장사는 잘되어 가나?"

"도대체 얼마나 얘기해야 알아듣…"

"그래, 그래. 장사가 아니라고. 좋아, 좋아. 아무튼, 할 얘기가 있네." 블레인이 누군지 몰라도 목소리만큼은 심란하고 초조했다.

나도 초조했다. 내가 여기 있다는 걸 매그너스도 알까? 다른 사람들은 모두 퇴근했는데? 아니, 알 리가 없다. 그랬다면 스피커폰으로 통화하지는 않았으리라. 난 어쩔 줄 몰라 주변을 둘러보았다.

"음… 내 생각을 해줘서 고맙기는 한데… 별로 듣고 싶지는 않군."

"아냐, 아냐, 듣고 싶을 거야. 당연히 들어야지. 아니면 후회할 테니까."

매그너스가 한숨을 내쉬었다.

"정말 괜찮은 거야? 듣기로는 몇 년 전에 다시 재활 시설에 들어갔다던데."

"다 지난 일이야. 지금은 아주 좋아." 그의 웃음은 여전히 가식적이었다.

"지금도 캔자스 시에서 일하나?"

"그렇긴 하지만 왔다 갔다 해. 지금 생각해 보면 우리 파트너십이 까다롭긴 했어. 실제로 아이오와주로 갈 생각까지 했잖아. 망할, 당신 사이비 종교에나 들어갈까 봐."

매그너스의 대답이 없자 전화기 너머에서 신경질적인 웃음이 배어 나왔다. "농담이야, 농담! 이봐, 한번 만나지 않을래?" 얼굴을 문지르는지 목소리가 중간에서 끊겼다.

"글쎄, 만날 이유가…"

"이봐, 중요한 일이야. 예를 들어, 로스케[2]나 짱깨 놈들한테 100배, 아니 1,000배로 넘길 수도 있어. 내 이름이 건재하다면 직접 나설 수도 있고. 그런데 알다시피, 도리가…"

"이봐, 돈이 필요하면…"

"얘기했잖아, 중요한 얘기라고! 당사자에겐 더더욱!" 블레인은 얘기까지 끊고 나섰지만 매그너스는 아무 말도 하지 못했다. "어이, 듣고 있나? 어디 간 거…?"

---

2 러시아 인을 낮춰 부르는 말.

"그래, 그래, 듣고 있어." 이제야 전화기를 집어 든 모양이다. "그래서… 용건이 뭐야?"

나는 이어진 정적 속에서 입구를 바라보았다. 어떡하지? 문을 여는 순간 삐걱 소리가 날 텐데.

"어디?" 잠시 후. "어떻게 하면 된다고? 아니, 여긴 안 좋아. 온통 낙오자에 인간쓰레기들뿐이잖아. 몇 년간 진짜 돈줄은 하나도 못 잡았어. 마지막 투자자도 떨어져 나가고. 도대체 뭘 원하는지 모르겠군. 지금은 여기도 빛 좋은 개살구야. 아니… 다 개소리야. 당연히 아니지… 그건 불법 아닌가? 이런, 시대가 변했어."

그가 한숨을 내쉬었다. "이봐, 끊어야겠어. 내일 다시 연락하지. 그리고 블레인? 이 통화 내용을 한마디라도 흘려봐. 이번에는 나도 그냥 넘어가지 않아. 돈 냄새만 나면 어디든 치근대는 사기꾼으로 만들어줄 테니까. 자네 보호감찰관도 이 대화에 관심이 있을 거야. 좋아, 이제야 말이 통하는군."

그제야 확신이 들었다. 결국 듣지 말아야 할 얘기를 듣고 만 것이다. 나는 책상 의자에서 빠져나와 키보드 선반 아래로 기어 들어갔다. 매그너스가 문 쪽으로 나오며 마룻바닥이 다시 삐걱거렸다.

이런, 그러고 보니 모니터가 켜진 채였다. 지금 머리 위에서 횃불처럼 빛나고 있으니! 나는 얼른 벽 근처 멀티탭 쪽으로 기어가 스위치를 더듬어 찾아 꺼버렸다.

다시 책상 밑에 웅크리자마자 문이 활짝 열렸다. 난 숨을 죽이고 눈을 질끈 감았다. 매그너스는 성큼성큼 사무실을 가로질렀다. 콜로뉴 향이 코를 자극했다. 엔클라베에서 향수를 쓰는 유일한 사람이 매그너스다.

잠시 후 그가 불을 끄고 문을 열고 밖으로 나갔다.

나는 창가로 기어가 창턱 너머를 엿보았다. 매그너스의 그림자는 만찬관을 향해 움직이고 있었다. 그가 고해관 너머로 사라지는 순간 나는 멀티탭 스위치를 켜고 다시 창 너머를 본 다음 방을 빠져나왔다.

그를 쫓아 식당으로 갈 용기는 없었다. 결국 공장으로 직행했는데 덕분에 오늘 저녁은 쫄딱 굶어야 했다.

그날 밤 소녀동에서 돌아와 곧바로 침대에 누웠다. 도대체 블레인 은 어떤 사람일까?

낙오자에 인간쓰레기? 매그너스는 우리를 그렇게 불렀다. 선택받은 이들을 어떻게 그렇게 부를 수 있지?

게다가 신의 중개자를 위협하는 사람이 있다니? 그것도 마약중독 자 같은데?

다음 날, 사무실에 돌아가기가 무서웠다. 난 한마디도 않고 책상에 앉았다. 다행히 매그놀리아도 일에 몰두하는지 인사도 하지 않았다.

잠시 후 매그놀리아가 외쳤다. "우리한테 어떤 못이 필요한지 내가 어떻게 알아? 치수라도 적어야 될 거 아니야?"

고개를 드니 그녀가 주문서를 들고 있었다. 주문서엔 '못'이라고만 적혀 있었다.

"농장에 가져가 볼까요? 혹시 아는 사람이 있을지 모르니까."

"아냐, 내가 직접 가는 게 낫겠어." 매그놀리아는 곧바로 일어나더 니 문을 쾅 닫고 나가버렸다.

그녀가 나가고 2~3분쯤 지났을까? 전화벨이 울리기 시작했다. 모르는 척 일을 하는데 디카로 장로가 집무실 문을 열고 빼꼼 고개를 내밀었다.

"누가 전화 좀 받지 그래?" 그가 짜증을 냈다.

나는 머뭇거리다 매그놀리아의 책상으로 건너갔다. 어쨌든 매그놀리아보다 장로가 윗사람 아닌가. 내가 수화기를 들자 그제야 그가 문을 쾅 닫았다.

"신천국 인터내셔널입니다." 지난주 보니, 매그놀리아가 늘 이런 식으로 전화를 받았다. 남자 목소리.

"에… 여기 《에임스 트리뷴》인데요? 매그너스 타이센과 통화 가능할까요?"

"아뇨, 지금 안 계셔서요… 나중에 다시 전화하라고 할까요?"

이름을 받아 적으려고 종이쪽지를 찾는데 기자가 인터뷰를 하고 싶다는 등의 얘기를 늘어놓았다. 보도자료가 있는지 묻기에 잘 모르겠다고 대답했다. 매그놀리아의 화면 아래 공개 폴더들을 본 것은 바로 그때였다.

미결서류. 외상매입금. 설교주문. 보도자료

담당자는 다시 전화하겠다고 전했다. 나는 전화번호를 받아 적은 후 조심스레 수화기를 내려놓았다. 그리고 등 뒤 닫힌 문을 힐끗 돌아보고는 마우스를 집어 '보도자료'를 클릭했다.

신천국이 확보한 씨앗에 대한 공고였다. 4,000여 년 전의 편두는 10만 달러에 구입했다.

10만 달러? 어떻게 그게 가능하지? 그때쯤 매달 어떤 상품을 주문 판매하는지 알고는 있었지만 10만 달러를 충당할 만큼 많지는 않았다.

블레인이라는 사람이 그 때문에 매그너스에게 전화한 걸까?

아냐, 그럴 리가 없어. 날짜가 일주일 전이잖아.

나는 재빨리 내용을 훑어보았다.

'…신천국 인터내셔널은 내년 초까지 콩을 제공해야 한다. 고대 씨앗 사냥꾼이자 종교지도자 매그너스 타이센의 주장에 따라…'

나는 다른 자료 위로 커서를 올리다가 실수로 하나를 클릭했다. 마우스 아래로 기사 하나가 떠올랐다. '세상에 단 하나 밖에 없는 씨앗을 구하다' 매그너스의 사진도 있었다. 씨앗 상자를 들고 있는데 배경이 지하 저장고처럼 보였다.

그때 앞문이 열리는 바람에 난 마우스를 놓고 종이쪽지를 집었다. 그녀의 책상에서 내가 무슨 일을 하고 있는지 설명을 해야 했다.

들어온 사람은 매그놀리아가 아니었다.

매그너스.

나는 자리에서 일어나 종이쪽지를 꼭 쥔 채 두 손을 모아 입으로 가져갔다.

"오, 매그놀리아, 헤어스타일이 확 바뀌었네." 매그너스가 키득거리며 말했다.

나도 슬며시 멋쩍은 미소를 지었다. "메시지를 적어두었습니다. 전화가 왔는데 통화를 하고 싶다고…" 난 말을 끊었다. 내가 신문기사나 인터뷰에 대해 알아도 되는 건지 확신이 서지 않았다.

매그놀리아의 컴퓨터 모니터에 떠 있는 기사도 문제였다.

매그너스가 책상으로 다가오더니 종이쪽지를 받았다. 언제나처럼 셔츠 소매를 팔꿈치까지 걷어 올렸는데 정원 잔디를 깎거나 씨앗 상자를 나르다 온 사람처럼 보였다. "고마워." 매그너스는 쪽지를 보지도 않았다.

그나마 다행이라면 매그놀리아에게 변명할 필요가 없어진 것이다.

"여긴 막 시작했나?" 그가 물었다. 그리고 이곳에 왜 왔는지 잊기라도 한 듯 책상에 기대더니 내 쪽으로 상체를 기울였다. 내 눈에서 뭔가 흥미로운 것을 발견한 표정이었지만 정작 난 그게 무엇인지 알지 못했다.

문득 지난밤의 전화가 떠올랐다.

"몇 시간 됐습니다." 난 그렇게 대답하며 물러 나왔다. 그가 모니터 화면의 기사를 보지 않아야 할텐데.

하지만 그의 눈은 이미 모니터 화면을 향하고 있었다.

"이 기사 읽었어?" 그가 고갯짓으로 모니터를 가리키며 물었다.

난 잠시 입술을 깨물었지만 그의 면전에서 거짓말할 용기는 없었다. "예."

놀랍게도 그가 미소를 지었다. "자랑스러운 일이지."

"그럴 생각은 없었습니다. 그저…"

"엄마를 쏙 빼닮았구나." 그가 살짝 고개를 저으며 말했다. "엄마도 미인이었지."

매그너스는 자기 집무실에 들어가 문을 닫았다.

나는 매그놀리아가 돌아오기 전에 얼른 기사를 닫았다.

제11장

이메일을 여는데 괜스레 마음이 초조했다. 다행히 메일을 읽기 시작하는 순간 그녀의 부드러운 목소리가 들렸다. 기억 속 천사 같은 미소도.

윈터!

밖이라니 정말 다행이구나. 어떻게 떠났니? 언니도 함께 있어?

그래, 난 죽지 않았어. 매그너스가 어떻게 너희들을 속였는지 이제 충분히 알았겠지? 그러니까 더 이상 자책할 필요 없다. 네가 제정신이 아닌지 의심할 필요도 없고 나도 오랫동안 내가 미쳤다고 생각했단다. 잘 이겨내야 해.

지금 어떻게 지내는지 알려다오

케스트럴

난 다시 첫 번째 줄로 돌아갔다. 언니도 함께 있어?

케스트럴도 모르는구나. 하긴 당연하겠지. 어떻게 알 수 있겠어?

나는 천천히 답신을 타이핑했다.

답장 고마워요

전 추방당했어요 지금은 일리노이의 엄마 친구 집에서 지냅니다. 잘 헤쳐나가고 있어요 처음에는 많이 힘들었지만요

W.

1시간 후, 답장이 왔다.

윈터,

정말 다행이야. 명심해라, 어떤 규칙을 어기든 넌 절대 지옥에 떨어지지 않아. 알았지? 네브래스카에서 목 놓아 외쳐본다. 내 말 들리지?

바라건대, 언젠가 네가 나를 용서해 주길. 너희들에게 거짓말을 남발했으니. 미안해. 네 가족이 여기 들어온 순간부터 난 너희 모두를 사랑했고, 내가 옳고 좋은 무언가를 나누고 있다고 생각했어.

지금은 이 세상에 삶과 사랑이 있다는 사실을 깨달아야 해. 내가 직접 봤으니 믿어도 된다. 주님은 엔클라베보다 훨씬 더 위대하신 분이야.

재클린은 아직 안에 있니? 걱정이구나.

K.

어디서부터 말씀드려야 할지… 재클린은 매그너스와 결혼했어요 언니는 몰

랐죠 우리 모두 몰랐어요 둘 사이에 딸이 있습니다. 전 둘 다 걱정이에요

W.

다음 날 아침까지 답장이 없었다. 어쩌면 영원히 답장이 오지 않을 지도 모르겠다. 괜히 말한 걸까? 아니, 그렇지 않으면 난 거짓말쟁이로 살아야 한다.

그날 밤 저녁 식탁 위의 화제는 켄과 로렌이었다. 켄은 비상 팀을 꾸려 워싱턴주로 떠나기로 했고, 로렌은 행렬 시험에서 낙제를 했다. 그동안은 계속 친구 답안지를 훔쳐보았는데 그 친구가 하필 '전염성 광증'에 걸려 결석을 했기 때문이란다. 설상가상으로 좋아하는 교사도 정직을 당했다고 했다. 가을방학 때 오리건에서 찍은 사진을 누군가 온라인으로 보고 고자질을 한 것이다.

"제가 가르쳐 볼까요?" 내가 넌지시 찔러보았다.

"네가 행렬을 알아? 홈스쿨링 했다고 했잖아."

"그랬죠." 엔클라베에 살면서 학교가 제일 재미있었지만 그 얘기는 하지 않았다.

"켄, 가지 마. 현장에서 빠져나오려고 잔트 연구소도 문을 열었잖아. 단순히 흥미 때문에 위험에 뛰어드는 건 옳지 않아." 줄리가 말했다.

"비숍이 직접 요구한 거야. 어떻게 못 한다고 빼? 괜찮을 테니 걱정 마." 켄이 대답했다.

"싫다고 못 하는 상대가 비숍이야, CDC[3]야?" 줄리가 켄을 흘겨보며 따졌다.

"걱정 마. 아무 일 없을 거야."

"걱정 말라고? 워싱턴주와 오리건주 도시 다섯 곳이 비상사태를 선포했어! 런던과 도쿄가 시애틀, 포틀랜드발 비행기를 거부하고. 어떻게 걱정 안 해?"

"우린 전세기를 탈거야." 켄이 담담하게 대답했다.

"어제도 시애틀에서 채소가게가 습격당했대." 로렌의 말에 줄리가 손가락으로 그녀를 가리켰다. 자기도 그 말을 하고 싶었다는 뜻이리라.

켄은 애써 미소를 지어 보였다.

"다행이군. 우리가 채소를 살 일은 없으니까. 거긴 벨뷰에서도 호수 맞은편 병원이야. 어디보다 안전한 곳이지."

"태풍의 눈에는 바람이 안 부니까." 줄리가 반박했다.

"캐나다에서 미국 오토바이족들의 입국을 막더라고요. 밴쿠버까지 가는 사람들인데." 나도 미안한 척하며 한마디 거들었다. 나 역시 켄이 가지 않기를 바랐다.

"도대체 왜 비대면 회의를 하지 않는 거지?" 줄리가 버럭 화를 냈다.

"온라인으로 실험을 할 수는 없잖아." 켄이 한숨을 내쉬며 포크를 내려놓았다. "이봐, 이건 사람들에게 큰 도움이 되는 일이야."

"당신이 거기 있는 동안 위급한 맹장수술 같은 거 할 일이 없기만 바랄게." 줄리도 더 이상 다그치지 않았다.

---

3   미국 질병통제예방센터.

"그럴 일 없어. 사례 대부분은 전파와 상관없는 것 같아. 환자들 설명에 따르면 한두 주 아프다가 혼란과 이상 행동 증세를 보이더군. 전파는 주로 바이러스성이고." 켄의 설명이었다.

"정말 조심해야 해. 마스크 절대 벗지 말고. 아예 방호복을 입고 살면 좋겠지만." 줄리는 여전히 걱정이 많았다.

"이봐, 여기서 의사가 누구야? 여보세요? 누구 내 방에서 자격증 본 사람 있나요? 거기에 '의사', '박사'라는 단어가 적혀 있을 텐데?" 켄의 농담에 아무도 웃지 않았다.

"나 홈스쿨링 해도 돼?" 로렌이 물었다.

"한번 논의해 보자." 줄리가 대답했다.

"코 뚫어도 되지?"

"안 돼!" 이번에는 켄과 줄리가 합창을 했다.

그날 밤 늦게, 딩동, 이메일 도착음이 울렸다.

윈터,
재클린의 딸은 당분간 안전할 거야. 오히려 재클린이 걱정이네.

K

네, 저도요.

W.

켄은 다음 날 아침 떠났다. 비행기가 이륙하고 30분 후, 로렌의 학

125

교가 폐쇄되었다. 한 소년이 로렌의 친구 하나를 적그리스도라며 난도질한 게 원인이었다. 우리는 차를 몰고 학교로 달려갔다. 로렌은 교무실에서 기다리고 있었다.

로렌의 셔츠가 온통 피투성이였다.

"오, 세상에!" 줄리가 울부짖었다.

"내 피 아냐." 로렌은 그렇게 말하면서도 줄리의 품에 안겨 훌쩍였다. 우리는 집으로 돌아갔다. 로렌은 옷을 갈아입고 마스크도 쓰고 병원에 갈 예정이었다. 친구가 수술실에 있는 동안 급우들과 함께 불침번을 서기로 했다는 것이다.

로렌의 친구는 다행히 위기를 넘겼다. 그때쯤 대화는 자연스레 그 소년 주변에 누가 있었는지, 그들도 이상행동을 보이지는 않았는지 쪽으로 흘러갔다.

집으로 가는 길, 월마트를 지나면서 줄리가 창밖으로 고개를 내밀었다. 주차장은 카트를 몰고 다니는 사람들로 북적였다. 몇 분 후 줄리는 스탠더드 마켓으로 들어갔다.

"둘은 차 문 잠그고 기다려." 줄리가 지갑을 집어 들며 말했다. 20분쯤 후, 그녀는 카트에 쇼핑 가방과 생수 몇 상자를 싣고 돌아왔다. 그다음엔 주유소에 가서 15분을 소비했다.

로렌은 하루 종일 거실 소파에서 담요를 뒤집어쓴 채 TV에서 학교 폐쇄 상황을 지켜보았다. 오후 내내 남학생들이 화상채팅으로 드나들며 로렌의 안부를 물었다.

우리는 뉴스를 보며 식사를 했다. 오토바이족들이 5번 주간도로를 타고 밴쿠버에 가려 했으나 캐나다가 입국을 거부했다. 국경을 가로

지르는 고속도로도 일부 봉쇄했다. 전문가들이 예방과 과잉 대처의 차이에 대해 논쟁하는 중에, CDC가 긴급 뉴스로, 현재 32개 주에서 조기치매 증세가 급증하고 있다고 발표하였다. 캐나다를 비롯해 전 세계에서 확인된 사례만도 200건이 넘으며, 미확인 사례는 그보다 더 많다고 했다.

현재 치료제는 없다.

"켄, 집에 와. 그냥 차 빌려서 타고 오라고. 자기가 거기 있는 게 싫어. 지역 전체가 미쳤잖아." 줄리가 우는 소리를 했다. 켄이 로렌의 상태를 확인하기 위해 영상통화를 걸어온 것이다.

"자기도 알아둬. 회사 전체에 이메일을 보냈어. 가능하면 직원 모두 자택근무를 하라고 했지. 겁주자는 게 아니라 그냥 예방 차원이야. 내 서재에 수술용 마스크와 고무장갑이 있으니까 밖에 나갈 일 있으면 사용해." 전화를 끊기 전 켄은 그렇게 말했다.

별로 도움은 되지 않았다.

지방 뉴스는 온통 학교 사건 얘기였다. 칼을 휘두른 아이는 정신병원에 실려 갔지만, 그 아이 말고도 더 있었다. 베네딕틴과 노스센트럴에서 학생 셋이 강제로 입원당했다.

"저 애들도 칼부림인가? 아니, 미치려면 혼자 조용히 미치지, 왜 사람들 목숨을 노리고 지랄들이야?" 줄리가 허공에 두 팔을 던지며 한탄했다.

미쳐서 칼부림을 하니 TV에 나왔겠죠. 조용히 혼자 방구석에서 헬로 키티에 미쳐 있는 사람이라면 뉴스에 나지도 않을 것 같은데. 난 그렇게 말하려다가 그냥 입을 다물고 말았다.

다음 날 아침, 전국의 사무실, 상가, 거리에서의 습격 생중계가 넘쳐났다. 한 여인은 로스앤젤레스 주차장에서 세 사람을 쏴 죽이고는 저자들은 진짜 사람이 아니었다고 주장했다. 건물 옥상에서 날아오르려 한 사람도 넷이나 되었다.

노스다코타의 사내는 동네 체육관에서 운동 기구들에 총을 난사했다. 남자는 그것들이 사이버트론에서 인류를 멸종하기 위해 파견한 디셉티콘들이라고 주장했다.

그나마 인명 피해는 없었다.

윈터,

재클린이 지금도 상담센터에서 일하나? 어쩌면 저 끔찍한 헤드라인들이 가라앉으면 그곳에서 언니를 만날 수 있을 거야. 거짓말은 하지 않을게. 언니가 매그너스의 아이와 함께 빠져나오기는 아주 어려울 거야. 언니와 너, 누구든 안전한 장소가 필요하면, 언제든 시드니에 오려무나. 그냥 피터슨 농장을 찾아오면 돼. 다시 너를 안고 싶구나.

지금은 믿을 수 없겠지만, 윈터, 주님은 이곳 세상에 계셔. 내가 직접 보았어.

K.

다음 날 아침, 켄이 전화를 걸어왔다. 계획이 어긋나 당장은 돌아갈 수 없다고 알렸다. 그는 지금, 차를 타고 보이시의 현장 사무실로 가는 중이었다. 그가 스피커폰으로 말했다.

"잘 들어. 아직 비밀인데… 확인이 필요한 내용이라서. 이번 질병은 변종 인플루엔자를 통해 전파되는 것 같아."

"그럼 주사를 맞으면 되겠네." 줄리가 말했다.

한숨 소리가 들리는 것으로 보아 켄은 아마도 고개를 젓고 있을 것이다.

"기형 변종이라 백신이 없어. 주사가 어느 정도 면역이 될지는 몰라도 현재로서는 기대할 바가 못 돼."

줄리의 얼굴이 창백해졌다. "감기 시즌은 시작도 하지 않았는데…"

"그냥… 집에만 있어. 꼭 필요한 곳 외엔 아무 데도 가지 말고 손님도 부르지 마. 손은 꼭 씻고. 애들한테도 전화해서 알려줘."

줄리가 전화기를 들고 침실에 들어가 문을 닫자 로렌이 기가 막힌다는 듯 나를 보았다. 그래도 목소리가 들리기는 했다.

내가 벽 가까이 붙어 엿듣고 있기 때문이다.

"무서워, 켄. 자기가 그냥 돌아오면 좋겠어!" 줄리가 울고 있었다. 그녀가 우는 소리는 나도 처음 들어본다.

"안 돼. 이제 끊어야겠어. 저쪽에서 도로 봉쇄하기 전에."

나는 움찔했다. 도로를 봉쇄한다고? 전에도 이런 적이 있었나? 두 달 만에 처음으로, 해묵은 공포가 폐부를 찔렀다. 세상이 이렇게 끝나는 건가?

하지만 매그너스는 거짓말쟁이다. 케스트럴도 그렇지만, 또 누가 당했는지 누가 알겠는가? 그 사실만 잊지 말자. 그의 집은 거짓으로 지은 헛껍데기일 뿐이다.

줄리는 오후 내내 전화기를 붙들고 두 아들, 어머니, 시부모들과 통화했다.

그날 밤, CDC는 벨뷰, 워싱턴을 비롯해 인근 도시들을 봉쇄하고,

포틀랜드와 오리건 지역도 봉쇄했다.

봉쇄된 도시에서는 식당과 가게들이 군의관, 의사, 경찰, 교사를 비롯해, 주인이 불안하다고 여기는 손님들의 출입을 금지했다. 다른 가게들은 아예 문을 걸어 잠갔다.

콜럼버스의 스테판도 전화해 오하이오주에 휴교령이 떨어졌다고 알렸다. 줄리는 1시간 동안 아들을 붙들고 통사정을 했다. 절대 집에 손님을 들이지 마! 여자친구도 부르지 말고 파티도 안 돼! 스테판은 학교 주변에 다른 아이 셋과 함께 집을 빌려 쓰고 있었다.

다음 날 아침, 연방 경찰이 주간 도로, 90번과 84번을 퍼시픽 노스웨스트 방향에서, 그리고 80번은 세크라멘토 초입에서 봉쇄했다.

전국 뉴스에서는 시간마다 웨스트코스트 전역의 비상조치와 공항 폐쇄를 알렸지만, 지방 방송국에서는 오히려 그런 조치들이 '예방 차원'이며, 공포야말로 공중보건에 가장 해로운 위협이라고 강조했다.

정작 화면 아래쪽에는 시뻘건 경고 메시지가 번쩍거리고 있었다.

집 밖으로 나가지 마세요. 집이 안전합니다.

일리노이 보건국
주제: 급성 조기치매

일리노이 보건국은 일리노이주에서 발생한 다수의 급성 조기치매(REOD) 사례를 조사 중입니다. 질병의 폭발적 성격과 관련해, 국민 여러분은 증세를 정확히 숙지해야 합니다.

- 정신착란
- 기억상실, 동일 행동 반복(기억상실에 기인)
- 균형 및 운동감각의 급격한 손실
- 자신 또는 타인을 향한 부주의하거나 위험한 행동
- 환각

예방법

- 비누와 물로 규칙적으로 손을 씻을 것
- 주변을 의식할 것. 특히 자녀의 주변 상황을 항상 눈여겨볼 것.
- 이상행동을 발견 시 즉시 신고할 것
- 여행을 자제할 것
- 집에 머무를 것

REOD 증상은 지역 당국에 신고해 주세요. 위험할 수 있으니 어떤 상황이든 직접 개입하지 마십시오.

의료 비상상황을 문자로 받으시려면 이곳을 클릭하세요.
(추가 비용 없음)

제12장

다음 날 매그놀리아 건너편에서 일을 하는데 매그너스가 집무실에서 나왔다. 구두가 번쩍거렸다. 그가 입고 있는 짙은 회색 슬랙스는 이곳 공장에서 만들기엔 너무 고급이었다. 물론 단추도 제대로 달지 못하는 재클린의 솜씨일 리도 없다.

"윈터, 마을에 볼일이 있는데 함께 다녀올까?" 그가 밝은 목소리로 말했다.

난 눈을 깜빡였다. 내가 잘못 들은 걸까? 아니, 그보다 두려웠다. 블레인과의 통화를 엿들은 걸 알아챘나? 고개를 들었을 때 다행히 그의 두 눈은 웃고 있었다. 그가 웃을 때 눈가에 지는 주름도 처음 만났을 때와 똑같았다.

"어때, 같이 갈 거지?" 그가 미소 지었다.

"물론이죠." 내가 머뭇머뭇 일어서자 매그놀리아가 두 손을 들어 보였다. 마음에 들지 않겠지만 그렇다고 반대를 하지는 못하리라.

매그너스가 문을 열어주었다. 우리는 밖으로 나섰다. 엔조라는 이름의 키 작은 남자가 프리우스 옆에 대기 중이었다. 프리우스는 매그너스가 마을 회의에 갈 때 이용하는 차다. 매그너스는 나를 뒷좌석으로 안내하고 자기도 옆자리에 앉았다. 엔조가 문을 닫아주었다.

아무도 나를 이런 식으로 대한 적이 없었는데….

고급 차도 생전 처음 타본다. 아니, 승용차를 타본 기억이 거의 없다. 15년 동안 고작 낡은 밴을 타본 게 전부였으니.

육중한 게이트가 장벽처럼 열릴 때 난 두 손을 포개 무릎 위에 놓았다. 벽 밖으로 나가는 것도 농산물 시장 이후 거의 5년 만이다. 몇 년간 그렇게도 갈망했는데, 느닷없이 행운이 찾아온 것이다.

초조한 마음으로 창밖을 내다보니 때마침 아라가 손에 상자를 들고 아이들 학교에서 사무실 쪽으로 가고 있었다. 무엇보다 그녀의 눈빛이 마음에 걸렸다. 그녀의 동행들도 묘한 표정으로 나를 보았다.

매그너스는 느긋하게 다리까지 꼬고 앉아 있었다. 잿빛 머리카락이 관자놀이 부근에서 덩굴손처럼 곱슬거렸다. 그나마 목덜미 쪽은 아직 흑발이었다. 지난 몇 년간 매일 아침 그를 보기는 했지만 지금 이렇게 가까이 앉고 나서야 그 변화를 알아챈 것이다.

"그런데… 어디 가는 거죠?" 내가 물었다.

"그냥, 가든시티에." 여전히 느긋하고, 기분 좋은 말투였다. 나와 함께여서일까? "그냥 밖에 나와 다시 친해지는 것도 괜찮겠다 싶었지."

다시 친해져? 지난 15년보다, 지난 24시간 동안 그와 나눈 얘기가 더 많다.

난 두 손을 꼭 모았다. 손에서 식은땀이 배어 나왔다. 점심시간에 양파를 다졌는데 아직 손에서 양파 냄새가 날까?

"말해봐. 재클린이 행복해 보여?" 잠시 후 그가 입을 열었다.

"물론이죠." 그렇게 대답했지만 내가 알 리가 없었다. 그런데… 왜 그런 질문을 하지? 재클린이 임신했을 때에는 자주 만났지만 트룰리가 태어난 후 몇 년 사이, 우리 관계는 다시 소원해진 터였다. 유아동에서 재클린을 가끔 보기는 해도 단둘이 있어본 적은 거의 없다. 게다가 언니는 매그너스의 아내였다. 그말은 즉, 자기 딸도 남의 딸과 똑같이 대했다는 것이다. 이곳은 속세와 달리, 아이들도 부모의 소유가 아니다. 선택받은 아이들은 엔클라베가 함께 돌보고 가르쳐야 할 존재들이다.

"언니가… 행복해 보이지 않아요?" 내가 물었다. 도대체 무슨 뜻으로 질문한 거지?

매그너스는 고심해서 단어를 선택하는 듯 대답에 뜸을 들였다. "요즘 다른 사람 같기도 해. 네가 뭔가 이상한 점을 느끼지 않았나 싶어 물어보는 거야."

"그다지…" 난 그렇게 대답했지만 솔직히 자신은 없었다.

매그너스가 자세를 바꾸었다. "있잖아. 너한테 얘기는 안 했지만 몇 년 전 사건은 나도 알고 있었다… 그때 많이 힘들었지?"

난 고개를 들어 그를 보았다.

"이제야 말하지만 디카로 장로가 너를 원한 장본인이었어. 그는 사적 욕망을 구원으로 착각했지. 화가 났어. 그래도 자신의 실수는 스스로 깨우치는 게 좋겠다고 생각했지."

디카로 장로가 매그너스의 말을 들었다면 뭐라고 할까? 그 생각을 하니 괜히 기분이 좋아졌다. 특히 그 일로 벌을 받은 건 결국 나니까.

"그렇게 해서라도 아버지 그리스도의 말을 듣고 복종하게 된 게 중요하지." 매그너스는 그렇게 말하며 노골적으로 나를 훑어보았다.

"고맙습니다." 나는 어정쩡하게 대답했다. 사실, 그가 무슨 말을 하려는 건지 잘 모르기도 했다. 나는 머뭇거리다가 용기를 냈다. "시장에서 일하고 싶어요."

"그것보다 더 중요한 일을 하게 될 거야." 그리고 상체를 기울이더니. "엔조… 저 카페에."

그가 나를 보며 미소를 지었다. "배고프지?"

가든 시티는 편의점, 농협, 가족 소유의 카페가 있는 작은 마을이었다. 엔클라베와는 가장 가까운 정착촌이며, 인구는 100명이 채 안 되지만 주변 촌락 세 곳을 합친 것보다는 많았다.

매그너스가 나를 '기기 카페'의 벽 쪽 부스로 안내했다. 엔조는 카운터에 자리를 잡았다. 매그너스와 마주 앉고 보니 차라리 옆에 앉을 걸 하고 후회가 밀려들었다. 결국 시선을 어디에 둘지 몰라, 종이 냅킨에 싼 수저들만 뚫어져라 보았다. 잠시 후 분홍 유니폼을 입은 직원이 메뉴판을 들고 왔다. 나보다 몇 살 더 나이 들어 보였다. 예쁜 여자였다. 빨간 포니테일 머리도 매력적이었다.

"안녕하세요, 매그너스 씨." 그녀는 물잔을 내려놓으면서도 눈을 깜빡이며 나를 보았다. 세상에, 매그너스의 이름을 함부로 부르다니.

종업원이 떠나자 매그너스가 상체를 기울이더니 윙크를 하며 말했다. "네 언니하고 가끔 점심 먹으러 왔었어."

"아." 난 그렇게 대답했지만 역시 이해할 수 없었다. 선택받은 자는 엔클라베 밖에서 만날 수도 없고 속세의 음식도 먹지 말아야 한다고 했는데? 식당 음식은 말할 것도 없다.

"놀란 모양이군." 그가 나를 보며 말했다.

"그보다 당혹스러워서요."

"왜?"

"왜냐하면…" 이유야 많지만 내가 선택한 대답은 '신약서'였다.

그가 고개를 갸웃하더니 메뉴판을 집어 들고 미간을 찌푸렸다. "윈터, 신앙이 깊으면 보는 눈이 생기는 법이야. 그런 이들은 고개를 돌리지 않고도 이곳이 어떤 곳인지 알 수 있지. '멋진 가게로군.' 아니면, '메뉴판의 저 놀라운 음식들 좀 봐'" 그가 그렇게 말하며 막연하게 주변을 가리켰다.

"그런 사람들은 선택받은 이들의 구원과 엔클라베의 확고함을 갑옷처럼 몸에 둘렀어. 그냥 저 문을 열고 들어오는 사람들과 목적 자체가 차원이 다른 거야. 주 그리스도께서 걸음을 인도해 주시거든."

난 고개를 끄덕였지만 물론 이해는 가지 않았다. 게다가 매그너스가 오늘의 특선요리 두 개를 주문하는 게 아닌가! 구운 치즈와 토마토수프라니!

"좋아하지?"

지금 내가 시험에 든 건가? 글루텐은 금지 음식이라 15년간 유제품을 먹어본 적이 없었다. 하지만… 매그너스가 아닌가. 난 그저 머리를 조아렸다. 당연히 좋아하고말고!

사무실 얘기도 물었다. 일은 마음에 드나? 트룰리 얘기도. 정말 똑똑하고 귀엽지 않아? 난 트룰리가 헛간 고양이들을 얼마나 잘 그리는지 얘기했다. 트룰리는 고양이들에게 샤드라크, 메샤크, 아벳느고, 보브라는 이름을 붙였는데 그 얘기를 하자 매그너스도 키득거렸다.

"나도 수수께끼의 보브 얘기는 들었어." 그가 미소 지으며 대답하더니 잠시 후 갑자기 표정이 심각해졌다. 그가 냅킨을 펼치며 말했다. "궁금해서 그러는데, 엔클라베의 미래에 대해 사람들은 어떻게 생각하니?"

난 어떻게 대답할지 몰라 시선을 돌렸다. 이럴 땐 입바른 소리가 최고다. "엔클라베를 더 확장하면 좋겠어요. 마지막 한 사람까지 구원해야죠." 신천국의 사명, 일곱 살 때부터 귀에 못이 박히도록 들은 얘기다. 한 사람 한 사람을 주께서 구원하겠다고 약속하신 마지막 사람인 것처럼 환영하라. 그 시점에서 세상은 멸망하고 지구는 새롭게 태어나며 엄마와 케스트럴처럼 '잠든' 사람들도 돌아오리라.

내가 간절하게 원하는 일이기도 하다. 엄마가 죽었다는 사실도, 엄마를 죽음에서 구하지 못했다는 죄의식도 그렇게라도 받아들이고 싶었다. 그날이 오면 죄의식의 장막이 걷히고 엄마가 살아나 다시 함께 지낼 수 있다. 엄마가 손녀 트룰리를 만나고 모두가 죄 사함을 받을 것이다.

나는 그렇게나 힘들었던 걸까? 생각만으로도 아랫입술이 떨리고 눈물이 나려 했다. 난 화들짝 수저 세트에서 종이 냅킨을 빼낸 뒤 냅킨 한쪽을 두 눈으로 가져갔다.

내가 마음을 추스르는 동안 매그너스는 두 손을 포갠 채 가만히 기다려 주었다.

그 바람에 괜히 더 울컥하고 말았다.

다행히, 잠시 후 종업원이 음식을 가져왔다. 기름진 포테이토칩까지.

전에도 매그너스 가까이에서 식사를 한 적이 있다. 만찬관 장로석에서 세 테이블 거리라면 '가깝다'고 할 수 있겠지. 하지만 그의 바로 앞에서 짭짤한 포테이토칩을 입에 넣자니 기분이 묘했다. 그도 샌드위치를 잡더니 크게 한 입 베어 물었다. 그는 입을 우물거리면서도 난해한 표정으로 계속 나를 살폈다.

"왜 이런 음식을 사주는지 알아?" 그가 접시들을 가리키며 물었다.

"모릅니다." 내가 솔직하게 대답했다.

"타락의 주범이 음식은 아니기 때문이야. 주 그리스도께서도 그렇게 말씀하셨지. 다만 우리는 신심이 약한 신도들을 구제할 의무가 있단다. 그들에게마저 걸림돌이 되면 안 되겠지? 아기에게 어른 음식을 먹일 수는 없는 법이잖아? 아이와 함께 걸을 때면, 아이와 보조를 맞추어야 해. 어른이 아니라. 안 그래? 당연히 아이 걸음을 따라야겠지. 아이에겐 그 걸음이 최선이니까. 너도 어른이 되었으니, 처음에 왜 규범이 필요한지 이해할 게다. 규범은 곧 윤리야. 그래도 성숙해지면 규범 너머로 가야 한단다. 우리 여정이 규범 그 자체가 될 수는 없으니까. 이해하지?"

내가 가볍게 고개를 끄덕였다.

"마찬가지야. 사람을 존중하는 것은 죄가 아니야. 죄악이란, 적절한 관계를 무시한 채 충동으로 저지르는 행위를 말해. 윈터, 내가 너를 보면서 아름답다고 말할 수 있어. 그건 죄가 아니야."

내 두 뺨이 달아올랐다. 어제도 저런 말을 하더니.

"신심이 약한 형제자매들한테 걸음을 맞추어야 하니까 시선을 돌리라고 가르치는 거야. 몸을 감추라고 얘기하고." 그가 말하며 외투를 두르는 시늉을 했다.

"우리는 자유로울 자격이 있어. 옛날에 그런 적도 있었고. 어느 날 다시 자유로워질 거야. 지금보다 훨씬 더. 우리 새로운 나라에서. 하지만 극소수만이 이해하는 사실이 있어. 신천국… 천국은 이미 이곳에 와 있어. 우리 사이에, 우리 안에." 매그너스는 무척 심각한 표정이었다.

그럴 리가 없어. 그럼 세상은 이미 망했어야 하잖아. 더군다나 신약서의 가르침은 미래를 위한 율법이 아니었던가? 매그너스 자신이 그렇게 가르쳤는데? 엔조는 종업원과 잡담 중이었다. 종업원은 엔조 앞에서 팔꿈치를 기대고 앉았다. 이곳에서도 종업원의 가슴 굴곡이 훤히 드러나 보였다. 하지만 그녀는 내내 매그너스만 바라보았다.

매그너스도 내 시선을 따라가더니 종업원에게 손가락 두 개를 들어보이며 아는 체를 했다. 그러자 여자가 미소를 지으며 몸을 일으키더니 파이 상자로 건너갔다.

잠시 후 그녀가 초콜릿 파이 두 조각을 테이블에 내려놓았다.

"내가 마음을 열면 너도 이해하리라 믿었어. 규범은 분별력 없이 자유를 추구하는 사람들을 위해 생긴 거야. 이제 알겠지? 우리가 왜 다른 사람들 앞에서 이렇게 행동하고, 반대로 우리를 이해하는 사람과 함께일 땐 또 우리 본연의 모습으로 사는지? 네가 이해 못 하면 얘기할 이유도 없었겠지. 이런 식으로 마음을 열 이유도 없고. 그러니

까 맘 편히 앉아 식사를 즐겨. 나중에 배탈이 나더라도." 그가 키득거
렸다. "우리는 다른 사람들이 모르는 것을 알고, 다른 사람들이 할 수
없는 일을 할 능력이 있으니까."

난 고개를 끄덕였지만, 속으로는 차라리 데려오지 말 것이지 하는
마음이었다.

"자유롭게 터놓고 얘기하고 싶다, 윈터. 고해관에게나 해야 할 말이
라는 건 나도 알고 있지만…" 그가 집어치우라는 듯 손사래를 쳤다.
"지금은 그 친구한테 하지 않을 얘기를 듣고 싶어. 나도 똑같이 얘기
할게. 다른 누구와도 하지 못할 얘기를 나누고 싶구나."

"언니가 있잖아요." 내가 조용히 말했다.

"그래, 그래. 언니도 좋은 여자야. 내가 복이 많지. 평소 우리가 하
는 얘기를 들으면 너도 깜짝 놀랄 거야." 그가 가볍게 미소를 지었다.
"하지만 언니는 구제 활동으로 너무 바쁘잖아? 너를 포함해 엔클라베
모두를 위한 활동 말이야. 거기에 더 짐을 지우면 되겠어? 내 얘기든
네 얘기든. 안 그래?"

"예, 그래요." 내가 대답했다. 어쩔 도리가 없다. 매그너스는 내 영
혼의 구원마저 좌지우지할 만큼 막대한 권력의 소유자가 아닌가.

그러자 그가 아이처럼 미소를 지었다. 50대 중년에 머리가 하얗게
센 남자의 미소가 왠지 기이하고 징그럽다는 생각이 들었다. 언니가
손가락으로 빗어주었을 법한 머리카락, 반드시 비밀을 들려주고야 말
겠다는 표정으로 언니를 바라보았을 얼굴… 문득 언니도 매그너스의
비밀들을 듣고 싶지 않았으리라는 생각이 들었다. 차라리 주님께 고
해하고 끝낼 것이지.

나는 파이를 꿀꺽 삼켰다. 지독한 단맛에 질식할 것만 같았다.

엔클라베로 돌아오는 길. 뒷좌석 어둠 속에서 보니 매그너스의 두 눈이 지글지글 끓는 듯했다. 그가 무릎에 모아놓은 내 손을 내려다볼 때는 행여 잡기라도 할까 더럭 겁도 났다. 대신 그는 혀끝을 윗니에 댄 채, 손가락 하나로 내 손 관절을 훑었다.

"윈터가 참 미인이지, 엔조?" 그는 엔조에게 물으면서도 내게서 시선을 떼지 않았다.

엔조의 대답까지 듣고 싶지는 않았다. 주차장에 도착했을 때도 도망치다시피 하며 차에서 내렸다. 둘은 차를 몰고 창고 쪽으로 떠났다.

다음 날 아침 예배, 매그너스는 대격변이 머지않았다고 설교했다. 천년 왕국이 도래하니, 우리도 준비해야 한다.

"하나라도 더 많은 영혼을 구하기 위해 금욕합시다. 열린 마음으로 형제들을 환영해야 합니다! 마침내 집에 들어갈 때가 머지않았습니다." 그가 외쳤다.

누군가 뒤쪽에서 소리쳤다. "아멘!" 전류가 홀 전체를 휘감았다. 매그너스가 만들어 낸 환각. 나도 여러 번 느낀 적이 있다.

하지만 그날 아침, 주님의 중개자와, 내게 고백하고 싶다던 남자를 도무지 같은 사람이라고 생각할 수는 없었다. 내게 금지된 음식을 먹이면서 뭐? 우리는 율법을 지킬 필요 없다고? 자신이 직접 신약서에서 창제했다는 율법이 아니던가.

또 누가 율법에서 자유롭지? 장로들? 욕망을 신의 의지로 제멋대로 오해한다는?

율법은 다름 아닌 내 삶을 지탱해 온 버팀목이다. 율법이 없으면 모든 게 허물어지고 만다.

예배 후, 재클린을 만나려 했다. 하지만 어찌나 빨리 빠져나갔는지, 예배당 입구에 이르렀을 때, 재클린은 어디에도 보이지 않았다.

이 기이하고도 낯선 대접에도 좋은 점이 있다면, 트룰리를 만날 때 몇 분 더 여유가 생겼다는 것이다. 다음 날, 트룰리를 데리고 헛간에 가서 고양이들과 놀았다. 트룰리가 고양이 쫓는 모습도 지켜보았다. 고양이가 트룰리를 할퀴었을 땐 달래주기도 했다. 트룰리를 부엌에 데려갔더니, 로젤라가 햇사과를 하나 내주었다. 나는 트룰리와 사과를 나눠 먹은 후 그녀를 유아동에 데려다주었다. 나는 트룰리의 귓불을 살짝 잡아당겼다. 곧 다시 오겠다는 비밀신호다.

고해관과도 만났다. 여태까지는 본능적으로 숨기려 했는데, 문득 비밀을 털어놓고 싶어졌다. 지금껏 감히 입 밖으로 내보지 못한 얘기들. 갈망이 어찌나 큰지, 내 몸을 광기처럼 휩쓸고 두 눈에 눈물까지 고이게 만들었다. 난 어머니가 보고 싶다는 얘기만 하고 말았다. 슬퍼 말라는 꾸지람도 기꺼이 받아들였다. 사실만 말하라는 엄한 율법을 내내 떠올려야 했지만 고해하는 내내 내 안에서 뭔가 허물어져 내리고 있었다.

내 믿음이.

제13장

12월 4일, 이번 가을 들어 처음으로 기온이 영하로 뚝 떨어졌다. 전국 방송망에서 공항이 모두 유령 마을로 변했다는 소식을 전했다. 통근 열차도 이틀 전에 운행을 멈추었다. TV와 라디오에서는 역에서 잠자는 사람들을 보도했다. 토크쇼 사회자가 방송 중에 정신착란을 일으키기도 했다.

나는 트롤리를 떠올리며 처음으로 다행이라는 생각을 했다. 적어도 트롤리는 엔클라베 안에서 안전할 것이다. 재클린 언니도.

우리는 난롯불을 켜고, 온라인으로 케이든, 브렌든과 함께 스크래블 보드 게임을 했다. 오후에는 내내 버섯구이와 버터넛 스쿼시 파이를 만들었다.

"엄마! TV에 CDC 팀 얘기가 나와요." 잠시 후 로렌이 소리쳤다.

거실로 달려갔더니 병원 화면이 보였다. 벨뷰13 환자가 한 명 더 사망한 곳이다. 로렌이 볼륨을 올리는데 켄의 친구 비숍 윌리엄스가 화면 구석에 나타났다.

몇 분 후 케이든에게 문자가 왔다. 케이든은 앨버커키가 정전이라고 알려주었다. 정전 소식이 여러 주에 걸쳐 발생했다는 뉴스도 나왔다. 웨스트코스트에서 네브래스카까지 길게 이어진 주들이다. 이제는 우크라이나 사태에 비견되는 모양새다.

"아빠는?" 로렌이 묻는데 표정에 두려움이 드리웠다.

"현장 사무실엔 발전기가 있어. 괜찮을 거야." 줄리가 말했지만 그녀 역시 아랫입술을 깨물었다.

1시간 후, 새 전문가들이 지상파 방송을 채우고 사이버 공격, 조기경보 시스템의 실패, '블랙 에너지'를 거론하며, 러시아, 중국, 북한을 차례로 범인으로 지목했다.

밤 10시 직전, 텍사스도 정전이 되었다. 5분 후 집 안 조명이 깜빡거리기 시작했다.

"얘들아, 욕조에 물 채우고 휴대폰도 충전해 두거라." 줄리가 지시했다.

그날 밤 켄이 보이시에서 집으로 전화를 걸었다.

"안녕, 자기 팀이 TV에 나왔어! 자기 말고 비숍이." 줄리가 말하며 스피커폰을 켰다.

"하하, 그 양반이 훨씬 잘생겼잖아. 그곳 전력 상황은 어때?" 켄이 물었다.

"아직 꺼지지는 않았는데 혹시나 해서 물을 받아놨어. 랜턴, 플래시, 배터리는 카운터에 두고 닥치는 대로 충전했지. 우리 걱정은 마. 춥지는 않아?"

"아주 따뜻해."

줄리는 아들들과 마을 소식을 전했다. 뉴스라고 해봐야 개인병원, 종합병원 할 것 없이 모두 미어터지고, 병원 직원들은 며칠씩 집에 들어가지 못한다는 정도였다. 신종 치매 여부를 검사해 준다는 소문 때문이지만 그것도 가짜뉴스였다.

"검사는 없어. 당분간은 불가능해. 게다가 그때쯤이면 지금 걸린 사람은 다 죽었을 테고." 켄의 대답엔 두려움이 배어 있었다.

줄리가 눈을 끔벅였다. 켄의 겁먹은 목소리에 할 말을 잃은 것이다. 그가 조용히 욕을 내뱉으며 깊게 한숨을 내쉬었다. 내가 아는 한 켄은 욕을 할 줄 모르는 사람이다. 그가 다시 한숨을 뱉어냈다.

"미안, 지금 벨뷰13의 첫 환자가 어디에서 감염되었는지 추적하는 중이야. 남자가 한 달 동안 얼마나 싸돌아다녔는지 알아? 직장, 체육관, 친구 집, 가게, 교회, 영화관, 식당, 상가…" 그가 말끝을 흐렸다.

"아빠, 목소리가 너무 피곤해 보여요." 로렌이 끼어들었다.

"그래, 잠을 자야겠어. 약속하마. 그보다 줄리? 얘들아, 부탁 하나 들어줘야겠어."

"무슨 부탁?" 줄리도 역시 불안한 목소리였다.

"RV 차량에 식량과 물을 최대한 실어. 식량, 물, 침낭, 현찰, 보석… 여차하면 거래가 가능한 물건은 뭐든지…"

"뭐? 왜?"

"시카고를 떠나야 해."

"켄, 그러니까 무섭잖아." 줄리가 우는 소리를 했다.

"RV에 짐을 싣고 동 트기 전에 떠나. 약속해 줘."

"어디로 가라고?" 줄리가 물었다. 목소리가 가늘게 떨렸다.

"그냥… 도시에서 나와. 남쪽으로."

"자기랑 반대 방향이잖아!"

"내가 찾아갈게."

"방송에서는 집에 머무르라고 하던데? 자기도 직원들에게 집에 있으라고 했다면서!"

"이번만큼은 내 말대로 해, 응, 제발!" 켄이 소리쳤다.

난 줄리를 훔쳐보았다. 켄이 이런 식으로 말한 적은 한 번도 없었다. 줄리가 놀란 표정을 지었다. 아마 그녀도 켄의 이런 말투는 처음 들어보았을 것이다.

"미안해." 켄이 말하는데 집 안 불이 깜빡거렸다.

잠시 후, 불이 완전히 꺼졌다.

"줄리? 듣고 있어?" 켄이 물었다.

"듣고 있어. 지금 막 전기가 나갔어."

기분 탓일까? 묘하게도 집이 조금 전보다 넓어진 듯했다. 공기가 섬뜩할 정도로 고요했다.

"잘 들어. RV에 식량, 물을 최대한 실어. 필요한 건 다. 내일 아침 사람들이 일어나면 일제히 주유소로 달려갈 거야. 이곳엔 이미 줄이 끝도 없어. 당연히 도시를 떠나려는 사람들도 많을 테니까 늦으면 그것도 어려워. 그러니까 지금 떠나, 오케이? 남쪽, 어디든 더 따뜻한 곳으로 가. 발전기는 필요할 때만 돌리고."

"엄마한테는 왜 가면 안 되는데?"

"장모님이 병에 걸렸을지도 모르니까."

줄리가 웃음을 터뜨렸다.

"엄마는 집 밖에 나가지도 않아. 게다가 몇 년 전부터 제정신도 아니잖아. 저 바깥의 낯선 사람들보다 엄마가 훨씬 안전하다는 얘기야. 내가 잘못 생각한 게 있나?"

그가 한숨을 내쉬었다.

"자기가 옳아. 그 생각을 못 했군."

"일리노이, 제퍼슨빌보다 더 작은 마을은 없어." 줄리가 가볍게 웃으며 말했다.

"어쨌든 정말이야, 줄리. 장모님 얼굴이 붉어지거나 열이 있는 것 같으면…"

"그냥 집에서 문 잠그고 있으면 안 되는 거예요?" 로렌이 물었다.

아무래도 로렌은 남자친구 생각을 했을 것이다. 학교 사건 후로 그렇지 않아도 끊임없이 둘은 문자를 주고받았다.

"안 돼, 도시에서 벗어나야 해."

"자기는?" 줄리가 물었다.

"우리를 CDC로 보낼 거야. 최대한 빨리 따라갈게. 하지만 지금은, 빨리 떠나. 다시 연락할게. 길가에 차 세우거나 사람 태우지 말고."

통화가 끝났다. 우리 모두 아무 말도 하지 못했다. 잠시 후 줄리가 일어나더니 휴대폰 불빛을 따라가 카운터의 캠프랜턴부터 켰다. 그 빛이 부엌 전체를 밝혔다. 그녀는 랜턴을 들고 부엌을 지나 차고로 향했다.

로렌의 시선이 엄마를 쫓았다. 뒷문이 열리고 닫히는 순간 로렌이 벌떡 일어났다. "라일리한테 가서 인사하고 올게. 금방 다녀올 테니까, 언니, 짐 싸는 거 돕고 있다고 말해줘, 응?"

"안 돼!" 지난번 로렌은 내 집에서 잔다고 해놓고 1킬로미터 거리의 남자친구 집에 가서 술에 잔뜩 취한 채 돌아왔다.

"작별 인사는 해야지. 벌써 못 본 지 8일이나 된단 말이야!" 로렌은 당장 눈물이라도 흘릴 것 같았다.

"오늘 밤에도 못 봐! 위험해." 내가 딱 잘라 말했다.

"걔네 집은 다 괜찮아!"

"안 돼!"

로렌은 잠시 나를 노려보다가 휴대폰을 꺼내며 자기 방으로 물러났다. 잠시 후 울먹이며 통화하는 소리가 들렸다.

난 로렌을 건드리지 않기로 했다. 길을 떠나서도 매시간 라일리한테 전화질을 해댈 것이다.

차고에 가니 RV 차 문이 열려 있고 차내 등도 켜져 있었다. 줄리는 운전석에 앉아 멍하니 차창 밖을 내다보았다.

난 걸음을 멈추었다. 플래시 불빛이 둘 사이의 계단을 비추었다. "줄리 아줌마?"

"우습지? 켄이 목소리를 높인 적은 없었는데."

"걱정이 많으셔서 그렇죠."

줄리는 고개를 떨어뜨리며 끄덕이고는 한숨을 쉬며 일어났다.

"몇 시간 동안은 식량도 괜찮을 거야. 잠시 눈 좀 붙이고 새벽에 짐을 싣자. 3시에 일어나면 5시쯤엔 빠져나갈 수 있어.

차고 집 위층, 나도 짐을 꾸렸다. 줄리 집 지하실에서 가져온 더플백에 옷, 구두, 처방약, 세면도구들을 넣고 부츠와 코트를 내놓았다. 시리얼, 크래커, 피넛버터 등은 카운터에서 꺼냈지만 냉장식품은 새벽까지 그냥 두기로 했다. 나도 떠나는 건 싫지만… 그래, 줄리의 미친 엄마도 만나봐야 하잖아?

책장에서 소설책 세 권을 고르는데, 누군가 문을 쾅쾅 두드렸다. 난 한숨을 내쉬었다. 불안했다. 도대체 로렌은 수염도 안 깎는 지저분한 라일리가 뭐가 좋다고 저 난리일까?

모르는 척하고 싶지만 로렌에게 무슨 일이라도 있으면 내가 더 괴로울 것이다.

나는 의자에 소설책을 내려놓고 문을 활짝 열고, 플래시 불빛으로 그녀의 얼굴을 비추었다.

마스크를 쓴 사람은 로렌도, 줄리도 아니었다.

재클린이었다.

제14장

"언니!" 난 부랴부랴 뒤를 쫓았다. 재키는 유아동 바깥 통로를 지나고 있었다. 그런데 나를 한 번 보더니 그냥 돌아서서 가는 게 아닌가.

"얘기 좀 해."

"얘기하고 싶지 않아."

나는 재키의 팔을 잡았다.

"얘기해!"

재키가 갑자기 획 돌아섰다. 난 뺨이라도 맞는 줄 알았다. "할 얘기 없다잖아!" 재키가 무섭게 눈을 부릅떴다.

"제발." 내가 애원했다. 어쨌든 이곳에서 소란을 피울 수는 없다. 나는 필사적으로 속삭였다.

재키는 잠시 머뭇거리더니 내 손목을 잡고 게스트하우스 뒤로 끌고 갔다.

"도대체 원하는 게 뭔데?" 재키가 그늘로 숨어들며 으르렁거렸다. 안으로 들어갈 수도 목소리를 높일 수도 없다. 둘 다 사람들의 눈을 알기 때문이다.

"내가 한 일이 아니야."

무슨 일인지 말할 필요도 없었다. 매그너스가 나를 가든시티에 데려간 일은 엔클라베 전체가 알고 있었다. 사람들이 한 가지 모르는 일이 있다면, 어제 매그놀리아가 전화를 받느라 바쁜 와중에, 그가 다가오더니 내 귀에 대고 이렇게 속삭인 것이다. "너 때문에 내가 얼마나 행복한지 아니?"

"오, 그러셔? 넌 언제나 관심을 원했잖아." 재키가 딱 잘라 말했다.

"뭐?" 그걸 말이라고 해? 재클린은 내내 나를 피하고 난 그 밖의 모든 사람을 피했다. 그런데 어떻게 그런 말을? 공장 여자들의 호기심 가득한 시선과 터무니없는 궁금증에 이제껏 시달린 게 누군데?

재키는 아프기라도 한 듯 목덜미를 주물렀다.

"난 가고 싶지 않았어, 언니."

아니, 꼭 그렇지만은 않았다. 매그너스의 관심에 슬며시 들뜨기는 했다. 매그너스의 관심은 의미가 있다. 주께서 너를 주시한다는 뜻이 아닌가.

게다가 나한테 반하기라도 한 듯한 표정도 싫지만은 않았다. 신성한 존재가 나를 주목했을 뿐 아니라 내게서 기쁨을 찾는다? 그게 어떤 의미일까?

하지만 그런 감정은 이미 사라졌다. 지금은 오히려 의심과 의문의 파도에 당장이라도 익사할 것만 같다.

"내 말 들어봐. 아무도 없을 때 형부가 한 말이 있어…"난 목소리를 낮추었다. "내가 있는 줄 모르고… 그리고 함께 사업하는 사람들… 어딘가 많이 이상해." 목소리가 갈라져 나왔다. 마음의 균열은 더 깊이 파고 들어가 생의 기반을 허물고 있었다.

"그는 매그너스야. 네가 어떻게 감히…"하지만 재키의 목소리에도 힘은 없었다.

"언니도 가든시티의 카페에 가봤지?"

"뭐?"재키는 당황한 표정이었다.

"그가 그랬어. 함께 간 적 있다고."

"몰라! 한 번쯤 갔겠지. 변호사한테 수표를 줄 일이 있다고 했어."

기껏 돈을 주는 일인데 왜 그가 직접 사람을 만나는 걸까? 사무실에서 매일 돈이 빠져나간다는 것 정도는 나도 알고 있었다.

"점심 먹으러 가끔 온다고 했어."

"점심시간이었겠지. 기억 안 나! 그게 도대체 무슨 상관이야?"

"형부가 한 얘기들…"

"형부가 너한테 왜 설명해야 하지?"재키가 말을 끊었다. "넌 다른 사람에 대해 아무것도 몰라. 네가 이해 못 한다고 해서 모두 잘못된 건 아니야. 행여 그렇다 해도, 너하고 상관없는 일이기도 하고."

"말도 안 돼!"

재키가 고개를 저으며 쓸쓸한 미소를 지었다.

"이해 못 하겠지?"

"그래, 못 해."

"형부는 계시를 받았어."

"그래서?" 난 두 눈을 끔벅거리며 재키를 바라보았다. 엔클라베의 건물 책장엔 어디나 아홉 권짜리 계시록이 있다.

"애초에 너여야 했어, 안 그래?" 재키는 부드럽게 읊조리고는 내 귀 뒤로 머리카락 한 가닥을 꽂아주었다.

나는 재키가 당연히 이유를 설명할 줄 알았다. 그런데 재키는 나를 오두막 그늘에 남겨놓고 홀쩍 떠나버렸다.

제15장

난 플래시 불빛을 껐다. 우리는 잠시 서로를 바라보았다. 재키는 기억보다 많이 여위었다. 녹색 눈은 더 커지고 그늘이 져 있었다. 마스크를 했지만 난 어디에서든 재키를 알아볼 수 있다.

재키는 혼자였다. 한 손에 철제 캐리어가 들려 있었다.

"언니가 어떻게 여기에? 트롤리는?" 내가 물었다.

재키는 어깨 뒤를 돌아보았다. 나도 시선을 따라갔지만 진입로에도 거리에도 아무도 없었다.

"들어가게 해줘. 시간이 별로 없어."

내가 손을 내밀었지만 재키는 손이 닿기도 전에 물러서며 빈손을 들어 보였다.

"건드리지 말고 그냥 비켜. 내가 들어갈게."

그때야 난 재키가 고무장갑을 꼈다는 사실을 알아챘다.

나한테 병이 옮을까 봐 그러는 건가?

내가 뒤로 물러서자 재키가 안으로 들어와 재빨리 문을 닫았다.

"마당을 지나는데 네가 여기에서 나오더라." 재키가 말했다.

"언니, 트룰리는 어디 있어?"

"애는 안전해. 아직은."

"어디 있는데?"

"엔클라베."

"아이를 두고 나온 거야? 왜? 왜 그랬어? 트룰리를 어떻게 빼내려고?"

"이걸 주려고." 재키는 캐리어를 테이블에 올려놓았다. 그러고 보니 캐리어라기보다는 일종의 통이었다. 손잡이가 달린. 신천국 창고에서 늘 굴러다니던 통.

그래도 이해가 가지 않기는 마찬가지다.

"켄한테 전해. 의사라고 했지? 뭘 연구한다고 했더라…" 재키가 캐리어 위에 손을 얹으며 말했다.

"언니, 도대체 무슨 일이야? 트룰리는 왜 두고 나왔냐니까?"

"내가 병에 걸려서 그래!" 재키가 소리쳤다.

나는 재키를 살펴보았다. 그러고 보니 좁은 어깨가 푹 꺼지고 이마에도 희미하게 광채가 일었다.

안 돼.

"뭘… 뭘 좀 가져올게. 집에 약통이 어디…"

"윈터, 소용없어. 증세가 어떤지는 나도 알아. 어떤 상황인지도. 지난주 셧다운 하기 전 센터에서 봤어." 재키가 조용히 말했다.

그럼 트룰리는?

"다른 사람은…"

"아니, 더는 없을 거야. 다른 사람까지 감염될까 봐 나흘 동안 참회실에서 지냈어." 재키가 중얼거리며 좁은 실내를 두리번거렸다. 내가 의자를 가져오려 하자, 재키는 나를 말리더니 의자를 직접 끌어당긴 다음 털썩 주저앉았다.

"마스크 있어?"

내가 멍하니 고개를 끄덕였다.

"그럼 써."

나는 침대에서 코트를 집어 들고 주머니를 뒤졌다. 지난번 집을 나설 때 마스크와 장갑을 꼈는데 그것도 벌써 일주일 전 일이다. 나는 마스크를 쓰고 장갑과 씨름을 했다. 손이 너무 떨렸다.

재키는 매그너스와 디모인에 관한 얘기를 하고 있었다. 재키는 매그너스가 디모인에서 어쨌다는 등의 얘기를 중얼거렸다. 난 디모인에는 관심 없고 매그너스 얘기도 전혀 듣고 싶지 않았다. 언니가 역병에 걸렸다지 않는가!

줄리와 로렌, 둘만 떠나야겠어. 난 이곳에서 재키를 돌보고.

그럼 트룰리는…

재키 말이 맞아. 트룰리는 안전해. 당분간은.

"윈터!"

내가 고개를 들었다.

"내 말 들어!" 재키가 소리를 지르고 두 손을 황급히 머리로 가져다 댔다. 머리가 아픈 걸까? "할 얘기가 있어. 사실 나로서도 감당하기 힘든 얘기들이야. 어쩌면 상상에 불과할 수도 있고… 차라리 상상 이기를 바라는지도 모르지만."

나는 테이블로 건너가 플래시를 그 위에 놓았다. 불빛이 천장을 향 했다. "좋아, 얘기해 봐." 내가 맞은편 의자에 앉으며 말했다.

당연히 들어야지. 언니를 위해서라도.

재키는 천천히 숨을 들이키고는 입을 열었다. "두 달 전에 매그너 스가 나를 디모인에 데려갔어… 기억나지?"

"기억나." 어떻게 잊을 수 있겠는가.

"만날 사람이 있다고 했어. 난 씨앗 때문인 줄 알았지. 고대 금귤 같 은…"

재키가 모호하게 손짓을 했다. "매그너스는 화를 잘 냈어. 몇 달 동 안 고민이 많았지. 내가 보기엔 투자자가 없어서였어. 사업 얘기는 잘 하지 않지만, 어쩌다 얘기가 나오면 화부터 내고 저주를 퍼부었지. 자 기를 무시한 놈들을 모조리 지옥불에 쓸어버리겠다면서."

재키가 말을 이어나갔다.

"떠나기 며칠 전부터 그가 갑자기 변했어. 더 밝고 들뜬 모습이었 지. 그런 모습은 전에도 몇 번 봤는데 그럴 때면 마을을 자주 들락거 렸어. 그곳에서 누군가를 만나는 모양이라고 생각하다가 어느 날 용 기를 내어 물어봤어. 그러자 나를 미친년이라고 하더라. 감히 주님의 중개자에게 질문을 하다니, 내 믿음이 진실하냐면서. 그러게, 내가 미 쳤지. 어떻게 감히 그런 짓을…"

"언니는 미치지 않았어. 케스트럴한테도 똑같은 짓을 했으니까." 난 재키 앞의 캐리어를 보았다.

재키는 이상하다는 듯 나를 보면서 계속 이야기를 해나갔다. "네가 찾아와 어떤 일이 있었는지 얘기할 때였어… 난 받아들일 수가 없었지. 우리가 믿은 모든 것이 전부 거짓이라는 얘기가 되잖아. 차라리 내가 미쳤다고 생각하는 편이 나았어. 너도 미쳤고… 미안하다, 윈터."

"언니, 그러지 마. 사과할 필요 없어. 나도 다 알아." 내가 부드럽게 재키를 달랬다.

"엄마 생각을 하면…" 재키가 마스크 위로 손을 가져갔다.

난 질끈 두 눈을 감았다. 엄마는 비참하게 숨을 거두면서도 자신이 옳은 일을 하고 있다고 믿었다. 내 신앙심이 위기를 맞은 이후 그 생각은 늘 나를 괴롭혔다. 그곳이 아니었다면 지금도 엄마는 살아 있을 텐데….

"디모인." 재키가 마음을 가다듬으며 다시 말을 이어갔다.

내가 끄덕였다.

"매그너스가 상담센터에 나타나 디모인 얘기를 꺼냈을 때, 난 너 때문이라고 직감했어. 나를 어르고 달래야 했겠지. 그런데 집에 돌아올 때까지 네 얘기는 꺼내지도 않더라. 그보다 뭔가를 새롭게 손에 넣겠다고 했어. 이번엔 씨앗이 아니라 300만 년 묵은 박테리아 종류였어. 이제 곧 거래를 할 거라면서."

"박테리아?" 신천국은 박테리아를 취급하지 않았다. 지구가 그렇게 오래되었다고 믿은 적도 없다.

"어떤 미친 러시아 과학자가 시베리아에서 냉동상태의 박테리아를 발견하고 스스로에게 주사했대. 그 이후 독감에 걸리지 않았다나? 몇 달 전에 매그너스가 관련 기사를 읽었다고 말한 적이 있어. 그러니까… 빙산이 녹은 이후 그 주변에 장수하는 사람들이 많아졌다는 얘기 비슷했어. 매그너스는 그 얘기만 하더라고."

재키가 기침을 했다. 그러더니 이내 발작이 났는지 허리를 잔뜩 굽혔다. 내가 일어났지만 재키는 손을 뻗어 나를 말렸다. 나는 부엌으로 가서 냉장고에서 물병을 꺼낸 다음 뚜껑을 따 재키에게 건넸다. 재키가 병을 잡고 마스크만 살짝 올린 채 조금씩 마셨다.

그리고 거친 목소리로 얘기를 이어갔다. "그날 밤 어딘가 가더니 한참 후에 돌아왔어. 브로커 같은 자들을 만나는 줄 알았는데 돌아와 보니 향수 냄새를 풍기더라."

내가 거칠게 숨을 내쉬었다. "그래서 언니는 뭐라고 했어?"

"뭐라고 하겠니? 미팅이 잘됐는지 물었지. 그랬더니 다음 날 밤은 떠날 때까지 바쁠 거라면서, 나보고 버스정류장에 나가 친구를 데려오래. 하지만 그날 밤, 나는 비로소 눈을 뜨고 보기 시작했어. 모든 것을 새롭게 보게 된 거야. 매그너스에 대해, 그간 의심했던 일들까지 모두."

재키는 지친 표정이었으나 목소리엔 강한 심지가 들어 있었다.

"다음 날 밤, 우린 아주 늦게 돌아왔어. 매그너스는 짐을 싣고, 나는 9시에 차를 몰고 버스 정류장으로 향했지. 20분쯤 후 한 남자가 자동차로 다가왔어. 나보고 트렁크를 열라고 하더니 자기 가방을 넣는 거야. 그리고 차에 타서는 가까운 호텔로 가자더군. 끔찍했어. 그런 남자와 같이 있다니. 몸에서 담배 찌든 냄새가 났어. 신경과민 환자처럼 계속 입맛을 다시고 안절부절못하더라. 그곳에 도착한 후 어떤 일이 일어날 지도 모르겠고. 나보고 안으로 들어가자고 하려나? 매그너스가 나에 대해 무슨 말을 했지?"

잠깐, 지금 재키가 뭐라고 했지?

"안절부절못했다고? 마약중독자처럼?"

재키가 고개를 갸웃했다. "그래, 비슷해. 센터에도 종종 그런 사람들이 찾아왔지."

"언니, 그 남자 이름이 블레인 아니었어?"

블레인, 매그너스의 통화에서 엿들은 이름이다. 예전 동업자. 매그너스는 그 사람한테 뭔가를 팔려고 했다.

재키가 고개를 저었다.

"이름은 몰라."

"어디 출신이래? 버스가 어디에서 온 거야?"

재키가 인상을 찌푸렸다. "캔자스 시 같아."

그래, 그자야.

"그래서 어떻게 됐어?"

"도착하는 순간 남자가 박차듯 차에서 내리더니 트렁크에서 가방을 꺼내 가버렸어. 그게 다야. 난 식당에서 매그너스의 마지막 미팅이 끝날 때까지 기다렸다가 집에 돌아왔고. 그런데 가방 하나가 바뀌었더라. 내가 가져온 가방은 돈이 가득했어. 내가 이걸 어떻게 알았냐면, 낯선 남자를 태운다는 생각에 불안해서 가는 길에 차를 세우고는 백팩에서 후추스프레이를 챙겼거든. 난 스프레이가 가방에 있다고 생각했어."

"왜 엔조를 보내지 않았을까?" 난 화가 났다. 재클린을 구린 뒷거래에 이용하다니⋯ 도대체 왜? 아니, 이유는 뻔했다. 선택받은 이들은 대부분 운전을 못 한다. 게다가 엔조는 대외적으로 매그너스와 연관이 있는 반면, 재키는 상담 센터를 찾아온 사람 말고는 누구에게도 알려지지 않았다.

"매그너스는 엔조를 믿지 않아. 아무래도 나만큼은 아니겠지. 난 매그너스 때문에 가족들까지 배신했으니까. 미안하다, 윈터. 너를 위해할 수 있는 일이 그것뿐이었구나." 재키의 목소리는 참담했다.

그 목소리에 마음 한구석이 무너져 내리는 것만 같았다. 언니를 안고 싶어 두 팔이 아플 지경이다. 이렇게나 가까이에 있는데도.

순간 섬뜩한 생각이 들며 등줄기가 서늘해졌다.

"언니, 여긴 어떻게 왔어?" 난 테이블 위의 캐리어를 보며 조심스레 물었다.

"내가 운전했어. 추적당할 염려는 없어. 계속 확인했으니까. 주차도 한 블록 전에 했어." 재키는 내 질문에 당혹스러운 표정을 지었다.

"아니, 내 말은… 어떻게 나왔느냐고?" 난 목소리를 좀 더 부드럽게 냈다.

재키는 이해했다는 듯 고개를 끄덕였다.

"미안, 오늘 오후 사무실에서 일하는데 매그너스가 전화를 받아. 곧바로 나가더라. 별생각 없이 일하는데, 잠시 후 매그너스가 돌아오더니 나보고 차를 몰고 가 센터에 물건을 배달하래. 그곳에 있으면 누군가 가지러 올 거라면서. 내가 달아나거나 물건이 사라지면… 임무에 실패하면… 나를 죽여버리겠다고…"

"그런 말을 해?"

"고속도로에 오르기 전에 검은 차를 두 대나 지났어. 처음 본 차였지. 경찰인지는 모르겠지만 엔클라베 쪽으로 가더라. 내 딸이 있는 곳으로. 살아서는 다시 못 볼 내 딸." 눈물이 재키의 뺨을 타고 흘러내렸다.

"순간 마음에서 뚝 하고 뭔가가 끊겨 나가더구나. 난 에임스 외곽에 차를 세우고 짐칸을 열었어. 설교집 상자들, 옷 가방 두 개, 그리고…" 재키가 캐리어를 보았다. "…저게 그 사이에 있었어. 외투 몇 벌로 덮어두었는데 전과 같은 상자야."

"디모인에서 봤다는 물건."

"그래. 매그너스가 러시아 박테리아와 교환하려 한 거야."

도대체 젊음의 샘물과 바꿀 만큼 소중한 게 무엇일까?

나는 일어나 상자를 끌어당긴 뒤 잠시 바라보았다.

그러다가 불쑥 상자를 열었다.

플래시 불빛으로 비추어 보니 소형 냉장고가 있고 그 아래에 플라스틱 용기 세트가 있었다. 용기엔 밀폐형 뚜껑이 달려 있었다. 현미경용 슬라이드가 잔뜩 든 케이스 하나, 진흙덩이 비슷한 내용물이 담긴 비닐봉지 하나. 모두 돼지의 근육, 골격, 뇌수라는 딱지가 붙어 있었다. 출처는 알래스카 페어뱅크스, 날짜는 지난 6월. 그 밖에는 뜻 모를 약어였다.

"이게 다 뭐야?" 내가 중얼거렸다.

"세포 샘플. 돼지한테서 빼낸 거야."

"좋아. 그런데 왜?" 내가 뭘 기대했는지는 모르겠지만 적어도 이런 물건은 아니었다.

재키가 고개를 저었다. "나도 몰라. 다만 두 가지는 분명해. 귀중한 물건이고 훔친 물건이라는 사실."

커다란 봉투가 반으로 접힌 채 케이스 옆쪽에 들어 있었다. 난 봉투를 꺼내 클립을 빼고 열었다. 봉투 안에 뭔가 들어 있었다. 봉투를 흔들자 USB 드라이브가 장갑 위로 떨어졌다.

"그게 뭐야?" 재키가 물었다.

"USB 드라이브." 내가 중얼거렸다. 로렌도 친구한테 보내준다며 〈왕좌의 게임〉 시리즈를 다운로드 받아 저장한 적이 있다. 나는 카운터에서 내 휴대폰을 찾아와 드라이브를 연결했다.

드라이브 안에는 파일이 가득했다. 여름 장학금용 신청서 양식, 6월 날짜로 기록된 자료들과 '월터', '페튜니아', '질리(암돼지-10)', '로미오' 같은 이름들이 적힌 문서들. 알래스카 모처의 연락처. 저장해 둔 웹페이지들… 그중 하나는 부고 기사였는데 고인은 연락처와 이름이 같았다. 부고 기사는 두 건 더 있었고 고인은 둘 다 남자였다. 어느 정육점 홈페이지. 워싱턴 어딘가에서 매년 열리는 베이컨 축제에 샘플을 제공하는 업자 명부.

마지막 페이지는 벨뷰13에 대한 최신 기사였다.

온몸의 털이 곤두서는 기분.

나는 스크롤을 올렸다가 시간 순으로 다시 훑어보았다. 6월, 돼지에서 시작해 벨뷰13으로 끝이 났다.

"언니 말이 맞아. 퀜을 만나야겠어." 내가 말했다.

나는 주소록에서 퀜의 전화번호를 찾았다. 지금 자고 있을까? 아이다호는 자정이 지난 시간이지만 어쨌든 전화를 걸었다.

디리링. 디리링. 통화가 안 될지도 모르겠다. 송신탑도 전력이 끊겼다고 하지 않았던가.

다섯 번째 신호음 만에 그가 전화를 받았다. 지친 목소리였다. "윈터? 다들 괜찮니?" 그가 침대 위에서 뒤척이는 소리가 들렸다.

"예, 아줌마와 로렌은 자고 있어요."

"뭐? 왜 아직 집에 있는 거야? 떠나라고 했잖아!" 켄의 목소리에 불안감이 역력했다.

"떠날 거예요, 곧."

"안 돼. 지금 당장 떠나!"

"아저씨, 재클린이 왔어요."

"누구?"

"재키, 제 언니요."

잠시 난 전화가 끊긴 줄 알았다. 이윽고. "아, 그래, 그러니 당장 떠나."

"그럴게요. 하지만 언니가 뭔가를 가져왔어요. 내가 보기엔 아주 중요한…"

"좋아, 고맙긴 한데…"

"아뇨, 잠깐만요. 매그너스가 조직 샘플을 손에 넣었는데 아무래도 CDC에서 확인해야 할 것 같아요."

"샘플? 무슨 말이냐?"

"저… 최초의 벨뷰 환자가 베이컨을 먹고 병에 걸렸을 가능성은 없나요?"

켄이 가볍게 웃음을 흘렸다. "윈터… 아니, 없어. 너 괜찮니?"

"광증의 원인이 돼지고기 때문일 가능성은 없다는 얘긴가요?"

"그래. 이 병은 프라이온 질환이야. 광우병과 같은. 조기치매가 너무 빠르기는 하지만. 하지만…" 그가 말을 끊었다가 덧붙였다. "아니, 없어."

"하지만 뭐죠?"

"음, 프라이온은 일반 소독 기술로 파괴하지 못해. 내 생각엔, 이론적으로, 벨뷰13 환자 중에 프라이온이 있다면… 열세 명 모두 처치를 받았어. 모두 같은 수술실을 사용했다는 것도 이미 확인했고." 켄이 미간을 찡그리는 소리가 들리는 듯했다. "샘플이 있다고 했지? 라벨도 붙어 있어?"

"예." 나는 플래시로 상자를 비추었다.

"나한테 읽어줄래?"

나는 용기와 슬라이드를 하나씩 들고 읽어주었다. 마지막이 진흙 덩어리가 담긴 봉투였다.

"돼지(수돼지 2) 조직과 토양, 페어뱅크스, AK, PrP." 나는 봉투를 돌려 불빛을 비추었다. "이건 젖꼭지처럼 생겼어요."

그는 잠시 아무 말도 없었다.

"PrP라고? 확실하지?"

"지금 보고 있는걸요."

"어디에서 왔다고?"

"매그너스는 암거래로 구했지만 USB 드라이브에 신청서가 있어요. 'UC 데이비스'라고 적혀 있는데 무슨 의미가 있나요?" 재키는 멍하니 창밖만 바라보고 있었다.

"매그너스…?"

난 두 눈을 질끈 감고 천천히 말했다. "신천국 교주. 내가 탈출한 사이비 종교. 몇 년 전부터 고대 씨앗을 수집했는데, 왜 이런 물건을 노리는지는 모르겠어요."

눈을 뜨니 놀랍게도 재클린이 나를 똑바로 노려보고 있었다. 표정은 냉담했다.

왜? 내가 입 모양으로 물었지만 대답은 없었다. 그러고 보니 나를 정말 보는 것 같지도 않았다.

이번에는 켄이 이마를 문지를 것이다. "그래. 아냐. 몇 주 전에 프라이온 질환 가능성은 배제했어."

"검사를 했나요?"

"제대로 검사를 하려면 사후 뇌를 연구하는 수밖에 없어."

난 슬라이드 하나를 집었다. 돼지(수돼지) 뇌수, 페어뱅크스, AK, PrP.

"아무래도 직접 보셔야겠어요."

"그렇다고 해도 프라이온일 수밖에 없어. 단백질 접힘이 이렇게 빠르고 비정상적인 경우는 처음이지만."

"메모가 있어요. 로미오… 돼지 이름 같아요. 아무튼 로미오에 대한 얘기인데, 영구동토층에서 순록 시체를 발견했대요. 냉동 상태인 탓에 아무도 보지 못한 질병이라는 뜻인가요?"

그가 피곤한 듯 한숨을 내쉬었다.

"그래, 그럴 수도. 이론상으로는 뭐든 가능해. 다만 어떻게 전파되는지는 설명이 안 되는구나. 게다가 돼지고기를 먹지 않는 사람들도 있으니. 정통 유대교, 무슬림, 채식주의자들도 병에 걸렸어. 너와 재

166

키도 마찬가지라는 뜻이겠지. 그러니 내 말대로, 오늘 밤 당장 마을을 떠나!"

"켄, 매그너스는 여기에 큰돈을 지불했어요. 러시아 사람들과 300만 년 묵은 박테리아와 거래할 생각…"

이번엔 내가 말을 잇지 못했다. 어딘가 정신 나간 얘기 같았다. 차라리 마술 콩을 찾았다고 얘기하는 게 더 쉽겠다.

정적 속으로 부드러운 마찰음이 비집고 들어왔다. 소리는 방 맞은 편에서 들렸는데, 그곳 어둠 속에서 재키가 창밖을 보며 무언가 혼잣말을 하고 있었다.

"애틀랜타로 언제 떠나죠? 내가 찾아갈게요." 내가 말했다.

"안 돼. 그건 불가능해." 켄의 대답이었다.

"가능하게 하면 돼요! 지금 떠날게요. 아저씨는…"

"윈터, 절대 안 돼! 아줌마 어디 있지? 아줌마 바꿔봐."

내가 테이블에서 돌아섰다.

"RV 차 타이어를 펑크 내겠어요. 맹세코. 켄이 나를 만나겠다고 약속하기 전에는 우리 중 누구도 떠나지 못해요!"

"못 만난다니까!"

"왜요?" 내가 다그쳤다.

"팀은 벌써 애틀랜타로 돌아갔어."

난 어둠 속에서 눈을 끔벅였다. "하지만… 아직 아이다호에 있다고 하셨잖아요."

"어제 아침에 일찍 떠났다. 난… 뒤에 남아야 했고." 그가 잠시 뜸을 들였다. "부탁 하나 하마… 줄리한테는 말하지 마. 아직은 안 돼."

나는 머리카락을 쥐어뜯으며 두 눈을 질끈 감았다.

이미 엄마를 잃었다. 언니까지 잃을 수는 없다. 내겐 재키가 필요하고 세상은 켄을 필요로 한다. 이 상자 속 내용물로 사람들을 구할 가능성이 손톱만치라도 있다면….

매그너스의 악에 받친 목소리가 들려왔다.

"세상은 절대 못 구해!"

순간 나도 모르게 말이 흘러나왔다. "그럼 내가 애틀랜타로 갈게요."

"윈터, 그곳은 봉쇄됐다. 주방위군이 포위하고 있어. 공격이 있었다. 그… 그…" 켄이 더듬거리며 적당한 단어를 찾았다. "전력망을 공격했어… 고위급의 허락이 없으면 아무도 드나들지 못해."

"그럼 아저씨가 전화를…"

"군인이나 WHO 직원이 함께 가지 않으면 그것도 소용없어! 게다가 훔친 샘플이 아니냐! 담당자에게 가기 전에 바이오 테러리스트로 붙잡히고 말게다. 살아서 도시를 통과한다고 해도, 거긴 약탈로 몸살을 앓고 있어… 그리고 여긴 보이시야."

"그럼 어떻게 하라고요?" 나는 울었다.

그가 한숨을 내쉬었다. "오마하의 UNMC(네브래스카대학 의료센터)에 연락은 해볼 수 있지만 그것도 아침이나 되어야 가능해. 우선은 내 말대로 너와 조슬린이 아줌마와 함께 떠나거라. 오케이? 최대한 빨리 연락해 주마."

켄은 재클린의 이름을 틀렸지만 나는 모르는 척했다. 내일 켄이 재클린 얘기를 기억이나 할까?

168

딸깍하고 전화가 끊겼다.

난 고개를 떨구고 생각에 잠겼다.

내가 아는 한, 블레인은 썩은 고기 몇 조각을 모아 매그너스에게 팔아넘겼다. 뭘 받았는지는 모르겠지만.

하지만 매그너스가 어떤 인간인지는 몰라도 절대 바보는 아니다.

하이브리드 씨앗 회사를 세우고 팔아넘긴 위인이 아닌가. 적어도 과학이 뭔지는 안다. 과학자들도 주변에 얼마든지 있다.

"애슐리!" 재키가 외쳤다. 난 재키가 또 헛소리를 하나 보다 생각했다. 아니면… 이제는 내 이름도 잊은 걸까?

"뭐?"

"그건 동물 병이잖아. 네가 수의사를 만나는 게 좋겠어."

난 미간을 찌푸렸다. 언니의 저런 모습을 보는 건 괴롭다. 저런 식으로 장갑 낀 손을 노려보는 것도, 놀란 듯한 목소리도 참을 수가 없다. 그렇다고 모른 척할 수도 없지 않은가.

"애슐리를 찾아가. 콜로라도, 포트콜린스의 수의학과. 그도 매그너스의 정체를 알아. 나 때문에라도 네 말을 믿을 거야." 재키가 고개를 드는데 눈빛이 빛났다.

"애슐리가 누군데?" 난 당혹스러웠다.

재키가 조용히 미소를 지었다.

"트룰리의 아빠."

제16장

"가자, 윈터." 매그너스가 말했다. 그는 내 대답도 기다리지 않고 사무실 밖으로 성큼성큼 나섰다.

엔조가 스토리 시까지 차를 태워주었다. 스토리 시는 맥도날드와 아웃렛이 있을 정도로 큰 마을이다. 주차장 중앙에는 구식 회전목마까지 있었다.

가는 동안 내내 매그너스의 시선을 느껴야 했다. 맙소사, 첫 데이트라니. 우리 사이의 친밀감을 한 단계 더 높이자는 의도일까?

"지난 번 대화에 대해 생각 많이 했다." 그가 뒷좌석에서 나를 보며 말했다.

나도 마찬가지예요.

"지도자라는 멍에 탓에 잊고 살았는데 네가 내 마음의 불씨를 다시 살려놓은 거야. 다 꺼졌다고 생각했는데, 얼마나 너한테 고마워하는지 모르지, 윈터? 넌 선물 같은 존재야. 그래, 그래서 하고 싶은 얘기도 많다."

난 듣고 싶지 않았다. 그놈의 멍에야 주님께 고해하고 떠맡기면 되는 일 아닌가.

매그너스가 상체를 숙여 무슨 얘기인가 하자 엔조가 차를 마을 반대쪽으로 돌렸다.

"머리를 푸는 게 좋겠어. 이 마을 놈들은 우리도, 우리가 하는 일도 이해하지 못해. 엔클라베를 싫어하는 작자도 있는데 가끔 우리를 내쫓으려고 하거든."

순간 두 가지 생각이 들었다. 우선, 우리를 싫어하는 사람이 있다고? 어떻게 그럴 수 있지? 두 번째는… 도대체 왜 나를 데려온 거야?

나는 마지못해 손을 돌려 머리를 풀었다. 매그너스는 내내 노골적으로 지켜보면서, 손으로 셔츠 위쪽의 목덜미 맨살을 토닥거렸다.

"3시까지는 부엌에 돌아가야 해요. 로젤라가 저녁 준비 도와달라고 했거든요." 내가 말했다.

어느 정도는 사실이다. 정상근무 시간은 아니지만 1시간 전에 자원했기 때문이다.

"나하고 있잖아."

"하지만 약속을…"

"신경 쓸 필요 없어. 로젤라는…" 매그너스는 그 이름을 부르면서 입을 삐죽거렸다.

"…절대 우리 같은 사람을 이해 못 해."

"로젤라는 독실한 신자예요." 내가 항변했다. 맙소사, 내가 로젤라

171

를 변호하는 입장이 될 줄이야. 칭찬에 굶주린 폭군인 로젤라는 적어도 열심히 일을 하긴 했다.

"지금 나를 꾸짖는 건가?" 그가 버럭 짜증을 냈다.

"아뇨, 아뇨, 당연히 아니죠." 나는 얼른 고개를 떨어트렸다.

매그너스가 고개를 갸웃했다. 나를 시험하는 걸까? "머릿결이 정말 좋아. 알고 있었니? 자, 오늘을 특별한 날로 만들고 싶으면…" 그가 말을 끊더니 주머니에서 뭔가를 끄집어냈다.

그가 손을 펼쳤다. 난 그 물건을 보고 심장이 멎는 줄 알았다.

립스틱.

"받아." 그가 재촉했다.

난 천천히 받아 들었다. 금속 케이스가 따뜻했다.

그날에 대해 아는 걸까?

하지만 어떻게?

침을 삼키는데 목이 따끔거렸다. 열어볼 엄두는 나지 않았다.

"처음 왔을 때만 해도 어린애라 화장은 하지 않았는데. 안 그래?" 그가 조용히 말하더니 내 손에서 립스틱을 빼앗았다. 그가 뚜껑을 열고 튜브를 비틀자 밝은 적색 립스틱이 드러났다.

빨간 립스틱.

끄트머리가 닳고 가운데가 패였다. 다른 여자가 썼다는 얘기다. 누굴까? 카페 종업원?

그가 내 턱을 치켜들더니 자기 입을 벌렸다. 나보고 따라 하라는 얘기다. 매그너스가 내 아랫입술에 립스틱을 바르기 시작했다.

이건 금지된 행위야.

하지만 농산물 시장에서 립스틱을 훔쳤을 때는 개의치 않았잖아?

이렇게 하려고 한 것 아니야? 다들 잠들었을 때 몰래 바르려고 했잖아?

그가 마무리를 짓고는 립스틱을 비틀어 닫은 뒤 자기 주머니에 넣었다. 이번에는 휴대폰을 꺼내 엄지로 표면을 닦아 들어 올렸다. 플래시 빛이 내 눈을 때리는 통에 난 깜짝 놀랐다.

"아름다워. 이제 원할 때마다 이런 모습을 볼 수 있겠어."

하지만 화장도, 사진 촬영도 금지된 행위야. 저 사진이 공개되면 난 어떻게 되는 걸까? 엔클라베 외부의 어느 차 안에서 머리를 풀고 금단의 립스틱까지 발랐으니.

어느 빌딩가 앞에 차를 세우는데 손에서 땀이 나기 시작했다. 매그너스가 밖으로 나가 손을 내밀었다.

난 마지못해 그의 손을 잡고 차 밖으로 나왔다. 그는 곧바로 내 허리를 안고 술집 안으로 이끌었다. 온몸에 소름이 돋았다.

네 아내가 아니면 여자에게 손을 대지 말지어다.

악마의 행위를 삼갈 지어다.

이럴 수는 없어. 나는 사업상 미팅이 있을 거라고 생각했다. 아마도 2층에서. 하지만 실내에는 계단도, 회의 장소도 없었다. 매그너스는 나를 제일 안쪽 테이블로 데려가고 엔조는 바에 자리를 잡았다.

스피커마다 음악 소리가 요란했다. 바에는 네 명이 앉아 술을 마시며 TV로 야구 중계를 보고 있었다.

"여기는 특별한 곳이야." 매그너스가 내 쪽으로 상체를 숙이며 말했다. 시선은 내 입을 향했다.

왜 특별한 곳이라는 걸까? 술집은 어둡고 더러웠다. 바의 사내들도 세파에 찌든 듯 꼬질꼬질하기만 했다.

"왜요?" 내가 애써 즐거운 척 물었다.

"신약서 3권을 쓸 때 여기 와서 일하곤 했거든."

"여기에서요?"

순간 누군가 듣는 사람이 있을까 봐 덜컥 겁이 났다. 아니면, 내 반응을 시험하고 있는 걸까?

셰이의 휴대폰으로 속세의 음악을 들었다는 죄목으로 무수한 나날을 하얀 감방에 갇혀 지내야 했다. 그런데 제2의 신으로 추앙받는 사람이 뭐? 신약서 일부를 술집에서 썼다고?

매그너스 타이센은 주님의 사자가 아닌가! 주께서 그를 선택해 새로이 신약서를 쓰고 구원의 법칙을 기록하게 하셨어! 그런데 우리한테는 적용할 필요 없다고?

결국 지금껏 배운 것이 모두 거짓이거나 신께서 끔찍한 실수를 했다는 뜻이다.

매그너스는 답을 기다리다가 내 반응이 없자 관심을 테이블의 흠집으로 돌렸다. 그가 엄지손톱으로 흠을 따라가는데 종업원이 돌아왔다. 그런데 주문을 받는 대신 매그너스한테 다가가 포옹을 하는 것이 아닌가!

"보고 싶었어요." 여자는 한 글자 한 글자를 마치 껌처럼 씹어뱉었다. 매그너스는 고개를 들지도 않았다. "그동안 잘 지내셨어요?"

"물론." 매그너스는 나를 보며 대답했다. 다만 시선은 쌀쌀하고 (조금 전 활기찼던) 표정도 시들었다. "뭐든 주문해."

"주스. 뭐든지 좋아요."

"오렌지, 크렌베리, 토마토?"

"토마토." 난 얼떨결에 대답했다.

"자기는요?" 그녀가 매그너스한테 물었다. 여자의 표정에도 근심과 불안이 역력했다.

"그냥 물 한 잔만 줘."

종업원은 나를 힐끗 노려보고는 바로 돌아갔다. 바에서 맥주를 들이켜는 엔조는 아무리 봐도 천벌을 두려워하는 사람 같지 않았다. 매그너스는 초조해하며 떠날 채비를 했다. 영문은 모르겠지만 우리 사이의 공기도 싸늘하게 식어가고 있었다. 난 본능적으로 분위기를 되돌려야 한다고 생각했다. 매그너스의 관심은 원치 않지만, 거절하면 곤란해질 게 분명하기 때문이다.

물론 나한테.

그가 나를 외면한 채 한숨을 쉬었다. "아무래도 괜히 데려온 모양이다."

그 순간 내 삶은 과거의 비극을 넘어 최악으로 치닫고 있었다. 내 자신이 죄를 범하는 것과 매그너스의 죄를 알고 판단하는 것은 전혀 다른 문제다. 그건… 용서받지 못할 죄가 될 것이다.

아무도 내 말을 믿지 않는다는 게 제일 큰 문제였다. 아니, 이 상황을 얘기할 상대도 없다. 재키 언니는 아예 들으려 하지도 않을 것이다.

"안 돼요. 이제 좀 기분이 좋아지려는데." 내가 재빨리 말했다.

"기분이 어떤데?" 그가 조바심을 드러내며 물었다.

"그냥 그런 생각이 좋아요. 한 번도 얘기하지 못했던 수많은 일들,

그런 일들 생각하면 좋잖아요."

"어떤 생각이지?"

마침내 시험에 접어들었도다.

"먼저, 조금 전에 왜 좋아하지도 않는 맹물을 주문하셨어요?" 내가 넌지시 찔러보았다.

매그너스가 가볍게 미소를 짓더니 바로 건너갔다.

머릿속이 소용돌이쳤다. 당장 화장실로 갔다가 뒷문으로 달아나면 어떻게 될까? 하지만 바깥세상엔 나를 기다리는 사람이 하나도 없다. 어차피 이곳, 이 순간에 모든 것을 걸어야 한다.

영원한 구원을 포함해서.

힐끗 돌아보니, 매그너스는 엔조 옆에서 바텐더에게 마실 것을 주문했다. 종업원과도 허물없이 시시덕거렸다. 자동차 안에서의 쾌활한 미소도 돌아와 입술 주변에서 깡충거리며 뛰어다녔다.

저 미소가 싫어. 이글거리는 눈빛도. 뇌리에서도 박박 문질러 지워 버리고 싶어.

그가 돌아와 내 앞에 마실 것을 내미는데 자세가 너무나도 느긋했다. 그가 테이블 가장자리에서 팔짱을 꼈다.

"비밀 하나만 얘기해 봐." 그가 나를 보며 손끝으로 안경테를 어루만졌다. 첫날, 차에서 내 손등을 건드릴 때도 그런 표정이었다.

난 천천히 한숨을 쉬었다. "아버지가 툭하면 엄마를 때렸죠. 엔클라베에 온 것도 그래서예요."

"저런, 안됐군." 그가 대꾸는 했지만 내 시선은 피했다. 원하는 대답이 아니라는 뜻이다. 매그너스를 지루하게 만들면 나를 향한 관심도 사라질 것이다.

내가 한숨을 내쉬었다. "예, 언니도 얘기 안 했을 거예요. 정말 끔찍했거든요. 술도 많이 마셨죠. 한 번은 얼마나 때렸는지 멍이 몇 주씩 남았어요."

"음." 그가 칵테일을 들고 꿀꺽꿀꺽 들이켰다.

"우린 2주 동안이나 엄마 친구 집에 피신했어요. 솔직히 그 집에서 살고 싶기도 했죠. 집이 정말 지겨웠거든요. 줄리 아줌마 집엔 케이블 TV도 있고 플레이스테이션도 있었어요. 게임해 본 적 있어요? 언니와 내가 좋아하던 게임이 있었는데⋯ 언니가 말했을지도 모르겠네요."

"자, 윈터, 잘 들어. 이제 결혼할 준비를 해야 한다. 때가 됐어. 의젓하게 컸으니까⋯ 그래, 넌 해야 할 바를 충실히 이행했다⋯ 그러니." 그가 남은 술을 마셨다. 이제 정말로 일어나려는 것이다.

안 돼.

난 그의 손목을 잡았다.

거리가 가까운 탓에 손 대신 소맷부리를 잡기는 했지만.

"우리 아버지 얘기 더 듣고 싶지 않아요?" 내가 애원했다.

"아니." 그가 말했다. 표정은 더없이 무심했다.

"난 결혼 얘기 하고 싶지 않아요." 내가 말했다.

"그럼 재미있는 얘기를 해." 그가 퉁명스럽게 대답했다.

순간, 내 안에서 뭔가가 끊기고 다른 뭔가가 켜졌다. 자기보호. 뭐든 무기를 찾아야 했다.

"내 비밀은 모두 참회 파일에 들어 있어요. 안 읽어보셨나요?"

"아니. 읽어야 하나?"

"아뇨, 읽지 않아도 돼요."

"말해봐."

"남자애들 얘기를 했죠. 아주 많이. 그 후에야 그런 생각 하면 안 된다고 깨달았어요."

"그건 자연스러운 거야. 당연히 생각해야지." 그의 눈빛이 보다 뜨거워졌다.

"고해관은 안 된다고 했어요."

"더 이상 고해관에게 말할 필요 없다. 나한테 말해. 어떤 생각을 했지? 남자애들하고 뭘 하고 싶었을까?"

"자연스러운 일들."

"네 입으로 직접 듣고 싶어."

나를 노려보는 매그너스의 호흡이 조금 빨라진 듯했다. 그 순간 난 실수를 깨달았다. 이자는 내가 가보지 않은 길을 가고자 할 뿐 아니라, 내가 불편해하는 이 상황을 즐기고 있었다. 내가 무슨 말을 하든, 어떤 얘기에 동의하든, 상관이 없다는 뜻이다. 결국 더 많은 것을 요구하고 난 더 많은 대가를 지불하게 되리라.

"다른 얘기도 있긴 해요. 조금… 당혹스럽고, 잘못된 일인데."

"말해봐."

난 시선을 피했다. "못 해요. 교주님 얘기라."

"그럼, 꼭 해야겠네."

난 고개를 떨구었다. 상상일까? 그의 숨소리가 한순간 멈추었다.

난 입술을 삐죽 내밀며 얘기를 시작했다. "우리가 엔클라베에 들어온 이유는 교주님 때문이에요. 처음 뵙는 날, 나도 완전히 반했죠. 그런데 교주님에 대해 모두 안다고 믿었는데, 요즈음 갑자기 더 많이 알게 된 겁니다. 교주님에 대해서요. 정말 복잡한 분이시구나 하고."

역시 매그너스가 원하는 대답은 아니다. 그래도 그가 원하는 대답, 그런 종류의 비밀을 내줄 생각은 추호도 없다. 사실 그러고 싶어도 그럴 내용이 없었다.

하지만 얼마 전 매그너스 관련 기사를 읽었을 때 그가 나를 어떤 눈빛으로 보는지 알고 있다. 신문기자의 전화에 대해 아무도 얘기하지 않는 것도 그래서일 것이다. 벽에 걸린 잡지처럼 눈에 잘 띄게 전시하되 왈가왈부는 하지 말 것. 오로지 찬양만.

"그러니까, 교주님은 유명하시잖아요, 그렇죠?"

그가 조용히 키득거렸다.

"그래도 말할 수는 없겠죠? 세상이 교주님 이름을 안다는 사실 말이에요. 다른 사람들은 세상이 교주님을 어떻게 보는지 이해 못 하니까요. 우리와 함께 있을 때 교주님이 어떤 희생을 하는지, 왜 이중적인 인격이 되어야 하는지."

그가 한참 동안 나를 바라보았다.

"그래, 이해 못 해. 내가 그들을 위해 어떤 일을 겪었는지, 어떤 일을 행했고 또 행하고 있는지 전혀 모르지." 그가 내 입을 보았다. "이렇게 혼신을 다해 헌신하는데도. 그래, 난 두 개의 삶을 살아. 그럴 수밖에 없잖아? 신앙이 내 능력이니까. 아, 내 짐이기도 하군. 선택받은 이들을 불러들여 그들의 요구에 부응해야 하니까. 당연히 자유롭게 움직일 수가 없어. 하지만 나 역시 남자야. 의지할 사람이 아무도 없는. 그게 네가 나한테 중요한 이유야. 넌 나를 이해하니까."

"언니도 교주님을 이해할 거예요." 내가 조용히 말했다.

"언니 얘기는 하고 싶지 않다. 자, 이제 갈 시간이야." 그가 냅킨을 건넸다. "입술부터 지우고."

엔클라베에 돌아오는 찻길에서, 머리를 묶으려는데 매그너스의 팔꿈치가 내 옆구리를 찔렀다.

"내가 해줄게."

"제발요. 교주님은 제 형부이시기도 해요."

"맙소사, 그냥 머리카락일 뿐이야, 윈터."

난 마지못해 돌아섰다. 그가 내 목을 희롱하는 동안 난 두 눈을 감고 있었다. 게이트에 도달할 때쯤 일이 끝났다. 엔클라베 주차장에 차를 세우자 매그너스가 자세를 가다듬었다. 이번에는 내가 내리도록 손을 잡아주지도 않았다. 그저 황급히 나가 문까지 쾅 하고 닫아버린 것이다. 난 어리둥절해하며 반대편으로 내렸다…. 그리고 그 순간 재클린을 보았다. 재클린은 주차장 한가운데 상담센터 밴 앞에 서 있었다.

"자기…" 매그너스가 재클린한테 다가가 뺨에 입을 맞추었다. 재키는 나만 노려보았다.

"윈터한테서 장모님 얘기를 들었어." 그가 나를 가리키며 말했다. 그러고는 우리를 엔클라베까지 오게 한 상황을 듣고 무척 슬펐다는 등의 얘기를 떠벌이기 시작했다.

재클린의 시선도 미묘하게 바뀌더니 내게서 남편한테로 옮겨 갔다. 재클린이 슬프게 웃었다. 두 사람은 숙소 쪽으로 함께 걸어갔다.

공장에 발을 들이는데 분위기가 너무도 달라졌다. 여자들의 시선이 어찌나 따뜻하고 존경심이 가득하던지… 난 얼른 화장실로 달려가 변기 앞에 무릎을 꿇고 배 속의 내용물을 모조리 토해냈다.

다음 날 아침, 비가 내렸다. 여름치고 꽤 쌀쌀한 날씨였다. 찬송이 끝나고 매그너스가 설교를 했지만 차마 그를 볼 수가 없었다. 그가 분명 나를 찾을 것이기 때문이다. 그는 아이들의 재능을 칭송했다. 아이들이야말로 다가올 신천국에서 주님의 축복과 자비를 가늠하는 척도가 될 것이며 새로운 세상을 가득 채우게 될 존재들이라는 얘기였다.

세상의 부패 운운하는 설교가 끝나고 아름다운 미래를 얘기할 때는 다들 감동해 눈물을 흘렸다. 나도 울었지만 이유는 달랐다. 내 안에서 무언가가 죽어가고 있었다.

선택받은 이들 속에 있으면서 이렇게 외로운 적은 없었다. 매그너스가 새로운 계시를 받았다고 선언할 때는 당장이라도 이곳을 벗어나고 싶었다.

아담이 종족을 번식해 지구를 채우라는 명령을 받았듯 새로운 아담도 똑같은 신탁을 받았다. 이스라엘의 아버지 야곱, 주님의 친구 다윗, 지혜의 왕 솔로몬의 시대가 그러했듯, 매그너스 역시 다시 한번 아내를 받아들일지어다.

제17장

"트룰리의… 아빠?"

내 목소리에 두려움이 배어 나왔다. 언니가 이상해지고 있어. 그것도 너무 빨리.

"그런 눈으로 보지 마. 나 미치지 않았어. 아직은."

"하지만…" 트룰리의 생부가 매그너스가 아니라니 황당한 일이다. 우선 매그너스 자신이 그런 굴욕을 감내할 리가 없다. 그리고 재키도 절대 그런 일을 벌일 사람이 아니다.

아닌가?

재클린이 또 다시 어둠 속에서 혼잣말을 했다.

"그만해."

내 말에 재키는 혼잣말을 그쳤지만 정적은 더욱 괴롭기만 했다.

"언니… 어떻게?"

"어떻게 애슐리와 함께 있었느냐고?" 재키가 미소를 지었다. "센터 밖에서 책자를 배포하는데 그가 지나갔어. 그때 내 눈엔 그가 세상에서 제일 잘생긴 남자였어." 재키가 가볍게 웃었다. "얘기도 나눴어. 며칠 후 그가 다시 날 찾아왔더라. 그런 식으로 몇 주가 흐르고 나한테 함께 커피 한잔하자며 데이트 신청을 했지."

"그래서 커피 마시러 간 거야?"

"그래. 동료들한테는 캠퍼스 근처에서 책자를 나눠주겠다고 했어. 우린 작은 상점에서 만나 얘기를 나눴어. 모든 얘기를 다 했지. 애슐리는 대학에서 수의학 감염병 연구원으로 재직 중이었고 가축의 질병을 연구했어. 정말, 정말 잘생겼단다. 그때도 지금도."

난 눈을 끔벅였다. 언니가 세속의 남자와 관계를 가졌다고? 말도 안 돼.

동시에 다른 생각도 들었다. 그때 떠날 수 있었잖아? 언니가 떠나면서 날 데려갈 수도 있었다고!

아니… 난 안 떠났을 거야. 그때는 믿음이 있었으니까. 셰이의 아버지와 터무니없는 약혼도 일어나지 않았을 때였다. 매그너스는 완벽했고 세상의 종말 이후로 엄마와 다시 만날 수 있다는 희망으로 살고 있었다.

"어렵지 않았어. 내가 누구인지 잊는 거야. 내가 원하고 느끼고 바라던 모든 일들이 잘못이라는 것도 잊었어. 그리고 잠시나마 이 순간이 옳고, 당연히 옳아야 한다고 믿은 거야. 무척이나 짜릿했어. 그 순간순간만 훔친다고 생각하면 되는 거야. 내가 어떻게 매그너스의 얼굴에서 그 표정을 알아보았겠니? 지금도 그때 기분이 생생해."

"그래서… 어떻게 됐어?"

"애슐리는 아이오와주에서 연구를 마치고, 콜로라도 주립대학 포트 콜린스에 자리를 잡았어. 수의대학 감염병 센터에. 나와 결혼해 함께 살자고 했지. 그에게 엔클라베에 들어오라고 애원했지만 그가 거절했어. 신천국을 사이비 종교라고 했거든. 난 안절부절못했지. 그러던 어느 날 신천국을 몇몇 감시단체에 고발했다고 하더라. 난 배신감을 느꼈어. 신천국은 내가 아는 모든 것이었으니까. 아니, 그보다 난 사실 두려웠어. 3주 후 내 약혼을 선포했을 때 난 그걸 신호로 여겼어. 그는 떠났고 난 매그너스와 결혼했지. 그때는 임신한 것도 몰랐구나." 재키가 고개를 숙였다. "난 몇 주 동안 매일 밤 울었지. 그러다가 아이가 있다는 사실을 깨달은 거야. 애슐리의 아이."

재키는 당혹감에 숨을 내쉬었는데 소리가 마치 불안한 아이의 헛웃음처럼 들렸다.

"애슐리라면 방법을 알 거야. 전화해 봐." 재키가 조용히 말하며 내 전화기를 보았다.

"번호 알아?"

재키가 고개를 저으며 미간을 찌푸렸다. 트룰리가 태어나기 전부터 연락이 끊겼어. 그러니까… 어쩌면 그도…"

재키의 갈등을 보니 내 가슴도 찢어질 것만 같았다.

"6년이나 지났어. 언니."

재키가 쓸쓸한 미소를 지었다.

"그와 통화하고 싶어."

내 휴대폰은 구형이라 검색이 느렸다. 검색 중 두 번이나 먹통이 됐다. 아무튼 세 번째에 캔자스 주의 수의학자, 임상학 박사, 인수공통 감염질환 연구 관련 페이지에 연결이 되었다. 그리고 화이트페이지에서 주니퍼레인의 애슐리 닐을 찾아냈다. 나는 번호를 누르며 재키를 보았다. "이분은 모르지?"

재키가 고개를 끄덕였다. 몰라.

첫 번째 벨소리가 들리기까지 시간이 걸렸다. 신호가 가자 나는 스피커폰을 켜고 테이블에 올려놓았다.

뚜루루, 뚜루루.

누군가 전화를 받았다. 재키가 화들짝 놀라며 의자 등을 움켜잡았다.

"여보세요?"

"애시?"

침묵. 잠시 후. "재키?"

"나예요." 재키의 목소리가 흔들렸다. 그녀가 코트 소매를 눈가로 가져갔다.

애슐리는 화들짝 놀란 목소리였다. "괜찮아요? 지금 어디에요?"

"시카고에 있어요. 윈터와 함께."

재키의 그런 목소리는 처음이었다. 매그너스도 그런 말투로 재키에게 말한 적이 한 번도 없었다. 걱정이 가득한 목소리.

난 불청객이 된 기분이었다. 그래서 곧 돌아오겠다고 손짓하고는 부츠를 신고 외투를 집어 들고 집 밖 층계참으로 나갔다.

밖은 춥고 맑고 어두웠다. 머리 위에서 별들이 반짝였다. 이곳에서도 재키의 목소리가 들렸다. 고양된 목소리… 행복? 절망? 모르겠다. 재키는 울고 있었다.

나도 울었다. 어떻게 이런 일이? 세상에, 언니와 다시 만나다니… 그것도 이곳 바깥세상에서, 트룰리도 없이… 그것도 우리 모두의 삶을 앗아 간다던 재앙 덕분이 아닌가!

문득 분노가 치밀었다. 이렇게 화가 난 적은 평생 한 번도 없었다. 매그너스는 저 샘플로 무슨 짓을 하려던 걸까? 기적의 박테리아로 세상 사람들을 죽이고 혼자만 건강하게 남을 생각이었나? 정적들을 모조리 죽이고?

놈을 죽이고 말겠어. 재키를 대신해서, 케스트럴을 대신해서, 모든 수단을 써서라도 죽이고 말겠어.

그리고 트룰리를 되찾고 말 거야.

재키가 부르는 소리에 난 안으로 돌아갔다. 재키는 충혈된 눈으로 테이블 옆에 앉아 있었다. 너무 조용해 통화가 끝난 줄 알았는데 전화기를 보니 아직 연결된 상태였다.

"여보세요?" 난 허공에 대고 불러보았다.

"윈터." 애슐리였다. 목소리가 흔들렸다. 소음으로 보아 마룻바닥을 오가며 전화를 받는 모양이다.

"현재 어떤 상황인 거죠?"

"나도 모릅니다. 직접 봐야 알겠어요. 어떻게 이런 일이…"

애슐리가 샘플 얘기만 하는 것은 아니었다.

"가능한가요?"

"물론, 뭐든 가능해요. 이론상으로는. 나도 매그너스의 프로젝트는 잘 압니다. 재키를 만나면서 연구를 좀 했죠. 윈터도 우리 관계를 알죠? 그자한테는 돈과 인맥이 있습니다. 다시 말해서 그 물건은 아무

것도 아닐 수도 있고 그 반대로…"

"물건을 전달하지 않으면 언니를 죽이겠다고 협박했어요. 어떻게 아무것도 아닐 수가 있겠어요." 내가 항변했다.

애슐리가 긴 한숨을 토해냈다. "나도 그런 걱정이 들어요. 그 물건이 1차 감염자와 관계가 있다면 엄청난 가치가 있을 거예요. 켄이라는 분이 그곳에 없다니 애석할 따름이군요. 상황도 좋지 않고. 윈터, 겁줄 생각은 아니지만 그 물건이 나쁜 사람 손에 들어가면 큰 재앙이 될 수도 있어요."

"어떻게 하면 되죠?"

"포트콜린스에 올 수 있나요?"

난 주변을 둘러보았다. "예." 내가 운전해 본 최장거리가 월그린스, 불과 2킬로미터도 안 되는 거리지만 지금 그런 걸 따질 계제가 아니다. 재키가 에임스에서 이곳까지 왔다면 우리 둘이 콜로라도에 갈 수 있어야 한다.

"좋아요, 여긴… 새벽 1시가 다 됐어요. 오늘 오후에 캠퍼스로 출발할게요. 그럼 이른 저녁에 만날 수 있겠죠."

그가 주소와 건물을 알려주었다.

"윈터, 재키하고 다시 통화할 수 있을까요? …둘이서만?"

"물론이에요."

난 다시 밖으로 나와 차고 쪽문의 비밀번호를 눌렀다. 창고는 전에 인디애나 듄스에서 캠핑했을 때의 캠핑 용구들로 가득했다. 난 침낭 두 개, 스키 장갑, 털방울이 달린 털모자, 그리고 구급상자를 챙겼다. 플라스틱 상자를 열어보니 주유소와 AAA 지도들이 가득 들어 있었다. 난 콜로라도, 아이오와, 네브래스카, 캔자스를 챙긴 다음, 상자를 비우고 대신 내 물건들을 넣었다. 그리고 건물 차고로 건너가 상자를 줄리의 차 뒷좌석에 넣었다. 차에는 연료가 가득하다고 들었다.

연료….

나는 잔디 깎는 기계 주변에서 붉은색 플라스틱 연료통을 찾아 트렁크에 실었다. 통은 반쯤 차 있었다.

그러고는 집에 들어가 여분의 배터리와 담요를 찾고, 켄의 서재에서 마스크 두 개와 장갑 세트를 챙겼다. 냉장고와 식료품실에서는 먹을 것, 물 한 상자, 물수건 한 통, 페퍼스프레이를 찾아냈다. 물수건은 줄리가 코스트코에서 사 온 것이고, 페퍼스프레이는 그녀가 조깅할 때 늘 들고 다니던 것이다.

난 부엌 식탁 옆에 잠시 서 있다가 전화기 옆 원통에서 쪽지 하나를 빼냈다.

줄리 아줌마,

사랑해요

W.

나는 쪽지를 카운터에 놓은 뒤 조용히 물건들을 들고 나와 모두 SUV에 넣었다.

차고 집으로 돌아오니 재키가 어둠 속을 노려보고 있었다.

"차에 다 실었어." 내 말에 재키는 반응이 없었다. 내가 가까이 다가갔다. "언니, 가자."

"난 안 가."

"멍청한 소리 하지 말고."

재키가 고개를 저었다. "나도 가고 싶지만 10시간도 채 버티지 못할 거야. 물건을 잃어버리거나 끔찍한 짓을 하겠지. 벌써 보이기 시작하는걸…"

"보이다니?" 뭐가?

"엄마."

난 온몸에 소름이 돋았다.

"함께 가야 해. 이 물건이 치료제가…"

재키가 고개를 저었다. "애슐리한테 물어봤어. 치료는 불가능해. 백신도 그저 가능성일 뿐이고. 치료제가 생길 때쯤엔 난 이미 죽은 목숨이야."

"그건 두고 볼 일이야!"

"너까지 전염시킬 수는 없어. 넌 남아서 트룰리를 구해야지." 재키가 나를 보는데, 두 눈에 열기가 어른거렸다.

"제발, 언니…"

"약속해!"

"약속해, 약속하면 되잖아!"

"또 하나… 애슐리한테 이런 꼴 보여주고 싶지 않아. 이런 모습으로 기억되는 것도 싫고."

재키가 고개를 저으며 일어났다. 떠나려는 것이다.

"지금 뭐 해? 여기 음식도 있고 냉장고에 물도 있어. 욕조도 있고. 함께 안 갈 거면 여기에라도 있어!"

"아니, 놈들이 날 추적할 거야. 잡히더라도 반대 방향이어야 해."

"어디로 가려고?"

내가 접근하자 재키는 문 쪽으로 물러섰다.

"사랑해, 윈터." 재키가 말했다.

재키는 문을 활짝 열고는 황급히 내려갔다. 나는 층계참으로 달려가 난간에 기댔다. 재키는 진입로를 따라 걸음을 재촉하고 있었다.

"나도 사랑해." 내가 속삭였다. 언니는 꽁꽁 언 거리 저편으로 총총거리며 사라졌다.

어린 시절의 신은 늘 화가 난 채로 복종을 강요했다. 헌금 대신 맥주를 받기도 했다. 내가 어려서 이해도 못 하는 농담, 저속한 욕설을 따라 해야, 겨우 사랑한다는 말을 해주었다.

사춘기의 신은 애교는 본 척도 않고 늘 완벽하라고만 주문했다. 성격도 불 같아서, 소매를 걷어붙인 채 천리안을 부라리며 세세한 죄까지 찾아냈다. 신이 온전히 너를 보고 있을 때만 의지할 수 있기에, 무관심보다 낫다는 이유로 온갖 처벌까지 감내했다. 변덕이 죽 끓듯 했으며 이유를 막론하고 무조건 그의 지시를 따라야 했다. 아무리 옳은 일을 해도 신의 의지에 따라 잘못이 될 수도 있었으며, 잘못한 일인데도 칭찬을 받기도 했다… 그건 아무리 생각해도 잘못한 일이었다.

내가 나 자신을 파괴하기 위해 스스로를 악마에게 위탁했을 때 나를 구해준 사람이 바로 재키였다. 언니는 자신이 할 수 있는 유일한 방법으로 나를 구해주었다. 이제 내가 재키를 구할 차례였다. 저 담벼락만 넘으면 주께서 기다리고 있으리라. 그리하여 기꺼이 방법을 보여주시리라 믿었다.

하지만 재키가 떠났다. 나는 텅 빈 거리를 바라보면서 신이 재키를 빼앗아 갔다는 생각을 했다. 그것도 이곳 바깥세상에서. 고발의 죄를 물어 치졸한 헌신이나 피의 희생을 강요하는 신? 툭하면 원칙을 바꾸어 도저히 따를 수 없게 만들어 버리는 변덕의 신?

슬픔은 의식을 마비시키고 의지를 묶어버린다. 심장을 갉아 먹는 독극물처럼. 어머니가 죽었을 때도 이렇게 무기력하게 만들더니 지금 또 사지를 마비시키는구나. 재키 없는 세상에서 어떻게 움직이고 어떻게 살아가란 말인가.

그래도 움직여야 했다. 내겐 트룰리가 있지 않은가. 열린 문으로 찬 공기가 밀어닥치며 나를 일깨웠다. 나는 잠시 주변을 둘러보다가 플래시를 집어 들었다. 식량도 모두 가방에 던져 넣었다. 휴대폰의 USB도 꺼내 넣고 가방을 둘러메고 캐리어도 잠갔다.

줄리의 집 차고에 돌아가 캐리어를 렉서스 앞자리에 밀쳐 넣고 휴대폰을 충전기에 연결했다. 그렇게 차에 탄 뒤 플래시는 바닥에 던져 놓았다.

30초 후, 렉서스는 고속도로를 향해 달리고 있었다. 백미러를 보았지만 아무도 따라오지 않았다.

제18장

　매그너스는 내가 가르치는 아이들 학교에 나타나 내내 곁눈질로 나를 힐긋거렸다. 부엌에도 내가 일할 때 와서는 사람들이 등을 돌릴 때마다 나를 훑어보기 일쑤였다.

　그가 차마 오지 못하는 유일한 장소가 세탁소였다.

　하지만 이제는 내가 아무리 그 일을 원해도 아무도 줄 생각을 하지 않았다. 지금껏 나를 외면하던 여자들이 달려와 짐을 받아주고 지나칠 정도로 관심을 쏟았다. 5년 동안 투명인간처럼 잘 살아왔는데, 이제 그마저 물거품이 되고 말았다. 어디를 가든 사람들이 내게 시선을 주고 친절하게 대했다. 나로선 부담스럽기만 했다.

　갑자기 신분이 상승하자 노골적으로 불쾌감을 드러내는 사람도 한 명 있기는 했다.

　아라.

일곱 살에 처음 이곳에 왔을 때를 제외하면 사실 아라와 한 번도 친해본 적은 없다. 아라는 슬프게도 셰이를 포함한 친구들 모두 내게 등을 돌리게 만들었으며, 그 이후에도 나를 철저히 무시했다. 나도 아라를 피해 다녔다. 아라는 종종 케스트럴의 임무를 가로채기도 했는데, 특히 그 일들이 초심자들과 관계있을 때 더욱 그랬다. 재클린은 손님들을 맞이하는 데 별 관심이 없었다. 솔직히 말해 엔클라베에서 그다지 인기가 많지도 않았다. 반면에 아라는 지금도 옛날처럼 매력이 넘쳤다.

그녀는 내가 지나칠 때마다 두 눈으로 레이저를 쏘았다. 검은 머리의 예쁜 딸을 낳고 두 번째 아이까지 임신 중이건만, 장로 남편 따위에 만족하지 않는다는 정도는 나도 알고 있었다.

매그너스가 누굴 선택할지 엔클라베에서 모르는 사람이 없었다. 다만 약혼 발표를 하지 않았기에 그를 밀어낼 기회는 남아 있었다. 문제는, 방법이 없었다. 어떻게든 일거리를 찾아 그를 피해 다녔지만 매그너스는 오히려 밀당으로 여기고 내게 더욱 열을 올릴 뿐이었다.

마침내 그의 인내심도 바닥을 드러내기 시작했다.

본심을 드러내고 닷새 후, 매그너스가 매그놀리아를 사무실 밖으로 내보냈다.

"내가 어떻게 하면 되겠니? 솔직하게 얘기해 보자." 그가 속삭이며 내 책상에 기댔다.

"어떻게 하길 바라느냐고요?"

그가 가볍게 미소를 지었다. "그래."

"언니한테도 물어봤나요?"

매그너스가 물러났다. 눈빛도 어두워졌다. "아니, 너한테 묻고 있잖아."

"죄송해요. 드릴 말씀이 없습니다."

"윈터, 나도 조금씩 지겨워지는구나."

내가 대답하지 않자 매그너스가 파일 캐비닛으로 건너갔다. 이곳에 와서 알았지만 선택받은 자들의 죄를 모두 보관한 캐비닛이다. 그가 M-Z 딱지가 붙은 서랍을 꺼냈다. 그리고 손가락으로 꼬리표를 훑다가 천천히 파일 하나를 집어냈다.

내 파일.

"네 말대로 읽어봤다. 고해도 많고 상념도 많더군." 그가 조용히 말하며 나를 보았다. "하지만 고해하지 않은 일, 기도에서도 말하지 않은 일들을 듣고 싶어. 밤이면 머릿속에 떠오르고, 애써 피하고 싶은 그런 일들 있잖아."

"모두 적혀 있어요. 그러니 다 아시는 겁니다." 내가 담담하게 대답했다.

그가 파일을 바라보다가 페이지를 넘겼다. 손으로 파일의 무게를 가늠해 보는 시늉도 했다.

"그래… 혼란스러운 생각들… 많기도 하군."

"생각으로 범한 행위가 행동으로 범한 행위와 같지는 않아요. 직접 하신 말씀입니다."

"내가?" 표정을 보니 그가 관심 있는 건 내 마음뿐이었다. "아무튼, 누군가 이 얇은 파일에 관심을 보이면 곤란하긴 할 거야. 그러고 보니 리사라는 여자도 생각나는군. 리사 알지?"

난 빤히 보기만 했다. 도대체 무슨 얘기를 하려는 걸까?

그의 표정이 딱딱하게 굳었다.

"넌 다른 여자들하고 다를 줄 알았다. 물론 지금도 그렇지만, 문제는 네 선택이야. 이제 사흘 남았다." 그가 파일을 캐비닛에 넣는데 때마침 매그놀리아가 돌아왔다.

난 공장 뒤편에 숨어 거칠게 숨을 몰아쉬었다.

내 선택이라고? 나한테 무슨 선택권이 있지? 나를 버려야 매그너스한테서 살아남을 수 있잖아. 언니를 구하고 매그너스와 엔클라베를 속일 수 있고.

그렇지 않으면 사흘 후 모든 것을 잃게 된다. 재클린, 트룰리 모두.

난 하루 종일, 몇 안 되는 가능성을 따져보았다. 탈출하면 내 영혼이 어떻게 될까? 밤새도록 고민도 해봤지만 아무튼 트룰리를 떠날 수는 없었다.

결론은 하나. 재클린을 설득해 모두 함께 떠나야 한다.

제19장

새벽 2시, 거리는 섬뜩할 정도로 조용하고 또 어두웠다. 도시의 신호등도 모두 꺼져 있었다. 마을을 벗어나는 것도 겨우 두 번째, 사람들은 거리에 서서 하늘을 올려다보았다. 자동차 몇 대가 거리를 돌아다녔지만 그 차들마저 유령처럼 조용했다. 뒤쪽으로는 헤드라이트가 하나도 보이지 않았다. 헤드라이트는 모두 타깃마트 주차장에서 박살난 문들을 가리켰다. 사람들이 카트를 몰고 오락가락했다.

경찰차 세 대가 지나갔지만 경광등도 켜지 않고 멈추지도 않았다.

다행히 GPS는 고장 나지 않았다. 난 프롬프트를 따라 88번 고속도로로 향했다. 1,500킬로미터, 14시간을 달려야 한다. 오후 일찌감치 도착해야 하기에 멈출 수도 없었다.

그 전에 세상이 멸망하지만 않는다면….

마음 깊은 곳 오랜 생채기가 덧나며, 매그너스의 속삭임이 들렸다.

그는 줄리와 켄과 라이커 박사가 나보다 훨씬 타락했다고 속삭였다.
두 가지 논리로 볼 때, 매그너스는 사악하기는 해도, 오히려 그 때문
에라도 다른 인간이 듣지 못하는 신의 목소리를 들을 수 있는지도 모
른다.

그렇다면 이 샘플들이 무슨 의미가 있단 말인가. 트룰리를 구하겠
다고? 이건 그 아이를 지옥의 무저갱으로 밀어 넣는 짓이잖아?

그만.

신이 그렇게 편협하고 변덕스럽고 잔인할 리가 없어.

재키 생각도 했다.

재키의 마지막 모습을 도무지 떨쳐낼 수가 없었다. 언니가 달려가
던 소리가 귓전을 때렸다. 도대체 어디로 갔을까?

매그너스가 언니를 죽이겠다고 협박했다고? 재키는 현실감각이 떨
어지는 와중에도 미행당하고 있는 것 같다고 말했다. 재키를 미행하
는 건 어쩌면 같은 방향으로 달리는 저 두 개의 헤드라이트일지도 모
른다. 하지만 놈들이 언니가 나한테 경고하려고 갔다고 생각했다면…

난 자동차 블루투스로 줄리에게 전화를 걸었다.

"윈터, 아무 일 없니?" 줄리의 목소리는 부드럽지만 졸음기는 없었
다. 잠을 자야 하는데 오히려 멀뚱멀뚱하기만 하다면, 나도 저런 목소
리이겠다 싶었다.

"줄리 아줌마, 제 말 잘 들으세요." 승용차 두 대가 도랑에 처박혀
있었다. 헤드라이트가 켜진 채였다. "새벽까지 기다리지 말고, 당장
일어나서 떠나세요."

"무슨 소리니? 자동차 안에서 전화하는 것 같은데?" 줄리가 일어나

앉는 소리가 들렸다. 목소리도 잔뜩 긴장했다. "윈터, 지금 어디니?"

"죄송해요. 먼저 떠날 수밖에 없었어요. 긴급 상황이라." 어디로 왜 가는지 얘기하면 켄에 대해서도 말해야 한다. 그럼 줄리가 어떻게 나올지 두려웠다.

"뭐? 지금 무슨 소리야? 어디 간다고?" 줄리가 침대에서 빠져나오는 소리가 들렸다. 이불을 걷어내고 두 발을 카펫에 올리고 나서야 정전이라는 사실을 깨닫겠지? 그럼 협탁의 플래시를 더듬거려 찾을 것이다. 휴대폰에서 딸깍, 플래시 켜는 소리가 들렸다.

"줄리 아줌마, 지금 위험해요. 새벽까지 기다리지 말고 곧바로 떠나세요."

"너 없이 아무 데도 안 가!"

"전 못 가요."

"무슨 소리냐니까?"

"언니가 병에 걸렸어요. 그리고 언니에게 트롤리를 보호하겠다고 약속했어요." 난 애써 목소리를 가라앉혔다.

"윈터, 잘 들어라. 트롤리는 지금 그곳이 더 안전해. 그 차 연료로는 그곳에 갔다가 돌아오지 못해! 차 돌려라. 기다릴 테니."

"아뇨, 그러지 마세요. 전 안 돌아가요."

"윈터, 넌 어디에도 못 가! 게다가 아이까지 데리고! 그 애를 데려갈 곳도 보호할 곳도 없잖아. 뭘 해서 먹고살 건데? 잠은 어디에서 자고? 안전은?"

"저는…" 거짓말을 해야 했다. "엔클라베로 가는 중이에요. 그곳에서 트롤리와 함께 있을 겁니다."

"뭐? 안 돼! 윈터!"

구급차 불빛이 쏜살같이 지나갔다. 역시 경광등은 끈 채였다. 정전 사태가 소리를 모두 앗아 간 것만 같았다.

"절 믿어주셔야 해요. 지금 떠나세요. 당장. 약속해요."

"그럼 그곳에서 안전하게 지내고 있다는 것만이라도 알려다오."

"노력할게요. 아줌마?"

"응?" 줄리는 실망과 걱정으로 제정신이 아닌 듯했다.

"상황이 나빠지면, 네브래스카 시드니 근처로 가세요. 피터슨 농장에."

"오케이, 하지만…"

"제가 어디라고 했죠?"

"피터슨 농장."

"고마워요, 아줌마. 그동안 모두 다요." 나는 마지막 단어를 간신히 내뱉었다. 가슴이 아팠다. 너무 마지막 작별 인사 같지 않은가.

전화를 끊자 갑작스럽게 찾아온 정적이 오히려 고통스러웠다. 줄리의 상처 입은 목소리, 재키의 마지막 말이 머릿속을 마구 두드렸다. 라디오를 틀면, 그 소리에 깊은 심장 속 두려움까지 들썩거렸다. 가뜩이나 속이 뒤집히는데. 더욱이 병든 언니는 어딘가에서 하지 말라는 일을 모조리 하고 있지 않은가.

돌아다니지 말라.

밖에 나가지 말라.

지금은 보조 발전기로 방송국을 돌리고 있단다. LA의 메트로, 시애틀의 스페이스니들에서는 승강기에 갇힌 사람들을 구하기 위해 분투 중이고 어디나 약탈이 횡행했다. 전국 어디에서나 사람들은 영하

6~7도의 혹한에 난방 없이 버티고, 수돗물은 끊기거나 곧 끊길 위험에 처해 있었다.

나는 한 손으로 GPS를 켰다. 아이오와주 어딘가에서 주유를 하긴 할 텐데 앞으로 얼마나 더 달려야 하는 걸까? 연료 탱크가 바닥날 만큼 달려왔지만 아직 몇 시간은 더 가야 했다. 하긴 그곳에 도착한다 해도 주유소는 보조 발전기로 펌프를 돌리고, 대기 차량으로 미어터질 것이다.

백미러로 자동차 세 대가 보였다. 언제부터 내 뒤를 쫓아온 걸까? 난 불안한 마음으로 트럭 휴게소를 지나갔다. 휴게소는 세미트레일러의 헤드라이트와 승용차 할로겐 불빛으로 가득했다. 난 속도를 올렸다.

라디오 채널을 돌렸다. 디제이는 기본적인 경고 방송을 이미 마쳤거나 아니면 아예 무시한 모양이다.

여자가 한숨을 내쉬며 말했다. "예, 뉴스를 전하는 우리에게도 어려운 시기였어요. 오늘 밤 휴대용 라디오를 켰다면 여러분 역시 두렵다는 뜻이겠죠. 현재 상황을 받아들이기는 쉽지 않습니다. 가족, 친구, 학교, 직장, 교회… 도대체 무슨 일이 생긴 거죠? 지금은 유명인 뒤나 캐고 유행 비디오나 틀어대던 삼류 프로그램마저 그립군요. 예전의 심각했던 문제들은 또 다 어디로 간 걸까요?

"세상이 어떻게 될지 전 모르겠습니다. 다만 주님께서 우리와 함께한다고는 믿습니다. 여러분과 나, 위대한 조국을 위해 기도를 할게요. 잠시 후 공고와 최신 소식, 주의사항을 알려드리겠지만 일단 음악부터 듣죠."

여자는 본 조비의 〈Living on a Prayer〉를 들려준 뒤 뉴스 하나를 전했다. 중계 변전소 두 곳이 폭발했으며 백악관은 이를 미국 전력망에 대한 계획적 테러행위로 규정했다.

"정전사태가 얼마나 갈지 모르겠습니다. 집이 제일 따뜻하고 안전합니다. 문을 잠그고 있으세요. 비상요원들이 24시간 내내 뛰어다니며 질서를 회복하고 사람들을 구하는 중입니다. 묻고 싶은 것도 많고 두렵기도 하겠지만 우리가 끝내 이겨내리라는 점만 기억하세요. 모두 함께 극복해 낼 겁니다. 여러분은 혼자가 아닙니다." 아나운서가 열변을 토했다.

난 그녀가 누군지 모른다. 어느 종파인지도 모른다. 매그너스의 주장대로라면, 신은 엔클라베 외부 사람들의 기도는 듣지도 않는다. 여자는 내 이름을 모르고 내게 말을 걸지도 못하겠지만 난 문득 신의 목소리를 들었다는 생각이 들었다. 이곳, 바깥세상에서.

라디오에서 태풍을 뚫고 가자는 내용의 노래가 나왔다. 난 시속 130킬로미터로 스털링과 프로페츠타운을 통과했다.

난 마을 이름을 향해 경례를 해주었다. 말 그대로 예언자의 마을Prophetstown이 아닌가.

데이븐포트 북단을 지나는데 놀랍게도 거리에 차가 무척 많았다.

새벽 5시경, 고속도로 입구에서 대형 트럭 휴게소, 그 위 도로까지 차량이 줄을 이었다. 속도를 줄이면서 보니 그림자 두 개가 도로를 가로질러 달려갔다. 둘 다 양손에 흔한 붉은색 연료통을 들고 있었다. 마을을 지나면서, 차를 세우고 연료를 채워야 했나 하는 후회도 들었다. 언제 어떻게 상황이 꼬일지 알 수가 없었다.

새벽 여명이 어둠을 내몰기 시작할 때쯤 디모인 외곽에 이르렀다. 도시를 우회하는데 하늘이 빛 꺼진 마을에 푸르스름한 기운을 드리우기 시작했다.

주유소 기름이 동나기 전에 주유를 하고 싶었다. 연료 탱크는 4분의 1 정도 차 있었고 트렁크에도 2갤런들이 통 하나가 고작이다. 하지만 웨스트디모인의 첫 번째 트럭 휴게소는 텅텅 비어 있었고, 두 번째는 줄이 오른쪽 통로를 따라 출구까지 이어졌다. 줄 위로 경찰차의 경광등이 번득였다. 경관 한 명이 모퉁이에서 플래시를 흔들며 통로 맞은편을 가리켰다.

문득 엔클라베까지 불과 1시간 거리라는 생각이 떠올랐다. 트룰리가 거기 있고 오늘은 금요일이다. 로젤라가 부엌에 나와 오븐을 켜놓았으리라. 분명히. 엔클라베에는 발전기도 많고 사후세계까지 갈 만큼 연료도 가득하다.

안 돼. 그곳에 갈 수 없어. 난 애써 마음을 다잡았다.

트룰리는 그곳에 있는 게 안전하다. 당분간은. 난 머릿속으로 그 말을 되뇌고 또 되뇌었다.

버튼을 눌러보니 탱크에는 235킬로미터 분량의 연료가 남아 있었다. 아슬아슬하지만 카운실블러프스까지는 갈 수 있을 것 같다. 그곳에 도착하면 연료를 채우고 포트콜린스까지 가야 한다.

연료를 구할 수는 있을까?

나는 핸들을 꺾어 길게 늘어선 차량들을 지나쳤다. 자동차 뒷좌석마다 아이들이 꼼지락거렸다. 베개를 차창에 대고 기대기도 하고 휴대폰 불빛으로 얼굴을 비추기도 했다. 어느 픽업트럭에서는 스크린을 드리우고 만화영화를 보았다.

라디오 채널을 아무리 돌려봐도 내용은 거기서 거기였다. 어느 중심가는 깨어보니 얼음골로 변해 있고 전자기기는 먹통이고 커피머신도 켜지지 않았다. 대통령은 전력망과 변전소에 대한 사이버 공격을 선전포고로 규정하며 비상요원들이 활동하도록 도로를 비우고 집에 머물며, 법과 질서를 지켜줄 것을 호소했다.

아무리 채널을 돌려도 조금 전 방송이 나오지 않았다. 아나운서가 바뀐 걸까? 다른 방송국도 연료가 바닥났다는 등의 우울한 얘기 아니면 간간히 헤비메탈을 틀어주는 정도였다. 음악은 시끄럽고 난삽했다. '고전 메탈'이라는데 내겐 생소할 뿐이다.

아드레날린과 슬픔이 뒤섞여 나도 정신이 혼미했다. 고삐가 풀린 느낌, 막막한 우주에 혼자 버려진 기분.

그나마 내게는 절박하고도 확실한 목표가 하나 있다. 자동주행 시스템으로 달리면서 가속페달에서 완전히 발을 떼지 못하는 이유도 그래서다. 자동주행을 하고 싶지는 않지만 연료를 아끼기 위해 어쩔 수 없었다. 지금 트롤리는 안전하다. 어떻게 트롤리를 구해낼 것인지는 나중에 생각하자. 지금 중요한 것은 샘플뿐이다.

나도 안다. 이건 미친 짓이다. 안전을 위해 그렇게 애를 써놓고는 세상을 광기로 채울 질병을 조수석에 싣고 달리지 않는가. 디카로 장로가 지금의 나를, 그리고 콘솔함의 샘플들을 보면 뭐라고 할까? 라디오에서 〈지옥행 하이웨이Highway to Hell〉가 터져 나왔다.

매그너스라면 당연히 꼴좋다며 비아냥거리리라. 다만 그도 그놈의 돼지 세포가 나한테 있다는 사실을 모른다. 생각이 거기에 미치자 나도 모르게 키득키득 웃음이 새어 나왔다. 내가 정말 미쳤는지도 모르겠다.

물론 전에도 충동적으로 일을 벌이기는 했지만, 문득 이번이 제일 그럴듯하다는 생각이 들었다. 예배 도중에 비명 지르기, 쌓아놓은 접시를 엔클라베 부엌 바닥에 내동댕이치기, 바깥세상의 맛을 볼 양으로 귀엽게 생긴 초심자에게 입 맞추기("신천국에 잘 왔어!") 따위는 예전에 해보았다. 나 자신을 점검하고 또 점검하려는 강박에서 벗어나고 싶었다. 사적 욕망과 두려움의 고요한 태풍 속에 나 자신을 온전히 던져 넣고 싶었다.

검은색 지프가 나를 추월하려 들었다. 그 차에도 운전사는 혼자였다. 저 남자는 어디로, 누구한테 가는 걸까? 남자는 라디오 음악에 맞춰 노래를 부르는 중이었다. 당연히 라디오다. 〈지옥행 하이웨이〉에 맞춰 짧은 머리를 흔들고 있다. 그 노래는 내 라디오에서도 쾅쾅거리며 흘러나왔다.

그가 나를 보더니 노래를 멈추고 멋쩍게 씩 웃었다.

나는 가속페달을 밟고 그 차를 앞질러 갔다.

2킬로미터쯤 갔을까? 나도 모르게 감정이 복받쳤다. 언니와 얘기하고 싶어. 언니를 부르고 싶어. 아프지 않게 해주겠다고 얘기해 주고 싶어. 어떻게든 살아야 한다고.

어떻게? 방법이 없잖아? 지금도 난감하기만 한데.

1시간 후, 등이 아팠다. 눈도 아팠다. 나는 이마를 문지르고 관자놀이를 꼬집었다. 그러고 보니 마지막으로 눈을 붙인 게 거의 24시간 전이었다. 양 어깨를 의자에 기대고 의자의 허리 받침대를 조절했다.

도랑에 자동차 한 대가 뒤집힌 채 처박혀 있었다. 식량 가방에서 녹차 캔을 찾는데 군용트럭 한 무리가 반대 방향으로 달려갔다.

그 후 30분쯤, 지나가는 차마다 별명을 붙여주었다. 정신을 차려야 했다. 흡연남, 코찔찔이, 삐쭉이, 떼밴(밴 뒤에 아이 넷이 탔다.), 캠핑족. 몇 킬로미터 앞에서 스쳐 지나간 트럭은 '레드넥 서바이벌 가이^{Redneck survival guy}'라고 이름 붙였다. 짐칸에 쿨러며, 흰색 플라스틱 의자, 그릴^{grill}, 매트리스를 잔뜩 싸들고 다니는 꼴이라니! 레드넥 서바이벌 가이는 처음에는 거의 나란히 달리다가 지금은 저 뒤에서 열심히 나를 쫓아오고 있었다. 속도를 올려볼까? GPS에 따르면 1킬로미터도 안 되어 좌회전 길이었다. 하지만 그가 옆으로 다가오면서 마음을 바꾸었다. 새벽 이후로 운전을 엉망으로 하는 사람들을 수도 없이 보았다. 갑자기 중앙선에서 멈춰 서는가 하면, 도로를 벗어나 처박히는 경우도 적지 않았다. 심지어 역주행하는 차도 있었다.

상황을 파악해 보려 한 적은 한 번도 없었다.

레드넥이 접근하기에, 속도를 줄였지만 그 차는 속도를 올리거나 차선을 바꿀 의향이 없는 듯했다. 다시 속도를 올리자 차가 오른쪽으로 기울어졌다. 오른쪽 타이어가 비포장 경사에 닿자 SUV 전체가 그르렁거리며 흔들렸다. 내가 앞서 나가려 하자 레드넥도 속도를 올렸다. 차선까지 걸치는 바람에 충돌하지 않기 위해 갓길로 피해야 했다. 야구 모자를 쓴 중년의 사내, 뭔가를 추적하기라도 하듯 입을 꽉 다물고 시선은 오른쪽 전방에 고정했다. 경적을 울려봤지만 그는 나를 아예 보지 못한 척했다.

레드넥은 아예 도로 중앙을 차지했다. 카운실블러프스까지는 몇 킬로미터 남지 않았다. 쓸데없이 저런 작자까지 신경 쓰며 낭비할 시간은 없었다. 나는 속도를 늦추어 그가 먼저 가도록 했다. GPS는 여전히 왼쪽 차선을 지키라며 깜빡였다. 레드넥이 앞서 나갔다. 순간 레드넥은 왼쪽 차선으로 돌아가는 듯하다가 오른쪽으로 틀며 갓길로 빠졌다. 쾅! 하는 소리와 함께 라디에이터 그릴^{grille}이 떨어져 나갔다. 라디에이터 그릴은 도로에 부딪혀 박살이 났다. 연이어 쾅! 소리가 내 차를 때리고, 굉음과 함께 자동차 하부를 긁었다. 그사이 레드넥은 속도를 높여 갈림길에서 빠져나갔다.

나는 떨리는 손으로 I-80 남향으로 차를 몰았다. 차체에 걸렸던 파편도 떨어져 나간 듯 보이고 난 여전히 달리는 중이다. 그나마 다행이다. 이곳은 광활한 초원과 농지뿐이었다.

카운실블러프스까지는 35킬로미터 남았다. 주유 펌프가 작동하기만 바랄 뿐이다. 차가 얼마나 고장 났는지 확인할 용기는 없었다. 운이 좋기를 바랄 수밖에… 운이 나쁘면 어느 노파가 모든 자율주행 자동차에 치어 죽을 수도 있지 않겠는가.

10분 전만 해도 정차는 꿈도 꾸지 않았다. 지금은 도로변 표시판이 나올 때마다 불안했다. 차체에서 덜거덕 소리라도 나는 것 같기도 하고 타이어도 당장 펑크가 날 것만 같았다.

잠시 후 차 안에서 달콤한 냄새가 나더니 몇 초 후엔 계기반 온도계에 불이 들어왔다.

어떻게 하지? 켄 덕분에 차에 연료를 채우고 타이어 정도는 교체할 수 있다. 하지만 나의 비상대책이라고 해봐야, 언제나 주변 사람들에게 도움을 요청하는 수준에 불과했다.

후드 앞에서 흰 연기가 피어오르는 걸 보고 나서야 문제가 생긴 걸 알았다. 그렇다고 공포에 질리고 싶지는 않았다. 난 정신줄을 다잡았다. 설마 차가 폭발해 나와 샘플이 하늘나라로 날아가기까지야 하겠는가.

아이오와주 언더우드의 이정표를 보니 주유소가 두 곳, 트럭 휴게소가 한 곳이었다. 트럭 휴게소는 조금 의심스럽지만 내가 뭐라 할 입장은 못 된다.

출구 램프로 빠져나오는데 놀랍게도 휴게소가 시끌벅적했다. 편의점 한 곳, 서브웨이 상점이 있고, 상점 앞에는 더블펌프가 네 개나 있었다. 입구에 손 글씨로 커다랗게 쓴 '카드 사절' 간판이 나붙었다. 형광 조끼 차림의 남자가 거리 양쪽을 가득 메운 차량들을 정리하는 중이었다.

하지만 당장 연료보다도 급한 일이 있었다. 나는 편의점 앞 허름한 주차 공간에 차를 세우고 뒷좌석에서 지갑과 마스크를 집었다. (누가 나를 알아보기는 할까?) SUV를 돌아 나오는데 말 그대로 기절할 뻔했다. 레드넥의 라디에이터 그릴이 통째로 렉서스 앞면에 박혀 있는 것 아닌가.

라디에이터 그릴을 잡아당겨 봤지만 꿈쩍도 하지 않았다.

상점 앞에는 손 글씨로 적은 기름 값이 문에 붙어 있었다. 다른 곳보다 갤런당 2달러 이상 비쌌다. 가게 안은 사람들로 가득했다. 손님은 중앙 통로를 따라 길게 줄을 서 있고, 마스크와 고무장갑을 착용한 키 큰 남자가 구식 계산기로 물건 값을 계산 중이었다. 선반들은 이미 텅 비었고 냉장실에도 머슬 밀크와 아이스 캔 커피 몇 개가 전부였다. 라디오에서 전국적인 정전 사태를 알렸지만 그걸 모르는 사람이 어디 있겠는가.

난 화장실로 직행했다. 몇 시간 동안 볼일을 참아왔다. 화장실은 짧은 복도 끝에 있었는데 문에 '사용 중지' 표지판이 걸려 있었다. 손잡이를 비틀어 보았다.

잠겼어.

가게에서는 한 남자가 점원과 말다툼 중이었다. 남자가 돈을 지불하면서 연신 투덜거렸다.

"씨발, 바가지도 어지간해야지!"

"카운실블러프스까지 발전기가 있는 주유소는 여기뿐이요. 발전기는 뭐 땅 파서 돌리는 줄 아슈?" 점원은 의외로 무덤덤했다. 그 말을 스무 번은 넘게 읊어댔으리라. 마른 체구에 머리가 벗겨진 점원은 물건이 날개 돋친 듯 팔려나가도 전혀 기뻐하는 것 같지는 않았다. 사람들은 계속 밀려들기만 했다. "꼬우면 다른 데 가든지. 거기라고 기름이 남아 있기는 할까? 공급이 언제 재개될지도 모르는데. 자, 다음 손님!"

사내는 점원에게 욕설을 하며 돈을 얼굴에 던졌다.

"5번 펌프, 다음 손님." 점원은 그래도 개의치 않았다.

"실례합니다." 난 줄을 선 여성에게 말을 걸었다. 여자는 1리터짜리 음료와 너트롤 한 박스를 들고 있었다.

"뒤에 가서 줄 서요." 여자가 투덜댔다.

"혹시 이 근처에 문을 연 정비소가 있을까요?"

"옆 건물에 하나 있긴 한데 일을 할까 모르겠네요. 이 가게와 교회 말고는 문을 연 곳이 없어요. 저 친구가 정비공한테 전화해 줄 수는 있을 겁니다. 전화기가 먹통만 아니라면. 10달러는 달라고 하겠지만." 여자 뒤에 선 남자가 대신 대답해 주었다.

"고맙습니다." 나는 인사를 하고 문을 밀고 나가 트럭 정비소로 향했다. 정비소라고 해봐야 조금 큰 차고 수준이었다. 셔터는 닫혀 있고 사람만 한 쪽문은 잠긴 채였다.

쪽문을 통과하지 못한 게 이번이 처음도 아니지.

난 건물 뒤로 돌아갔다. 그리고 얼른 주변을 살핀 뒤 재빨리 청바지를 내리고 쓰레기통 뒤에 웅크리고 앉았다.

SUV로 돌아오니 처음만큼 심하지는 않아도 연기는 여전했다. 난 충전기에서 휴대폰을 뺐다. 점원에게 사정해 정비공을 불러달라고 할 참이었다. 적어도 휴대폰 배터리는 100퍼센트이니, 전화를 걸어준다며 돈을 요구하지는 못할 것이다.

운전석을 빠져나올 때, 고함 소리는 듣지 못했다. 머릿속에는 온통 SUV를 고쳐서 어서 빨리 도로에 돌아가야겠다는 생각뿐이었다. 렉서스뿐 아니라 내 머리에서도 연기가 날 지경이었다. 렉서스 뒤 3~4미터 거리 펌프에 있는 남자, 난 그가 비명을 지른 다음에야 시선을 그쪽으로 돌렸다.

펌프가 작동하지 않았나? 처음 든 생각은 그거였다. 아니면 '카드 사절' 표지판을 보지 못한 걸까? 그러니까… 물건에 대고 화풀이하는 그런 사람 있지 않은가. 몇 주 전 상가에서도 한 여자가 ATM 기계에 대고 짜증을 부렸다. 30달러를 인출할 수 없어서였다. 스티커에는 20

달러 단위로만 인출이 가능하다고 적혀 있었다.

아니, 남자가 욕하는 상대는 펌프가 아니라 제니라는 이름의 젊은 여자였다.

"정체를 숨길 수 있을 것 같나? 내가 모를 줄 알아? 네년 살갗 아래, 그거 비늘이잖아. 내가 비늘을 못 볼 줄 알았나?" 그가 허공에 대고 노즐을 흔들어 대며 소리쳤다.

난 조심조심 걸었다. 차 문 소리 때문에 시선을 끌까 두려웠다.

아니나 다를까.

남자가 나를 돌아보았다. "어이, 거기!"

남자는 노즐을 던지고는 곧바로 나를 향해 달려왔다. 난 운전석으로 몸을 날린 뒤 문을 쾅 닫았다. 잠금 버튼을 찾다가 실수로 창문 버튼을 눌렀다. 차창이 내려가기 시작했다. 다시 누르는데 이번엔 창문이 멈췄다.

"놈들이 오고 있어!" 남자가 창 가장자리를 잡으며 소리쳤다.

난 다시 버튼을 눌렀다. 남자는 잠시 당황하다가 창이 완전히 닫히기 직전에 손을 빼냈다. 이번에는 문을 열려고 했다. 나도 안쪽 손잡이를 잡았지만 그가 힘이 더 좋았다. 난 손을 놓아야 했다. 문이 활짝 열리면서 남자가 비틀비틀 뒷걸음질을 쳤다. 난 얼른 몸을 날려 문을 닫은 뒤 잠금장치를 눌렀다.

남자가 달려와 총으로 창을 힘껏 내리쳤지만 신기하게 창은 깨지지 않았다.

"걱정 마, 놈들한테 넘기지 않을 테니까. 당신도 봤지? 놈들 말이야, 응?" 그의 말이 창에 막혀 탁한 소리를 냈다.

난 총을 보는 것만으로도 온몸이 얼어붙었다.

"이봐, 당신도 놈들의 비늘 봤지? 아니라고 해봐야 소용없어!" 남자가 침을 튀겨가며 외쳤다.

내가 가까스로 고개를 끄덕였다.

남자는 총을 휘두르며 연신 밀입국 외계인들을 비난했다. 저자가 말하는 외계인이 멕시코 사람들 얘기는 아니겠지?

나는 조심스럽게 시동 버튼을 눌렀다. 시동을 걸다가 저자가 내 머리를 쏘면 어쩌지?

"보여줘! 네 피부를 보여달란 말이야!" 남자가 소리치며 총 손잡이로 창을 때렸다.

웬 헛소리람? 저자의 행성에서는 운전면허증을 살갗에 새겨 넣기라도 한다는 말인가? 난 덜덜 떨면서 두 손을 들었다.

"아니! 피부를 보여달란 말이야!" 그가 소리치며 총을 들었다.

그러고 보니 어떤 그림자가 바로 옆 자동차 후드 앞에 웅크리고 앉아 있었다. 그가 고무장갑 낀 손가락을 마스크 위로 가져갔다. 뭘 하려는지는 모르겠지만 하나만큼은 분명했다. 난 죽을 수 없어. 지금은 아니야. 이런 식으로도 아니고.

내가 마스크를 벗었다. 광인이 나를 빤히 바라보았다. "난 면역자예요!" 내가 소리쳤다.

"뭐라고?" 남자가 되물었다.

"봐요!" 나는 목덜미를 드러내 고개를 살짝 돌린 뒤 모반을 가리켰다. 놈은 차창에 콧김이 닿을 정도로 가까이 얼굴을 댔다. "보이죠?"

"그래! 그런데 그게…"

순간 부산한 움직임과 피 얼룩. 쩍, 차창을 때리는 소리.

남자가 쓰러지고 총이 바닥에 떨어지며 덜그럭거렸다.

운전석에 등을 기대며 숨을 몰아쉬는데 두 번째 얼굴이 차창 밖으로 나타났다. 짧은 머리. 짙은 눈썹. 마스크.

"괜찮습니까?" 사내가 물었다.

난 숨을 삼키며 고개를 끄덕였다.

"잠깐만요."

남자가 허리를 굽히더니 연료통을 땅에 내려놓는 소리가 들렸다. 잠시 후, 남자가 광인을 인도로 끌고 갔다. 나는 마스크를 쓰고 재빨리 밖으로 나갔다. 총은 밟지 않았다.

"조심하세요. 감염자예요." 내가 말했다.

"그런 것 같더군요." 남자는 총을 집어 탄창을 비웠다. 그가 SUV에 박힌 라디에이터 그릴을 가리켰다. "그런데 아까 고속도로에서는 저렇지 않았던 것 같은데요?"

제20장

담을 넘을 수는 없었다. 높이 4미터, 아무래도 난공불락이다. 사다리가 헛간 어디에 처박혀 있다는 건 알고 있었지만 담벼락 위 전선도 문제였다. 종말이 시작할 때 외부세계가 쳐들어올까 봐 담벼락을 설치했다지만, 우리가 엔클라베에 도착하기 1년 전만 해도 10대 몇 명이 탈출을 시도하다 아까운 목숨을 잃기도 했다.

트룰리와 단둘이 만나는 데 이틀이 걸렸다. 난 이틀간 머릿속으로 수십 개의 시나리오를 돌렸다.

밴 뒷좌석에 숨어 트룰리와 게임을 하는 거야. 에임스 상담센터에 도착하면 재키가 사람들의 시선을 다른 곳으로 끌어주겠지. 자물쇠가 어떻고 사무실 안의 중요한 물건이 어떻고 거짓말 하는 동안, 우리 둘은 차에서 빠져나와 모퉁이 뒤로 몸을 숨기는 거야. 상담센터가 블록 중간쯤에 있던가? 아무렴 어때. 재키가 데리러 오기만 기다리면 되잖아.

재키와 난 숨는 법을 잘 안다. 옛날에 숨바꼭질을 자주 했으니까.

꼭꼭 숨어라, 머리카락 보일라.

이번에도 할 수 있어. 살아남을 수 있어. 우리 셋 모두.

매그놀리아가 돈을 어디에 숨기는지도 알고 있다. 3년간 꼬박 센터를 맡았으니 마을사람들도 재키를 잘 알 것이다. 여자와 아이들을 돕는 사람들이 있다고 들었다. 이웃사람이 엄마한테 얘기를 한 적이 있다. 찾을 수 있어. 찾아야 해. 달아날 수 있을 때까지만 도움을 받는 거야.

우리 셋이 안전해질 때까지.

나는 재키를 따라잡았다. 점심 직전, 창고에 가는 길이었다. 안으로 따라 들어가니 재키는 빨래통을 바닥에 놓고 앉아, 초심자들의 옷가지를 하나씩 꺼내고 있었다. 재키는 넋이 나간 표정을 짓고 있었다.

"언니." 내가 조용히 불렀다.

재키는 내 목소리에 퍼뜩 놀라 통에서 옷들을 마구 꺼내기 시작했다. "웬일이야?" 언니는 아예 나를 보지도 않았다.

나는 주변을 훑어보곤 재빨리 다가가 말했다. "여길 떠날 생각이야."

"무슨 뜻이야, 떠나다니?" 재키는 그제야 애가 미쳤나 하는 눈빛으로 나를 보았다.

"우리 셋이 함께, 언니, 나, 트룰리." 재키가 웃으며 고개를 저었다. 난 그녀의 팔꿈치를 잡았다. "언니, 여긴 정상이 아니야. 말도 안 되고…"

"그럼 떠나." 재키가 딱 잘라 말했다.

"언니하고 함께 갈 거야. 트룰리도."

"트룰리는 내 딸이야! 아이는 나와 함께 있고 난 떠나지 않아. 엔클라베도 남편도." 재키가 나를 노려보았다.

"재키, 그 남자도 우리가 알던 사람이 아니야. 언니가 알던 사람도 아니고. 툭하면 언니가 변했다고 얘기하는 건 알아? 마음이 떠나 있다니까!"

"거짓말하지 마."

"거짓말을 왜 해? 그럴 이유가 없는데? 그놈의 계시? 왜 갑자기 계시를 받았는지 언니도 잘 알잖아!" 답답해 미칠 것만 같았다.

재키가 휙 하고 돌아보았다. "내 생각은 어떤 줄 아니? 넌 질투하고 있어. 항상 내 것을 탐냈잖아. 내 딸과 내 남편. 트룰리를 낳은 이후에도 그랬어!"

"뭐? 난 트룰리를 사랑해!" 아니, 난 질투하지 않아… 그런데… 정말 그런가?

재클린보다 트룰리와 함께 지내는 시간이 많은 건 사실이다. 지난해가 특히 그랬다. 재클린은 센터에서 일하고 저녁시간엔 매그너스와 함께 지냈다. 게다가 교주의 아내로서 할 일이 수십 가지는 되지 않는가.

난 트룰리에게 엄마나 다름없었다. 엔클라베는 엄마를 허락하지 않지만.

"트룰리는 언니 딸이야. 하지만 매그너스는…"

"신의 목소리겠지. 그가 널 원하면 나도 어쩔 수 없어. 도대체 넌 정체가 뭐니?" 재키가 날카로운 목소리로 나를 다그쳤다.

난 눈을 깜빡였다. "설마, 그렇게 되길 바라는 건 아니겠지?"

재키는 티셔츠를 내려놓고 내 두 손을 잡았다. "아니, 싫어." 재키가 나를 보며 말했다. 재키의 손가락이 손목을 파고들었다. "하지만 주께선 내가 뭘 원하고 좋아하는지 묻지도 않더구나. 물론 너한테도 묻지 않아. 그래도 우리한테는 그것뿐이야. 나한테도. 이 세상은 끔찍한 곳이야. 보자마자 알았어. 일주일에 사흘은 나가니까. 매그너스 말이 맞아. 종말이 다가오고 있어."

"만약 아니라면?" 내가 조용히 물었다.

"어떻게 그런 말을 하지? 왜 그런 말을 하는 거야?" 재키가 다그쳤다.

그때 재키의 눈에서 보았다. 두려움.

그간 온갖 종류의 두려움을 보았다.

잘못할까 봐 두렵고 잘할까 봐 두렵고 몰라서 두렵다. 미래가 두렵고 신도 두렵다.

나 자신마저 두렵다. 돌이킬 수 없는 일을 저지르고 영혼이 영원히 지옥불에서 타는 건 아닐까? 두려움은 엔클라베와 매그너스의 설교 하나하나에 동력이 되어주었다. 그런데 또 다른 두려움이 생기고 말았다. 우리가 믿고 삶을 의지했던 모든 것이 거짓말이라는 사실.

주님은 실존하신다. 그건 믿을 수 있다. 재키, 트룰리, 그 둘을 향한 내 사랑도 진짜다.

여기까지가 내가 아는 전부다.

"내가 원해도 안 돼. 그 사람이 트룰리를 놔줄 것 같아? 매그너스는 권력자야." 재키가 손을 놓았다. 두 손이 떨렸다. "그가 널 지켜보고 있어." 재키는 조용히 되뇌고는 통을 들고 밖으로 나가버렸다.

재키 말이 옳다. 매그너스는 이틀간 나를 피하고 있다지만 어디에서든 그의 시선을 느낄 수 있었다. 내 대답을 기다리는 중이다.

그래도 난 재키의 마지막 말에 매달렸다. 두려워하든 그렇지 않든, 재키도 생각을 한다는 뜻이다. 종종 의심이 들었지만, 지난 5년간 재키의 결혼생활은 어땠을까? 언니가 이렇게 불쌍해 보인 적은 한 번도 없었는데.

재키를 다시 만나야겠어. 이번엔 설득할 수 있어.

그 전에 시간을 벌어야 했다.

매그너스는 집무실에서 누군가와 통화하느라 바빴다. 이틀간 나를 본 척도 하지 않았는데 그 덕에 난 몇 주 만에 처음 편하게 숨을 쉬었다.

이제 그도 막바지에 다다랐다.

그의 목소리가 잦아들 때쯤 난 그의 방으로 가서 문을 노크했다.

전례에 어긋나는 행위였다. 하지만 뭔들 아니겠는가?

"들어와." 그가 중얼거렸다.

난 안으로 들어가 조심스레 문을 닫았다. 두 손은 모아 코 밑으로 가져갔다.

응접실에는 가죽 의자 세 개, 커피 테이블 위에는 신천국의 씨앗 카탈로그 몇 권이 놓여 있었다. 책장은 책으로 가득했다. 그중 일부는 내 눈에도 익숙했다. 신약서가 모두 갖춰져 있고 성경도 다양한 판본이 있었다. 다른 장서는 책등이 너무 헤져 읽기가 어려웠다. 선반에는 폴더와 온갖 종류의 인쇄물이 고무줄로 묶인 채 놓여 있었다. 육중한 엔디크풍의 책상이 방 한가운데를 차지했다. 그 위에 커다란 모니터가 있는데 그렇게 큰 모니터는 나도 처음이었다. 그러고 보니 정말로

황제의 옥좌 같은 분위기였다. 모니터 화면에는 당연하다는 듯 매그너스 자신의 모습이 담겨 있었다.

그가 고개를 들었다. 화난 표정이었다. 넋을 잃고 나를 바라보던 표정은 간 곳이 없었다.

"윈터."

난 손을 내렸다. "그동안 생각해 봤는데요."

그가 가볍게 눈썹을 치켜떴다. 안식일 예배의 매그너스, 종말이 임박한 때의 매그너스, 한때 야구선수처럼 보였던 매그너스… 저 버튼 업 정장 속 넓은 어깨로 세상의 짐을 모두 짊어져도 끄떡없을 것 같았어. 그러니 존경도 하고 두려워도 했겠지. 가벼운 농담에 감동하기도 하고.

아니, 나는 그가 그런 존재이기를 바랐을 뿐이야. 하지만 매그너스는 그런 존재가 될 수 없어.

"사무실에서 커버를 정리하는 중이었…"

"그럼 나가서 계속 정리해." 그가 딱 잘라 말했다.

"비밀이 있어요. 아무한테도 말할 수 없는." 내가 불쑥 내뱉었다. "말하지 못하는 이유는 형부 얘기라서요. 참회실에 가야 할까요?"

그가 고개를 갸웃했다.

"상황에 따라서."

"어떤 상황이죠?" 난 그를 빤히 보며 물었다. 이건 위험한 불장난이야. 이자는 위험해.

"그건 너한테 달렸어."

"어떤 생각이었냐면…" 난 문에 등을 기댔다. "우리가 키스했던 일이에요."

그가 눈을 깜빡이더니 허탈하게 웃었다. "무슨 소리야? 우린 키스
한 적 없어."

"정말요?" 내가 어떻게 그럴 수 있느냐는 표정으로 그의 책상에 다
가갔다.

"그랬다면 당연히 기억했겠지." 매그너스가 중얼거렸다. 그를 향한
존경심이 사라진 그 자리엔 칭찬에 굶주린 보통 남자가 서 있었다. 기
껏 저따위 놈이 내가 몇 년 동안 배우고 암기했던 가르침을 모조리
물거품으로 만들어 버려?

그 때문에라도 결코 용서할 수 없어.

"그렇지만… 정말 했잖아요."

"윈터, 도대체 무슨 장난을 치는 건지…"

"신약서에… 직접 쓰신 신약서에 적혀 있어요. 시간은 직선이 아니
라고. 시간은 신을 위해 존재하지 않는다고… 한꺼번에 존재하므로
일어날 일은 이미 모두 일어났다고 했죠. 아닌가요?"

"그래, 그게 진리니까." 그가 천천히 대답했다.

"그럼 우린 키스했어요. 그것도 한 번이 아니라 여러 번."

매그너스가 자리에서 일어나더니 책상에서 빠져나왔다. 두 눈이 내
게 붙박였다. 전화벨이 울리며 번호가 박혀 나왔지만 그는 개의치 않
는 듯했다. "그… 키스. 기억나게 해줄래?"

그러고는 손을 뒤로 뻗어 전화기를 집어 화면을 보더니 난감한 표
정을 지었다.

"바쁘시면 나중에 다시 올게요." 난 문 쪽으로 향하며 말했다.

난 그가 대화를 끝내고 나중에 다른 곳에서 만나자고 할 줄 알았다. 그런데 놀랍게도 문을 활짝 열더니 성큼성큼 복도로 나가는 것이 아닌가!

"다들 나가!"

난 심장이 벌렁거렸다. 그런데 손짓으로 나까지 나가라는 것이 아닌가. "매그놀리아, 장로들한테 나 혼자 있겠다고 전해."

난 그를 지나쳐 문밖으로 나갔다. 매그놀리아가 놀란 표정으로 막 자리에서 일어나고 있었다.

잠시 후, 그가 집무실 문을 잠가버렸다.

제21장

　지역 주민들이 비늘맨을 잡아 일단 벽장에 감금했다. 보안관이 언제 도착할지 모르기 때문이다.

　"전화했더니 1시간은 걸린다더군." 점원은 남자의 총을 가게 금고에 보관하고 장갑을 바꿔 끼었다.

　빌어먹을, 이렇게까지 지체할 수는 없는데.

　"정비공이 필요해요." 내가 말했다.

　점원이 고개를 저었다. "떠났수다."

　"근처에는 없나요?" 내가 물었다.

　"카운실블러프스에나 가야 만날걸?"

　그럴 수는 없다.

　문을 열고 나가보니 렉서스 후드가 열려 있고 지프맨이 자동차 내부를 들여다보고 있었다. 비닐장갑도 작업 장갑으로 바꿔 끼었는데 두꺼운 갈색 재킷과 훨씬 잘 어울렸다. 농장에서 일하는 사람인가? 그런 생각도 했지만 농부가 지프를 몰고 다닐 것 같지는 않았다.

"그릴이 라디에이터에 박혔어요. 엔진이 꺼지지 않은 게 신기하네요." 그가 말했다.

"그래서… 어떻게 하면 되죠?"

그가 웃었다. "새 라디에이터."

"그걸 어디에서 구해요?"

"에, 이런 귀부인용 고급 자동차라면…"

"내 차 아니에요." 내가 재빨리 말했다.

"응? 훔친 거예요?"

"아뇨, 안 훔쳤어요." 내가 발끈했다.

훔친 셈이기는 하지만.

"이곳엔 없을 겁니다. 주문해야 올 것 같지도 않고."

"카운실블러프스는요?"

그가 고개를 저었다. "도착하기 전에 엔진이 꺼질 겁니다. 그러면 끝장이죠."

난 돌아서며 두 손으로 머리칼을 움켜잡았다. 24시간 동안의 사건들이 주마등처럼 스쳐 갔다. 재클린을 되찾으려다가 잃고 말았다. 줄리와 로렌을 떠나고 켄과 트룰리도 잃었다. 잠 한숨 못 자고 장거리를 달리다 보니 머릿속도 뒤죽박죽이었다. 이게 무슨 꼴이람.

위기에 어떻게 대처해야 하지? 붕괴 직전의 환자처럼 미친 듯이 울거나 웃어?

어느 쪽도 용기가 없었다. 사람들 앞에서는 아니다. 그러다가 트럭 휴게소 청소함에서 사체로 발견되면 어쩌려고? 절박한 마음에 또다시 속이 니글거렸다. 이곳에 갇혀 있을 수는 없어. 어떻게든 콜로라도에 가야 해.

"나 좀 태워주실래요?" 내가 불쑥 내뱉었다.

남자는 한심하다는 듯, 한참 동안 나를 바라보았다. "어디 가는지도 모르잖아요."

"80킬로미터 이상 서쪽으로 왔어요. 남쪽이라면 디모인에서 35번을 탔어야죠."

"북쪽으로 가는 중이라면?"

"그래서… 서쪽이에요, 북쪽이에요?"

그가 한숨을 쉬며 고개를 숙였다.

"나한테 식량이 있어요. 물도 연료도 있고. 돈을 원하면 돈을 드릴게요!"

그가 고개를 돌려 나를 보았다.

"이봐요, 내가 연쇄살인마일 수도 있다고요."

"연쇄살인마가 스스로 연쇄살인마라고 하던가요?"

그가 상체를 세우고 렉서스 후드를 닫더니 미간을 찌푸리며 물었다. "지금 나를 꼬시는 겁니까?"

"예? 세상에, 말도 안 돼!"

"내 말은, 아까 도로에서도 그런 순간이 있지 않았나요?"

"아뇨, 없었어요. 전혀. 아무튼 차는 태워주세요. 타야 해요."

그가 한숨을 내쉬며 뒷목을 긁었다. "좋아요. 팬핸들까지만. 비용은 연료통입니다. 연료 가득한 채로."

223

"오케이."

10분 후, 우리는 렉서스를 트럭 정비소 옆으로 옮겼다. 내 물건은 지프에 실었다. 차는 캠핑과 낚시장비로 가득했다.

잠시 후 지프는 다시 I-80으로 접어들었다.

그제야 내가 정말 미쳤나 하는 생각이 들었다. 처음 본 남자의 차에 이런 식으로 뛰어오르다니. 문득 이 상황이 얼마나 위태로운지도 실감이 났다. 나를 이상한 곳으로 데려가 강간하고 코웃음을 칠지도 모르잖아?

"에, 음, 그러고 보니 당신의 기분을 물어보지 않았네요." 내가 머쓱해하며 물었다. 우리 둘 다 마스크를 벗지 않았고 난 비닐장갑까지 낀 채였다.

"아주 좋죠. 암만요."

"아니, 그게 아니라… 그 병에 걸렸거나 헛것을 보는 건 아니죠?"

"별로요. 그쪽은요? 제정신이긴 한가요?"

"그래 보여요?" 내가 되물었다.

그가 키득거리며 장갑 낀 손을 내밀었다. "체이스 밀러입니다."

난 그 손을 보았지만 악수를 하지는 않았다. "윈터라고 해요. 그런데 어디로 가시는 중이죠?"

악수에 실패하자 체이스는 살짝 인상을 쓰며 가볍게 어깻짓을 했다. "와이오밍. 친구한테 오두막이 하나 있는데 근처의 얼음낚시터가 기막히죠. 몇 달 지내기엔 그보다 좋은 곳이 없습니다."

도로 여기저기에 뒤집힌 차가 보였다. 주로 중앙선 너머인데 서쪽, 오마하와 카운실블러프스 방향에서 오는 차들이었다. 시카고나 뉴욕? 그곳에서 대체 무슨 일이 일어나고 있는 걸까?

나는 사이드미러를 보았다. 재키도 미행 얘기를 했다. 지금은 10여 대의 차가 따라오고 있었다.

"콜로라도에 뭐가 있나요?" 밀러가 물었다.

"엄마요. 장애인이에요." 내가 거짓말을 했다.

2킬로미터쯤 아무 말 없이 달리다가 그가 라디오를 틀었다. 대통령이 돌아오고 누군가 변압기 공장을 공격했다.

"미국의 불을 아예 꺼버리기로 작정한 모양이네요." 체이스가 중얼거렸다.

"누구 짓일까요?"

"러시아 아닐까요?"

자동차 충돌, 광증 기사들. 광증 바이러스가 바이오테러일 수도 있다는 가설. 난 뒷자리의 캐리어 걱정을 했다. 착각일까? 캐리어를 침낭 아래로 밀어 넣는데 체이스가 계속 훔쳐보는 것만 같았다.

"뉴스는 충분히 들었죠? 음악이나 들을까요?"

"그게 더 낫겠죠."

그가 장갑을 벗고 계기반에 끼워둔 휴대폰을 검색했다. 나는 짐을 뒤져 그에게 물병 하나를 내밀었다.

클래식이 지프를 가득 채웠다.

"비발디예요." 그가 말했다.

내내 그를 훔쳐보았다. 검은 머리에 올리브빛 피부, 두 눈은 파란색이었다. 서른까지는 아니어도 나보다는 나이 들어 보였다. 사실 사람들 대부분이 그렇기는 하다. 두 달 전만 해도 내 존재는 온실 속의 화초나 다름없지 않았던가.

온실 속의 화초. 그 비유가 정말 싫었다. 정작 여기는 온실 밖이 아닌가.

"저 SUV의 참사 소식을 들으면 누가 제일 슬퍼할까요?"

"이모. 이모 차예요. 그 집에서 살았어요. 전 시카고 인근의 노스센트럴대학 3학년이거든요."

"학기를 마치기는 어렵겠군요."

"몇 주 전에 휴교령 내렸어요. 다른 곳도 그렇겠지만."

처음에는 재클린이 등장하면서 크게 긴장했다. 설상가상으로 광인이 총을 들고 설치는 바람에 아드레날린이 극한까지 치솟았지만 이제 그마저 대부분 잦아들었다. 몇 분 후 음악소리가 귀를 간질이기 시작했다. 난 잠들지 않으려 애썼다. 한번은 머리가 꺾이는 기분이 들면서 화들짝 깨기도 했다.

"눈 좀 붙여요. 자야 할 것 같은데." 그가 말했다.

"괜찮아요." 난 다시 사이드미러를 보았다.

몇 초 후, 잠에 빠져들었다.

제22장

그날 내내 매그너스를 기다렸다. 그가 유아동에 나타나거나 자기 차로 부를 줄 알았다. 아니면 집무실이라도. 집무실은 텅텅 비었으니 우리 둘만 있게 될 것이다.

그런데 그는 나를 부르지 않았다. 매그놀리아와 창고에서 최근 수확량을 확인하고 돌아가 보니 매그너스도 청색 프루이스 차량도 보이지 않았다.

오후 내내 창밖을 50번은 더 내다봤을 것이다. 그의 차가 두려운 만큼이나 초조한 마음으로 흰색 밴도 기다렸다. 재키가 에임스에서 돌아오면 다시 한번 대화를 해볼 것이다.

5시가 지나, 밴이 게이트를 통과했지만 차에서 내린 사람 중에 재키는 없었다.

나는 여자 한 명을 쫓아가 붙잡았다. 말로리는 나보다 두 살이 많았다.

"재키는 어디 있어요?" 내가 물었다.

그녀가 놀라 눈썹을 치켜떴다. 말로리는 눈썹이 살색에 가까워 잘 보이지 않았다. "매그너스 님께서 마을에서 태워 가셨어."

매그너스?

"왜요?" 내가 물었다.

"말씀 없으셨어." 말로리가 말했다. 내 질문에 무척이나 당혹스러운 표정이다. 당연하다. 매그너스가 설명할 리도 없지만 누가 감히 그에게 따지겠는가.

불안감에 속이 뒤집힐 것만 같았다. 어디로 데려간 걸까? 내가 유혹하려 했다고 고자질이라도 하려는 걸까? 그러면…

난 황급히 유아동으로 달려가 부리나케 계단을 뛰어 올라갔다.

"트룰리!" 내가 소리치며 현관문을 열어젖히고 강당으로 돌진했다. 아이들이 원을 이루어 아라벨라와 함께 신약서 구절을 암송하고 있었다. 아이들의 얼굴을 살피는데 기절이라도 할 것만 같았다.

"위니!" 트룰리가 방 저편에서 손을 흔들며 외쳤다. 트룰리는 다른 여자아이들 사이에 앉아 있었다.

"매그너스 님과 결혼하실 거예요?" 아라벨라 오른쪽에 있는 아이가 물었다. 다른 아이는 킥킥 웃으며 손으로 입을 가렸다.

"음, 기다려 봐. 그럼 알게 되겠지?" 난 그렇게 말하고, 이번 주말에 트룰리가 방문 가족의 딸과 놀아야 한다는 등 얼버무리며 내 귓불을 잡아당겼다. 트룰리도 자기 귓불을 당겼다. 난 얼른 자리를 빠져나왔다.

매그너스도 재키도 그날 밤 식사에 나타나지 않았다. 엔조도 보이지 않았다.

난 가까스로 용기를 내어 파수꾼을 만났다.

"두 분은 마을 밖에 함께 계신다." 파수꾼이 나를 보지도 않고 대답했다.

내가 캐물었지만 파수꾼은 더 이상 입을 열지 않았다. 어쩌면 정말 모를지도.

지금껏 재키가 매그너스와 함께 어디 간 적이 없는데 왜 하필 지금이지? 혹시 내가 재키와 얘기하는 걸 보고 탈출하지 못하게 인질로 삼은 걸까?

아니면 언니가 고자질했을까?

그때의 통화도 이상했다. 매그너스는 사무실 사람들을 모두 쫓아냈다. 도대체 누구와 통화한 거지?

그날 밤, 공장 침상에 누웠을 때 게이트 열리는 소리가 들렸다. 침상 옆 창문을 조금 열어두었던 것이다. 난 누비이불을 걷어내고 창문쪽으로 걸어갔다. 프리우스의 헤드라이트 두 개가 들어오고 있었다. 차는 진입로를 돌아 재클린과 매그너스가 사는 건물로 향했다.

돌아왔어. 언니가 돌아왔어.

내일 재키를 만나 어디 갔는지, 무슨 일이었는지 들을 수 있겠지? 어떻게든 재키를 설득할 것이다. 재키도 분명 두려워하고 있었다. 무언가 크게 주저하는 눈치가 아니던가.

얼마나 잠이 들었을까? 난 무언가에 놀라 잠이 깨고 말았다. 뭐지? 순간 사람의 그림자를 보았다. 한 여자가 서서 나를 내려다보고 있었다. 재클린!

난 화들짝 놀라 침대에서 빠져나왔다. "무슨 일이야?" 내가 물었다. 재키의 손에는 가스 등잔이 들려 있고 어깨에는 외투를 걸쳤다. 나도 나이트가운 위에 치마를 입고 숄을 걸치고 신발도 신었다. 재키는 아무 말도 않고 내 손을 잡더니 밖으로 이끌었다. 창고 방향이었다.

"오늘 어디 있었어? 어디 갔다 왔어?" 내가 물었다.

"조용히 해." 재키도 초조한 목소리였다. 재키가 간이 막사의 문을 열고 나를 끌어당겼다.

재키가 입구 근처의 선반 위에 등잔을 놓자 막사 안이 환해졌다. 이틀 전에도 이곳에서 언니를 만났다. 언니가 나를 잡고 끌어당기는데 밤바람 탓에 손이 무척이나 차가왔다.

"어디 있었느냐고?"

"걱정했잖아. 밴이 돌아왔는데 언니는 없고…"

재키는 손짓으로 내 말을 끊었다. 등잔 불빛 탓에 재키의 안색은 창백했고 눈 아래 섬뜩한 그림자가 생겼다. "지금부터 얘기할 테니까 똑똑히 잘 들어."

"알았어." 내가 천천히 대답했다.

"그 사람하고 디모인에 갔었어. 회의가 있었지. 너는 모르겠지만, 그 사람, 새로운 씨앗을 찾기 위해 정말 열심히 일했어. 시간도 투자자도 많이 필요한 일이었지."

"그런데 왜 언니를 데려가?" 내가 물었다. 솔직히 왜 이런 얘기를 하는지도 모르겠다. 탈출 계획을 짜도 모자랄 시간에.

"그 사람이 함께 지내고 싶어 했으니까. 네 얘기도 하고."

"내 얘기?" 나도 모르게 짧은 웃음이 터져 나왔다.

"나도 잠시 이런저런 일을 내려놓고 생각할 시간이 필요했어. 미래에 대해. 우리 모두의 미래."

난 눈을 흘겼다.

"그 미래라는 게 언니와 나, 그리고…"

"너, 나, 엔클라베의 미래지."

"언니! 엔클라베엔 미래가…"

"입 닥쳐!" 재키의 손가락이 팔을 파고들었지만 목소리는 더 조용해졌다. "지금은 네가 생각하는 것보다 훨씬 위험한 상황이야. 솔직히 나도 불만이 없는 건 아냐. 자랑스럽기도 하지만… 질투도 나고. 하지만 아무리 봐도 이게 최선이야."

"이게… 뭔데…?" 심장이 철렁 내려앉는 기분이었다.

"너와 그 사람의 결혼."

"뭐라고?"

"그 사람한테 아들이 필요해. 미래에 사업을 이어받고 새 왕국을 이끌어야 하니까. 트룰리가 태어난 이후 난 임신을 할 수가 없었지."

"언니는 겨우 스물일곱 살이야!" 하지만 내가 하고 싶은 말은 따로 있었다. 아들이 필요하면 다른 여자를 구하면 돼. 우리가 떠난 이후에. 그럼 이런 문제로 고민할 필요도 없잖아.

난 재키의 굳게 다문 입을 보았다. 저 단호한 표정. 그리고 깨달았다. 놈은 언니와 시간을 보내기 위해서가 아니라 자신이 옳다고 설득하기 위해 데려간 것이다.

위대한 매그너스가 하는 일이니까.

"언니." 내가 재키의 팔을 잡았다. 목소리도 다급해졌다.

"그게 최선이야. 네가 그 사람에게 말하기 전에 내가 먼저 얘기하고 싶었어." 재키가 말했다.

그자하고 말하고 싶지 않다고 소리치고 싶었다. 만나지 않겠다고. 매그너스가 사기꾼이라는 사실을 증명할 수 있다면 뭐든지 하겠다고….

그 순간 누군가의 그림자가 움직였다. 나는 본능적으로 재키를 밀어냈다. 누군가 등잔 불빛 안으로 들어섰다.

매그너스.

내가 그를 노려보는데 재키가 내 곁을 벗어나 그의 옆에 섰다. 그가 재키의 어깨를 안았다. "봤지? 언니 걱정은 할 필요 없었잖아. 며칠 후면 우리 모두 가족이 될 거야."

재키는 나를 마지막으로 안아주고 남편과 함께 숙소로 돌아갔다. 문득 재키의 손이 내 주머니 안에 들어오는 것을 느꼈다.

10분 후, 나는 공장 화장실 칸에 들어가 종이쪽지를 꺼냈다. 메시지는 단 세 글자였다. 재키의 필체.

날 믿어.

다음 날 아침 예배 시간, 내 약혼 발표가 있었다.

제23장

재키 꿈을 꾸었다. 특징 없는 자동차에 쫓기다 도로 옆으로 구르고 다리에서 떨어지는 재키, 재키는 어느 오두막에 갇혔다가 얼어 죽은 지 며칠, 몇 주, 몇 개월 후에 발견되었다. 그런데 몇 시간 동안 광기를 부리기라도 한 듯 시신이 처참하게 망가진 데다 부패해서 뒤틀리기까지 했다.

내가 죽는 꿈도 꾸었다. 그런데 저세상으로 갔을 때 재키도 엄마도 그곳에 없었다.

난 깜짝 놀라며 일어나 앉았다. 심장이 콩닥거렸다. 마스크 때문에 질식할 것만 같았다.

체이스가 나를 보았다. 지금은 마스크를 벗은 채였다. "물과 음식이 있다고는 했는데 코 곤다는 얘기는 왜 뺐습니까?" 그가 장난치듯 말했다.

"예? 코 안 골아요!"

그가 씩 웃었다. 보조개가 들어갔다. "그냥 농담이에요."

난 차창 밖을 보았다.

하늘은 잔뜩 흐렸다. 아침까지만 해도 청명했는데. 계기반의 시계를 보니 1시 29분이다. 라디오 소리는 줄어들고 비발디는 끝났다. 지금은 다시 뉴스가 흘러나왔다. 그러고 보니 차는 주간도로를 지나 어느 2차선 도로를 달리는 중이었다.

"어디 가는 거죠? 여긴 어디에요?" 나는 얼른 자세를 잡고 뒤쪽을 돌아보았다.

"진정해요. 오마하 남쪽입니다. 도시를 피하려고요. 뉴스를 들으니 개판이라네요." 그가 손으로 얼굴을 문질렀다. 희미하게 구레나룻 자국이 보였다. "자칫 잘못 걸리면 강제로 구급차 운전수 노릇을 할 수도 있어요. 그걸 원하지는 않겠죠."

"저 차가 따라온 지 얼마나 됐죠?" 내가 손짓으로 가리키며 물었다.

체이스가 미간을 찌푸렸다. "내가 추월했어요. 왜요?"

"편집증인가 봐요."

"그것도 나쁘지만은 않죠. 그분의 이웃을 믿습니까?"

"그분이라뇨?"

"모친."

"좋은 사람들이에요. 그래도 열 길 물속은 알아도 한 길 사람의 속은 모르니, 그것도 모를 일이죠. 왜요?"

"광증에 걸리지 않았다 해도 식량과 물이 떨어지면 사람들은 너무 쉽게 미쳐버리거든요. 윈터한테 식량과 물이 있다는 걸 알면 더 그렇겠죠? 어떤 멍청이들은 추위를 못 참고 자기 집을 태우기도 해요. 다른 거처를 찾아야 한다는 것 정도는 알면서도."

"그쪽은요? 생존형인가요, 아니면 그 반대?"

"그 반대."

"그러고 보니 어디 출신인지도 묻지 않았어요."

"클리블랜드. 이번엔 그래요."

"이번엔?"

"떠돌이니까."

"직업은?"

"뭐든 합니다." 체이스가 가볍게 미소 지으며 대답했다.

"동승한 여자한테는 말하지 않겠다는 결심이라도 한 분 같네요."

"미안해요. 군에서 나온 다음에 한동안 쌈박질을 했죠."

"쌈박질?" 군대?

"종합격투기라고, 알죠?"

"아, 예." 아니, 솔직히 모른다.

"한동안 TV에도 나왔어요. 그 후로는 훈련교관 일을 했고."

"실제로 어디 살아요?"

그가 나를 보았다. "그쪽은?"

"네이퍼빌. 말했잖아요. 그곳에서 학교를 다녔…"

"네, 가방 하나에 옷가지를 가득 넣은 뒤, 이모가 언제 돌아올지 모를 조카한테 빌려준 2년산 SUV에 집어넣었다고 들었어요. 어쨌든… 노스센트럴은 3학기제예요. 친구가 그곳에 다녔죠."

"예?"

"학기를 못 마친 이유가 휴교 때문은 아닐 겁니다." 그가 나를 힐긋 보았다. "다음번엔 실수하지 말라는 뜻으로 알려드리는 겁니다."

"그쪽하고는 상관없는 일이잖아요."

"네, 그건 맞는 말이군요."

우리는 시골집들과 작은 주유소를 지나갔다. 불은 꺼지고 마을은 텅 비었다. 언제부턴가 첫눈이 흩날리기 시작했다. 차창을 때리는 함박눈.

"아무래도 골치 아프게 될 것 같은데." 체이스가 차창으로 하늘을 올려다보며 중얼거렸다. 지난 30분간 눈발은 점점 굵어졌다. 무슨 말인줄은 알겠으나 내 눈에는 아름답기만 했다. 옛날에 재키가 좋아하던 〈스타워즈〉 영화의 별무리 같지 않은가. 그래서인지, 눈은 아름다운 동시에 절박해 보였다.

"기상예보 좀 알아볼래요?" 그가 계기반에서 휴대폰을 뽑으며 말했다.

난 휴대폰을 받아 들었다. 문득 그의 휴대폰에 어떤 종류의 음악과 사진이 있는지 궁금했다. 그가 지나온 장소들.

잠시 후 기상예보 앱이 떴다.

"밤새도록 눈." 나는 그렇게 말한 뒤 다시 짐을 뒤져 체이스에게 단백질 바를 주었다.

"고마워요." 그는 인사를 하면서도, 바는 콘솔에 놓고 대신 물병을 땄다.

"클리블랜드는 언제 떠났어요?" 내가 물었다.

"정전되기 2시간 전. 그럴 거라고 예상했거든요." 그가 눈을 문지르며 대답했다

"내가 운전할게요. 눈 좀 붙일래요?"

말은 그렇게 했지만 눈 속에서 운전한 적은 한 번도 없었다. 모든 상황이 내 통제를 벗어나면서 불안하기도 했다. 멍청하게 먼저 잠들어 버리다니. 자기가 연쇄살인마일지도 모른다던 얘기도 계속 귓속을 맴돌았다.

"괜찮아요."

지프가 고속도로에서 빠져나갔다.

"왜요."

"링컨 차, 미친놈들, 눈길 운전이 개판인 작자들한테서 벗어나려고요. 희망사항이지만." 그가 무슨 대수냐는 듯 대답했다.

문제는, 점점 시간이 지체되고 있었다. 평상시라면 지금쯤 주를 절반쯤은 지났을 것이다.

하기야 그랬다면 도망치듯 콜로라도에 갈 일도 없었다. 뒤를 따라오던 링컨 차는 더 이상 보이지 않았다.

우리는 지방도로에 접어들었다. 이곳 농지는 엔클라베 인근의 농지와 비슷했다. 닮아도 너무 닮았다. 적막하고 외딴 땅. 잠시 체이스가 정말로 연쇄살인마라는 가정을 해보았다. 아니, 우발적인 살인자라도 마찬가지다. 줄리의 페퍼스프레이가 가방 어딘가 들어 있을 것이다.

오늘 아이오와주를 관통하는 동안, 엔클라베에 있는 것이 신의 뜻이라는 생각도 잠깐 했다. 매그너스가 옳다거나, 내 영혼을 구하기 위해서가 아니라, 오늘 이 샘플을 애슐리에게 전해야 하기 때문이다.

신이 있다면 왜 정전을 막지 못하고 날씨를 좀 더 따뜻하게 만들지 않았을까?

아니, 신이 있다면 애초에 내 차에 그릴이 날아와 박히지도 않았을 것이다.

몇 분 후, 속도가 줄어드는가 싶더니 지프가 멈춰 섰다. "왜 그래요?" 심장이 털썩 내려앉았다. 체이스가 실눈을 하더니 도로 저쪽의 무언가를 보았다.

"잠깐만요." 그가 단백질 바를 들고 밖으로 나갔다.

그는 5~6미터쯤 걸어가다 걸음을 멈추고 그 자리에 쪼그려 앉았다. 운전대에는 열쇠꾸러미가 그대로 매달려 있었다. 얼른 그쪽으로 넘어가 시동을 걸고 달아나느냐, 아니면 밖으로 나가 함께 상황을 파악하느냐, 갈등하는 찰나에 그가 돌아왔다. 그는 품속에 무언가를 감싸고 있었다.

체이스가 돌아오는데 머리와 눈썹 위에 흰 눈이 수북이 쌓였다. 재킷 안에서 흰색과 갈색이 섞인 얼룩 강아지 한 마리가 부들부들 떨고 있었다.

따뜻한 차 안에 들여놓자 강아지가 낑낑거렸다.

"수놈이에요. 알레르기가 없길 빕니다." 그가 나를 보며 말했다.

"수놈한테요?"

강아지를 콘솔 위에 내려놓자 놈은 쪼르르 체이스의 무릎 위로 돌아가 창밖을 보았다. "누군가 기다리는가 봐요. 확인이라도 하려는 듯 자동차를 향해 달려오더군요. 봐요, 지금도 뭘 계속 찾는 것 같죠?"

난 차마 강아지를 볼 수가 없었다. 그 생각만으로도 심장이 찢어질 것만 같았다.

"안타깝지만 앞으로 이런 일이 많아질 겁니다. 배가 고픈지 내 점심까지 빼앗아 먹었어요. 헤이, 친구." 그가 개의 두 귀를 어루만졌다.

체이스는 안전벨트를 매고 차에 시동을 건 후 왼쪽 팔로 강아지를 안았다. 강아지는 2킬로미터도 채 가지 않아 잠에 빠져들고 말았다. 그만큼 탈진했다는 뜻이겠지.

얼마 가지 않아 폭설이 휘몰아쳐 앞을 보기가 어려웠다. 속도계를 보니 시속 55킬로미터였다. 속이 뒤집힐 것만 같았다. 시시각각이 고문처럼 느껴졌다. 지금쯤 주를 반쯤 지났어야 하는데.

시속 50킬로미터. 40킬로미터.

"그쪽을 봐요. 난 이쪽을 살필 테니." 체이스가 말했다.

"뭘 찾는데요?"

"눈은 피하고 봐야죠."

몇 분 후, 그가 어느 들판으로 향하더니 낡은 목조 옥수수 창고 쪽으로 갔다. 다행히 문이 열려 있었다.

시동을 끄는 순간 널빤지 틈으로 들어온 바람이 울부짖는 소리가 들렸다. 돌풍에 지프까지 크게 흔들렸다.

체이스는 강아지를 안은 채 밖으로 나가 트렁크를 열었다.

나도 밖으로 나가 기지개를 켠 뒤 문 앞에 서서 주변을 살펴보았다. 시야가 점점 엉망이 되었다. 밖으로 달려 나간 강아지가 볼일을 보고, 체이스가 휘파람을 불자 쪼르르 돌아왔다. 멈추고 싶지는 않지만 어쩔 수 없다면 눈보라를 피하는 편이 낫다.

언니는 어디에 있을까? 줄리의 집을 나선 후 어디로 간 걸까? 정말 미행이 있었을까? 어딘가에서 안전하게 지내고 있을까? 어디 있는지 알기라도 하면 좋을 텐데.

체이스가 트렁크를 열더니 앞쪽을 뒤지기 시작했다. 강아지가 보온병 뚜껑을 핥았다. 내가 침낭을 꺼내려고 돌아가는데 그가 운전석 쪽에서 물러 나왔다. 손에 총이 들려 있었다.

난 우뚝 멈추었다. 숨을 쉴 수가 없었다.

살면서 오늘까지, 딱 한 번 총을 본 적이 있다. 총을 든 남자는 엄마를 죽이겠다고 위협했다.

그때의 기억이 밀물처럼 밀려들었다. 만취한 아빠… 팔을 벌리며, 우리에게 방에 들어가 문을 잠그라고 말하는 엄마… 거실에서 우는 엄마… 벽장에 숨어 거칠게 숨을 몰아쉬는 언니와 나. 매그너스가 언젠가 가족의 저주에 대해 설교했다. 우리 얘기일까? 엄마와 언니, 그리고 나? 망할, 주변 남자들에게 늘 당하며 살라는 저주를 받기라도 한 걸까?

"이봐요, 윈터, 긴장 풀어요." 체이스가 말했다.

내가 뒷걸음치자 그가 양손을 들었다.

"괜찮아요. 이건 호신용입니다." 체이스가 총을 보며 항변했지만 아버지도 똑같은 이유로 총을 구했다고 주장했다.

나는 돌아서서 멍하니 눈 폭풍을 보다가 다시 샘플 쪽으로 고개를 돌렸다.

"자, 총 치울게요." 체이스가 검은 케이스를 꺼내 지프 위에 올려놓고 총을 안에 넣은 다음 다시 걸쇠를 잠갔다. "봤죠?"

"트렁크에 넣어요." 내가 말했다. 목소리가 떨렸다.

"거기 두면 위험할 때 별로…"

"눈이 이렇게 많이 오는데 누가 우릴 보겠어요?"

"이렇게 하죠. 총은 차 안에, 윈터 옆에 둘게요. 오케이? 문제가 생기면, 나한테 건네요. 빨리."

매그너스가 이런 말을 했다. 총은 두 사람을 지옥으로 보낸다. 맞은 사람과 쏜 사람.

결국 난 고개를 끄덕였다.

난 침낭을 회수해 자동차 앞쪽으로 옮겼다. 비상용 장비도 뒤져 야전담요 두 장을 찾았다.

몇 분 후, 난 침낭에 몸을 넣고 그 위에 담요까지 덮었다. 멍청해 보이는 모자도 썼다.

체이스가 시동을 켜서 온도를 조금 올렸다. 우리는 함께, 줄리의 집에서 가져온 호박빵과 스트링치즈를 먹었다. 체이스는 그 절반을 잘라 강아지에게 주고, 강아지는 무릎 위에 웅크리고 앉아 받아먹었다. 식사를 마친 후 체이스가 시동을 끄자 이내 창문 틈새마다 칼바람이 들이쳤다. 체이스가 침낭을 어깨까지 덮어주었다. 몇 분 후에는 줄리의 담요까지 꺼내 셋 모두를 덮어주었다.

"고마워요." 내가 중얼거리며 담요 끝을 코까지 올려 덮었다. 발밑의 총 케이스가 자꾸 신경 쓰였다.

나는 멍하니 앉아 폭설 속의 기이한 여명을 바라보았다. 체이스는 두 눈을 감았다. 잘 자라고 인사라도 해야 하나? 이 남자도 코를 골까? 이렇게 남자 옆에서 잠을 자게 되다니 기가 막힐 노릇이다. 게다가 총과, 치명적인 전염병.

"아시다시피 우리가 이곳에 있는 건 악천후 때문이에요." 그가 나를 보지도 않고 말했다.

"알아요." 대답은 했지만… 저 남자가 무슨 얘기를 하려고 저러지?

"어머니는 나를 신사로 키웠어요. 걱정 안 해도 됩니다."

이럴 땐 어떻게 대답해야 하지?

"침낭에 들어가지 않아도 돼요?" 내가 물었다.

"괜찮아요. 게다가 나한테는 두 번째 승객도 있는걸요."

우리는 여명 속에 누웠다. 바람이 헛간 슬레이트 지붕을 뚫고 들어왔다. 체이스가 이제 잠들었나 보다, 생각하는데 그가 조용한 목소리로 물었다.

"재키가 누구죠?"

난 움찔했다. 그녀의 이름을 듣자 두려움과 고통이 옆구리를 찔러 댔다.

언니 이름을 저 남자가 어떻게 알지?

"아까 자면서 그 이름을 부르더군요."

난 고개를 돌렸다.

내 거짓말이 그와 상관없다면 진실은 더더욱 상관이 없다. 하지만 어쩐지 재키를 모른다고 하면, 이 세상에 언니가 존재한다는 사실마저 부정하는 것만 같았다. 그건 언니를 죽이는 일과 다름이 없다.

"언니예요." 내가 조용히 대답했다.

내 목소리가 떨리는 바람에, 난 담요 속에서 손으로 입을 막았다. 코로 나오는 숨소리도 떨리고 눈물까지 새어 나오려 하는 통에 두 눈까지 질끈 감았다. 아무리 가두려 해도 소리는 마귀들처럼 밖으로 새어 나오려 안간힘을 썼다.

체이스는 아무 말 없이 자세만 고쳐 앉았다. 강아지도 그에게 기대 웅크리고 있다가, 담요 끄트머리를 밀어내고는 다시 내 쪽으로 누웠다.

나는 두 팔로 강아지를 꼭 끌어안으며 훌쩍거렸다. 강아지가 내 뺨을 핥아주었다.

제24장

날 믿어.

매그너스가 나타났을 때 난 재키한테 배신당했다고 생각했다. 재키
도 그자가 그곳에 와 있다는 사실을 알고 있었다.

날 믿어.

아니면 내 결혼 얘기였을까? 정말 그게 최선이라고 생각했을까? 결
혼을 하면 모든 게 다 잘되리라고 믿었을까?

아니, 재키는 일방적으로 얘기하면서도 지나치게 조심스러웠다. 내
가 탈출 계획을 누설할까 봐 미리 틀어막은 것이다. 어차피 재키가 받
아들이지 않을 계획이었지만.

재키와 다시 만나야 해. 디모인에서 무슨 일이 있었는지, 그 말이
도대체 무슨 뜻인지 알아야겠어.

날 믿어.

하지만 결혼식 준비로 정신이 없는 터라 단둘이 얘기할 기회를 만들기는 쉽지 않을 것이다.

그날 오후, 나는 로젤라 팀과 식료품 창고에 있었다. 거대한 반원형 막사의 사방 벽에는 선반들이 가득하고, 선반마다 당근 캔, 배, 후추부터 온갖 종류의 곡류가 빼곡하게 차 있었다. 난 애써 결혼 피로연 계획에 관심이 있는 척했다.

공장 거실에서 재키의 흰 웨딩드레스까지 입어보았다. 내가 마네킹처럼 서 있으면, 이리스를 비롯해 여자들이 달려들어 시침과 감침을 하고, 소매가 더 길어야 하니 마니 하며 논쟁을 벌였다. 저녁 식사 후에 산파 만나야 하는데 얘기 들었지? 결혼을 앞두고 은밀한 강의를 한다던데… 나로서는 생각도 하고 싶지 않았다. 사실 강의를 들을 필요도 없었다. 예전에 셰이에게서 생생하게 들었다.

날 믿어.

나를 결혼 초야에서 구하는 것도 계획에 포함되어 있는지 묻고 싶었지만 기회가 없었다. 자기는 5년이나 수발을 들었는데 기껏 몇 날이 무슨 대수냐고 여기는 걸까?

난 언제나처럼 사무실에 출근했다. 다른 지시도 없었지만 내가 들어가자 매그너스가 문을 활짝 열었다.

"예비신부 등장! 그야말로 가장 아름다운 신부가 아닌가!" 매그너스가 활짝 웃자, 디카로 장로도 우편물을 정리하다가 동의를 표했다.

"윈터. 얘기 좀 할까?" 매그너스가 손가락으로 나를 불러들였다.

난 표정을 가다듬은 뒤 그를 따라 집무실로 들어갔다. 그가 문을 닫는데 심장이 터질 것만 같았다.

"소년이 된 것 같아." 그가 부드럽게 말하며 내 손을 자기 입으로 가져갔다. 내가 억지 미소를 짓자 이번에는 내 손가락으로 그의 아랫입술을 훑었다. "네 말에 대해 얼마나 많이 생각했는지 몰라. 키스 얘기. 앞으로 일어나고 이미 일어난 일에 대해서도."

"그럴 거라고 생각했어요. 그런데 우리 둘만 있으면 사람들이…" 내가 힐끗 문 쪽을 보았다.

"뭐라고 하겠어? 다들 밖에 있잖아. 산파는 만났나?"

"음, 아뇨, 아직."

"잘했어. 만나지 마." 그가 엄지로 부드럽게 내 입술을 열었다. "우린 낙원의 아담과 이브가 될 거야. 선악의 지식도 없이 서로를 탐구하는 순수 그 자체. 그때까지 실컷 자둬. 내일 밤에는 참회실에 가야 하겠지만."

"예?" 내가 놀라서 물었다.

"주님의 매개자와 결혼하는 거잖아, 윈터. 설마 참회도 하지 않고 침실에 들어오려는 건 아니겠지?"

나는 죄인이므로 먼저 죄를 씻어야 한다는 뜻이다.

"언니도… 그렇게 했어요?" 내가 물었다. 재키도 알고 있었을까? 재키가 결혼할 때 난 소녀동에 살고 있었다. 결혼 전에 재키가 참회의 밤을 보냈는지 알 수 없었다.

"당연하지." 그가 느긋한 미소를 지으며 내 귀에 속삭였다. "그쪽에 얘기해서 베개 하나 더 갖다 놓으라고 할게."

두 팔에 소름이 끼쳤다. 내일 단식을 시작할 때까지 시간이 얼마나 남은 걸까?

재클린의 계략이 무엇인지 모르지만 그 전에 시행해야 한다.

매그너스가 뭔가 중얼거리더니 한 팔로 내 허리를 감싸 안았다. 그가 내 목을 애무하기 전 난 그의 가슴에 손을 대고 밀쳐냈다.

그가 당황한 얼굴로 나를 보았다. 난 두려움에 숨을 죽였다. 그 짧은 순간, 난 그의 표정에 드러난 충격을 보았다. 그래, 기어이 이 결혼이 실수라는 걸 알아챘군. 내가 자신을 원하지 않고 앞으로도 원치 않는다는 것도.

그가 내 손목을 잡고 자기 쪽으로 끌어당겼다.

"네가. 감히. 어떻게." 그는 씩씩거리며 내 입에 입술을 붙이더니 강제로 혀를 넣으려 했다.

내가 밀쳐내려 하자 이번에는 내 몸을 책상 쪽으로 밀고 내리눌렀다.

"어때, 오늘 바로 확인해 볼까?" 그가 내 귀에 뜨거운 숨을 내뱉고는 나를 차가운 마호가니 위로 짓눌렀다.

그가 두 손목을 잡으려 해 내가 힘껏 뿌리쳤다. 서류들이 허공으로 흩어졌다. "아직 결혼하지 않았어. 앞으로도 그럴 일은 없겠지만." 내가 헐떡거리며 으르렁거렸다. 심장이 어찌나 크게 뛰는지 목소리조차 잘 들리지 않았다.

"글쎄, 과연 그럴까?"

그가 뒤로 물러나며 나를 일으켜 세우고 자신을 마주 보게 했다. 손가락이 팔을 파고들었다. 문득 그런 생각이 들었다. 악마의 얼굴이 이렇게 생겼을 거야.

"매무새 추스르고 머리도 정리한 다음에 나가." 매그너스는 그렇게 지시하고 바닥에 떨어진 서류들을 주워 들었다.

나는 떨리는 손으로 블라우스를 매만졌다. 머리카락을 정리하는데 턱이 걷잡을 수 없이 떨렸다.

매그놀리아가 결혼 계획을 검토하자며 불렀지만 개의치 않았다. 난 허겁지겁 밖으로 나가 안뜰과 숙소를 지나 헛간으로 향했다. 그리고 건초더미 깊이 웅크리고 앉았다.

다음 날, 나는 몇 개 안되는 소지품을 간추렸다. 짐은 이리스가 매그너스와 재키 숙소의 침실로 옮겨주기로 했다. 난 마음속으로 물건 하나하나와 작별인사를 했다. 다시는 보지 못할 물건들이다. 저 건물은 물론, 그날 아침 마을에서 배달 온 새 침대에선 단 하룻밤도 잘 생각이 없었다.

겨우 17시간 남았다. 자칫하면 내 삶, 내 명예, 내 몸, 그리고 그 몸에 붙어 있을 영혼마저 산산조각 나고 말 것이다.

재키는 어디 있는 거야?

시시각각 초조함과 두려움만 깊어갔다. 급기야 정신이 몽롱하고 눈앞이 캄캄해지는 통에, 그날 저녁에는 피로연에 쓸 호박 요리를 칼로 썰어버리기까지 했다.

밤 9시, 두 명의 파수꾼을 따라 참회실에 들어갔다.

30분 후, 의자 끌리는 소리가 들렸다. 고해관이 일을 마치고 퇴근 준비를 하는 것이다.

발소리가 저편으로 멀어질 무렵, 나는 제단에서 신약서를 집어 내 동댕이치고 벽에 붙은 매그너스 사진을 찢어버렸다.

제25장

얼마나 지났을까? 난 깜짝 놀라 잠에서 깨어났다. 어느 차의 헤드
라이트가 백미러와 사이드미러를 때리는 바람에 눈이 부셨다.

강아지가 운전석에 서서 앞발을 창에 대고 있었다. 처음엔 으르렁
거리다가 이내 가는 목소리로 캉캉 짖었다.

밖에서 남자 목소리가 들렸다. 한 사람은 화를 내고 있었고, 다른
사람은 작고 차분한 목소리였다.

난 비척거리며 일어났다. 혹한 탓에 두 뺨이 얼어붙었다. 창밖을 보
니 두 개의 불빛이 헛간을 가득 채우고 있었고 그 가운데 그림자 두
개가 서 있었다. 두 손을 든 체이스, 다른 사람은 샷건으로 그의 가슴
을 겨누고 있었다.

난 머리 받침대 뒤로 숨었다. 강아지는 계속 짖었다. 심장이 쿵쾅거
렸다. 강아지를 잡아 끌어 내리려는데 문득 발 근처에서 총이 걸렸다.

안 돼, 절대 못 해.

정말?

체이스의 목소리가 들렸다. 사이드미러로 훔쳐보니 트럭은 시동을 켜둔 채였고 입구에서 몇 미터 밖에 서 있었다. 우리가 빠져나가지 못하도록 막은 것이다. 체이스에게 무슨 일이 생기면 이곳을 빠져나갈 수도 없다. 그 전에 저 총에 맞아 죽을 수도 있겠지만.

나는 침낭에서 빠져나와 뒷좌석의 캐리어를 챙겼다. 여차하면 저 트럭을 향해 달려가기라도 할 참이다.

목소리가 점점 가까워지더니 지프 반대편으로 이동했다. 잠시 후 마스크와 검은 모자 차림의 사내가 운전석 창 안을 들여다보았다. 강아지가 미친 듯이 짖었다. 난 캐리어를 들고 문을 활짝 열었다. 차가운 바람이 훅 하고 밀려들었다.

"윈터! 괜찮아요!" 체이스가 외쳤다.

하지만 그렇게 말하는 바람에 또 다른 의혹만 생기고 말았다.

체이스는 이 장소를 알고 있었어. 결국 나를 쫓아오던 자와 한패였던 거야. 한통속이라고!

"이분은 인골드 씨예요. 이곳 주인이고."

나는 캐리어를 꼭 끌어안고 지프 뒤로 돌아갔다. 체이스가 강아지를 안아들었다.

인골드는 깡마르고 얼굴에 검버섯이 가득했다. 그가 내게 고개를 끄덕이곤 샷건을 내렸다.

"안녕하세요." 내가 인사하자 그가 고개를 끄덕였다.

"눈은 오늘 밤에 그친다 하오. 아침이면 떠날 수 있을 거요." 그가 체이스를 돌아보며 말했다.

"그럴게요. 소란 피울 생각 전혀 없습니다. 아, 혹시 이 개 아세요?" 체이스가 물었다.

농부가 고개를 저었다. "아니, 모르오. 길거리 개는 왜 거두고 그러는지 모르겠군. 사람 먹을 것도 모자란 판에… 뭐, 댁이 알아서 하겠지만." 농부가 고갯짓으로 창고 입구를 가리켰다. "서쪽 구석에 수도 꼭지가 있으니 물이 필요하면 드슈."

"고맙습니다." 체이스가 인사했다.

인골드가 돌아서려다가 다시 멈추었다. "이라크에 있었소?"

"아프가니스탄입니다." 체이스가 덧붙였다. "귀국을 환영합니다. 선생님."

"고맙소. 그럼 푹들 쉬슈."

인골드는 샷건을 들고 트럭으로 향했다. 얼마 후 픽업은 쌓인 눈을 가르며 떠나고 다시 어둠이 그 자리를 채웠다.

"무슨 뜻이에요, 귀국을 환영한다니?" 내가 물었다.

"모자 봤죠? 베트남 참전군이에요. 요즘과 달라서 당시엔 귀국 환영도 제대로 못 받았죠."

베트남 전쟁도 잘 모르지만 파병군인이 지금은 어떤 식으로 환영받는지도 알 리가 없었다.

"시간이 많이 지났죠?"

"예, 그래요." 체이스가 내 품의 캐리어를 보며 대답했다.

"이라크에 있었냐고 물은 이유는요?" 내가 물었다. 체이스는 지프 운전석에 상체를 디밀고 시동을 걸었다.

"차창 문양을 본 겁니다." 그가 대답하며 개를 바닥에 내려놓았다.

그러고 보니 창문 귀퉁이에 독수리, 지구, 닻을 그린 문양이 보였다.

"저게 뭔데요?"

"미 해병 문장."

해병에 대해서도 막연한 인상뿐이지만 그만큼 아는 것도 켄이 시청하던 TV 드라마 덕분이다.

체이스가 자기 무릎을 치며 강아지의 머리를 쓰다듬자 강아지가 커다란 두 귀를 흔들었다. "버디, 나가자." 체이스가 어깨 너머로 강아지를 돌아보더니 달리기 시작했다. 강아지도 뒤를 쫓았다. "소변 볼 때 됐지? 나도 그렇거든."

나는 캐리어를 뒷자리에 놓고 둘이 트럭 자국을 따라 어둠 속으로 들어가는 모습을 지켜보았다. 별은 없고 구름 사이로 달무리만 희미하게 드러났다. 눈은 비스듬히 날리다가 조용히 땅에 내려앉았다. 아이오와주 생각이 났다. 엔클라베의 어둠 속에서는 진입로 끝의 자동차 헤드라이트도 보이지 않았다. 보이는 건 비행기뿐이었다. 디모인을 오가는 비행기들. 새벽에 닭장에 갈 때면 비행기가 하늘로 오르는 모습을 보며 저 사람들은 도대체 어디로 가는 걸까 궁금했다.

체이스가 조깅하면서 돌아오고 강아지도 깡충거리며 따라붙었다. 둘은 몇 분 정도 더러운 창고 바닥에서 달리기 시합을 했다. 난 마른 옥수수를 집어 강아지한테 보여주고 가볍게 던졌다.

"가서 물어 와." 체이스가 손으로 가리켰지만 강아지는 난감해하며 그를 바라보았다. 나를 볼 때는 '얘가 미쳤나?' 하는 표정이었다.

"화가 났던가요? 농부 말이에요." 내가 물었다.

체이스가 어깨를 으쓱했다. "그보다 놀랐을 거예요. 내 탓이죠, 뭐, 내 헛간에 남의 차가 있으면 나라도 가만있지 않을 거예요."

"총까지 겨눴잖아요."

"쏠 생각은 없었을걸요. 우리가 뭘 훔치거나 해칠까 봐 그런 거죠." 그가 옥수수를 주워 다시 던져보았다. 이번에는 강아지도 따라가다가 우뚝 멈췄다. 자기가 뭘 하려는지 까먹기라도 한 듯했다.

"가서 물어 와. 버디, 어서." 체이스가 쪼그려 앉으며 지시했다. 이름을 버디라고 지은 모양이다.

"배고프죠?" 난 그렇게 말하고 지프로 돌아갔다. 두 다리가 뻣뻣하고 목도 뻐근했다. 식량 가방에서 체다치즈 한 조각, 사과 하나, 크래커 한 상자를 찾아 체이스에게 건넸다. 체이스는 강아지를 들어 뒷좌석에 앉혔다. 강아지는 체이스와 뛰어 논 탓인지 지나치게 신이 나 있었다. 그가 크래커 상자를 건넸지만 난 고개를 저었다.

"원래 콜로라도 출신인가요?" 그가 물었다.

"옙."

시간을 보니 10시가 다 됐다. 지금쯤 포트콜린스에 도착해야 하는데, 겨우 아이오와주 서쪽 경계였다. 난 전화기를 꺼내 애슐리에게 재다이얼을 했다. 내일까지 도착 못 한다고 알려야 했다.

이번에는 연결도 되지 않았다.

"우리 둘 다 깨어 있으니, 슬슬 떠나도 되지 않아요?" 내가 물었다. 아직 갈 길이 멀기만 했다.

"눈 아래가 결빙 상태예요. 사륜구동은 얼음에 취약하죠. 도로에 사람이라도 갑자기 나타나면 큰일입니다." 체이스가 사과 조각을 강아지한테 주었다.

"그럼 언제 가요?"

"아침 기온을 봐야죠. 이봐요, 늘 그렇게 초조해합니까?"

난 대답 대신 가방에서 약을 찾았다. 그러고 보니 24시간 동안 약을 복용하지 않았다. 난 병을 따고 약을 쏟은 뒤 병 안을 살폈다.

겨우 다섯 알이 남았다. 약을 다 먹고 나면 이 빌어먹을 운명에 대한 온갖 강박증이 재발한다는 뜻이다. 트룰리의 운명에 대해서도. 자칫 실수로 그 애를 죽이게 되지는 않을까? 만약 광증에 걸린 것도 모른 채 아이한테 접근하면 어쩌지? 난 그런 걱정들로 잠을 이루지 못할 것이다. 아니, 늘 하던 걱정도 있지 않는가? 내가 어떻게 해야 엄마를 죽지 않게 할 수 있었을까?

"내일은 약국도 문을 열지 않겠죠?" 내가 중얼거렸다.

"약탈자와 중독자를 물리치려는 사람한테만 열겠죠. 그보다 약을 줄여봐요."

난 약을 반으로 자르고 다시 반씩 더 자른 다음 세 조각을 먹고, 4분의 1은 다시 약병에 넣었다.

"불안?"

"비슷해요."

"내가 알아야 할 원인이 있나요?"

"예, 비발디 탓이에요."

그가 키득거렸다. 웃음이 따뜻했다. "어쩐지 뒤에서 움찔움찔하더라니."

난 슬며시 미소를 지었다.

체이스가 밖을 보고 다시 나를 보았다. "공격을 받으면 최선의 대응은 도망이에요. 도망가기 위해서라도 상대에게 최대한 타격을 주어야 합니다."

"알았어요." 내가 대답했지만 그가 왜 그런 말을 하는지 이해하지는 못했다.

"저런 캐리어 따위를 걱정할 여유가 없다는 말입니다."

다른 때라면 좋은 충고라고 생각했을 것이다.

"아무튼, 저 안에 뭐가 들었죠?"

"인슐린. 엄마한테 필요해요." 내가 말했다.

잠이 오지 않았다. 마음은 초조하고 다른 자동차 소리가 들릴까 신경이 쓰여 자꾸 백미러를 보았다.

자정이 지난 뒤 최대한 조심스럽게 침낭에서 빠져나와 신발을 신었다. 체이스는 1시간 전부터 꿈쩍도 하지 않았다. 강아지가 고개를 들기에 귀를 다독여 주었다.

"너도 나갈래?" 내가 어깨 너머를 가리키며 물었지만 강아지는 움직이지 않았다. 그래, 이 안이 따뜻하고 좋겠지.

난 장갑을 챙겨 지프에서 빠져나온 뒤 최대한 조용히 문을 닫았다.

그리고 잠시 옥수수 창고 입구에 서서 눈 내리는 바깥을 바라보았다. 눈발이 비스듬히 날리며 땅 위에 내려앉았다. 가만히 있으면 눈 내리는 소리도 들렸다. 다 타버린 별들이 마지막 빛을 발하듯 들릴락 말락 탓, 탓, 탓 소리를 내는 것이다. 어둠과 열려 있는 창고 문, 그리고 짙게 드리운 구름 덕에 소리는 더욱 커졌다.

다른 자동차는 보이지 않았다. 도시나 농가의 불빛도, 심지어 개 짖는 소리도 들리지 않았다.

다른 상황이었다면 눈이 아름답다고 여겼으리라. 오늘 밤은 그 반대로 죽음의 장막 같았다.

난 창고 남쪽에 웅크리고 앉아(요즘엔 이런 식의 청승이 너무 많은 듯싶다.) 체이스를 깨울지 말지 고민했다. 바람은 더 이상 불지 않고 지프 타이어는 커다랗다. 자갈길만 달리면 괜찮지 않을까?

난 고민을 밀쳐내고 눈을 한 움큼 집어 두 손을 문지른 뒤 손을 주머니에 넣었다.

정신이 들면서 불안한 생각들도 함께 돌아왔다. 도로를 벗어나 이런 곳에서 옴짝달싹 못 하는 것도 불안하고 재키가 어디 있는지, 누군가에게 쫓기는지 걱정하는 것도 괴롭기만 했다. 그 차 연료로 얼마나 동쪽으로 달아날 수 있을까?

거기에 재키가 만나기로 했다는 사람도 있다. 블레인은 분명 아니다. 이미 죽었으니까.

난 혹한의 추위에 몸을 부르르 떨었다. 어쩌면 재키가 다음 차례일 수 있다. 단순 강도, 센터 약탈, 무분별한 살인… 어느 쪽이든 샘플의 자취는 완전히 사라지고 그 샘플에 대해 얘기할 사람은 아무도 없게 된다.

나는 발끝이 얼얼해지고 양 볼과 귀가 곱을 때까지 걸었다. 추위에 머리까지 몽롱해졌다. 마침내 돌아갈 때가 되었다. 발자국을 그대로 따라가는데 새로 내린 눈이 그 흔적마저 덮기 시작했다. 체이스를 깨워야 하나? 엄마한테 가야 한다고 애원하면 들어줄까? 필요하다면 눈물을 흘릴 수도 있다.

창고 입구에서 빛이 새어 나왔다. 모퉁이를 돌아가니 지프 차내 등이 켜져 있었다. 차가 비어 있다는 사실을 깨닫는 데 1초가 걸렸다. 얼핏 보니 그림자 하나가 운전석 문에 기대어 서 있었다.

체이스.

"깼군요. 그럼 떠나도 되겠네요." 내가 짐짓 놀란 척하며 말했다.

그가 입구 쪽으로 다가왔다. 두 손은 주머니에 들어 있었다.

"글쎄요."

"글쎄요라뇨?"

"이봐요, 윈터가 좋은 사람이라는 건 알겠는데… 하나 궁금한 게 있어요."

"그게 뭐죠?" 내가 긴장하며 물었다. 그의 자세가 어딘가 이상했다. 180센티미터의 체구에서 나오는 음험한 기운에 나도 잔뜩 긴장해야 했다.

"캐리어에 뭐가 들었죠?"

"말했잖아요." 내가 조심스럽게 대답했다.

"또 거짓말."

"그것도 그쪽이 상관할 바 아니잖아요."

"보통 때라면 인정하겠지만 이건 내 차요." 그가 내 쪽으로 다가왔다. 난 뒷걸음질 치고 싶었지만 애써 참았다. "함께 몇 시간을 보내며 라디오 뉴스를 들었어요. 사이버 공격이 어떻고 바이오테러가 어떻고. 윈터가 15분마다 추적자가 있는지 확인하는 것도 봤죠. 그런데 냉동 캐리어에는 세포 샘플이 가득하고, USB 드라이브에는 벨뷰13과

257

급성 조기치매에 관련된 파일이 들어 있더군요. 그런데 캐리어를 운반하는 여성은 왜 콜로라도에 가려는지, 그 이유를 거짓말하기나 하고… 그러니 설명을 요구하는 것도 당연하지 않을까요?" 그가 어깨를 으쓱했다.

"난 테러리스트가 아니에요!" 내가 외쳤다. 어떻게 그런 말을!

"증명해 봐요. 그래서 해명이 필요한 겁니다." 그가 말했다.

하지만 어떻게? 그럴 수는 없다. 애슐리가 경고하지 않았던가. 샘플이 나쁜 사람 손에 들어가면 큰일이 날 수 있다. 이미 나쁜 사람 손에 들어간 적도 있지만.

"못 해요. 미안하지만." 내가 대답했다.

난 체이스를 모른다. 아버지나 매그너스, 셰이보다도 모른다. 내가 안다고 생각했던 사람들은 하나같이 겉모습과 실제 사이에 엄청난 간극이 있었다. 천국과 지옥을 가를 만큼의 깊고 넓은 간극. 나는 지프 쪽으로 걸어갔다. 캐리어를 비롯한 소지품을 챙길 생각이었다. 다음에 어떻게 할지는 모르겠으나 체이스와는 작별할 때가 된 것이다.

그가 주머니에서 열쇠를 꺼내더니 버튼을 클릭했다. 지프가 삑 소리를 내며 잠겼다.

"무슨 짓이에요? 내 물건까지 빼앗겠다는 거예요?"

"글쎄요, 저 캐리어가 원터 것인지도 모르겠네요. 렉서스도 훔쳤을 테니."

"말했잖아요. 이모 차라고. 이모나 다름없는 분이에요. 저 샘플은 대학원 프로젝트 자료이고요." 내가 말했다. USB 내의 장학금 신청 용지를 떠올린 것이다.

체이스가 나를 한참 바라보더니 등을 돌려 지프를 향해 걸어갔다.

지프 문을 열 때는 안도의 한숨까지 내쉬었다… 그런데 그가 안으로 들어가더니 쾅 하고 문을 닫는 게 아닌가! 문도 안에서 다시 잠갔다.

"안 돼! 안 돼! 제발!"그가 시동을 걸기 시작했다. 난 황급히 달려가 운전석 문을 두드렸다.

체이스가 지프에 기어를 넣고 후진할 때는 혹한 속에서도 온몸이 뜨거워졌다.

난 비명을 지르며 문을 두드리고 차를 따라 달려갔다. 문손잡이를 놓칠 수 없었다.

그가 기어를 바꾸었다. 차 앞으로 달려가 타이어 앞에 몸이라도 던질 생각이었으나 지프는 그 전에 도로를 향해 달리기 시작했다.

난 뒤를 쫓았다. 마치 느린 화면으로 악몽을 꾸는 기분이었다. 눈속에 빠지면 다시 앞으로 몸을 날렸다. 허우적거리다 보니 정신까지 몽롱했다. 팔, 다리, 머리의 열기가 모조리 빠져나갔다.

토할 것만 같았다. 밝은 빛이 얼굴을 비췄지만 그 빛에도 불구하고 세상은 새까만 암흑 속으로 곤두박질치고 있었다.

제26장

화장실 구석, 눈 하나가 끔벅이며 나를 보았다.

지난 4년간 내 발로 참회실에 걸어 들어와 며칠 지낼 때에도 카메라를 의식한 적은 없었다. 아마도 참회 기간이 줄기도 했고 대부분 자발적이기 때문이었을 것이다. 하지만 매그너스의 사진을 뜯어내기 전에 한 번 더 생각해야 했을지도 모르겠다. 그나마 카메라의 위치가 애매한 덕에 매그너스의 사진은 사각지대에 있었다.

오늘 밤, 카메라의 눈은 내 편이다. 매그너스 자신의 칙령에 따르면, 강간의 처벌은 추방과 저주다. 저 눈이 증인이 되어줄 것이다.

아무도 증거를 보지는 못하겠지만….

난 초를 세었다. 평생 습관처럼 하던 일이다. 그럴 필요가 없을 때도 난 시간을 쟀다. 1분, 5분, 10분, 30분.

오후 10시, 소등. 감방이 까맣게 변했다. 저 붉은 눈만 빼고 모두.

날 믿어.

하지만 시간이 지날수록 두려움만 커갔다.

아침 식사 시간에 파수꾼들이 나를 풀어주러 올 때 난 여기 없어야 한다. 예배에도 참석하지 않고 공장 여자가 예복을 입혀줄 일도 없다. 연회실에 끌려가 식사를 나누고 노래 부르고 축하받을 일도 없으리라. 매그너스의 숙소에 불려 가기 전에 재키와 대화할 기회는 아무래도 없을 것 같다. 우리 첫날밤을 위해 재키도 숙소를 나와 공장에서 밤을 보내야 하기 때문이다.

난 자리에서 일어나 더듬더듬 걷기 시작했다. 어둠 속이라 두 손은 눈 위로 가져갔다. 이윽고, 문에 다다랐다. 나는 경첩을 잡고 우리에 갇힌 짐승처럼 핀을 당기고 긁어댔다.

나는 어둠 속에서 낡은 신약서 표지를 찢어냈다. 그리고 문 옆에 무릎을 꿇고 앉아, 경첩 핀을 뜯고 이어서 자물쇠 나사를 비틀었다. 침상으로 기어가 뭐든 쓸 만한 물건을 찾아보았다. 버팀목이든 뭐든.

문득 발소리. 누군가 성큼성큼 고해관의 책상으로 접근하고 있었다. 난 움찔했다. 모니터들이 벽을 장식한 그곳에는, 참회자들이 들어오고 나간 시간과 참회실 번호 등, 일지가 보관되어 있다.

안 돼, 안 돼, 안 돼….

나는 제단으로 달려가 제대포^{祭臺布}를 벗겨내고 붉은 카메라 눈을 확인했다… 그런데 그 순간 카메라 불빛이 꺼졌다.

발소리가 점점 커지더니 마침내 내 방 앞에서 멈추었다. 나는 문 옆으로 달려가 벽에 바짝 붙었다. 제대포는 꽈배기처럼 꼬아 두 손으로 잡았다.

열쇠가 들어오고 돌아갔다. 딸깍.

문이 조금 열리며 블라우스 차림의 팔이 들어왔다. 그림자가 참회실 안으로 미끄러져 들어왔다.

매그너스는 아니다. 심지어 남자도 아니다.

게다가 임신까지 했다.

아라.

내가 등 뒤에서 나타나자 그녀가 깜짝 놀랐다.

"여긴 왜 온 거야?" 내가 불쑥 내뱉었다. 불빛에 눈이 부셨다.

아라가 제대포를 보았다. "무슨 짓을 하려던 거니? 내 목을 졸라 죽이게?"

"너… 넌지 몰랐어."

"나라고 밝힐 수도 없는 거잖아?" 아라가 퉁명스럽게 내뱉었다.

난 아라의 등 뒤부터 살피며, 아라와 복도, 복도와 계단, 그 너머 뒷문까지의 거리를 가늠했다. 그리고 두 다리에 힘을 주었다. 아라를 밀치고 죽을힘을 다해 달려가면…그때 아라가 주머니에서 종이쪽지를 하나 꺼냈다.

"이게 뭐야?" 내가 쪽지를 받으며 물었다.

착각일까? 아니면 이틀 전 재키가 준 종이와 같은 크기였을까? 쪽지에는 숫자 다섯 개 뿐이었다. 4 0 7 1 5. 재키의 필체.

"외워." 아라가 명령했다.

난 재빨리 외웠다. "뭔데?"

"쪽문 암호." 아라는 그렇게 대답하고 쪽지를 다시 주머니에 넣었다.

"지금 몇 시야?"

"4시 막 지났어."

파수꾼들은 4시 반에 교대를 한다. 쪽문은 몇 분 동안 비어 있을 것이다.

"트룰리를 데려가. 재키는 먼저 나갔어. 도로 끝에 차를 세워두고 기다린다더군."

난 헉하고 숨을 삼켰다. 그동안 재키를 과소평가한 것이다.

난 아라를 지나치려다 잠시 멈춰 섰다.

"왜 우리를 돕는 거지?" 내가 아라를 돌아보며 물었다.

아라가 턱을 치켜들었다. "둘 다 사라지면 매그너스한테 아내가 필요할 테니까."

"넌 이미 결혼했잖아." 내가 말했다.

아라가 쓸쓸하게 웃었다. "매그너스는 너와 결혼해야 한다고 계시를 받았는데 나라고 안 될 게 뭐야?"

난 아라의 팔을 잡았다. "아라, 몇 년간 우리 사이가 별로 좋지는 않았지만 아무튼 고마워."

아라가 나를 물끄러미 바라보았다. 옥빛의 눈, 늘 그녀가 예쁘다고 생각했는데, 지금 보니 눈빛이 너무도 위태로웠다.

"말했잖아. 널 위해 하는 일이 아니야. 넌 한 번도 우리였던 적이 없어."

'우리?' 아라의 우리가 엔클라베를 뜻하는지, 아니면 자신과 매그너스가 지향하는 미래인간을 뜻하는지 알 수가 없었다.

아무렴 어때.

"그 사람, 비밀을 좋아하더라." 아라가 돌아설 때 내가 말했다.

아라가 어깨 너머를 돌아보는데 눈 속에서 무언가가 번들거렸다.

"알아."

아라가 떠났다. 만삭의 몸인데도 걸음은 빠르고 거침이 없었다. 발소리가 계단 너머로 사라지기 전 나도 참회실 문을 조용히 닫고 서둘러 고해관의 책상 뒤, 계기반으로 다가갔다. 스크린 위의 모니터는 모두 까맣게 꺼져 있었다. 난 시스템 스위치를 올렸다.

그리고 복도를 달려가 조금 전 아라가 떠났던 계단을 따라 올라갔다.

계단 꼭대기의 금속 쪽문을 빠져나와 복도를 돌아들자 교육관의 넓은 입구가 나왔다. 유리문으로 내다보니, 아라의 모습이 희미하게 오솔길 저편으로 멀어지고 있었다.

난 성큼성큼 반대편 문으로 향했다. 성소를 지나는데 살갗이 따끔거렸다. 마치 제단 뒤쪽의 그림자들이 거인처럼 나를 노리는 것만 같았다.

40715.

연회장, 공장, 창고를 지나는 동안 머릿속으로 계속 숫자를 외웠다. 어둠을 틈타 이동해야 했지만 유아동 가는 길은 너무나 익숙했다. 눈을 감고서도 찾을 수 있다.

난 뒷문 밖에 신발을 벗고 문을 열고 들어갔다. 문은 살짝 열어두었다. 부엌을 지나 서쪽 끝 소녀동으로 가는데 침실의 수면등이 희미하게 길을 밝혀주었다. 나는 작은 나무침대들을 따라가다가 중간쯤에 멈추었다.

아이를 찾아볼 필요도 없었다. 어느 곳에서든 숨소리, 땀 냄새, 달콤한 머리카락 냄새만으로도 트롤리를 알아볼 수 있다.

난 두 팔을 트룰리 밑으로 밀어 넣고 들어 올렸다. 담요까지 모두. 트룰리를 어깨에 붙여 안았다. 아이가 꿈틀하더니 두 손으로 내 목을 끌어안았다. 트룰리도 내 소리, 내 냄새를 알고 있다.

나는 뒷문으로 나갔다. 그리고 그곳에서 신발을 신고 달빛 드리운 벽 그림자를 따라 달리기 시작했다.

이윽고 게스트하우스 모퉁이에 웅크리고 앉아 게이트를 살폈다. 그곳에서 기다리고 있으니 여러모로 걸맞다는 생각도 들었다. 15년 전 처음으로 묵었던 오두막이 아닌가. 게다가 들어올 때도 셋, 오늘 밤 떠날 때도 셋이다.

트룰리가 꿈틀거려 담요를 다시 덮어주었다. 차가운 9월의 밤, 두 팔이 따끔거렸다.

"안녕!" 내가 속삭였다.

"위니? 왜 여기…"

"지금 게임 중이야. 우리가 상품을 받으려면… 말하면 안 돼. 아주 아주 조용해야 한단다." 내가 트룰리의 머리에 대고 속삭였다.

트룰리가 손가락을 자기 입술에 댔다. 나도 코를 문지르며 끄덕여 주었다.

어둠 속의 움직임. 초소 문이 딸깍거리는 소리. 파수꾼들이 떠나고 있었다. 하나는 앞문 부스에서, 다른 하나는 게이트 근무위치에서. 심장이 망치질하듯 쿵쾅거렸다. 당장이라도 두 눈을 질끈 감고 달려가고 싶었지만, 간신히 충동을 참았다. 정원 통로까지 파수꾼들의 발걸음을 세고, 연회장을 향해 구둣발 소리가 멀어지기를 기다렸다. 그곳에서 교대자들이 빈 머그잔을 배식구에 반납하며 교대 준비를 하고 있으리라.

무전기가 찌직거리는 소리. 엔클라베 서쪽, 창고 인근의 파수꾼들이 짧게 통신을 했다. 창고엔 특유의 보물, 즉 씨앗 은행이 있기 때문에 무전기 소리, 자갈 밟는 군화 소리는 오래전부터 익숙하다. 보안과 안전을 상징하는 소리라지만, 그 소리에 깨어 수없이 많은 불면의 밤을 지새웠다. 새벽 귀뚜라미와 새소리에 버금갈 만큼 일상적인 소음들.

진입로 위쪽 통로를 떠올렸다. 공장을 지나 연회장 부엌으로 향하는 길. 상상으로 그 길을 걷노라니 파수꾼들의 잡담도 잦아들었다.

마침내 달리기 시작했다. 치맛단이 무릎을 때리고 트룰리가 품 안에서 통통 뛰었다.

나는 쪽문에 어깨를 부딪치며 트룰리를 오른쪽 팔로 옮겼다. 그리고 어둠 속에서 키패드를 더듬어 오른쪽의 1, 3, 7, 9를 찾아냈다.

4… 0… 1… 5.

그리고 클릭 소리를 기다렸다.

무응답.

문고리를 당겨보아도 돌아가지 않았다.

숨을 내쉬는데 손이 하염없이 떨렸다.

"위니…" 트룰리가 우는 소리를 냈다.

4…0… 난 조심조심 숫자 하나하나를 찾아갔다. 7…1…5.

손잡이를 돌렸지만 꿈쩍도 하지 않았다.

재키가 진입로 끝에서 기다린다고 했는데. 시동을 켜놓고. 트룰리를 걱정하고 있을 텐데, 왜 이렇게 시간이 걸릴까 초조해하겠지?

"위니…" 트룰리가 몸을 뒤척였다.

"쉿!"

지난 15년간 두 번, 파수꾼이 쪽문 암호를 잘못 누른 적이 있다. 결국 엔클라베 사방에서 사이렌이 울리고 조명이 켜지며 영내가 대낮처럼 밝아졌다. 지금 그런 사태가 발생하면 큰일이다.

트룰리가 울며 이리저리 보챘다. "왜 나가려는 거야? 난 가고 싶지 않아."

난 목소리를 좀 더 부드럽게 가져갔다. "엄마가 밖에서 기다려."

쓸데없는 얘기. 트룰리는 재키가 엄마라는 사실도 모른다. 내가 '실비아'를 엄마로 알았던 것처럼, 당연하게. 이곳엔 엄마가 없다.

멀리서 목소리가 들린다.

키패드 위에서 머뭇거리는 내 손은 전보다 더 떨렸다. 난 윗줄을 세어 4를 찾았다.

위, 아래, 다음 줄을 지나 마지막 줄까지.

0…

군화 소리가 자갈길을 밟으며 내려오고 있었다. 10초. 이곳을 빠져나가 문을 닫는 데 10초면 충분하다. 그 이후는 바깥세상의 도로를 향해 달려도 아무도 모를 것이다.

7….

무전기가 지직거렸다.

꼭대기 왼쪽 모퉁이.

1…

두 번째 줄, 중간. 나는 두 번 확인 후 버튼을 세었다. 왼쪽에서 오른쪽, 그리고 아래.

5.

그 순간, 네거티브필름으로 찍은 사진처럼 엔클라베에 불이 들어오고 사이렌이 터졌다.

트룰리가 비명을 지르며 손으로 귀를 막았다. 난 문에 몸을 부딪고 다시 키패드를 눌렀다. 그리고 다시. 지금은 대낮보다 환했다. 신에게 기도도 하고 애원도 하고… 끝내는 나도 비명을 지르고 말았다.

놈들한테 잡히면서 난 으르렁거렸다. 나는 두 팔로 어린 몸뚱이를 꼭 끌어안았다. 트룰리도 따개비처럼 내 목을 붙잡고 늘어졌다. 나는 트룰리를 빼앗으려는 파수꾼을 물어뜯고 미친 짐승처럼 게이트에 몸을 던졌다.

그리고 그때… 나이트가운 차림으로 달려오는 사람이 있었다. 양 어깨를 숄로 단단히 감싼 채….

재키?

도대체?

어떻게 이런 일이 있을 수 있지? 밖에서 우리를 기다려야 하잖아?

"트룰리!" 재키가 외쳤다. 매그너스도 바로 따라왔다. "트룰리를 데려가려 했어!"

난 어리둥절해하며 주변을 둘러보았다. 아라 짓이야. 늘 나를 미워했잖아. 그래서 이런 짓을 한 거야. 우리 모두에게!

아라도 임신한 몸으로 등장하더니 나를 손으로 가리키며 소리쳤다. "저 애가 아이를 훔쳤어요. 아이를 데리고 떠나려 한 겁니다!"

그건 최악의 범죄다. 다른 사람과 함께 떠나려 하다니. 심지어 트룰리는 어린아이가 아닌가. 게다가 매그너스의 딸이다.

놈들은 트룰리를 떼어낸 다음 나를 끌고 갔다.

난 끌려가면서 재키를 노려보았다. 커다랗게 뜬 두 눈은 어둠 속에서 더욱 창백하게 보였다.

내 상상이었을까? 재키의 입술이 움직이며 단어 하나를 뱉어냈다.

미안.

전화를 한 통 받았다. 아마도 우리가 처음 도착했을 때 어머니가 작성한 입소 원서에 적힌 번호일 것이다. 그 번호는 오래전에 지워지고 내가 모르는 번호로 바뀌어 있었다. 지역번호가 770이었지만 누가 그곳에 번호를 적었는지 누구 전화인지 난 알지 못했다. 하지만 벨이 울렸을 때 난 곧바로 누구의 목소린지 알 수 있었다.

"곧 도착한다." 그녀는 그렇게만 말했다.

난 그 후 엉엉 울었다.

결혼식 날 아침, 나를 위해 차려놓은 밥도 먹지 못했다. 신의 중개자와의 결합을 축하하는 예배에도 참석 못 하고 참회실에 갇혔다.

면회도 금지였다. 내 옆에 있는 거라곤 구석에서 깜빡이는 저 붉은 점 하나뿐.

마침내 파수꾼들이 나를 데리러 왔다.

나를 지옥으로 내동댕이치기 위해.

제27장

"원터, 내 말 들려요?"

말을 하려 했으나 혀가 말을 듣지 않았다. 눈을 떴을 때는 누군가의 얼굴이 시야를 가득 채웠다.

파란 눈. 넓은 이마.

체이스.

"정신 들어요?" 안도하는 목소리.

"어떻게 된 거죠…?"

"기절했어요. 마지막으로 식사한 게 언제입니까?"

난 두 눈을 질끈 감았다. 막연하나마 폐소공포증 같은 두려움이 들었다. 육중한 물체에 눌렸는지 움직일 수가 없었다.

눈을 뜨고 나서야 알았다. 체이스였다. 그는 내 위로 반쯤 올라타서는 나를 한 팔로 내리누르고 있었던 것이다.

난 즉각적이고 동물적으로 반응했다. 말 그대로 미친 여자처럼 발버둥 치며, 당장 떨어지라고 고래고래 소리를 질렀다. 분노와 상처와 독선이 봇물처럼 터져 나왔다. 밸브로 가뒀다가 한꺼번에 열면 두 배, 세 배 더 강하게 분출하는 물처럼.

그가 무릎을 꿇고 앉아 허공에 두 손을 들어 보였다. 난 야전담요와 침낭에서 빠져나와 그의 턱을 한 방 갈겼다.

"그만… 맙소사… 제발 그만해요. 아무 짓도 안 했어요. 건드리지도 않았단 말이오!"

지금은 지프 뒷좌석이었다. 아까까지 자리를 차지했던 잡동사니들은 기적처럼 정리가 되어 있었다. 그래도 난 계속 발길질을 했고 결국 체이스는 문밖으로 피신하고 말았다.

기분이 묘했다. 이런 분노라니. 병적이고 광적인 도취감이 바로 이런 건가?

나는 화들짝 일어나 더듬더듬 캐리어를 찾았다. 캐리어는 앞좌석에 있었다. 지금은 다시 옥수수 창고였지만 이번에 차는 입구를 바라보고 있었다.

"거기 있어요. 무사합니다. 어떤 생각을 했는지 모르겠지만 윈터를 버리고 떠날 생각은 애초에 없었어요. 하지만 대답하기 전에는 물건을 돌려주지 않을 겁니다." 체이스가 말했다.

"테러리스트는 아니라니까요! 오히려… 나는 사람들을 구하려고…"이러다가 내가 산산이 부서질 것만 같았다. 욕지기가 나오려고 했다. "옳은 일을 하려는 거예요. 그 때문에 저 물건을…"난 떨리는 손으로 캐리어를 가리켰다. "콜로라도의 누군가에게 전해야 해요."

271

"엄마는 아니죠?"

"예, 엄마는 아니에요. 돌아가셨죠. 언니는 병에 걸리고." 나는 손을 머리로 가져갔다.

"이런." 그가 조용히 되뇌었다.

내가 초조한 웃음을 흘렸다. "이제 나를 믿나요?"

"전에도 믿었어요. 적어도 믿고 싶었죠. 총을 무서워하고, 차에 대해 아무것도 모르고, 거짓말도 못 하는 테러리스트가 많지는 않을 테니까요. 아, 노골적으로 남자들을 불신하는 것도 포함."

"불신하는 게 아니라…"

"알아요. 남자들은 늑대니까. 하지만 이게 어떻게 보이는지 압니까?" 그가 캐리어를 가리키며 물었다. "그래서 솔직한 대답을 들어야겠어요. 아니면 윈터를 경찰서에 넘겨버릴 겁니다."

"그것도 괜찮겠네요. 차라리 그편이 낫겠어요." 내가 말했다.

"정말요? 경찰이 콜로라도까지 에스코트해주진 않을 텐데요? 윈터는 차를 훔쳤어요. 무조건 캐리어를 압수하고 유치장에 가둘 겁니다. 보통은 그런 식으로 흘러가죠. 오, 이런, 정말 모르는군요. 사이비 종교에서 빠져나온 지 얼마 되지 않았으니."

난 그를 노려보았다. 완전히 발가벗겨진 듯한 기분이 들었다.

그가 고개를 떨구었다. "미안해요. 윈터 휴대폰을 훑어봤어요. 한군데 전화도 걸어봤죠. 콜로라도 번호로."

"받던가요?"

"아뇨. 먹통이더군요." 내가 묻기까지 하자 체이스는 놀란 표정이었다.

통화라도 되면 좋으련만. 애슐리도 걱정이 많을 것이다. 나한테 무슨 일이 일어났는지, 아니면 도중에 마음이 변했든지.

"하지만 어떤 여성과 주고받은 이메일을 봤어요. 케스트럴?"

난 고개를 돌렸다.

"신천국 역사와 그 친구, 매그너스를 검색한 것도 봤죠." 그가 머뭇머뭇 실토했다.

"나쁜 새끼." 내가 눈을 흘겼다.

"그저 상황을 파악하고 싶었던 겁니다." 그가 설명하기도 지쳤다는 듯 내뱉었다.

"실은 나도 잘 몰라요. 콜로라도에 가면 알게 될지도…." 내가 솔직하게 말했다.

"혹시… 내가 생각하는 그건가요?" 그가 캐리어를 가리키며 물었다.

"무슨 생각하는지 내가 어떻게 알죠?"

"치료제?"

"치료제는 없댔어요. 다만 백신 만드는 데 도움이 된대요." 더 설명해야 하는 걸까? 매그너스라면 샘플을 찾기 위해 어디든 달려올 것이다.

"그 병의 원인이 돼지예요? 이 캐리어는 어디서 얻었죠?"

"몰라요. 언니가 매그너스한테서 훔쳤어요. 매그너스가 어디에서 얻었는지는 모르겠고. 그자가 과거에 대형 사업과 큰돈을 부린 소시오패스라는 것만 알아요. 언니, 재키는… 그자의 아내였죠. 언니 생각엔 그자가 이 물건을 러시아에 팔거나 교환하려 한댔어요. 누군가 찾으러 오는데, 매그너스가 언니를 보내 물건을 건네주려 했죠… 그런데 언니가 그대로 차를 몰고 시카고에 온 거예요. 내가 함께 사는 가족의 아빠가 전염병을 연구하거든요. 문제는 그분이 일 때문에 외부에 있었는데 결국 병에 걸렸어요. 언니도 걸렸고."이 얘기를 하는데 맥이 쭉 빠졌다. "그래서 제가 만날 수 있는 유일한 사람한테 가져가는 중이었죠. 저 물건을 어떻게 처리할지 아는 사람한테요."

"물건을 받기로 했다는 자들이 언니가 어디 갔는지도 아나요? 그자들 정체가 뭔지 알아요?" 체이스가 눈을 동그랗게 뜨며 물었다.

"상관없어요. 더 이상 아무도 없으니까. 그건 분명해요. 그리고⋯ 아뇨, 뭐 하는 사람들인지 몰라요! 언니 말로는 러시아인들이랬어요."

이번에는 체이스가 나를 노려보았다.

"에, CDC에 갈 형편도 못 되겠죠?"

"예, 안 돼요. 이런 식으로는요. 다만 콜로라도에 계신 분이 이 물건을 받으면 대신 처리할 거예요. 수의사인데 동물 감염병 전문이죠."

체이스가 고개를 들어 천장을 보더니 길게 콧숨을 내뱉었다.

"이제 다 알았으니 당신이 날 좀 도와줘요. 어디든 차를 찾을 수 있는 데까지만 데려다주면 돼요. 그다음에 친구 오두막으로 가서 얼음낚시를 즐기면 되잖아요, 네?" 내가 애원하듯 말했다.

"그건 안 돼요." 그가 한참을 망설이다 나를 보며 말햇다.

"무슨 뜻이죠?" 내가 물었다. 이번에도 끔찍한 실수를 저지른 걸까? 이 남자한테 모조리 털어놓았으니. 한순간 실낱같은 믿음마저 빠져나가는 기분이다. 세상, 사람, 남자에 대한 믿음이 모조리.

"함께 콜로라도에 가야겠어요." 그가 조용히 대답했다.

"정말?"

체이스가 의아한 표정으로 나를 보았다. "저 물건이 사람을 돕는다는데 선택의 여지가 없잖아요?"

"선택의 여지야 늘 있죠."

"옳은 일을 하고 싶을 땐 없어요. 왜요, 싫어요?"

"아뇨."

"그럼 됐어요. 콜로라도로 갑시다."

"콜로라도." 내가 말했다.

하늘을 보니 달이 구름에 가려 흔적만 보였다. 흰 눈은 머리와 눈썹 위로 내려앉았다. 우리는 눈발이 약해지고 새벽빛이 들면 떠나기로 했다.

체이스가 지프로 돌아왔다. "좋은 소식은, 폭설 덕분에 아무도 우릴 못 찾을 거예요. 날씨가 풀리는 대로 떠나면 됩니다. 우선, 공식적으로 인사부터 하죠." 체이스가 손을 내밀었다. 크지는 않아도 강해 보이는 손이었다. 사람을 죽여봤을 것 같지도 않았다. "생각해 봐요, 윈터와 나, 어쩌면 다시는 맘 편하게 악수를 못 할 수도 있어요." 그가 멋쩍게 웃으며 말했다.

난 망설이다가 그의 손을 잡았다. "난 강박 장애가 있어요."

"체이스 밀러입니다. 나한테 손 세정제도 있어요."

"윈터 로스예요."

그가 부드럽게 힘을 주었다. "만나서 반가워요, 윈터. 이제 말도 편하게 합시다. 그런 의미에서 약속 하나 할게. 오케이?"

"오케이." 내가 대답했지만… 도대체 무슨 약속을 하겠다는 걸까?

"어떻게 해서든 저 물건을 콜로라도까지 안전하게 배달할 거야. 대신… 그 대가로 한 가지만 부탁할 게 있어."

내가 어설프게 미소를 지었지만… 살짝 불안하기도 했다.

"나 좀 그만 때려. 그럼 제대로 주먹 쓰는 법을 가르쳐 주지."

체이스가 내 손을 뒤집고 손가락을 차례로 접어주었다. 그리고 검지와 중지 위에 엄지를 겹친 다음 손가락 두 개로 두 손가락 너클을 눌렀다.

"바로 여기."

내가 고개를 끄덕였다.

그가 내 손을 놓고 두 번째 사과를 찾아, 내게 건넸다. 난 사과를 먹었다. 재키가 떠난 후 첫 식사인 셈이다.

"싸울 때 입는 특별한 복장이 있어? 체이스가 싸울 때." 몇 분 후 내가 물었다.

그가 키득거렸다. "응? 무용복 같은 거? 잭 블랙처럼 고탄력 핫팬츠라도 입어야 할까?"

잭 블랙이 뭐 하는 사람인지는 모르겠지만 체이스는 팔로 입까지 막으면서 웃어댔다.

"〈나초 리브레〉 몰라?" 그가 물으면서도 눈웃음을 그치지는 못했다. 내가 눈썹을 찡긋하자 그가 한숨을 내쉬었다. "격투기 같은 거 본적 없지?"

"응. 당신 말마따나 난 사이비 종교인이었잖아."

"아, 그렇지."

"그런데 본명을 걸고 싸우나? 인터넷에서 검색하려면 뭘 찾아야 하지?" 내가 먹통인 휴대폰을 집으며 물었다.

그가 다시 긴 한숨을 쉬었다. "음, 에, 일단, 커터 벅을 찾아봐."

"커터 벅."

"버킹엄의 벅. 어머니 어릴 적 성이야."

"그럼 커터 벅을 검색하면…"

"내 흑역사가 나오겠지."

"뭐라고 나오는데?"

그가 또 한숨을 토했다. "스물여섯 살, 188센티미터, 86킬로그램…
아니면 84. 해병 출신. 국가 영웅. 여성에게 친절하고 치명적인 매력
으로 여심을 공격함." 그가 씩 웃었다.

"주먹 쥐는 법 다시 가르쳐 줘. 지금 막 쓸 데가 생겼어."

그가 웃었다.

"그 밖에는?" 내가 다시 물었다.

"그 밖에?"

"인종이나 민족… 그런 것?"

"아, 음, 아버지는 아프리카계 미국인이자 카프카스. 미국에서 태어
났고. 어머니는 중동과 카프카스."

"그리고?"

"아직도 더 궁금해?"

"구글 검색 결과에 따르면."

체이스가 잠시 생각에 잠겼다. "음, 격투 영상이 있지만 보고 싶지
않을 거야. 에… 어쨌든 난 보기 싫어."

"왜?"

"팔이 부러졌거든. 어느 정도는 격투기를 그만둔 이유이기도 하고."

"이런."

"내 별명을 두고 이러쿵저러쿵 떠든 얘기도 있을 거야. 난 그 별명을 아주 싫어했거든. 대충 이런 얘기야. 난 누나가 둘이 있다. 여성을 존중한다… 누나들한테 엉덩이를 수도 없이 맞기는 했지만. '살인마 잭 더 리퍼'라는 별명은 누나들이나 나 자신을 위해서도 좀 아닌 것 같다. 팬 여러분을 사랑하지만, 여러분도 나를 사랑한다면 다른 별명을 만들어 달라."

"잭 더 리퍼라고 불렸어? 왜?"

"한 친구를 응급실로 보냈거든. 입과 뺨에 열세 바늘을 꿰맸지."

"으, 끔찍해라."

"응, 끔찍했어."

"누나들한테 맞고 자랐다고?"

그가 눈을 굴렸다.

"오, 이런, 집 여기저기, 마당, 거리에서도 맞았지."

내가 웃었다.

"윈터는? 구글에서 윈터 로스를 찾으면…?"

내가 어깨를 으쓱했다.

"난 없어. 외할머니는 하와이 사람이고." 난 말을 끊었다. 그렇게나 바다를 보고 싶어 하는 이유가 그래서일까?

"자란 곳이… 신천국 아니었나?"

"아냐, 일곱 살에 들어갔어. 언니는 열두 살이었고. 안전한 곳이 필요했거든. 거긴 담벼락이 막고 있었으니까."

"안전한 곳이 왜 필요했는데?"

"아버지."

체이스가 놀란 표정을 지었다.

"왜?" 내가 물었다.

"내가 구식이라서 그러는데 진짜 사나이는 적이 아니면 여자와 절대 안 싸워. 아, 미안, 윈터도 아버지를 사랑할 텐데…"

"이제 저세상 사람이야. 기억도 거의 안 나지만."

"그 종교… 왜 떠났지?"

난 잠시 머뭇거렸으나 결국 설명할 방법도 의지도 없다는 것만 확인했다.

한참 후 그가 말했다. "자기 방어를 위해 몇 가지 기술을 가르쳐 줄수 있어… 물론 원한다면. 지금 잘 거야?"

"안 잘 테니 가르쳐 줘."

나는 몇 시간 동안 주먹과 발로, 목과 사타구니, 눈 공격하는 법을 배웠다. 모두 달아나기 위한 기술이라고 했다.

"이걸 뒷조르기라고 해." 그가 머리 뒤에서 내 팔로 자기 목을 조르게 했다. "이 기술을 쓸 때는 거미원숭이처럼 매달려야 해. 여기." 그리고 다리를 어떻게 하는지도 보여주었다.

"거미원숭이를 몰라."

"그냥 매달려." 그가 말하며 왼손으로 오른팔을 잡게 했다.

새벽 4시경 우리는 지프로 돌아왔다. 체이스는 잠깐 눈을 붙이더니가볍게 코를 골았다. 난 잠을 이루지 못한 채 바깥의 눈을 보고 재키를 떠올렸다.

제28장

난 두 세계 사이에 서 있다. 양쪽에는 벽이 있고 앞에는 야생화들이 가득하다. 그 사이를 멸망으로 가는 도로가 갈라놓았다. 나는 재클린을 마지막으로 돌아본다. 그녀는 창백한 표정으로 무리 속에 끼어 있다.

예전에는 종종 이곳을 빠져나가, 그 너머 바깥세상에 빠지는 상상을 했다. 하지만 오늘 벽은 위험한 세계로 들어가는 문일 뿐이다. 왜 이렇게 낯설기만 한지. 트룰리와 재키가 없는 한 어차피 세상은 지옥일 수밖에 없다.

마침내 난 발을 내딛는다. 발밑에서 자갈이 우두둑 비명을 지른다. 이제 어떻게 되는 걸까.

제29장

동이 트면서 눈발도 흩날리는 수준으로 잦아들었다. 밖에 나와 있는데 몇 분 후 인골드 씨가 나타났다. 삽 두 개, 따뜻한 스위트롤, 강아지 사료가 든 지퍼백, 그리고 종이컵에 커피까지 담아 들고 온 것이다.

"눈을 조금 퍼내야 할 것 같아서." 그가 말했다.

난 고맙다고 인사하고 삽 하나를 받아 눈을 퍼내기 시작했다. 눈 치우는 일은 질리도록 해보았다.

"아가씨가 시범을 보이는군 그래." 인골드가 키득거리며 트럭에서 삽을 하나 더 꺼냈다.

"고맙습니다, 제가 할게요. 새로운 소식이 있나요?" 체이스가 물었다.

"사이버 테러가 러시아 놈들 짓이라더군." 농부는 보온병의 커피를 들고 픽업트럭에 기댔다. 커피에서 김이 모락모락 일어났다. "정전사태가 얼마나 오래갈지는 모르겠어. 몇 주가 될 수도 있고, 몇 달이 갈

지도 모른다고만 해."

"그렇게 오래요?" 체이스가 미간을 찌푸리며 되물었다.

"어젯밤 전철역이 또 폭발했어. 대통령은 국가비상사태를 선포했고. 어디로 가는지는 모르지만 연료는 충분한가? 오늘, 내일이면 주유소도 없을 거야." 농부가 물었다.

"괜찮을 겁니다." 체이스가 대답했다.

"북쪽 주간 도로 일부를 봉쇄했네. 사고도 그렇고 날씨도 그렇고. 구급차들도 사방팔방으로 달리고 있다네. 아무튼 주 고속도로로 계속 달리는 게 좋을 거야. 도랑에 빠지지만 않는다면." 그가 모자를 벗었다가 다시 썼다.

"그렇게 해야죠." 체이스가 대답했다.

30분 후, 우리는 스위트롤을 해치우고 버도도 먹이고 약속대로 길을 떠났다.

몇 군데 주택 굴뚝에서 연기가 피어올랐다. 지프에 타고 있는데도 장작 타는 냄새가 났다. 우리는 호그와 스완턴의 조용한 거리를 지나, 웨스턴의 작은 촌락(인구 235명)도 통과했다. 이곳은 교통정체는커녕 달리는 차도 없었다. 마을은 영화에서 빠져나온 것처럼 보였다. 양쪽에 건물이 네 개씩 있고(두 곳은 정말 서부 영화 그대로였다.) 거리 끝에 곡물 사일로⁴도 보였다. 모퉁이 교회 밖에 자동차도 몇 대 주차되어 있었다.

우리는 74번 고속도로로 접어들었다. 좁고 평평한 도로에는 야트막한 도랑이 많았다. 문제는, 타이어 자국이 아니면 도랑이 어디 있는지

---

4 가축 사료인 사일리지를 만들어 저장해 두는 용기.

알기가 쉽지 않았다.

체이스는 몇 분 주기로 백미러를 확인했다.

"그래서 매그너스라는 자가…"

"그곳에선 신의 중개자라 불렀어. 기본적으로 우리… 아니, 그곳 사람들의 선지자지."

"사기꾼이라는 건 아무도 몰라?"

"응, 다들 숭배하니까." 달리 표현할 말이 없었다. "내가 보기엔 그도 어느 정도는 자기 스스로를 믿어. 자신의 인간적인 한계도… 글쎄, 신의 지시라는 식으로." 나는 매그너스가 얼마나 독단적이며, 케스트럴과 얼마나 완벽하게 보였는지, 그리고 그녀가 어떤 식으로 쫓겨나 짐승처럼 버려졌는지 얘기했다.

"케스트럴은… 에, 마흔 정도? 쫓겨났을 때가?"

"그 정도쯤? 생일을 따지지는 않지만." 마찬가지로 신천국은 크리스마스, 추수감사절, 밸런타인데이, 독립기념일도 무시했다.

"그자는 몇 살이지?" 체이스가 물었다.

"50대일 거야. 잘은 몰라도."

다음 마을에 도착하자 도로가 막혔다. 노란 스쿨버스가 상가로 통하는 대로를 틀어막은 것이다. 두 남자가 샷건을 들고 그 앞에 서 있고 옆에는 휴대용 표지판이 붙어 있었다.

영업점 폐쇄. 출입금지.

우회하시오.

"잽싸기도 해라." 체이스가 중얼거리며 오른쪽으로 핸들을 꺾고 세 번에 걸쳐 유턴을 했다. 우리는 2킬로미터 정도 남쪽으로 우회했다. 오른쪽 마을 입구 교차로에도 스쿨버스가 길을 막고 남자 둘이 서 있었다. 그중 한 명이 손으로 그냥 지나가라며 손짓을 했다. 내가 남자를 노려보자 그도 내내 우리를 지켜보았다. 잠시 후 사이드미러를 통해 본 남자는 고개를 숙인 채 경찰 무전기에 대고 뭔가 얘기하고 있었다.

"공공도로 아닌가? 저래도 돼?" 내가 투덜댔다.

"글쎄. 공공도로 맞겠지."

우리는 몇 킬로미터를 더 갔다. 다음 마을은 웨스턴과 비슷한 규모였고 스쿨버스도 무장한 사람도 보이지 않았다. 그러기엔 마을이 너무 작을지도 모르겠다. 어느 건물 앞에 자동차 몇 대가 보였다. 우체국은 없어져도 저런 건물은 어디나 있는 모양이다. 술집.

영업 중 (환영합니다!)

현찰만 받으며 주인은 무장했습니다.

그때 냄새가 났다. 분명 그릴로 고기를 굽는 냄새였다.

체이스가 운전석에서 신음을 내뱉었다. "맙소사, 버거 땡기는군."

나도 배가 고팠다. 집을 떠난 뒤로 처음이었다.

"들어갈까?" 내가 말했다.

"노리는 사람이 있을지도 모르는데?"

"괜찮아. 누가 나를 알겠어? 내게 아무도 없다는 말은 거짓이 아니야. 딱 하나만 먹고 곧바로 출발하자."

잠시 후 지프는 모퉁이를 돌아 옆길로 빠졌다가 발전기 뒤쪽에 차를 세웠다.

내가 캐리어를 집어 들자 강아지가 체이스의 자리를 차지했다. "이걸 두고 갈 수는 없어." 그 말에 체이스가 더플백 반을 비우고 캐리어를 그 안에 넣어주었다. 자기가 들겠다고 했지만 내가 고집을 부리자 대신 끈을 내 어깨에 걸어주었다. 둘 다 마스크를 단단히 썼다. 체이스는 자기 구레나룻을 쓰다듬었다.

"집 잘 지켜라, 버디." 체이스는 그 말을 하고 문을 잠갔다.

우리는 현관으로 돌아갔다. 체이스가 문을 열었다. 음식점에 들어가 ATM을 지나치니, 제일 먼저 부엌 쪽에서 발전기 돌아가는 소리부터 들렸다. 조명은 흐릿했다. 바 위에 TV가 켜져 있었다.

향긋한 기름 냄새의 융단폭격.

주점 안에는 바텐더를 포함해 여덟 명 정도가 있었다. 바텐더는 마스크와 비닐장갑을 착용하고 술을 따르는 중이었다.

마스크를 쓴 사람은 우리까지 셋뿐이었다.

"어서 오세요, 손님들." 바텐더가 고개를 들고 인사했다. 바에 있던 사내도 체이스를 위아래로 훑어보고 고개를 끄덕였다.

"고맙습니다." 체이스가 문 가까이의 빈 테이블을 가리키고는 발로 의자를 꺼내 내게 권했다.

난 자리에 앉아 TV를 보았다. 지금은 전국의 감염자가 최소 1만 명을 넘었고 사망자도 증가 추세라는 얘기를 하고 있었다. 헤드라인이 '위기에 빠진 국가'였다. 그 밖의 뉴스도 화면 아래쪽에서 왼쪽으로 흘러갔다. 구멍가게, 약탈자들에게 피습. 응급요원들의 상시 보고체계 구축, 대통령의 주방위군 소집령에 따라 병사들이 뉴욕 시에 진입 중.

"뭐 먹을래?"

"고기만 없으면 돼요. 구운 치즈도 빼고."

체이스가 나를 빤히 보았다. "여기 비건 메뉴는 치킨뿐일 거야. 아무튼 알아는 볼게."

체이스가 바로 건너갔다. 바텐더는 발전기 요금이 5달러라고 알려주었다. 체이스가 지갑을 꺼내고 몇 분 후 바텐더가 부엌으로 들어갔다.

"군인이었소?" 바로 옆의 남자가 물었다. 아직 10시도 안 됐는데 벌써부터 혀가 꼬여 있었다.

사내는 자신이 근무했던 지역에 대해 미주알고주알 늘어놓았다. 체이스도 고개를 끄덕이며 참을성 있게 들어주었다. 바텐더가 돌아오자 사내가 말했다.

"여기 이 친구하고 나한테 한 잔씩 돌려." 그리고 바로 옆에서 해롱대는 친구를 소개하더니 다시 바텐더를 불렀다.

"짐, 이분이 해병 출신이셔. 두 잔 더 주고 저기 숙녀분께도 한 잔!"

"에시, 와서 인사해요." 체이스가 말했다.

에시?

내가 어정쩡하게 일어섰다.

"숙녀분 성함은 에스메랄다입니다." 내가 가볍게 손을 흔들자 체이스가 플라스틱 위스키 잔을 건네주었다.

"로스케 놈들 박살 내자!" 술 취한 남자가 외치자, 바 끄트머리의 몇 명이 잔을 들어 동의했다. 나머지는 모르는 척했다.

체이스는 마스크를 내리고 잔을 비웠다. 나도 똑같이 했다. 한 모금 홀짝, 그리고 에퉤퉤!

"마스크보다는 술이 바이러스를 더 잘 막아줄 거유." 사내 하나가 나를 놀렸다.

"고맙습니다." 내가 쉰 목소리로 응대했다.

"이 부근에도 사건이 있었나요?" 체이스가 물었다.

"물론이지. 한 놈이 이웃집 말을 훔쳐 타고 읍내에 갔어. 홀딱 벗고 말이야. 치과의사야. 울 애들 어릴 때 뻔질나게 드나들던 곳이었는데… 지금 트리시티 의료센터에 갇혀 있어. 지 가족도 몰라본대. 불쌍한 일이지."

"그게 언제였죠?" 내가 물었다.

"닷새쯤 전?"

"오드에서도 있었잖아." 이번에는 옆자리 남자였다.

"그래도 여기보단 나쁘지 않아. 링컨은 그런 사건이 100건도 넘는다잖아. 그게 일주일 전이었지?"

우리는 고맙다고 인사를 했다. 나는 남은 술을 들고 문가 테이블로 향했다.

"이게 뭐야?" 내가 속삭였다. 식도가 다 타버린 것만 같았다.

"파이어볼."

"그런데 에스메랄다는 또 누구야?"

"나와 결혼하기로 했던 여자."

내가 허리를 세웠다. "오."

"초등학교 4학년 때였어. 그 애가 내 절친이 좋다며 배신을 했더랬지."

"이런."

TV에서는 폭발 뉴스를 재방송 중이었다. 대통령은 테러를 비난하면서 국민들에게 외출을 삼가고 차분히 대처할 것을 주문했다. 적십자사는 식수, 식량, 도움이 필요할 경우의 행동지침을 발표했다.

"이번 사태로 제일 땡잡은 놈들이 누군지 알아?" 바의 주정뱅이가 큰 소리로 말했다. "북한이야, 북한! 아무도 안 들어가고 아무도 안 나오잖아. 난리가 지나가기만을 기다리는 거야. 아니면 바이러스를 탄도미사일에 실어 날려 보내든가. 까딱 한눈파는 날엔 김정은인가 뭔가가 세상을 지배하게 된다 이 말이야!"

"미사일까지도 필요 없는데." 내가 체이스를 보며 중얼거렸다.

"무슨 뜻이야?" 체이스가 나를 보며 물었다.

아직도 술기운이 아랫배를 따뜻하게 감싸고 있었다.

"질병은 인플루엔자로 감염된대."

"독감이야?"

내가 고개를 저었다. "독감 자체는 아니고… 알래스카의 돼지 몇 마리에서 시작한 인플루엔자라고 했어."

체이스가 의자에 등을 기댔다. 뭔가 불만스러운 표정이다. "매년 몇 명이 독감에 걸리는지 알아? 독감 시즌이 이제 막 시작됐는데."

"가족들은 어디 살아?" 내가 물었다.

"프랑스. 부모님과 누나 한 명이 사는데 그쪽은 안전해."

"누나가 둘이라고 했잖아. 한 분은 어디 있는데?"

그가 고개를 저었다. "유방암으로 세상을 떠났어."

"이런."

"두 번이나 이겨냈지만… 그래도 용감하게 싸웠어. 아무튼… 백신이 만들어질 때까지, 수만, 수십 만의 죽음을 봐야 한다는 얘기인가?"

난 아무 말도 못했다. 침묵이 곧 대답이었다.

그가 똑바로 앉을 때쯤 바텐더가 스티로폼 용기에 음식을 가져왔다. 체이스는 치즈버거, 난 베지버거. 프라이드.

냄새만으로도 미칠 것만 같았다. 나는 베지버거를 한 번 보고 마스크를 벗은 뒤 한 입 크게 깨물었다. 우리 둘 다 순식간에 절반을 해치웠다. 체이스가 위스키 두 잔을 더 주문했다

"아니, 난 못 마셔." 내가 말했다.

"세상의 종말에 안 마시면 언제 마시게?"

"그런 말 하지 마."

"트라우마?"

"매그너스가 내내 한 얘기가 세상의 종말이야. 종말에 대비해야 한다고 했지. 우리는 살아서 미래의 천국에 들어가고, 나머지 사람들은 모조리 불타고 익사한다고. 맞아, 세상의 종말은 나한테 트라우마 같은 말이야. 그래서 포트콜린스에 가려는 거고. 필요하다면 걸어서라도 가야 해."

"탈출 후 어떻게 살아야 할지 난감했겠군." 체이스가 술잔을 바라보며 속삭였다.

"그래, 그래도 꿈은 꿨어. 무수히. 하고 싶은 대로 하고 사는 삶은 어떨까. 결국 내가 뭘 바라는지조차 모르겠던걸. 이런 말은 좀 그렇지

만, 지금 이 순간이 내가 기억하는 최고의 삶 같아. 목표가 있다는 게 이렇게 기분 좋은 일인 줄 몰랐어. 지금, 이 순간… 물론 그러면 안 되는 거 알아. 재키도 그렇고… 상황도 그렇고."

"아냐, 기분 좋은 일 맞아." 그가 푸른 눈을 밝히며 대답했다. "고마워, 윈터 로스. 믿지 못하겠지만 우리는 생각보다 공통점이 많아."

난 고개를 갸웃했다. 어떻게 그럴 수가 있지?

그가 어깨를 으쓱했다. "재입대를 포기했을 때 나도 어쩔 줄을 몰랐거든. 잠깐 영화 세트 컨설팅 일을 했는데 나와는 맞지 않았어. 격투기를 한 것도 그래서지. 사실 와이오밍주에 가는 것도 그냥 이 사태를 피하기 위해서는 아니야. 상황을 파악하고 나 자신을 찾고 싶었어. 전기가 들어오고 세상이 다시 돌아갈 때면 뭔가 계획이 다시 생기려나 싶었지."

"하여튼… 고마워." 내가 말했다. 난 새삼스레 체이스를 살펴보았다. 미남은 미남이다. 파이어볼 탓인지, 세상의 종말 때문인지는 모르겠지만 그는 분명 잘생겨 보였다.

"왜?" 그의 시선은 내 입술을 향했다.

"함께 와줘서. 그리고 이것도."

체이스는 대답 대신 팔을 뻗어 내 손을 잡았다. 팔에 전류가 흐르는 듯했다. 기분 좋은 전율. 사실 너무 좋아서 손을 빼내야 하나 고민도 했다.

다행히 그러지는 않았다.

"신을 믿어?" 나도 모르게 그런 질문이 나왔다.

"당연히 믿지." 대답은 그랬지만 왜 당연한지 설명은 없었다.

바텐더가 술을 들고 건너왔다. 체이스가 돈을 지불하려고 내 손을 놓았을 때 왠지 너무나도 아쉬웠다.

"무엇을 위해 건배할까?" 바텐더가 떠나자 그가 물었다.

"세상의 구원을 위해." 내가 말했다.

"세상의 구원을 위해." 우리는 플라스틱 컵을 부딪쳤다. 난 몸서리를 치며 다시 한 모금 홀짝였다.

"모든 게 다 끝나면…" 그가 으쓱하며 잔을 테이블에 놓았다. "얼음낚시도 해봐."

"한참 걸리겠네." 나는 술을 반잔쯤 마시고 나머지는 그에게 넘겼다.

그때쯤 내가 체이스 곁에 없으리라는 얘기는 하지 않았다. 돌봐야 할 아이가 있다는 얘기도.

"그럼 세상을 구하러 떠나볼까?" 체이스가 말했다.

나는 더플백을 매고 남은 버거와 프라이를 챙겼다.

순간 난 TV 화면을 보고 얼어붙고 말았다.

재클린의 사진.

제30장

"체이스." 내가 비틀비틀 TV 쪽으로 다가가며 속삭였다. 두려웠다. 도대체 무슨 일이기에. 유아동을 폭파했나? 만원버스를 다리 아래로 날려버렸나? 아니면 화재를 일으켜 건물과 사람들이 희생된 건가? 얼마나 끔찍한 짓을 했기에 전국 방송망에 다 나오지?

그러나 앵커의 입에서 나온 얘기는 완전히 다른 내용이었다.

"…문제의 '종교지도자 겸 고고학자' 매그너스 타이센은 조기치매 바이러스의 고대 근원을 연구했고, 또 연구에 상당한 진척이 있다고 주장한 바 있죠. 누군가 에임스에 위치한 신천국 연구소에 침입해 연구 자료를 모조리 훔쳐 갔다고 합니다. 그 사건으로 타이센의 부인, 재클린 타이센이 어제 아침 근무 중인 연구소 사무실에서 숨진 채 발견…"

뭐라고?

난 비틀비틀 뒷걸음질 쳤다. 무릎이 후들거렸다. 다행히 체이스가 팔을 잡아주었다.

재키…

에임스에 외부 연구소가 있다고? 매그너스는 연구를 자기 성과라고 우기고?

재키가 죽었어.

아니, 그럴 리가 없어. 에임스에 있을 리가 없잖아. 동쪽으로 간다고 했는데?

난 체이스를 보았다. 그도 뚫어져라 TV를 바라보고 있었다.

"…22세의 전 신도 윈터 로스에게 살해당한 것으로 추정…"

난 화들짝 TV를 돌아보았다.

맙소사, 내 사진이 나를 노려보고 있었다.

"연방 당국에서는 이 여성을 목격하는 즉시 지방 경찰서에 신고할 것을…"

난 바에서 돌아서며 마스크를 확인했다. 체이스가 내 팔꿈치를 잡아주었다.

"거짓말이야." 내가 속삭였다. 숨을 제대로 쉬기가 어려웠다.

"어서 테이크아웃 박스를 챙겨." 그가 중얼거리며 나를 잡아당겼다.

나는 가까스로 테이블로 가서 주섬주섬 상자를 닫았다. 스티로폼 뚜껑이 말을 듣지 않았다.

"고맙습니다, 여러분." 체이스가 더플백을 집으며 손을 흔들어 보였다.

"가다가 먹을 건 안 필요해요?" 바텐더가 물었다.

"아뇨, 충분해요. 고맙습니다."

"어이." 바 끄트머리의 남자가 불렀다.

체이스는 주머니에서 열쇠를 꺼내 나한테 건넸다.

"거기 미안한데, 당신 이름이 뭐라고 했지?" 남자가 의자에서 일어나 우리 쪽으로 걸어왔다.

"크로퍼드입니다." 체이스가 손을 내밀며 대답했다.

"당신 말고, 여자." 그가 나를 가리키며 말했다. 뒤쪽에서 다른 남자도 일어서고 있었다.

체이스는 더플백도 나한테 넘겼다.

"여자 얼굴 좀 봐야 쓰겠어!" 남자가 나를 향해 밀고 들어왔다.

"이런, 무슨 오해가 있나 보군요." 체이스가 남자의 가슴을 막았다.

"오해는 풀어야지. 얼굴만 보여주면 되잖아, 아가씨."

"에시, 나가요, 어서." 체이스가 말했다.

난 황급히 앞문으로 빠져나간 뒤, 미끄러운 인도 대신 곧바로 눈을 헤치고 건물 옆 모퉁이로 달려갔다. 지프 범퍼를 돌아가는데 술집 뒷문에서 그림자 하나가 빠져나왔다. 발전기 엔진 소리에 발소리가 묻혀 듣지 못한 것이다. 바에 있던 자야. 차문을 향해 돌진하는데 놈이 나를 잡았다. 난 재빨리 돌아서서 열쇠꾸러미 쥔 손을 있는 힘껏 휘두르고 정강이로 사타구니를 갈겼다. 그러고도 더플백의 딱딱한 부분으로 머리통을 날려버렸다. 난 놈이 일어나는지 볼 새도 없이 열쇠를 넣고 운전석 문을 열었다.

나는 차에 오르자마자 버디를 밀어냈다. 시동을 걸고 기어를 후진에 넣었다. 주점 뒷마당을 빠져나온 뒤엔 다시 전진으로 바꾸었다. 모퉁이를 향해 달리는데 체이스가 앞문으로 뛰어나왔다. "밟아!" 그가 소리치며 발판 위로 뛰어올랐다. 차에 탈 겨를이 없었다.

지프는 교차로를 가로지르고 주택가로 향했다. 나는 몇 블록 지나 차를 세우고 체이스를 차에 태웠다.

우리는 쏜살같이 마을을 빠져나왔다.

그다러고는 아무 말 없이 몇 킬로미터를 달렸다. 체이스가 북쪽을 가리켰다. 다시 2킬로미터 정도 동쪽으로 달리다가 다시 북쪽으로 꺾었다.

하지만 내 눈엔 오로지 TV 화면에 박힌 재클린의 얼굴만이 생생했다.

숨진 채 발견.

"윈터."

"내가 아니야." 눈물 때문에 앞이 잘 보이지 않았다. "누군가 언니를 미행한다고 했는데, 오, 세상에⋯ 언니!" 나도 모르게 탄식이 흘러나왔다. 토할 것만 같아 난 황급히 입을 막았다.

내 얘기를 증명해 줄 사람은 아무도 없었다. 네이퍼빌의 불도 꺼진 후였다. 전기가 끊겼으니 감시카메라도 없다. 줄리는 재키를 보지 못하고 재키도 몇 블록 떨어진 곳에 차를 세웠다. 줄리에게 떠나는 이유도 설명하지 않았다. 오히려 트롤리를 데리러 엔클라베에 돌아간다고 하지 않았던가! 에임스에서 기껏 20분 거리에!

"재키가 일리노이에 왔다는 사실도 증명 못 해. 그리고⋯ 체이스를 를 만난 것도 에임스 서쪽 주간 도로를 탔을 때잖아. 동쪽, 일리노이 방향도 아니고."

"언니 있을 때 켄에게 전화했다고 하지 않았어?" 체이스가 나를 보며 물었다.

"켄은 환자야. 며칠 후면 자기 이름도 기억 못 할 거야!" 나는 운전대를 꽉 틀어쥐고 다시 밤거리를 질주했다. 자정 직후라 불빛이 하나도 없었다. 그 이후 켄이 언제 전화했지? RV 차에서 줄리를 본 게 언제지… 몇 시였더라? 새벽 1시? 재클린이 20분쯤 후에 나타났나? 그곳에는 얼마나 머물렀고? 난 휴대폰 통화 내역을 뒤졌다. 줄리에게 전화를 걸어 떠난다고 했을 때가 몇 시인지 알아야 했다.

새벽 2시 13분.

"윈터, 차 세워."

"우스운 얘기지만… 만약 언니가 샘플을 넘겨줬어도 언니를 죽였을까? 에임스에서? 블레인은 매그너스의 사업 파트너였는데 9월에 거래한 이후 2주도 채 되지 않아 죽었어. 약물 중독이라지만 정말 그럴까? 저들이 그것마저 속이고 있다면?"

"윈터, 이제 내가 운전할게."

난 고속도로 갓길에 차를 세웠다. 여기가 어디 도로지? 체이스가 팔을 뻗어 지프를 주차모드로 전환했다.

난 밖으로 나가 지프 뒤쪽으로 돌아가는데 체이스가 다가와 내 어깨를 잡았다.

"언니를 죽이지 않았어! 언니는 환자였다고!"

그가 나를 끌어당기며 꼭 안아주었다.

"신천국에 외부 실험실이 있다는 얘기도 금시초문이야." 내가 울먹였다.

"샘플이 어떤 물건인지 몰라도 누군가 정말로 노리고 있어. 최대한 빨리 콜로라도에 가서 넘기고 손 터는 게 좋겠어. 누가 언니를 쫓고 있었다고 했지? 매그너스의 졸개들? 아니면, 언니가 샘플을 넘겨주기로 했다는 자들인가?"

"모… 몰라. 그냥 과대망상이라고 생각했는데…" 언니는 정상이 아니었다. 언젠가 언니를 잃게 될 거라고 예상은 했지만…

그래도 이런 식은 아니잖아.

안전벨트를 채우는 데도 세 번이나 실패했다. 손이 너무도 떨렸다. 난 버디를 꼭 끌어안았다. 절망과 두려움의 발톱이 심장을 할퀴었다. 그 어느 때보다 깊이.

정신 차려, 윈터.

체이스가 라디오를 틀고 채널을 돌렸다. 어디나 집에 머물러 있으라는 고리타분한 주문과 대통령의 연설뿐이다. 그 밖에는 전철 공격, 태평양 연안 북서부 지역에 공식 봉쇄 명령이 떨어진 도시가 늘었고…

체이스가 갑자기 볼륨을 키웠다.

"…재클린 타이센은 아이오와주 에임스에서 숨진 채 발견되었습니다. 연구소의 조기치매 연구 성과는 윈터 로스라는 여성이 훔친 것으로 추정…"

심장이 쿵 하고 떨어졌다. 체이스가 다른 방송을 찾았으나 뉴스는 단어 하나 틀리지 않고 앵무새처럼 되풀이되었다.

체이스가 차를 세우고 나를 버리면 어떻게 하지?

"재미있군. 윈터가 재키 동생이라는 사실은 어디에도 나오지 않으니." 그가 중얼거렸다.

그렇다. 그 얘기는 한 번도 없었다.

"그럼 날 믿는 거야?"

"난 사람을 잘 봐. 일단 샘플 때문에 사람을 죽이고 어떻게든 콜로라도 수의대학에 가져가려 한다는 게 말이 안 되잖아. 한몫 챙길 거면 당연히 러시아인들한테 가야지. 그나마 라디오라 윈터 사진을 보여주지는 못하는군."

도로변 작은 연못을 지나는데, 갑자기 체이스가 창문 버튼을 누르더니 내 휴대폰을 빼앗아 지프 밖으로 던져버렸다.

"무슨 짓이야?" 내가 소리쳤다. 휴대폰은 살얼음을 깨고 연못 속으로 사라졌다.

"더 이상은 추적 못 하게 하려고. 콜로라도에 지인이 있다는 사실은 또 누가 알고 있지?"

"아무도 없어." 아냐… 오, 맙소사. 재키의 죽음을 애슐리한테 어떻게 알리지? 이미 뉴스로 들었을까? 그런데 그가 경찰에 신고하면?

아냐, 아냐, 애슐리는 언니와 나, 둘과 통화했어. 네이퍼빌에서 언니가 함께 있었다는 것도, 언니가 병에 걸렸다는 것도 알고 있잖아.

"콜로라도의 수의사는 어떻게 찾기로 했지?" 체이스가 나를 보며 물었다.

"그 사람… 재키의 옛 친구야. 그냥 경찰에 자수할까?"

"그럼 그 자리에서 구속되겠지. 바이오테러에 살인 혐의까지 있는데. 감옥에 들어가면…시간이 꽤 걸릴걸? 재판까지 몇 년씩 걸리기도 하니까."

그럼 트룰리는 어떻게 하지?

"자수는 안 되겠네." 내가 투덜댔다.

"자수는 불가능해. 지금 당장은 샘플이 어디 있는지 아무도…"

"아까 술집 술꾼들이 있잖아."

"놈들도 우리가 어디로 가는지는 몰라."

"체이스까지 말려들게 해서 미안해. 아무래도 이만 헤어지는 게 좋겠어. 차를 한 대 더 찾아내서, 체이스는 와이오밍으로 가고 나는…"

"꿈 깨. 연료도 없잖아? 저 연료 주인은 분명 나입니다요."

"팬헨들로 데려가지 않으면 아니지. 그게 거래였으니까."

"그래서 나를 납치범으로 신고하게?" 그가 눈을 흘기며 말했다.

"술집 사람들은 우리가 어떤 차를 모는지 알아. 그리고 그 농부, 인골드 씨는 먹을 것까지 갖다 주었잖아. 우리 차가 지프인 것도, 체이스가 군인이라는 것도 알아. 생김새도 알고 이름도 알고."

그가 이를 앙다물었다. "그래봐야 소용없어. 포트콜린스까지 어떻게든 모셔 갈 테니까."

"지금 살인범을 돕고 있어!"

"해병 시절, 조국에 봉사하기로 맹세했어. 미국 시민과 시민의 삶을 지키기로." 그가 말했다.

"지금은 아니잖아."

"한번 해병은 영원한 해병이야. 게다가, 아까 뭐라고 했지? 이 혼란 속에서나마 목표가 생겨서 좋다고 안 했던가?"

"체이스의 삶을 망가뜨리는 목표는 없었다고!"

"지도나 봐줘." 그가 계기반 위의 접힌 지도를 고갯짓으로 가리켰다.

내가 한숨을 내쉬며 지도를 펼쳤다. 잠시 후 체이스에게 현 위치도 알려주었다. 체이스가 힐끗 지도를 보고는 주변을 살폈다. 기이할 정도로 조용한 마을이다.

필요 이상으로 체이스를 끌어들이지 말자고 생각했지만 그래도 이 순간 그의 존재는 더없이 고맙기만 했다.

비탄과 경악, 이 순간에 체이스가 없었다면 난 어떻게 되었을까?

망연자실이라는 게 이런 걸 말하는 건가?

난 두 눈과 이마를 문질렀다. 재키의 모습을 기억에서 지우고 싶었다. 출혈과 골절, 창백한 피부… 하지만 재키는 내내 쓰러져 있기만 했다. 눈을 부릅뜬 채로.

엔클라베를 떠난 후 처음으로 그곳의 콘크리트 담벼락이 그리웠다.

우리는 한참 후 멈춰 서서 연료를 보충하고 2차선 도로를 달렸다. 하나뿐인 타이어 자국을 따라 달리다 보니 멀리 파란 불빛이 보였다.

"몸을 낮춰." 그가 남쪽으로 돌며 말했다. 난 안전벨트를 풀고 바닥에 웅크렸다.

"우리를 노리는 걸까?" 몇 분 후 내가 다시 자리에 앉으며 물었다.

"알고 싶지도 않아."

우리는 지방도로를 택했기에 속도는 더 느려졌다.

난 약병에서 알약 반을 꺼내 물 한 모금과 함께 넘겼다. 약이 떨어지거나, 약효가 줄어들면 난 어느 정도까지 무기력해질까?

체이스가 다시 라디오를 켰다. 주요 도로는 어디나 탈출 차량으로 북적거렸다. 국립공원은 이미 도시를 빠져나온 사람들이 차지했다. 도시에서는 즉석 마을잔치를 벌이기도 했다. 냉동실에서 녹고 있는 고기들을 해치워야 하기 때문이다.

그리고 윈터 로스 수배령, 마지막 목격지는 네브래스카 중남부였다.

바깥 풍경도 변하기 시작했다. 평야는 야트막한 언덕이 되고 도로 양쪽으로 낮은 협곡이 일어났다. 소들이 느릿느릿 눈 속을 방황했다.

"술집 뒷문으로 나간 자는 어떻게 된 거야?"

내가 멀뚱멀뚱 체이스를 바라보았다.

그러고 보니 지프를 향해 달려오던 남자가 기억났다. 더플백으로 머리를 후려친 것도.

"내가 해치웠지."

체이스가 놀란 눈으로 돌아보았다. "세상에." 그의 시선이 내 무릎의 스티로폼 용기를 향했다. "식량까지 챙기고?"

나는 용기를 개봉해 남은 프라이를 버디에게 주었다. 아까부터 군침을 흘리며 괴로워하던 터였다.

머릿속 편집증의 목소리는 계속 체이스를 고발했다. 언제든 신고할 사람이야. 내 편이 되어준다고 했지만 세상에 그런 사람이 어디 있어? 그를 처음 만난 트럭 휴게소로 돌아가 기억을 더듬기도 했다. 신분을 속인 증거가 어딘가 있을 거야. 날 치고 간 레드넥 새끼와 한통속이 분명해. 나를 쫓아오고 있었던 거야. 난 생각하고 또 생각하고 또 생각했다. 문득 약효가 이미 떨어진 건 아닌가 의심도 해보았다.

몇 분 후, 다시 경광등 불빛이 보였다.

"오케이, 플랜 B로 가자." 체이스는 그렇게 말하더니 갑자기 북쪽으로 핸들을 꺾었다. 속도를 높이자 바퀴에 쌓인 눈이 바스러졌다.

"플랜 A가 있었는지도 몰랐는데? 어쩌려고?"

그가 한 방 날리려는 사람처럼 짓궂게 씩 웃었다. "윈터 말이 맞아. 차를 바꿔야겠어."

헤이스팅스 남단에 적색과 백색이 섞인 픽업트럭이 버려져 있었다. 급유구는 열린 채였다. 체이스가 그 앞에 차를 세우고 나가 트럭 안을 들여다보았다. 그는 몇 분 후 돌아와 지프 트렁크를 열었다. 마스크를 쓰고 나가보니 그가 기다란 철선과 스크루드라이버를 잡아당기고 있었다.

"잠겼어." 그가 말했다.

우리는 트럭으로 돌아가 철선에 풀매듭을 했다. "저 안에 손가락 넣을 수 있지?" 그가 턱으로 문 위쪽을 가리켰다. 난 시키는 대로 철선을 안으로 넣고 둘이서 양쪽을 충분히 늘어뜨렸다. 그러고 보니 마치 거인의 이를 대하듯 문을 치실질 하는 기분이었다.

"그래 거기… 좋아." 내가 철선을 비틀어 매듭이 손잡이 너머로 가게 했다.

우리는 철선 양 끝을 당겨 매듭이 문고리에 단단히 걸리게 한 다음 힘껏 당겼다.

체이스가 안으로 들어가 운전대 커버를 벗겼다. 난 지프 뒤에서 연료통을 빼내 더듬더듬 꼭지를 열었다. 트럭에 시동이 걸렸다. 아니, 걸리는 척은 했다. 체이스도 만족스러운 표정이었다. "좋아."

나는 연료통을 거꾸로 세워 연료를 넣기 시작했다. 연료가 졸졸 흐르는 터라 한참을 그렇게 서 있어야 했다. 그사이 체이스는 지프의 짐을 옮겼다. 입으로는 계속 중얼거렸는데… 아니, 중얼거리는 게 아니라 노래를 부르고 있었다. 무슨 노래인지는 몰라도 목소리는 멋있었다. 난 고개를 숙이고 못 들은 척했지만 사실은 그 목소리를 더 듣고 싶었다.

얼마나 많은 길을 걸어야

그를 사나이라 부를 것인가?

문득 멀리서 소리가 들렸다. 고개를 드니 트럭 한 대가 다가오고 있었다. 난 연료통을 내렸다. "체이스."

"알아." 그가 돌아와 연료통을 집었다. "어서 차에 타."

차에 올라타 마스크를 코까지 덮는데 체이스가 욕설을 내뱉었다.

"몸 낮추고 있어."

뭔가 잘못된 걸까? 눈 속에서 타이어 질척거리는 소리가 점점 가까워졌다.

트럭은 속도를 늦추지도 않았다. 오히려 더 빨라지는 듯했다. 우리 차를 지나치는 소리에 고개를 들어보니 트럭은 곧바로 굉음을 터뜨리며 전신주를 들이받았다.

난 놀라서 차 밖으로 나왔다. 전신주가 삐걱거리다가 결국 성냥개비처럼 부러지고 말았다. 전선들이 픽픽 소리를 내며 끊어졌다.

체이스가 내 팔을 잡아당겼다.

"저 안에 사람이 있어!" 내가 말했다.

"내가 갈게."

체이스는 나를 걱정해서 그렇게 말한 걸까? 아니면 트럭에 탄 사람들이 나를 알아볼까 불안했던 걸까? 체이스가 운전석 옆쪽의 도랑으로 미끄러져 들어가 장갑을 끼더니 문을 잡아당겼다. 문이 잠겼는지, 이번엔 깨진 유리 안으로 손을 넣었다. 잠시 후에는 트럭 뒤로 돌아가더니 짐칸에 올라타 뭔가를 찾기 시작했다. 그것만으로도 운전사의 상태는 분명해졌다. 체이스가 연료통을 들고 돌아올 때쯤 난 이미 장비를 싣기 시작했다. 그때 문득 그의 손에 들린 물건이 시선을 끌었다.

권총.

그가 연료통을 뒤에 싣고 주머니에 손을 넣었다. "자, 받아." 휴대폰과 지폐 몇 장. 값으로 따지면 수백 달러였다.

"도둑질한 거야?" 내가 물었다.

"어차피 저 양반한테는 필요 없어." 그가 말하고는 무기를 확인했다.

짐을 다 실을 때쯤 트럭 엔진이 툴툴거리며 시동이 걸렸다. 체이스는 지프로 가서 번호판을 해체하고 창문에서 문장을 떼어냈다. 왠지 부도덕한 행위를 하는 기분이었다. 내가 사주한 셈이라 미안하기도 했다. 아무튼 그는 말없이 일을 하고 나도 아무 말 하지 않았다.

그가 일어나 엉덩이에 두 손을 대며 지프를 보았다. 스페어타이어까지 벗겨낸 상태였다. 나는 체이스가 정말 그 차를 사랑했다고 말해주기를 바랐다. 저 차 사기 위해 통장을 털었다거나, 잘빠진 오프로드형을 구하려고 몇 년을 일했다고 엄살이라도 떨면 좋을 텐데. 솔직히 저 낡은 트럭보다 100배는 낫다고 말이다. 하지만 그가 한 말은 단 한 마디였다. "가자."

나는 트럭 운전대를 잡고 체이스가 모는 지프를 따라갔다. 1킬로미터 정도 갔을까? 나무들이 잔뜩 쓰러진 곳이 나왔다. 체이스는 지프를 보이지 않게 숨겼다. 잠시 후 그가 다시 밖으로 나왔다. 난 아무 말 없이 옆으로 물러났다. 운전을 하면서 몸을 숨길 수는 없을 테니.

우리는 북쪽으로 방향을 잡았다.

제31장

I-80, 난 앞자리에 웅크리고 앉아 있었다.

"뭐가 보여?" 내가 물었다.

"도랑에 처박힌 차들. 중앙 차선에 몇 대. 모두 다섯이고 저 앞에 더 있어. 생각보다 차가 많네." 체이스가 고가 차도를 건너며 중얼거렸다. "그나마 경찰은 안 보여. 출구의 주유소는 비었고 기름 없다는 표지판이 내걸렸군." 그가 의자 끝에 한 손을 대고 있기에 내 손으로 깍지를 꼈다. 그도 내 손을 꼭 잡은 채 2킬로미터 정도를 달렸다.

"이제 괜찮아." 체이스가 나를 끌어 올리며 말했다. 나는 권총을 바닥에 떨구고 안전벨트를 다시 맸다. 이번에도 네브래스카의 지방 도로였지만 길은 전보다 훨씬 곧고 좋았다.

"윈터, 콜로라도에 도착한다 한들 뭘 어떡해야 할지 모르겠지만, 나도 별 도움은 못 될 거야. 나한테 무슨 일이 생길지 모르고 또… 혹시 윈터 혼자 남거나 누군가를 보호하려면 총과 친해지는 게 좋아."체이스가 말했다.

난 '누군가'라는 단어 때문에 그를 돌아보았다. "그럼 가르쳐 줘."

우리는 차를 세우고 총을 쥐는 법, 빈 탄창을 넣고 빼는 법, 안전장치를 푸는 법, 총알을 넣는 법 등을 1시간 동안 연습했다. 이런 연습을 하리라고는 상상도 한 적 없다. 그래도 트룰리든 누구든 언젠가 보호해야 할 일이 생길지도 모른다.

그가 나를 곁눈질로 쳐다보고 있었다.

"왜?"내가 뭘 잘못할 걸까?

"그냥, 운명이 참 우습다는 생각을 했어."

"이건 운명하고 상관없어."내가 톡 쏘아붙였다.

"그래? 예전엔 앞만 보고 살겠다고 결심했지. 그래서 훈련교관 일을 했고. 격투기 하다가 부상을 당한 다음 콜롬비아에서 빈둥거리며 어떻게 살까 고민했는데, 이런 사태가 벌어진 거야. 난 도망치기로 했지. 파병 전우가 자기 집에 얼마든지 와 있어도 좋다고 하더군. 장비를 챙겨 그쪽으로 가던 중이었어. 그런데 주간도로에서 헤드뱅잉을 하다가 어떤 여자한테 걸렸지."

"그 장관을 어떻게 안 봐?"

"트럭 휴게소에서 윈터가 광증 환자와 실랑이하는 모습을 본 순간, 운명이라고 직감했지."

"우연이라고 하는 거야. 운명이 아니라."

"그걸 어떻게 알아?"

"왜냐하면! 운명은 다르니까. 당연히 달라야지."물론 달라야 한다.

이 남자가 뭘 알겠어? 참회실에서 신께 용서를 구하며 무수한 밤을 보낸 것도 아니잖아? 자칭 메시아의 눈치를 살피며, 인정을 찾고 허락을 구해본 적도 없잖아? 그런데 그 눈 속에 신이 아니라 악마가 살고 있는 거야. 그 사실을 알았을 때의 충격을 상상이나 해봤겠어?

체이스가 눈을 찡그리며 태양을 올려다보았다. "대홍수 때 한 남자가 지붕에 갇혀서 신께 살려달라고 기도를 했어. 그 얘기 들어본 적 없지?"

"응?"

"지붕에서 오도 가도 못하는데 노 젓는 배가 한 척 왔지. 나중에는 모터보트도 오고 헬기도 날아와 타라고 얘기했지만 남자는 꺼지라고만 하는 거야. 신이 구해줄 것이라고 믿었던 거지. 남자는 결국 익사하고 말아."

"끔찍한 이야기네."

그가 손가락 하나를 세웠다. "남자는 천국에 가서 신께 이렇게 따져. '왜 구해주지 않았죠?' 신이 뭐라는 줄 알아? '난 분명 배 두 척과 헬기를 보냈다. 더 뭘 원하느냐?' 맙소사, 뭘 더 원하는 거야, 윈터?"

난 그를 쏘아보았다. "그러니까 체이스가 배라는 뜻이야?"

"내 말은, 윈터는 내내 자기가 익사할 것처럼 군다는 거야."

내가 대답을 못 하자 그가 어깨를 으쓱했다. "아무튼, 내 운명이야. 신이 내게 보낸 계시이기도 하고. 윈터는 이해 못 할 거야. 계시는 늘 암호로 되어 있으니까."

엔클라베였다면 그런 생각 자체가 파문 감이다. 하지만 나도 모르게 그 말이 자꾸만 떠올랐다.

묘한 질투심까지.

"아무튼 문득 생각이 났는데… 병의 원인이 돼지라면 그 캐리어 안에 사람들을 구하거나 아프게 만드는 것 말고 완전히 다른 내용도 있지 않을까?"

난 눈을 동그랗게 떴다. 그런 식으로는 생각해 본 적이 없다. "가축들 얘기야? 정육업?"

그가 고개를 끄덕였다. "특정 국가에서 고기 값을 올리기 위해 다른 국가의 판매용 동물을 통째로 감염시키는 것도 어렵지는 않을 거야. 이를테면, 시장교란이지. 아니, 자칫 음모론이 될 수 있으니 많은 국가 정도로만 해두자. 게다가 윈터는 이해 못 하겠지만 난 베이컨이라면 깜빡 죽어."

"좋아, 베이컨을 구하면 세상도 구한다."

그가 끄덕였다. "베이컨을 위해 세상을 구하자고."

도로에 돌아오니, 재키의 살인 용의자를 광범위하게 수배 중이었다.

윈터 로스.

체이스가 계기반의 연료량을 계속 확인했다. 어쩌면 더 시급한 문제가 발생할 수 있다는 얘기다.

"탱크 기름을 얼마나 넣었지?" 그가 물었다.

"전부." 계기를 보니 E 위에서 간당간당했다. "이럴 리가 없는데?"

차를 세우고 우리 둘 다 밖으로 나갔다. 체이스가 트럭 앞에서 차 밑으로 누워 들어가고 난 웅크리고 앉아 지켜보았다. 잠시 후 그가 주머니칼을 꺼냈다.

"연료관이 터졌네, 망할." 그가 투덜댔다.

"그럼 어떡해?"

그가 빠져나왔다. "멀쩡한 호스나 새 차를 구해야겠어."

"좋아. 뭐든 찾을 때까지 한 번에 1갤런씩만 넣기로 해." 내가 다른 통을 집었다.

우리는 최대한 멀리까지 달린 다음, 차를 세우고 연료를 넣었다. 거리는 16킬로미터 정도였다. 다른 차를 구해야 하는데 이놈의 촌구석 도로엔 아무것도 없다.

우리는 남쪽으로 방향을 틀어서 다시 I-80으로 들어갔다. 그때쯤 교통량이 다시 조금씩 꾸준히 늘어나고 있었다.

다행히 고속도로 옆길에서 낡은 포드 브롱코를 발견했다. 우리는 그 뒤에 차를 세웠다. 체이스가 창문 안을 들여다보더니 바로 문을 열었다. 문은 열려 있었다. 몇 분 후 나는 그를 따라 트럭의 짐을 빼낸 뒤 브롱코에 실었다. 차 안에서 땀 냄새와 지린내가 진동했다. 콘솔에서 컵을 꺼내니 검은 액체가 담겨 있었는데 커피는 아니었다. 버디가 쿵쿵거리며 흥미를 보였다. 체이스가 컵을 창밖으로 던지고 북서쪽으로 방향을 틀었다.

이제 남은 기름은 4갤런뿐이다.

"농장을 찾아야겠어. 큰 농장이면 기름도 여유가 있을 거야. 잘하면 기름을 살 수도 있어." 체이스가 낡은 헛간을 지나치며 말했다.

지방도로 교차로에 도착한 뒤로는 지평선을 살폈다. 사일로, 곡물 트럭, 농장 간판… 뭐든 상관없다. 우리는 트리온 남쪽에서 '포스터 농장' 간판을 발견하고, 자갈길 위쪽으로 사일로 몇 개도 확인했다.

그곳에서 100미터쯤 떨어진 곳에 커다란 막사 건물이 세 채나 있었다. 난 마스크를 쓰고 스키모자를 눌러썼다.

"난 저 숲에서 기다리는 게 낫겠어." 내가 나무들을 가리키며 말했다.

체이스가 고개를 저었다. "나 혼자 다니는 것보다 커플이 훨씬 덜 위협적으로 보여." 그는 본관에서 조금 떨어진 곳에 차를 세우고 나한테 권총을 건넸다. "뭐든 잘못되면 무조건 도망쳐."

체이스가 나가자 버디가 뒷좌석에서 낑낑거렸다. 체이스는 빈 연료통을 챙겨 건물 쪽으로 걸어갔다. 그곳에서도 누군가 채광창 뒤에서 움직이고 있었다.

1분 후, 두 남자가 마스크를 쓴 채 나오더니 두 헛간 사이에 섰다. 나는 운전석으로 들어가 시계를 보고 권총을 옆자리에 놓았다.

엔클라베를 떠난 후 처음으로 매그너스가 지금, 이 순간 뭘 하고 있을까 궁금했다. 물론 그는 샘플이 내 손 안에 있다는 사실도 알고 있다. 그가 집무실에서 콧수염을 쥐어뜯고 눈에 불을 뿜으며 성내는 모습을 떠올려 보았다.

매그너스가 두려워하기를 바란다. 공포에 질려 오금 저리는 모습을 보고 싶다. 죽음을 두려워하고 보복을 두려워하고 죄를 두려워하는 모습을.

그에게 목소리를 전한다던 바로 그 신에게 버림받고 더 나아가 잊힐까 봐 두려워하기를 바란다.

하지만 그럼 내가 아는 매그너스가 아니다. 그가 신을 두려워할 리 없다. 신이 아니라 샘플을 잃을까 봐, 샘플 때문에 잘못될까 봐 두려워할 것이다.

나를 두려워할 리도 없다.

트롤리를 데리고 있는 한, 아니다.

문득 그가 다 알고 있을 거라는 생각이 들었다. 트롤리의 아버지가 따로 있다는 사실이 아니라(그럼 트롤리도 무사하지 못하겠지?), 내가 트롤리를 데리러 가리라는 것을. 그리고 트롤리가 있는 한, 내가 어디에 가든, 제 손아귀를 벗어나지 못한다는 사실도 알고 있으리라.

만일 그가 집무실을 서성이며 눈에 불을 밝혔다면, 그건 두려움이 아니라 기대감 때문일 것이다.

정전사태가 일어난 후 약속을 두 가지 했다. 하나는 재클린에게, 하나는 나 자신에게.

그자를 죽이러 가겠어.

체이스가 연료통을 들고 뛰다시피 하며 진입로를 내려왔다. 난 브롱코의 시동을 걸었다. 30초 후, 우리는 다시 도로 위를 달리고 있었다.

산마루와 언덕은 어느새 야트막한 협곡으로 변했다. 우리는 연료를 더 구입하기 위해 목장 두 곳을 더 들렀다. 한 곳에서는 2갤런을 팔았고 다른 곳에서는 샷건을 겨누었다. 체이스는 두 손을 들고 차로 돌아왔다.

체이스가 운전을 하는 동안 난 15분간 지도만 붙들고 늘어졌다. 지금까지 매카너기 호수 남쪽 길을 따라왔다. 말과 소를 키우는 방목장이라기보다는 널따란 겨울 호숫가처럼 보이는 곳이다. 그러고 보니 인디애나 듄스로 여행갔을 때가 생각났다. 불과 1년 전인 양 기억이 생생했다. 이곳에도 노을이 지고 있건만 아직 콜로라도에 도착조차

하지 못했다.

"국경 북쪽까지 50킬로미터 정도 남았어." 내가 말했다. 남쪽 줄스버그의 고속도로와 주간도로에 점점 인파가 몰려든다는 얘기는 하지 않았다.

난 손가락으로 거리를 재보았다. "서쪽으로 30킬로미터 가면 정남쪽이야. 76번 도로를 타고 계속 북쪽으로 가면 거기에서도 포트콜린스에 들어갈 수 있어.

체이스가 고개를 저었다. "연료가 부족해."

계기반을 쳐다볼 필요도 없었다. 몇 킬로미터 전부터 불이 들어오지 않았으니.

"얼마나 남았어?"

"별로."

황무지를 10킬로미터쯤 달리자 농장 진입로가 나왔다. 양쪽에 기둥이 두 개 있고 꼭대기에 간판이 길게 걸려 있었다. 샌드힐스 축산농장.

체이스가 야구 모자를 거꾸로 쓰고 권총은 운전석 아래 내려놓았다. "문제가 생기면 어떻게 해야 하는지 알지?" 그가 다시 물었다.

내가 고개를 끄덕였다.

우리가 접근하자 두 남자가 마중을 나왔다. 둘 다 마스크를 쓰고 샷건을 들었다. 그러고 보니 유폐된 전염병 환자처럼 보이기도 했다. 검은색 픽업이 보이고 그 너머 축사가 줄지어 서 있었다. 소들은 중앙의 기다란 여물통에 모여 있는데 추위 따위는 개의치 않는 듯했다. 버디는 잔뜩 흥분해 킁킁거리다가 소떼를 향해 짖기 시작했다.

체이스가 마스크를 쓰고 창문을 내렸다.

"뭔 일이래유?" 둘 중 키가 큰 사람이다.

나는 마스크를 쓴 채 웃음을 참았다. 뭔 일이래유?

"길을 잃으셨나?" 다른 남자가 물으며 차 안을 들여다보았다.

"아닙니다. 기름을 몇 갤런 살 수 있을까 해서요." 체이스가 말하며 버디를 발로 살짝 밀쳤다. 본관 옆의 별채에서 이상한 소리가 들렸다. 체이스가 고개를 기울이는데 세 번째 남자가 건물 밖에 서 있었다. 첫 번째 남자가 시야를 가리고 나섰다.

"현찰은 있으시고?"

"그럼요." 소리가 점점 커졌다. 누군가 악을 쓰고 있었다. 체이스가 다시 그쪽을 살폈다. "무슨 일이 있나요? 혹시 도움이 필요하십니까?"

"일꾼 놈이 병에 걸렸는지 개지랄이야." 그가 고개를 저었다. "발광하지 못하게 하느라 저러지. 댁들은 어디에서 왔는데?"

"오클라호마. 정전 때 친척집에 있었거든요. 고맙게도 차를 빌려주셨죠."

"남쪽으로 돌아가지 않았다니 놀랍군." 남자는 말하면서도 시선은 나를 향했다. 버디가 계속 짖어 내가 안아주었다. 버디는 내 품에 안겨서도 긴장을 놓지 못했다.

"서쪽으로 갈 생각입니다. 도시에 돌아가서 뭐 합니까?"

"에, 생각 잘했수. 아무튼 조심은 해야 하겠지만."

"왜요?"

"76번 도로 줄스버그 방향으로 툭하면 검문이잖아. 도망자도 있고 미친놈도 있고. 아주 난리야."

난 버디만 보았다. 심장이 콩닥콩닥 뛰었다.

마음으로는 당장 핸들을 꺾어 달아나고 싶지만 브롱코의 연료는 바닥이었다.

"알려줘서 고맙습니다. 우리도 신경 써야겠군요."

"당근이지."

남자가 다가와 운전석 문에 기대더니 트럭 내부를 훑어보았다. "그럽시다. 따라오면 챙겨드리지."

"고맙습니다."

체이스는 차를 옆으로 옮겨 세웠다. 엔진을 끄지는 않았다. 그가 연료통을 챙기러 가다가 잠깐 멈추더니, "곧 돌아올게, 여보"라고 하고 도로 쪽을 향해 눈을 찡긋거렸다. 여차하면 튀라는 얘기다.

남자 셋은 언덕으로 올라갔다. 키 큰 사내가 별채를 지키던 남자에게 휘슬을 불었다. 별채에서는 소음이 더 커지고 고함이 개 짖는 소리처럼 들렸다. 남자가 철제 벽을 탕탕 때리며 지저분한 욕설을 퍼부었다. 나는 버디를 내려놓고 운전석으로 건너갔다. 버디는 조수석으로 뛰어올랐다. 벽에 갇힌 비명 소리가 답답하게 들렸… 아니, 비명이 아니라 한 단어였다. 똑같은 단어가 거듭 반복되고 있었다. 살려줘!

곁눈으로 보니 남자가 진입로를 따라 내 쪽으로 접근 중이었다. 샷건을 어깨에 매고 있었다. 나는 권총을 더듬어 찾았지만 손에 닿지 않았다.

"소란 떨어서 미안하우다." 그가 문에 기대섰다. 입으로는 육포 조각을 질겅거렸다. 두 눈의 흰자위는 누렇게 뜨고 피부는 나무처럼 거칠고 주름이 많았다. 몸에서 술과 썩은 고기 냄새가 났다. "여기도 문제가 많아. 놈들이 큰 농장만 노리거든. 에, 욕심들이 장난이 아니야. 보안관이 온다고는 하는데 그게 어디 쉽나? 남잔지 여잔지 암튼, 살인범 잡겠다고 저 지랄들이니." 그가 어깨를 으쓱였다.

건물 쪽을 보는데 소리가 또렷하게 들렸다. 버디는 내내 안달하며 남자를 향해 으르렁거리다가 짖기를 반복했다. 사내가 씩 웃으며 남은 육포를 조수석에 던졌지만 수류탄이라도 본 듯 버디가 납작 엎드렸다.

"저 남자 따라다니나?" 그가 턱으로 체이스가 사라진 방향을 가리켰다.

"아뇨. 저 사람이 날 따라다녀요." 내가 중얼거리며 체이스의 흔적을 찾았다.

남자가 문에 기댄 채 역겨운 미소를 흘렸다. "성깔 좀 있나 보네."

"왜 이렇게 오래 걸리는지 여쭤봐도 될까요?"

그가 고개를 저었다. "안됐지만 그냥 계셔. 여기도 규칙이라는 게 있거든."

그때 수목한계선 너머에서 총 소리가 울렸다. 난 화들짝 그 방향으로 고개를 돌리며 변속레버를 잡았다.

"이런, 두 손은 그냥 올려두시지, 예쁜 아가씨." 그가 아무렇지도 않게 샷건 총신을 창턱에 걸쳤다.

순간 울화가 치밀었다. 난 팔뚝을 총신 아래 넣어 위쪽으로 쳐올렸다. 총알이 천장을 뚫었다. 귀가 멍멍했다. 난 권총을 향해 몸을 날렸다.

내가 소리를 지르며 재빨리 권총을 집어 들었다. 귀가 멍멍해진 탓에 아무 소리도 들리지 않았다. 놈이 샷건을 재장전하려 했지만 총구를 힐끗 보더니 다시 나를 보았다.

이제 막 악몽에서 깨어난 자의 표정이었다.

난 안전장치에서 엄지를 떼며 변속기를 향해 팔을 뻗었다.

놈도 가만히 있지 않았다. 샷건을 내동댕이치고는 운전석 문을 열려고 했다. 나는 권총 개머리판으로 놈의 이마를 갈겼다. 기어를 넣자 자갈이 사방으로 튀었다.

숲 너머에서 남자들이 보였다. 체이스와 남자가 진창에서 뒹굴고 있었고, 다른 놈은 절뚝거리며 집 쪽으로 가고 있었다. 난 경적을 힘껏 누르며 그쪽으로 달렸다. 가속페달을 밟자 체이스가 몸을 굴리며 빠져나왔다. 브롱코가 두 번째 남자를 밟고 지나가며 덜컹거렸다. 나는 최고 속력으로 언덕 반대 방향으로 내려가다가, 울타리와 충돌하기 직전 미끄러지며 급정거를 했다. 체이스도 손에 샷건 두 개를 든 채 이쪽으로 달려오고 있었다. 버디가 다시 짖기 시작했지만 물속에서 망치질을 하는 듯, 소리는 먹먹하기만 했다. 귓속이 멍한 탓에 소리를 모조리 흡수한 것이다.

체이스가 뭔가 소리쳤지만 알아듣지 못했다. 난 귀를 가리키며 고개를 저었다. 그가 고갯짓으로 어딘가를 가리켰지만 그 방향에서도 소리는 들리지 않았다. 그가 재빨리 내 무릎의 권총을 집어 숲 쪽을 겨누었다. 잠시 후 총을 내리고 나서야 난 이유를 알았다. 검은 트럭이 빠른 속도로 달려오고 있었던 것이다.

연료 탱크로 돌아가면서 보니 내가 친 남자가 보이지 않았다.

우리는 발전기를 가동했다. 브롱코의 연료를 채우는 동안 체이스가 다가와 내 귀와 목을 살폈다.

그는 나보고 펌프를 지켜보게 하고 계기반과 발전기를 번갈아 확인했다. 표정으로 보아 뭔가 어긋난 모양이다.

"왜?"

말을 듣지는 못해도 이해는 할 수 있었다. 그가 펌프를 떼어내고 연료탱크 마개를 닫았다.

기름이 없었던 것이다.

"건물 안에서 누군가 살려달라고 외쳤어." 내가 말했다. 귀가 먼 탓에 목소리가 커졌을 것 같다. 별채로 돌아가면서 체이스가 자기 샷건을 집어 들었다.

그가 두 손가락으로 자기 눈을 가리켰다. 난 고개를 끄덕인 뒤 그를 따라 차에서 내렸다. 별관 문은 모두 굳게 잠겼다. 체이스가 나이프로 문을 후빈 다음 힘껏 당겨 열고 안으로 들어갔다. 난 마당에서 망을 보기로 했다.

잠시 후 그가 노인과 함께 다시 나왔다. 노인은 더러운 외투를 입고 카우보이모자를 썼다. 역시 아무 말도 들리지 않았으나 전과 달리 말뜻을 정확히 알 수 있었다. 노인은 우리한테 감사하며 목장 직원들과 아내가 죽었다는 얘기를 했다. 표정은 불안하고 외모도 너무나 유약해 보였다. 체이스가 연료가 떨어졌다고 하자 노인이 몇 갤런을 내주었다. 목장에 남은 연료가 그것뿐이라는 말도 했다. 노인의 목소리는 체이스보다 희미해 듣기가 더 어려웠다.

집 안으로 초대했으나 체이스는 머물 시간이 없다며 사양했다. 그러자 노인이 잠깐 기다리라 하고는 다른 건물에서 비닐봉지를 들고 돌아왔다. 냉동육 두 덩이였다.

"더 있었는데 저 놈들이 다 해치웠소." 짐작으로는 그런 말이었다.

"아니, 이러실 필요까지는…"

체이스가 만류했으나 노인은 고집을 꺾지 않고 차까지 배웅해 주었다. 우리도 노인에게 감사 인사를 하고 차례로 악수를 나누었다. 악수를 하면서 보니 노인의 뺨은 그냥 붉은 게 아니었다.

열이 있어.

놈들이 목장을 강탈하기는 했어도, 광증 얘기까지 거짓은 아니었다. 그런데 그냥 살려두어도 괜찮은 걸까?

우리는 장갑을 뒤집어 버리고, 구급상자에서 알코올 솜을 꺼내 손을 깨끗이 닦아냈다. 문고리, 운전대도 닦았다. 노인 생각을 하자 조금 혼란스러웠다. 우리가 떠날 때도 자꾸 주변을 돌아보는 모양새가, 어느 건물이 집인지 헷갈려 하는 것만 같았다.

"천장에 구멍은 어떻게 난 거지?' 체이스가 큰 소리로 물으며 다시 운전대를 잡았다. 귀가 멍하기는 해도 머리 위 바람 소리는 들을 수 있었다.

"별로 얘기하고 싶지 않은데?"

"상황이 꼬이면 죽어라 도망치라고 했던 것 같은데?" 체이스는 화가 난 목소리였다. "그 말 이해하는 게 그렇게 힘들어?"

"도망치려다 실패한 거야."

"윈터, 그런 말은 안 통해. 도망가라고 하면 어떻게든 도망가야지."

"고맙다고는 못할망정."

"뭐가?"

"목숨을 구해줬잖아."

"누가 구해달래? 윈터 임무는 포트콜린스에 가는 거야. 어떤 희생을 무릅쓰고라도!"

"왜 내가 명령을 들어야 하지? 이건 체이스 이전에 내 임무였어."

그러는 동안, 연료는 벌서 경보 수준을 오락가락했다.

"이걸로 얼마나 더 갈 수 있을까?"

그가 고개를 저었다. "운이 좋으면 30킬로미터. 아니면 25킬로미터 정도."

난 지도를 잡고 포트콜린스까지 거리를 재보았다. 적어도 300킬로미터는 더 가야 했다. 그것도 고속도로를 통해 곧바로 달릴 경우였지만 지금은 도로봉쇄 때문에 불가능하다.

문득 케스트럴의 이메일 생각이 났다. 줄리에게도 안전한 장소가 필요할 경우 그곳으로 가라고 말해두었다.

"서쪽으로 가. 시드니에 가야겠어." 내가 말했다.

제32장

땅거미가 지고 있었다. 하늘은 낡은 데님 색이고, 지상에 쌓인 눈은 색 바랜 석양을 비추었다.

애슐리는 나를 포기했을까? 재키의 뉴스를 보고?

지금쯤 캠퍼스에 경찰이 진을 치고 있을지도.

난 약병을 찾아 지난밤에 남겨둔 약 절반과 4분의 1을 먹었다.

이제 남은 약은 세 개.

"괜찮아?" 그가 나를 보며 물었다.

"체이스, 내가 친 남자는 어떻게 됐을까?"

"죽었을 거야. 놈들은 그냥 두고 도망갔을 테고."

운전을 배우면서 그 점을 몇 번이고 걱정했다. 누군가를 치고 나서도 그 사실조차 모른다면… 난 몇 번이나 되돌아가 확인하곤 했다. 라이커 박사를 만난 다음에야 조금 나아지기는 했다. 강박 장애가 있는 사람에게는 흔한 일이라지만 난 지금도 가끔 그 생각을 한다. 그런데 오늘 의도적으로 사람을 친 것이다.

순간 브롱코가 덜컹 튀어 올랐다. 버디와 가방까지 들썩거렸다. 사람을 쳤을 때의 느낌을 잊고 싶었지만 그럴수록 기억은 더 선명해졌다.

"윈터 잘못이 아니야. 사람들을 도우려 했는데 놈이 막아선 거니까. 알고 한 짓은 아니지만, 아무튼… 윈터 생각으로는… 이런, 무슨 생각을 했는지 알고 싶지도 않아."

체이스가 말했다. 생각하기 싫은 건 나도 마찬가지다.

사이드미러에 헤드라이트가 비쳤다. 뒤를 보니 검은색 트럭이 따라오고 있었다. 난 차내 등을 껐다.

"그 사람들일까?" 내가 물었다.

체이서가 백미러를 보았다. "그런 모양이군. 같은 트럭이니." 체이스가 가속 페달을 밟았다. 아까 낮에 눈이 녹기는 했지만, 속도를 올리자 우지끈 하고 얼음 깨지는 소리가 들려왔다.

트럭이 속도를 올리면서 두 개의 빛줄기도 가까워졌다. 우리도 빠르게 달리기 시작했다. 낡은 타이어가 눈 속에서 헛도는 바람에 자칫 위험할 뻔했다. 이정표를 보니 지방도로는 곧 자갈길로 변하는 모양이다. 체이스는 속도를 조금 줄이며 북쪽으로 핸들을 꺾었다. 난 머리 위 손잡이를 꼭 잡았다. 이러다가 협곡으로 곤두박질칠 것만 같았다. 체이스는 방향을 잡자마자 가속페달을 밟았다. 하지만 트럭이 더 빨라 우리 차 범퍼를 건드렸다.

체이스가 샷건을 들었다. 그가 창문을 내리는 동안 내가 운전대를 잡아주었다. 체이스는 벨트를 풀지도 않은 채 몸을 돌려 총을 쏘았다. 헤드라이트가 좌우로 흔들리다가 뒤로 물러났다. 그때를 틈타 다시 속도를 올렸지만 눈 쌓인 자갈길이라 브롱코도 맥을 추지 못했다. 왼쪽 갓길 너머로는 협곡이 이어지고 그 사이를 고작해야 가드레일이 지키고 있다.

"여기 어딘가 고속도로가 있어. 북쪽으로 직행하는." 내가 어둠 속을 노려보며 말했다. "저기… 저기로 들어가."

체이스가 운전대를 꽉 잡았다. 그가 "엎드려!" 하고 외치고는 속도를 조금 늦추며 핸들을 꺾은 뒤 곧바로 가속페달을 밟았다. 난 꺅 비명을 지르며 버디를 끌어안았다. 트럭이 그대로 우리를 박을 것만 같았다. 체이스가 몸을 숙이며 다시 총을 쏘았다. 브롱코의 뒷좌석 왼쪽 창문이 박살 났다.

체이스가 안전벨트를 다시 착용하려 했다. 내가 잡고 제자리에 끼워주었다.

체이스가 힘껏 브레이크를 밟았다. 그 바람에 트럭이 추월하나 했는데 그가 핸들을 돌려 범퍼로 트럭 뒷바퀴를 건드렸다. 나는 다시 비명을 질렀다. 트럭이 오른쪽으로 도는가 싶더니 그대로 도랑에 처박히고 말았다. 그 뒤의 굉음은 나한테도 들릴 정도였다.

난 몸을 비틀어 뒤집힌 트럭을 보았다.

"나온 사람 있어?"

"아직 안 보여."

버디가 품 안에서 덜덜 떨었다. 아니, 떠는 건 버디가 아니라 나인가?

우리는 아무 말 없이 몇 킬로미터를 달렸다.

"얼마나 남은 것 같아?" 체이스가 물으며 계기반을 보았다. 다시 불이 들어왔다.

"15킬로미터쯤."

이제는 라디오 방송국 찾기도 쉽지 않았다. 겨우 하나를 찾았는데 더 이상 음악을 틀지 않았다. 온통 뉴스뿐이었다. 병원은 만원이고 임시병동까지 우후죽순으로 생겨났다. 여행객들은 홍콩, 캐나다, 호주에서 격리당했다.

지역 뉴스. 윈터 로스와 남성 동행을 체포하는 데 도움을 주면 포상을 하겠단다.

최종 목격자에 따르면 검은색 지프를 몰고 다녔음.

우리는 조용히 차를 몰았다. 시선은 연료 계기와 속도계를 부지런히 오갔다. 바늘이 점점 아래로 내려갔다. 몇 초 후 엔진이 셧다운 되었다. 우리는 길옆에 차를 댔다. 브롱코가 죽었다.

제33장

별들이 어둡고 추운 하늘을 수놓았다. 해가 지자 기온이 영하 7도까지 곤두박질쳤다. 난 외투 후드로 모자까지 푹 덮어썼다. 걸을 때마다 더플백이 허벅지를 때렸다.

"괜찮아?" 체이스가 물었다. 식량과 물은 물론, 장비를 최대한 수급해 백팩에 욱여넣었다. 목장 노인이 준 고기도 물론 챙겼다. 지금까지의 거래 중 최대의 수확인데 왜 아니겠는가. 다른 물건은 어쩔 수 없이 브롱코에 둔 채 문을 잠갔다. 버디는 목줄을 하고 처음 500미터 정도를 걷다가 지금은 줄리의 담요로 임시 멜빵을 만들어 그 안에서 빼꼼 머리만 내놓았다. 멜빵 역시 체이스가 맸는데, 흡사 동네 아줌마가 아기를 안고 다니는 것처럼 보였다. 지금껏 48시간 내내 공포와 싸워야 했지만 그를 볼 때마다 슬며시 웃음이 나왔다. 나도 두려움에 익숙해져 가는 건지도 모르겠다.

"얼마든지 웃어. 아무튼 강아지가 나를 더 좋아하는 이유가 있다고." 그가 샐쭉했다.

1시간 반쯤 걸었다. 1시간 전, 농가에 들러 연료를 구걸했지만 보기 좋게 거절당했다. 그동안 난 숲속에 숨어 있었다. 피터슨 농장으로 가는 길을 물었더니 농부가 북쪽을 가리키며, 걸리의 서쪽으로 13킬로미터 정도 가면 된다고 알려주었다. 그 후 단백질 바를 먹으며 3.5킬로미터를 걷는 중이었다.

걸을 때마다 아드레날린이 빠져나가며 발이 얼음덩어리가 되는 것 같았다.

"정말 확실하지?" 벌써 세 번째 질문이다.

난 그를 설득해 신비의 피터슨 씨에게 운명을 걸어보기로 했다. 라디오가 작동한다면 그 사람도 지금쯤 내 뉴스를 들었을 것이다. 이곳 사람들은 다들 아는 것 같으니.

"응." 내가 대답했다. 체이스뿐 아니라 나를 위해서도 확실해야 했다. 케스트럴을 믿는다. 케스트럴이 나를 보증해 줄 것이다. 매그너스의 사이코패스 기질은 물론 그가 지금까지 어떤 일을 했는지도 얘기해 두었으리라.

나는 옥수숫대를 밟고 비틀거렸다. 희미한 달빛 속에서 무조건 북서쪽을 향해 걸은 이후 방향을 알려주는 최고의 이정표인 셈이다. 불빛이라도 보이나 지평선을 훑었지만 아직은 아니었다.

"왜 떠났는지는 얘기 안 했어." 체이스가 말했다.

"떠나다니?"

"신천국. 휴대폰에서 얼핏 본 바로는 별로 떠나는 사람이 없는 모양이던데."

"응, 안 떠나."

"그런데 왜 나왔지?"

"매그너스 때문에."

그가 나를 곁눈으로 보았다.

"'계시'를 받았다며 아내를 새로 맞이하려 했어."

"윈터를?"

"응."

"아, 데이비드 코레시의 막장 같은 얘기네."

데이비드 코레시는 안다. 최근 사이비 종교에 대해 공부를 조금 한 덕이다.

"잠깐." 그가 말을 멈추고는 나를 빤히 보았다. "혹시… 결혼… 한 거야? 법적으로야 아니겠지만. 내 말은… 결혼했어도 당연히 무효겠지. 언니와 이혼하지 않는 한… 그럼…"

"안 했어." 난 계속 걸었지만 체이스는 단 세 걸음 만에 따라붙었다.

"그럼 '계시'는 어떻게 된 거야?"

내가 한숨을 내쉬었다. "탈출하다가 걸렸어. 조카 트룰리하고. 사이렌 소리에 모두 깨어나 현장으로 몰려나왔어. 결국 매그너스도 날 추방할 수밖에 없었겠지. 그것도 결혼식 당일에." 내가 어깨를 으쓱해 보였다.

"와우." 체이스가 탄성을 질렀다. 그리고 다시. "와우, 윈터가 탈출 계획을 세운 거야?"

"아니. 언니가 세웠어. 나를 밖으로 내보내기 위해 일부러 함정에 빠뜨린 거야. 언니는 함께 탈출할 방법이 없다는 사실을 알았고, 그래서 대신 나만 구하려 했겠지."

"조카는 몇 살이지?"

"다섯 살."

체이스는 잠시 생각하다가 말했다. "아이를 데리러 갈 생각이군, 그렇지?"

난 대답하지 않았다. 그가 걸음을 멈추었다. 나도 멈췄다.

내가 돌아보았다. "나한테 그 애뿐이야, 체이스."

"그곳이 더 안전하다는 생각은 해봤겠지?"

내가 고개를 저었다. "에임스에서 일하는 사람은 언니 말고도 더 있어. 매그너스도 종종 차를 타고 밖에 나가는데 얼마나 싸돌아다니는지는 아무도 몰라. 체이스, 엔클라베는 공동생활을 하고 있어. 한 동에서 열다섯, 스무 명이 함께 지내고, 아침이면 모여서 예배를 봐. 하루 세 번 공동 테이블에서 식사를 하고. 단 한 사람. 병자 하나면 충분해. 그럼 엔클라베는 갈가리 찢기고 마는 거야."

그가 나를 보더니 마침내 가볍게 고개를 끄덕였다.

"주변 사람들도 그곳에 대해 잘 알겠지?"

"응." 엔클라베에 식량, 물, 공간이 충분하다는 정도는 비밀도 아니다. "파수꾼이 있긴 해도 폭도를 막기엔 턱없이 부족해." 내가 덧붙였다. 체이스가 왜 그런 질문을 했는지 알기 때문이다. 나 역시 그런 생각을 했다.

"어떻게 들어갈 생각인데?"

"나도 몰라."

엔클라베에 있을 때부터 고민했지만 해답을 찾지는 못했다.

'어디에서, 어떻게 트룰리와 함께 사나?' 하는 문제도 마찬가지다.

그나마 다행이라면 지금의 정전사태가 오랫동안 이어질 거라는 사실이다. 그럼 바이러스만 제대로 잡으면 불이 들어올 때쯤엔 아무도 타인에게 신경 쓸 겨를이 없을 것이다.

물론 트룰리와 내게도.

그렇다고 도망자의 삶이 좋아진다는 보장은 없다. 그 부분에 대해서도 계획을 세울 수가 없었다.

아니, 그 어느 것도 계획하지 못했다.

"그럼 나도 함께 갈게." 체이스가 말했다.

난 놀라서 그를 보았다. "체이스는 트룰리와 아무 관계도 없잖아."

"이봐, 세상을 구하는 게 무슨 뜻인지 모르시나 본데, 앞으로 세상은 엉망진창이 될 거야. 그럼 나도 뭔가 할 일이 있어야 하지 않겠어?"

"얼음낚시는 어쩌고?" 난 숨을 몰아쉬며 물었다.

"윈터, 세상을 구하고 난 후에 얼음낚시가 금물이라는 것도 상식에 속해."

"그건 금시초문인데?"

"게다가 물고기가 어디 가는 것도 아니잖아."

바짓가랑이라도 붙들고 애원하고 싶은 심정이었는데 체이스가 다 얘기해 버린 셈이다. 트룰리 문제로 자존심을 내세우기엔 너무나 도움이 절실했다.

난 고개를 떨구고 발끝을 보았다. 두 발에 감각이 하나도 없다. 그저 무의식적으로 한 발 한 발 내디딜 뿐이었다.

"그러니까 체이스가 노 젓는 배라도 되겠다는 얘기군."내가 멋쩍게 미소를 지었다.

"이런, 난 헬기야. 몰라서 그래?"그가 씩 웃었다.

나도 웃었다. "잘 생각해. 지금쯤 와이오밍의 난로 앞에 앉아 있을 수도 있었다고요."

"따분해서 죽었을지도 모르지."

"오, 체이스라면 옆집 아가씨를 도와 지붕이든 뭐든 수리하고 있을 거야."

"아니, 난 그런 취미 없습니다요."

"틀림없어. 마음이 착하니까."

"그렇게 생각해 주시니 영광이로소이다."그가 중얼거렸다. 난 그의 말투에 고개를 갸웃거렸다.

구름이 잔뜩 드리웠다. 그나마 흐릿한 반달 덕분에 걸려 넘어지지 않고 길을 따라갈 수 있었다.

"저기 봐."체이스가 지평선을 가리키며 말했다.

연기 자락. 불이 난 걸까?

아니면 굴뚝?

우리는 북쪽 끄트머리로 갔다가 서쪽으로 꺾어 교차로에 도착했다. 연기는 여전히 먼 곳이라 맥이 풀렸다. 잠시 걸음을 멈추고 물을 조금 마셨는데 물이 손가락만큼이나 차가웠다. 스키장갑 안감이 보온재라고 했는데. 우리는 걷고 또 걸었다. 2킬로미터, 3킬로미터.

막 북쪽으로 방향을 잡는데 헤드라이트 두 개가 자갈 소리를 내며 접근하고 있었다. 픽업트럭. 다행히 검은색은 아니었다. 누가 탔는지는 몰라도 무척이나 느긋했다. 특별한 목적지도 없는 듯했다. 연료가 남아도나? 그러고 보니 문득 떠오르는 사람이 있었다…. 야간이면 느긋하게 그 지역을 살펴보던 인간.

아니, 순찰한다고 해야 정확하겠지?

우리는 헤드라이트를 힐끔거리며 계속 걸었다. 차도 조금씩 가까워 졌다. 달아나 봐야 소용은 없었다. 저쪽에서도 이미 우리를 확인했을 테니. 체이스가 앞으로 나서며 나를 막아섰다. 트럭은 잠시 후 바로 옆에 멈춰 섰다.

대시보드의 조명으로 보니 운전사는 마스크로 입과 코를 가리고 있었다. 차창이 내려오고 카우보이모자를 쓴 50대 남자가 상체를 내밀었다. 두 번째 사내는 조수석에서 우리를 내다보았다.

"도움이 필요하오?"

"피터슨이라는 사람을 만나러 왔습니다." 체이스가 말했다.

"그분한테 볼일이 있소?" 남자가 체이스와 나를 번갈아 보았다.

"그분을 아십니까?" 체이스가 물었다.

"같은 마을에 사니까."

"제가 케스트럴을 잘 알아요." 내가 말했지만 사실 케스트럴의 성도 모른다.

남자가 인상을 찌푸렸다. "케스트럴이 누구지?"

내가 눈을 끔벅였다. "그분이 나보고 오라고 하셨어요!" 케스트럴도 이 마을 이름만 들어본 걸까? 살지는 않고? 아니면 가명을 쓰나? 기사에서 성을 본 것도 같은데 충격과 탈진 덕분에 머리가 제대로 돌아가지 않았다.

"당신이 브롱코를 몰았소?"

"예, 그렇습니다. 연료가 떨어졌죠." 체이스가 대답했다.

"몇 킬로미터 남동쪽에 검은색 트럭이 도랑에 박혔던데 두 사람이랑은 상관없는 건가?"

내가 눈을 끔벅이며 체이스를 보았다. 그도 대답을 궁리 중인 듯했다.

"두 분 친구가 아니기를 빕니다." 체이스가 말했다.

"우리도 모르는 사람이요. 사우스다코타 출신들인데 정전사태 이후 근처에서 말썽을 부리고 다녔지. 둘 중 아픈 사람은 없소?"

"아뇨, 없습니다." 체이스가 대답했다.

"무기는?"

"있습니다."

"무기를 맡기면 데려다주리다."

"어디로요?" 내가 물었다. 체이스도 순간 긴장한 눈치였다.

"피터슨 씨를 만나러 오셨다며? 우린 노아라고 부르지만."

제34장

　남자는 자신을 '멜'이라고 소개한 뒤 체이스의 몸을 뒤져 권총과 주머니칼을 빼앗았다. "떠날 때 돌려주리다." 멜은 무기를 옆 사람에게 넘겼다.

　멜은 내게도 무기가 있는지 물었다.

　"더플백에 하나 있어요." 내가 땅바닥의 가방을 향해 고갯짓을 했다. 체이스는 못마땅한지 고개를 돌렸지만 난 케스트럴 말대로 이곳이 안전한 장소라는 데 희망을 걸었다. 따라서 내가 지명 수배자 같은 인물이 아니라는 점을 증명해야 했다.

　멜이 더플백을 열고 권총을 꺼냈다.

　"얘기해 줘서 고맙소. 더군다나 두 사람 얼굴로 뉴스로 도배가 되는 마당에."

　온몸에 소름이 끼쳤다. 도대체 여기에 오다니 내가 무슨 짓을 한 거람!

두 사람은 총을 뒷자리의 상자에 넣고 우리 더플백도 그 옆에 실었다. 눈치 볼 필요도 없이 체이스는 신경이 곤두설 대로 곤두서 있었다.

2킬로미터도 채 가지 않아 철제 울타리로 에워싼 대지가 나왔다. 울타리는 높이가 거의 3미터쯤 되었다. 멜이 모자 귀덮개의 단추를 누르자 대문이 열렸다. 동행이 이미 무전기로 손님을 데려간다고 연락해 둔 터였다.

울타리를 보니 기분이 묘했다. 가시철망과 주변에 심은 나무들은 한눈에 봐도 바람과 침입·염탐 모두를 막는 용도로 보였다. 어둠 속에 건물들이 모여 있었다. 창고, 낡은 헛간이 보이고 당연히 퀀셋 막사도 있었다.

안쪽 깊숙한 곳에 트럭 한 대가 선 채로 헤드라이트를 밝혔다.

경비들은 쉽게 알아볼 수 있었다. 그런데 케스트럴이 이곳에 온 이유가 엔클라베와 비슷해서일까? 아니면 변화를 이겨낼 자신이 없어서일까? 물론 그것도 우릴 반겨줄 때의 이야기다…. 케스트럴이 이곳에 있기는 한 걸까?

우리가 본 연기는 사육장 스타일의 집에서 모락거렸다. 기다란 현관의 위쪽 창문이 오렌지색 보름달처럼 타올랐다.

진입로를 따라 올라가는데 누군가 앞문을 열고 나왔다. 짙은 색 피부, 손에 머그잔을 들었다. 목이 긴 스웨터를 입어서인지 어딘가 대학교수처럼 보였다. 마스크는 쓰지 않고 파란 비닐장갑은 착용했다.

"짐 걱정은 말아요. 내가 보관할 테니." 우리가 가져가도 된다고 말은 했지만 무리하게 고집을 부릴 수는 없었다. 더플백에 집착을 부리는 것도 곤란했다. 그가 괜찮다며 손사래를 쳤다.

"어서 와요!" 노아가 우리를 나무계단 위 현관으로 이끌었다. 짧은 회색 곱슬머리, 나이는 60대로 보였다. 미소는 따뜻했다. 집 안에서 누군가 요리 중인지 반쯤 열린 문 사이로 냄새가 흘러나왔다. 그 냄새에 위장이 반응해 미칠 지경이었다. 버디도 킁킁 콧소리를 내며 멜빵에서 빠져나가려 발버둥을 쳤다.

"감사합니다." 체이스가 악수를 청하며 자기소개를 했다.

"체이스, 만나서 반가워요." 노아는 나를 돌아보며 고개를 끄덕였다. "그럼 아가씨가… 윈터인가 보군."

"예." 내가 대답했다. 게다가 끔찍한 거짓말쟁이죠.

"오지 못할까 걱정했어요. 요즘 아주 핫한 친구들이라."

변명이든 애원이든 뭐든 하고 싶었지만 노아가 버디의 머리를 감싸며 물었다. "그럼 이 친구는 누굴까?" 버디는 노아의 장갑 낀 손바닥을 핥았다. "자, 네 주인들을 안으로 모시자꾸나."

노아가 널따란 거실로 안내했다. 들보를 그대로 드러낸 공간이었다. 노아가 우리 외투를 받아 옷걸이에 걸었다. 그 옆에 넓은 아치가 있고 그 안이 주방이었다.

"저녁이 곧 준비될 테니 잠시 잡담이나 하는 게 어떨까. 그래, 무엇보다 어떤 연유로 이곳으로 발을 돌렸는지 알고 싶군." 그리고 체이스를 보며 말했다. "가서, 개 좀 달래주지 않겠나? 부엌 뒤쪽의 고양이 먹이가 궁금한 모양이던데."

난로에서 장작불이 타닥거리며 얼어붙은 뺨을 뜨겁게 달구었다. 그렇잖아도 낯선 사람의 손아귀에 함부로 목숨을 내맡겼다는 자책 탓에 얼굴이 달아오르던 참이었다.

맙소사, 순찰대에다가 가시철망 울타리까지!

쾅! 그때 뒤쪽에서 문소리가 들리고 금발머리가 모습을 드러냈다.

"윈터!"

여자가 두 팔을 뻗은 채 달려오더니 와락 나를 끌어안았다. 나도 그녀를 안았다. 순간 마음이 놓이면서 나도 모르게 감정까지 울컥했다.

"오, 너를 이렇게 만나다니 얼마나 기쁜지 모르겠구나." 그녀한테서 샴푸와 빗물, 그리고 집 전체에 진동하던 장작 타는 냄새가 났다.

그녀를 끌어안고 있자니 장갑 안의 손가락이 핀으로 찌른 듯 따끔거렸다. 꽁꽁 언 두 뺨엔 아무 감각이 없었다.

"케스트럴 이름을 댔더니 아무도 모르더라고요." 내가 어리둥절해하며 말했다.

"이곳에선 그 이름 안 써. 지금은 셀레스트라고 한단다. 오, 윈터. 재키 얘기를 들었는데 사실이니?"

"아뇨! 저도 알고 그자도 잘 아시잖아요. 그럼 거짓말이라는 것도 아셔야죠!" 내가 뒤로 물러나며 외쳤다.

"윈터, 당연히 알지. 알고말고. 내 말은… 재키가 정말 죽은 거야?" 셀레스트가 좀 더 부드럽게 말했다. 눈에 슬픔이 가득했는데 그런 표정은 나도 처음이다.

나도 눈물이 흐르는 통에 눈앞이 흐려지고 두 뺨도 촉촉했다. 언제 눈물이 터졌는지도 모르겠다.

"저도 몰라요." 그렇게 말하고 보니 정말로 사실이 아니면 좋겠다는 생각도 들었다. 하지만 분명히 뉴스를 보고 시신이 있다는 얘기도 들었다. 게다가… 설령 그 시신이 재키가 아니라 해도, 재키를 다시 만날 수 있는 것도 아니지 않는가.

내가 눈물을 삼키고 돌아서자 케스트럴, 아니 셀레스트가 체이스에게 자기소개를 했다. "저 아이가 요만할 때부터 알고 있었어요"라는 얘기가 들렸다. 거실에는 푹신푹신한 의자 몇 개와 기다란 가죽 소파가 있었다. 난로 말고도 커피 테이블의 등잔이 실내를 밝혀주었다.

조금 전만 해도 잔뜩 주눅이 들었다. 분명 취조나 신문을 하겠지? 우리를 어디까지 믿어야 할지, 도울지 말지 판단을 해야 하니까?

하나 더. 피터슨 농장은 케스트럴이 '안전한 곳'이라고 했지만 난 기껏 오지 오두막이나 은신처쯤으로 생각했다. 하지만 막상 와보니 부유한 농가였고 케스트럴과 노아 둘만 살고 있었다.

여전히 모르겠는 건 멜과 그 동료였다. 그 후 우리 짐을 들고 사라져 버린 것이다. 다시 순찰이라도 나갔을까?

"아름다운 곳입니다." 노아가 접시에 머그잔들을 들고 돌아오자 체이스가 인사치레를 했다.

"고맙네. 25년 전쯤 월트 피터슨이라는 남자한테서 구입했지."

"아는 분인가요?"

"아니. 내 성은 털리였어. 1969년 베트남에서 돌아왔을 땐 이름처럼 완전히 빈털터리였지. 우여곡절 끝에 여기 네브래스카에 한동안 갇혀 지냈는데… 몇 킬로미터 사방에 흑인이라고는 나 혼자뿐이었네. 그러다가 이 집 주인 월트 피터슨이 수확 철에 나를 고용했는데 그 이후 계속 이곳에서 살았어. 한동안은 사람들이 나보고 '피터슨'이라 부르기도 하고."

"귀국을 환영합니다." 내가 인사했다.

"고맙네요. 오늘 밤은 정말 재회의 밤 같군그래."

"네 소식을 듣자마자 노아에게 말했어. 너무 기뻤단다." 케스트럴이 내게 말하며 체이스를 돌아보았다. "우린 가족과 다름없어요."

"어느 정도는 이해합니다." 체이스가 조용히 대답했다.

"윈터와 재키는 내 아이나 다름없어요. 윈터, 넌 정말 놀라울 정도로 엄마를 닮았구나. 실비아도 미인이었지. 네 엄마가 세상을 떠났을 때…" 케스트럴의 목소리가 갈라졌다. "신천국을 떠난 후 나도 죄책감이 컸어. 다 내 잘못이야. 네 가족까지 끌어들였으니. 모르고 한 짓이라지만 사람들의 재산과 미래, 삶까지 모두 빼앗은 셈이었지."

난 물끄러미 그녀를 보았다. 그런 말을 들으리라고는 생각도 못 했다.

"모르셨잖아요." 내가 말했지만 목소리가 왠지 퉁명스럽게 나왔다.

"그래, 몰랐어. 그래도 사람들은 나 때문에 생계를 포기하고 매그너스에게 모든 걸 넘겼어. 나 때문에, 네 엄마도…" 그녀의 입술이 떨렸다.

난 고개를 돌렸다. 케스트럴이 울기 시작했다.

"네 엄마는 암이었단다. 치료를 받았다면 아마도 살아 있을 거야. 우리 말을 맹신한 탓에 엄마가 치료를 거부했지만… 윈터, 정말 미안하구나."

이곳에 오면서 어떻게 상황을 설명해야 할지 그 고민만 했다. 그런데 지금은 그 반대로 케스트럴의 처절한 참회를 듣고, 북받치는 감정을 어떻게 처리할지 난감하기만 했다. 엄마를 지키지 못했다는 자괴감에 몇 년을 괴로워하지 않았던가. 더군다나 재키까지 죽었다.

"너뿐 아니라 다른 사람들한테도 끔찍한 일을 저지른 거야. 미안하다. 용서해 다오." 케스트럴이 흐느끼며 말했다. 내가 손을 내밀자 케스트럴은 내 품에 안겨 더 흐느껴 울었다.

"용서할 것도 없어요." 내가 속삭였다. 누가 누구를 비난하겠는가? 어머니? 아버지를 대신하겠다는 내 이기적인 욕심? 아니면 그곳에 머무를 수밖에 없다던 재키의 곤경을 비난할까?

비난을 받을 자는 단 한 사람이야. 매그너스… 하지만 우리야말로 그가 군림하도록 도운 당사자가 아니던가.

고개를 들어보니 노아가 조용히 커피를 따르고 있었다. 난로에서 구식 철제 주전자를 들고 왔는데 그게 커피였던 모양이다. 손에는 오븐용 장갑을 꼈다. 체이스는 방 저편에 서서 뒷마당을 내다보았다. 통로의 태양광 조명들이 눈 위에 노란 우물들을 만들어 놓았다.

벽로 선반에서 시계가 똑딱거렸다. 포트콜린스에 샘플을 갖고 가기로 한 이후로 꼬박 하루가 흐르고 말았다. 그곳에 가야 저 샘플이 방패인지 무기인지 알 수 있으련만.

"우리 짐은 어디 있죠?" 내가 노아를 보며 물었다. 한 팔은 훌쩍이는 케스트럴을 안은 채였다.

"게스트하우스." 그가 머그잔을 내밀며 대답했다. 체이스가 나를 보았다.

"제가 살인과 절도 혐의로 수배 중이라는 사실은 아시잖아요."

"알지. 다만 매그너스의 성정도 알기에 그 주장을 믿지는 않는다네." 노아가 조용히 대답했다.

"고맙습니다. 우린 콜로라도에 가야 해요. 환대는 고맙지만 지금 필요한 건 연료입니다." 내가 커피를 받아 들며 말했다.

"내가 보기엔 콜로라도에 간다고 안심할 수는 없을 듯싶은데? 도로 봉쇄를 뚫을 가능성도 별로 없어 보이고." 노아가 상체를 일으키며 대답했다.

"도망가자는 게 아니에요. 상황을 바로잡으려는 겁니다." 내가 대답했다.

노아가 의자에 앉아 머그잔을 가볍게 밀어냈다. "내 왕국에서는 두 가지 법칙이 있다네. 첫 번째가 안전이야. 이곳에 있는 동안 여러분의 화기와 무기를 맡아두는 것도 그래서야."

"두 번째는?" 체이스가 불안한 듯 되물었다.

"정직이지. 이곳에서 얼마든지 피신할 수 있네. 원하면 언제든 떠나도 좋고. 하지만 도움을 원한다면 왜 이곳에 왔는지부터 얘기해야 하지 않겠나?"

"그자가 너한테 무슨 짓을 한 거니. 윈터?" 케스트럴이 속삭였다.

난 커피를 한 모금 마시고 체이스를 본 다음에야 소파 가장자리에 앉았다. "저녁 준비부터 하셔야겠어요. 다 타버리면 곤란하겠죠?"

노아는 아무 말 없이 얘기를 들었다. 체이스는 창가에서 어슬렁거렸다.

제일 신경 쓰이는 사람은 단연 케스트럴이었다. 매그너스가 아내를 여럿 들이려 했다는 소식은 그녀에게도 충격이었다. 놈은 이제 노골적으로 악행을 저질렀고 어두운 거래도 일삼았다. 무엇보다 재클린을 위험에 몰아넣어 결국 죽게 만들지 않았던가.

케스트럴도 할 얘기가 많았다. 매그너스는 고대 씨앗을 고고학 발굴현장에서 불법 구입하고 씨앗이 발아하지 않으면 개량했으며 나중에는 진품으로 속여 팔아치웠다. 블레인 오언의 삶을 망가뜨리기도 했다. 다만 블레인은 매그너스의 돈에 팔려 뭐든 거래를 했으며, 마약에 미쳐 존엄성을 팔아버린 경우였다.

내가 부탁하자 멜이 더플백을 돌려주었다. 난 샘플을 보여주고 USB를 체이스의 휴대폰에 연결해 웹페이지와 메모들도 확인해 주었다.

노아는 내내 아무 말 없다가 얘기를 마치자 자리에서 일어났다. "두 사람이 집을 나온 지 얼마나 되었나?" 그가 나를 보며 물었다.

"정전 이후 바로요." 내가 대답했다.

"일단 식사부터 하고 조금 쉬는 게 좋겠어. 연료 문제는 아침에 다시 얘기하기로 하세나."

"저… 정말 한시가 급합니다. 아침까지 기다릴 수는…"

"이런, 도움이 없으면 도로 봉쇄도 뚫지 못해. 그러니 좀 씻고 저녁 식사부터 합시다." 그가 무전기를 집더니 잠시 후 멜이 주방에 나타나 우리를 에스코트했다.

"개는 고양이 쫓기 놀이나 하게 놔두고, 두 사람은 준비가 되는 대로 다시 오게. 식사는 해야지." 노아가 말했다.

"외투를 챙겨요." 집 안에서 외투가 왜 필요할까 생각했는데 내 예상과 달리 멜은 건물 안쪽도, 지하실도 아니고, 아예 뒷문 밖으로 우리를 이끌었다. 버디는 고양이 밥그릇을 싹싹 핥고 있었다.

"노아는… 기인으로 알려져 있소." 멜이 마당을 가로지르며 말했다.

"어디 가는 거죠?" 체이스가 앞으로 나섰다. 사실 나도 그렇게 묻고 싶었다. 아무래도 노인이 헛간 쪽으로 데려가고 있으니 왜 아니겠는가.

멜이 걸음을 멈추었다. "여긴 안전하오. 겉으로는 대단치 않아 보이겠지만… 일단 가봅시다." 그가 앞장서서 헛간 문을 열자 천장 조명들에서 빛이 쏟아져 내렸다. 안쪽 벽은 선반으로 가득했다. 칸마다 흰색 플라스틱 양동이들이 채워져 있었다. 바로 옆쪽 벽에는 통이 잔뜩 늘어섰는데 통마다 '치위생 도구', '비누', '내의', '수건', '연고' 등의 꼬리표가 붙어 있었다.

"모두 태양광이요." 멜은 조명기구들을 가리키며 옆방으로 향했다. 그가 문을 열고 스위치를 켰지만 이번에도 방이 아니라 반짝이는 합판 층계였다.

"어… 어디로 가는 거죠?" 도무지 이해가 가지 않았다.

체이스도 초조한 듯 두리번거렸다.

"그냥 따라오면 돼요." 멜이 앞장서서 층계를 내려갔다. 계단을 밟을 때마다 탁탁 구두소리가 울려 퍼졌다.

층계를 내려가자 센서등이 켜지고 기다란 복도가 나왔다. 양쪽으로 미닫이문이 하나씩 보였다. 안쪽으로도 똑같은 문들이 있는 것 같았다. "지금은 두 분밖에 없소. 자, 그럼." 그가 첫 번째 문을 가리켰다.

난 그를 한 번 보고, 첫 번째 문으로 다가가 조심스레 열었다. 센서가 동작을 감지했는지 곧바로 실내등이 켜졌다. 난 헉, 숨을 삼켰다.

방은 복도만큼이나 길었다. 각종 의자가 놓인 곳은 휴식 공간으로 보였다. 더블 침대 위에는 두터운 이불이 덮였고 고전풍의 화장대도 보였다. 뒷벽에는 작은 싱크대가 설치되어 있었다. 쪽문은 벽장이나 화장실일 듯싶었다. 강화마루 바닥엔 커다란 양탄자가 놓였다. 주름 모양의 벽은 서로 어울리지 않은 그림과 책장 몇 개가 차지했다. 아까 보니 이 건물은…

"선적 컨테이너로 만든 거군요." 체이스가 아무렇지도 않은 듯 말했다.

"그렇소." 멜이 대답했다.

게다가 무척이나 안온했다.

적어도 바깥보다는 따뜻하다는 뜻이다.

"리튬 배터리 난방이오. 태양 전지판으로 충전을 하지." 멜이 작동법을 일러주며 말했다.

"방이 모두 몇 개죠?"

"여섯. 양 쪽에 세 개씩. 마지막 두 방은 가족용이라 크기가 두 배이니 모두 여덟 개라고 봐야겠지. 손님이 많아지면 컨테이너가 더 들어올 거요."

위층 헛간은 아래층의 주거 공간이라기보다는, 내려오는 계단을 보이지 않게 하는 용도였다.

"아래층에 이런 곳이 있을 거라고는 상상도 못 했어요." 내가 말했다.

"그게 핵심이니까. 위층의 문 두 개는 욕실이오. 샤워도 있지. 수압이 약해 답답하겠지만 없는 것보다는 나을 거요." 멜이 설명했다.

우리가 인사를 하자 멜이 떠났다. 다시 계단에서 쿵쿵 메아리가 울려 퍼졌다.

"다른 방도 볼까?" 체이스의 말에 나도 동의했다. 우리가 복도를 지날 때마다 불이 켜졌다. 방마다 모양이 달랐다. 어떤 방에는 키치한 장식품과 복고풍의 식탁 세트가 있고 다른 방에는 골동품 식탁, 그리고 장난감으로 가득한 낡은 여행 가방이 놓여 있었다. '두 배 크기'의 방은 정말로 집 같았다. 침대가 두 개, 침대마다 침상이 네 개씩.

방으로 돌아온 뒤, 나는 털 재킷을 벗고 샘플을 다시 캐리어에 넣었다.

"대단한 곳이야." 체이스가 주변을 돌아보며 말했다. 난 침대에 앉아 한숨을 내쉬었다. 정말로 탈진할 지경이었다.

"잘한 일인지 모르겠어. 저 사람들한테 말한 게." 내가 천장을 올려다보며 말했다.

체이스가 내 옆에 와 앉더니 역시 한숨을 쉬었다. "나한테도 원칙이 있는데… 진실은 배신하지 않는다야. 문제는 누구한테 얘기하느냐인데… 솔직히 이곳에 온 게 편치만은 않아. 저 울타리, 순찰대 하며…"

"그러니까. 어떻게 해야 할지 모르겠어."

"그래도 노아는 마음에 들어. 좋은 사람이면 좋겠군."

그가 고개를 저으며 일어났다. 두 뺨의 구레나룻이 가무잡잡해졌지만 문득 체이스가 수염을 길러도 멋있겠다는 생각이 들었다. "윈터는 어떨지 몰라도 난 샤워부터 할래."

"우리가 커플인 줄 알고 있어."

그가 우뚝 멈추더니 침대 위의 더플백을 보았다. "여기 방은 많아, 윈터." 체이스는 잠시 후 새 옷을 챙겨 욕실로 떠났다.

너무 조용해. 라디오라도 있으면 좋겠어. 라디오든 뭐든. 잠시 후 나도 옷을 챙겨 다른 욕실로 향했다.

욕실은 넓고 추웠다. 바닥엔 루피 카펫이 깔려 있고 수건도 여러 장 준비해 두었다. 벽에 걸린 안내판엔 '퇴비화 변기' 사용법을 적어놓았다. 다행히 그런 변기는 나도 알고 있다. 무엇보다 수세식이었다. 수도꼭지가 차갑고 샤워 물도 똑똑 떨어지는 수준이었지만 상관없었다. 난 눈을 감고 물과 비누를 주셔서 고맙다고 신께 감사기도를 했다.

난 수건으로 몸을 닦고 빗을 머리에 꽂았다. 헤어드라이어가 있으면 좋겠지만 그거야 말로 언감생심이다. 현대의 마술 없이도 15년을 살지 않았던가. 난 검은색 진을 입고 자수가 예쁜 블라우스로 갈아입었다.

아래로 내려가니 체이스는 이미 새 청바지와 회색 스웨터로 변신한 터였다.

본관으로 돌아가니 저녁 준비도 되어 있었다. 그런데 자리가 왜 세 개뿐이지?

"케스트럴은요?" 내가 물었다.

"알다시피, 오늘 밤은 그녀도 힘들었네. 아침에 보게 될 걸세." 노아가 대답했다. 그는 프라이팬을 테이블로 옮기는 참이었다.

팬에는 버터 비스킷이 가득했다.

"이걸 보관할 수 있을까요. 지금까지는 눈 속에서 냉장했는데." 체이스가 고기 봉투를 보이며 물었다.

"냉장고야 얼마든지 써도 좋아." 노아가 냉장고를 가리켰다.

체이스가 야릇한 표정으로 노아를 보다가 냉장고에 가서 문을 열었다. 놀랍게도 조명이 켜졌다.

"멜과 동료는 식사 안 하나요?" 내가 물었다.

노아가 내 귀에 대고 키득댔다. "내 요리를 싫어한다네요. 너무 간단하다나? 난 단순한 게 좋은데."

그런데 헛간 밑 복도에서 케스트럴이나 멜, 누구든 마주쳤던가? 다른 사람 인기척이 있었던가? 아니, 그렇지는 않았다. 그럼 도대체 어디 있는 거지?

우리는 자리에 앉아 생두, 구운 감자, 버터를 먹었다. 스튜 같은 요리도 있었지만 난 공손히 거절했다.

"콩 요리에 베이컨을 넣으라는 얘기도 들었지… 윈터를 보니 먹을 것 같지도 않지만 말이야." 노아가 자리에 앉으며 말했다. "기도는 내가 할까?"

누군가와 기도를 하는 것도 몇 달 만이었다. 기도는 15년간 했던 어떤 기도보다 성스러웠다. 맙소사, 무신론자와 배교자들의 기도라니!

노아가 자비와 축복을 간구하고, 다른 사람을 축복하고 인도해 달라고 기도하는 동안, 난 주변을 둘러보았다. 이렇게 감사의 마음을 갖는 것도 며칠 만이었다. 체이스한테 기호와 비밀 코드 얘기를 할 때였다. 줄리가 우리를 사랑하는 것도, 재클린이 생각보다 용감했던 것도 우연이 아니라는 생각이 들었다. 트럭에서 튀어나온 그릴이나 노아라는 이름의 종말 예비자만큼이나 우연이 아니다.

"가족이 있습니까? 컨테이너 하우스에 공간이 많던데요." 체이스가 물었다.

"물론. 아직까지 누구인지는 모르네. 이곳에 오면 알게 될 테지만. 그래도 준비는 해야 하지 않겠나? 그들이 누구이고, 어떤 일을 하는지 간에." 노아가 치아 사이를 쪽쪽 빨며 대답했다.

"재앙 얘기인가요?"

그가 길게 한숨을 내쉬었다. "역경이 시작된 지는 오래라네. 재난,

사이버 공격… 질병. 이런 일이 있으리라는 사실을 예전부터 알고 있었어. 아무도 내 말을 믿지 않았지만 개의치 않았지."

"그 사람들을 구하고 싶은 거예요?" 내가 물었다.

"나 자신을 구하고 싶었네."

"이 모든 걸… 혼자 세우셨어요?" 내가 물었다.

"아니지. 건물이 사람의 영혼을 구할 수는 없네." 그가 팔짱을 했다. "베트남이 있을 때 차마 못 볼 광경을 보고, 하지 말아야 할 일을 했네. 자네도 마찬가지 아닌가?" 그가 체이스를 향해 고개를 끄덕였다. "피치 못할 일도 있었고 갈등도 여러 번 했지. 피터슨 씨는 종교인이었네. 난 종교를 믿어본 적이 없었지. 어떤 점에서는 지금도 아니지만. 하지만 누군가의 생명을 빼앗은 후 나 역시 죽은 사람이나 다름없었어. 피터슨 씨의 말을 이해한 것도 그 덕분이었네. 네가 살고자 한다면 다른 사람들도 살려야 한다. 이렇게 두 사람과 함께 있으니 살아 있는 기분이군그래. 이곳을 세울 때도 그런 기분이었어."

"다른 사람들은 어디에 머물죠? 컨테이너 하우스에서는 못 본 것 같은데."

그가 키득거렸다. 웃음소리가 부드럽고 달콤한 노랫소리 같았다. "아, 그건 아침에 보여주겠네."

식사를 마칠 때쯤엔 배가 불러 돼지라도 된 기분이었다. 실제로 의자에 축 늘어지기도 했다. 프라이팬은 비었고 다른 접시도 상황은 비슷했다.

"고맙습니다." 내가 인사를 챙겼다.

"내가 고마워해야지. 용감하게 이곳까지 오셨으니. 윈터, 체이스 두

친구 모두에게 감사하네. 오늘 밤은 푹 쉬게나. 내일, 우리가 두 분을
콜로라도에 모셔다 드릴 테니."

제35장

임시 침실로 물러날 때쯤 이미 밤이 깊었다. 층계를 내려가는 동안 둘 다 아무 말도 하지 않았다. 버디는 우리를 배신하고 고양이 옆에 남았다.

두려움과 불안감이 누적된 터라 난 완전히 탈진하고 말았다. 묘하게 벼랑 끝에서 해방감을 맛보는 그런 기분이기도 했다.

난 침대에 털썩 주저앉았다. 체이스가 다가와 내 허리를 감쌌다. 조심스레 의사를 드러내는 모양인데 나로서는 생소할 수밖에 없었다. 오늘 밤 노아와 얘기하면서도 야릇한 눈으로 나를 훔쳐보지 않았던가. 사실 매그너스와 단둘이 있을 때의 얘기를 꺼낼 생각은 없었다. 더군다나, 체이스 앞에서는 아니다. 그 얘기를 듣고자 한 사람은 케스트럴인데 얘기를 듣는 동안 그녀의 표정은 굴욕, 분노, 묘한 아픔을 복잡하게 드러냈다. 결국 그 얘기를 한 나 자신이 한심할 수밖에.

"이러지 마."

체이스가 머뭇거리다 허리를 감은 손을 풀었다. 난 대신 그의 허벅지를 어루만졌다. 그가 내 손을 보고 다시 나를 보았다.

"이러지 말라니?" 그가 조용히 물었다.

"난 나약한 사람이야."

체이스가 상체를 숙여 내 목에 입술을 댔다. "아니, 절대 그렇지 않아."

난 두 눈을 감았다.

고개를 돌려 키스를 할 수도 있었다. 이렇게나 가까운데.

내가 응대하지 않자 그도 나를 놔주었다. 그리고 백팩을 집어 들고 나가려다 문가에서 멈추고는 이렇게 덧붙였다. "나약한 것과 섬세한 건 많이 달라, 윈터."

체이스가 문을 열고 나가 다시 조용히 닫았다. 잠시 후 복도 맞은편 문소리가 들렸다.

나는 불을 끈 뒤, 침대에 걸터앉아 어둠 속을 보았다. 머리카락을 헤집던 그의 따뜻한 숨결이 벌써부터 그리웠다. 고개를 돌려 입술을 받았다면 기분이 어땠을까? 그의 입술은 달콤하겠지. 결국 밤새도록 난 그 순간에서 헤어 나오지 못하리라.

10초 후, 난 좁은 복도를 가로질러 그의 방문 앞에 섰다.

문고리를 잡았다. 문이 열리기는 할까? 그가 뭐라고 하면 난 어떻게 대답하지?

문은 잠기지 않았다.

체이스가 팔꿈치를 기댄 채 돌아보는 모습이 복도의 희미한 조명에 비쳤다.

"난… 그저…"

"괜찮아." 그가 말했다.

내가 움직이지 않자 체이스가 이불 끄트머리를 젖혔다. 문을 닫고 어두운 방을 가로지르는 동안 아무도 입을 열지 않았다. 이윽고 이불 바스락거리는 소리가 들렸다. 체이스가 나를 품속으로 맞아들였다.

한참 후, 노크 소리와 멜의 목소리.

"예?" 체이스가 긴장한 목소리로 물으며 내 위로 상체를 굽혔다. 난 그의 어깨에 얼굴을 묻었다. 그에게서 온기와 사향, 살갗 냄새가 났다.

"노아께서 30분 후 출발하신다시네."

집은 섬뜩할 정도로 고요했다. 거실 벽난로에 새로 불을 피우고, 테이블 위에도 호롱불을 밝혀두었다. 주방 작은 창가에 서 있으니 체이스가 커피를 한 잔 따라주었다. 창밖의 태양광판마다 창백한 별들이 떨어져 박혔다. 겨우 새벽 4시. 눈이 쓰라리고 몸은 피곤했지만 정신만은 더없이 또렷했다. 체이스도 자꾸 신경이 쓰였다. 어젯밤 함께 뒤엉켰던 침대도 연신 머릿속을 맴돌았다.

"멜이 두 사람 차에서 물건들을 옮겨 실을 거야. 안타깝게도 차가 퍼졌더군." 노아가 가스 스토브 위의 프라이팬을 젓다가 고개를 들었다.

"차가 빨리 달려서 좋았는데." 내가 중얼거렸다.

"트럭에 다른 사람은 없었겠지? 혹시 있었다면 거기 남겨둔 물건도 그 사람들이 가져갔다고 생각하시게나. 그쪽이 맘 편해."

"차 한 대 빌려주시겠습니까?" 체이스가 물었다.

"물론. 일단 식사부터 하고." 잠시 후 노아가 스크램블에그 그릇을 식탁으로 가져왔다. 계란이 있다고?

"닭장이 있나요? 보지 못했는데?" 내가 물었다. 어두워진 후에 이곳에 들어왔지만, 그래도 철제 대문을 들어올 때 난 최대한 주변을 살폈다.

노아가 묘한 미소를 지으며 손짓으로 식사를 권했다.

"보지 못했다고 없다는 뜻은 아니지 않겠나?"

노아에 대해 우리가 모르는 게 너무 많다는 생각이 들었다.

다만 분명한 사실 하나는, 따뜻한 식사가 너무도 그리웠다는 것이다.

"친절하게 대해주셔서 감사합니다." 식사를 마친 후 체이스가 인사를 건넸다. 당장이라도 이곳을 벗어나고 싶은 거야.

노아의 침실은 더없이 황홀했지만 사실 나도 같은 심정이었다.

"두 친구는 목숨을 걸고 나를 믿어주셨네. 그래, 인류의 생명까지 건 셈이었지. 자, 뭘 하나 보여주겠네."

그가 마스크를 썼다. 그리고 우리에게도 마스크를 권하고 바깥 헛간으로 이끌었다. 헛간은 완만한 언덕에 서 있었다. 입구는 거대한 농기구 하나가 들어갈 만큼이나 컸다. 우리는 쪽문으로 들어갔다. 안에는 트랙터, 농업용 사륜차, 낡은 트럭, 축사 우리가 몇 칸 있었다. 우리에 말은 없지만 건초 냄새는 여전했다. 마구간을 지나자 다시 문이 나오고 그 문을 열자 또다시 문이 나왔다. 이번엔 콘크리트 건물이었다.

노아가 문을 여는데 체이스가 고개를 갸웃했다. 어젯밤, 멜이 우리
를 계단 아래로 이끌 때도 그랬다. 이번에는 층계 네 개를 지그재그로
내려갔다. 붙박이 형광조명이 계단을 밝혀주었다.

마지막 계단을 내려가니 어두운 동굴 같은 곳이 나왔다. 노아가 스
위치를 올리자 넓고 둥근 공간이 나타났다. 어젯밤의 싸구려 고가구
는 잊자. 이 방은 L자 모양의 가죽 소파, 당구대, TV 스크린 따위가
적절하게 배치되어 있었다. 방 중앙에는 깔때기 모양의 굴뚝인지 배
기관인지가 놓여 있었다.

"여기는…" 난 막연히 중얼거리며 주변을 둘러보았다.

"이거 미사일 격납고 아닌가요?" 체이스는 크게 놀란 눈치였다.

"폐쇄된 곳이지." 노아가 말하고는 다시 우리를 데리고 방을 가로
질렀다. 널따란 터널이 나오고 그 끝이 다시 원형 공간으로 이어졌다.
책장과 책이 가득한 그 방 중앙에는 나선형 계단이 위아래를 관통했
다. 두 개의 커다란 나무 테이블 사이에 푹신한 의자들이 둘이나 셋씩
모여 있었다. 한 남자가 쿠션 팔걸이에 걸터앉은 아이에게 책을 읽어
주고 있었다. 우리가 들어가자 둘이 동시에 고개를 들었다. 남자는 기
분 좋은 미소를 짓고 아이는 주변을 둘러보았다.

"노아." 남자가 인사 대신 이름을 부르며 안경을 끌어 올렸다. 아이
가 달려와 노아의 허리를 끌어안았지만 남자는 일어날 생각조차 하
지 않았다.

"이 아이는 세스요." 노아가 아이의 머리를 헝클며 소개했다. "그
리고 세스의 부친 미카. 가족이 우리와 오랫동안 함께 지냈다오. 얼마
나 됐지, 미카?"

"밤낮이 바뀔 만큼은 됐죠. 어서 와요." 미카가 씩 웃으며 우리에게 고개인사를 했다.

"안녕하세요." 내가 대답했지만 내 시선은 아이를 향했다. 갈색 눈이 트롤리를 빼닮았다.

"여기서 사실 거예요?" 세스가 물었다.

"이분들은 잠시 들른 거란다." 노아가 아이의 어깨를 다독이며 나선형 계단을 가리켰다. 그곳에 케스트럴이 기다리고 있었다.

케스트럴이 미소를 지으며 나를 안아주었다. 하지만 그녀는 노아가 우리를 아래층으로 이끌 때까지 아무 말도 하지 않았다.

건물은 다층형 지하였는데 한 층 한 층이 놀라웠다. 원탁으로 가득 찬 식당. 한 층 아래는 주방 겸 수경 농장으로, 농장엔 목재 닭장과 널따란 방목장까지 있었다. 3층은 운동 장비가 가득한 체육관. 진료소가 있고 그 아래 4층은 자치공간이자 주거공간이었다. 무려 서른두 명이 살며 일을 하고 있었다. 그중 몇 명이 다가와 우리를 맞아주었다.

"이 아래 세 개 층은 병참 공간이네. 장비실은 도서관 위에 있고 그 위가 발전실이지. 우물이 세 개가 있고 태양에너지도 최대한 비축 중일세. 네브래스카라 쉽지는 않았지만." 노아가 키득거렸다.

"직접 다 지으신 거예요?" 내가 물었다.

"에, 격납고야 있던 거야. 난 그저 재활용했을 뿐이네. 그저 이 폐허를 쓸모 있는 공간으로 바꾸고 싶었을 뿐이었지."

"저분들은 누구죠?" 체이스가 물었다.

"피난민들."

"어디에서요? 시리아?" 내가 물었다.

"세상에서지."그가 케스트럴을 보고 확인이라도 하듯 고개를 끄덕였다. "리마는 시리아 출신이야. 남편을 잃고 지금은 우리 상주 간호사로 일하고 있다네."

"놀랍군요."체이스가 주변을 둘러보며 감탄했다.

"이곳은 누가 책임지죠?"내가 물었다. 벽에는 노아는 물론 누구의 액자도 걸려 있지 않았다. 패스트푸드 음식점만 해도 화장실 복도에 매니저 사진이 붙어 있지 않던가.

"책임자는 없어."케스트럴이 대답했다.

"모두가 책임자라네. 다만 문이 열려 있는 동안만이라도 나보고 운영을 해달라고 요청하기는 했지."

"무슨 뜻이죠? '문이 열려 있는 동안'이라뇨?"케스트럴을 보니 표정이 어두워졌다.

"사이버 공격이 시작되면서 상황이 나빠지고 있어. 곧 공황 사태가 발생할 거야. 음식, 물, 일용품, 모두 바닥이야."케스트럴이 대답했다.

"이곳 격납고는 자급자족이지만 6개월간의 봉쇄로 상황이 나빠졌네."노아가 덧붙였다.

우리는 지상의 헛간으로 돌아왔다.

"자, 이제 서로 비밀을 교환한 셈이야. 두 친구도 우리 비밀을 알았으니 언제든 환영이야. 물론 필요하다면 말이지만."

"고맙습니다."내가 인사했다.

"예, 고맙습니다."체이스도 따라 했다. 그때 멜이 나타났다. 손에는 무전기가 들려 있었다.

"주방위군이 오고 있어요. 누군가 신고를 한 모양입니다. 지금 막

스캐너를 통과했어요."

"고맙네, 멜." 노아가 우리를 보았다. "두 친구는 어서 떠나는 게 좋겠네."

제36장

시카고에 살 때 엄마와 즐겨 불렀던 노래가 있다. 가사 뜻은 몰랐지만 그냥 신나게 따라 부르는 게 좋았다. 재키는 후에 그 노래를 잊었다. 아무튼 기억에 없단다. 엄마가 내내 부른 데다 네 단어밖에 되지 않는 후렴을 따라 하고 또 따라 했는데 어떻게 잊을 수 있지? 나는 그 반대로 기억이 머릿속에서 맴도는 쪽이다. 그런 걸 '귀벌레^{earworm}'라고 한다지만 내가 듣기엔 적절하지도 않고, 사실과도 다르다. 그보다는 플레이리스트에 가깝다. 좋든 싫든, 노래 한 곡이 뇌리에 박혀, 한 번에 몇 시간 또는 며칠씩 계속 반복되지 않는가. 귀벌레가 강박 장애와 관계있다는 사실은 불과 얼마 전에 알았다.

트럭 앞자리에 타고 가는데 불현듯 그 노래가 되살아났다.

오늘, 세상은 어딘가 비뚤어졌어…

버디는 두고 왔다. 난 데려가고 싶었다. 체이스도 마찬가지였다. 하지만 포트콜린스에 도착한 후 무슨 일이 있을지 누가 알겠는가. 내가 안아 올리자 버디가 얼굴을 핥았다. 지프에서의 첫날밤, 작은 강아지를 안았을 때의 느낌이 떠올랐다.

"여기서 기다릴게요. 전보다 건강하고 커진 모습으로. 고양이야 조금 귀찮아질지도 모르지. 맘 편히 다녀와요, 친구들." 노아가 버디 대신 인사를 해주었다.

멜이 우리를 남쪽으로 데려가며 주간도로와 고속도로의 파란 조명들을 가리켰다. 그쪽을 보는데 차가 서쪽으로 방향을 틀었다. 길은 이내 두 갈래로 갈라지고 우리는 남서쪽으로 빠졌다. 처음에는 관목지를 굽이돌더니 얼마 후부터는 타이어 자국과 우마차 자국 범벅의 흙길이 나왔다.

길은 낡은 풍차에서 끝이 났다. 풍차는 물탱크 몇 개를 지키는 초병처럼 보였다. 쌓인 눈은 소들에게 밟혀 검은 진창이 된 터였다. 멜이 헤드라이트와 시동을 껐다. 차에서 내려 두 남자를 따라가니 뒷마당에 트레일러가 한 대 보였다. 멜이 뛰어올라가 UTV(사륜오토바이)를 풀었다. 이미 우리 짐들이 실려 있었다. 멜이 UTV를 후진해 바닥에 내려서는데 헤드라이트 불빛이 트럭의 뒷창을 때렸다.

섬뜩할 정도로 조용한 곳이다. 구름에 가린 달, 그 아래 이토록 황량한 설경이라니.

"남동쪽으로 가면 포장도로가 나와요. 저 끝에 붉은 불빛 보이죠? 풍력발전기요. 콜로라도 쪽에서 2킬로미터쯤 떨어져 있는데⋯ 제크 알죠? 어젯밤 나와 함께 있던 사람. 그 친구가 동쪽 첫 번째 발전기에서 기다릴 거요."

멜이 주머니를 뒤져 체이스에게 주머니칼을 건넸다. "총은 사물함에 있소. 장전은 해두었고. 지형을 확인해 둬요. 오른쪽으로 가면 저 빛이 보일 거요. 서쪽으로 가면 협곡에 갇히거나 절벽 아래로 떨어질지도 모르오. 부디 안전하기를. 샘플도 안전하게 전달하길 바라리다."

체이스가 그와 악수를 했다. "예, 그렇게 하겠습니다."

"고맙습니다." 나도 인사를 하며 멜을 안아주었다. 그런데 갑자기 멜이 긴장하는 것이 아닌가. 나도 금방 이유를 이해했다. UTV의 엔진소리 너머 무슨 소리가 들린 것이다. 툭툭 때리는 소리? 웡웡 소리? 새의 날갯짓 같기도 한… 분명 엔진소리였다. 체이스가 욕설을 내뱉었다. 나도 화들짝 그 방향으로 고개를 돌렸다. 동쪽으로 헬기가 보이고 빛줄기 하나가 요동을 쳤다.

"가요! 가! 어서!" 멜이 소리쳤다. 우린 이미 UTV를 향해 달리고 있었다. 체이스가 운전대를 잡고 난 그 옆에 앉았다. 마른 땅을 향해 속도를 올리는데 헬기가 투타타타 굉음을 터뜨리며 접근했다. 빛줄기가 지상을 휩쓸고 다녔다. 소택지의 동쪽 가장자리를 따라 달리는데 아무래도 헤드라이트가 문제였다. 헬기가 선회하며 우리를 향해 달려왔다.

"헤드라이트 꺼!" 내가 외쳤다.

"이미 늦었어."

아니, 늦지 않았다. 이렇게 끝낼 수는 없다. 수없이 목숨을 걸며 여기까지 오지 않았던가.

멍청한 노래가 다시 뇌리를 맴돌았다.

오늘, 세상은 어딘가 비뚤어졌어…
아무렇게나 살아보자.

돌이켜 보니, 난 그 노래가 싫었다.

헬기가 굉음을 내며 점점 가까워졌다. UTV의 낮은 지붕 아래서 보려면 고개를 내밀어야 할 정도였다.

스피커에서 소리가 터져 나왔다. "정차하라. 반복한다. 정차하라. 불응하면 사격하겠다." 목소리는 차갑고 기계적이었다. 흡사 무심한 신의 목소리처럼.

저놈의 헤드라이트 때문에 죽고 말겠어. "UTV는 포기해. 헤드라이트 끄고 뛰어서 빠져나가면 돼!" 내가 소리쳤다.

내가 차체를 잡으려는데 체이스가 갑자기 방향을 틀더니 벼랑을 따라 속도를 높였다. 그리고 벼랑에 헬기가 보이지 않는 순간 UTV가 미끄러지듯 급정거를 했다. 체이스는 사물함을 열고 총을 꺼내 나한테 넘겼다. 나는 재빨리 UTV에서 빠져나왔다. 그리고 캐리어를 집고 돌아서는데 체이스가 차 안에 그대로 앉아 있는 것이 아닌가! 헬기는 이미 머리 위까지 접근했다.

"체이스!"

"내가 떠나면 다섯을 센 다음 뛰어!" 그가 외쳤다.

"뭐? 안 돼! 자기 없이 안 가!"

"가야 해!"

"싫어! 안 가! 못 가!"

그가 나를 보며 UTV의 기어를 넣었다. "윈터, 자기는 용감한 사람이야!"

"체이스!" 내가 비명을 질렀다.

체이스는 눈 덮인 황무지를 가로질러 그 너머 협곡으로 차를 몰았다. 헬기가 연처럼 꼬리를 물고 따라갔다.

난 넋을 잃은 채 바라만 보았다. 폐 속이 얼어붙기라도 한 듯 숨을 쉴 수가 없었다.

도망쳐!

난 한 걸음씩 내디뎠다. 눈이 얼어 미끄러웠다. 나는 어둠 속에서 언덕 가장자리를 따라 돌아갔다.

한 발의 총성이 울리고, 언덕을 따라 메아리친다.

난 휙 돌아보며 애써 비명을 참았다. 언덕마루 너머 UTV의 흔적을 찾아보았다. 헬기가 독수리처럼 선회하다 다시 총격을 가했다.

간신히 자리를 뜨는데 다리가 휘청거렸다. 나는 어둠 속을 더듬거리며 마루를 지나 마른 강바닥을 건넜다.

동쪽에서 사이렌 소리가 울렸다.

세 번째 총성.

나는 다음 둔덕 끄트머리에서 헛발을 딛고 반대쪽으로 미끄러졌다. 캐리어가 질질 끌려 내려왔다. UTV 소리는 더 이상 들리지 않았다. 헬기 프로펠러 소리도 심장을 두드리는 망치소리에 묻혀버린 듯싶었다.

나는 소매로 눈을 가리고 붉은 성운을 찾았다. 지평선 바로 위, 화살처럼 기다란 직선의 별들. 저기로군. 난 다시 일어나 달리기 시작했다. 캐리어를 꼭 품고서. 언니까지 데려간 역병, 퀜의 명석한 정신을 앗아 간 역병, 내게 체이스를 주고 곧바로 데려간 역병… 이 지겨운 괴물을 여태 보듬고 있다니!

풍경은 갑자기 들판으로 변한다. 허둥지둥 제방을 미끄러져 내려갔지만 어딘가의 울타리에 얽히고 말았다. 가시철망이 팔목을 찢고 뺨을 긁었다. 간신히 철망 위로 넘어가려는데 가시가 장갑을 뚫고 들어왔다. 저 멀리 불빛이 보였다. 번쩍거리는 푸른빛.

난 정신없이 들판을 가로지르고 반대편 울타리를 통과했다. 이번에도 가시철망에 머리카락이 걸리고 나일론 외투가 찢어졌다. 발전기는 외눈박이 거인, 키클롭스처럼 서 있었다. 난 날카로운 그루터기들을 헤치며 그곳을 향해 질주했다.

첫 번째 발전기의 막다른 길엔 아무도 없었다. 난 두 손을 무릎에 대고 허리를 굽혔다. 그리고 코로 숨을 들이켠 뒤 두 번째 발전기를 향해 달려 나갔다. 헬기가 저쪽으로 선회하고 사이렌 소리가 한곳으로 몰려들었다.

난 두 번째 발전기도 거쳐 터덜터덜 그다음으로 향하고, 다시 그다음 발전기를 찾았다.

은색 시에라는 소리부터 들렸다. 헤드라이트를 끈 채 이동했기 때문이다. 나는 두 팔을 흔들며 후드를 벗고 외투 앞섶을 열어 형광색 집업을 드러냈다. 트럭이 급정거를 했다. 가짜로 만든 수송 중 표시 옆의 계기반 불빛에 제크의 얼굴이 희미하게 드러났다. 네브래스카 번호판은 제거했다.

그가 트럭을 세우자마자 밖으로 뛰쳐나왔다. "헬기 때문에 피해 있었어요. 괜히 시선을 끌 필요는 없으니까. 혹시 오지 못할까 걱정했습니다."

"체이스는 못 왔어요." 내가 슬픈 목소리로 답했다.

"저런, 안됐군요. 하지만 당신이 없는 걸 알면 온 사방을 다시 뒤질 겁니다. 어서 타요." 난 그의 도움을 받아 운전석으로 들어갔다. "산이 나올 때까지 무조건 서쪽으로 가요. 리버모어까지. 북서쪽에서 들어가면 도시를 우회할 수 있습니다. 287번 국도를 타요."

"제크는요?" 원래는 그가 UTV를 몰고 물탱크에 돌아가기로 했다.

"내 걱정 말고 어서 가요!" 그가 외치며 들판을 향해 달리기 시작했다.

제37장

도로가 잘 보이지 않았다. 난 도로도 풍경도 일출도 보지 않은 채 차를 몰았다. 머릿속에는 세 차례의 총성만 맴돌았다. 나를 바라보던 체이스의 마지막 눈빛도.

곧 죽을 사람의 눈을 바라본 것도 벌써 두 번째다.

사실 잘 모르는 사람이잖아? 난 겨우 스물두 살이고 사이비 종교에서 벗어난 지 두 달밖에 되지 않았어. 이런 위기라면 쉽게 유혹에 빠지는 게 아닐까? 우리 사이에 유대감이 있다 해도 세상의 종말이 빚어낸 우연에 불과해.

거짓말.

밤의 장막이 걷히며 로키산맥이 모습을 드러냈다. 아름다우면서도 불길한 산들. 생전 처음 산을 보지만 이런 식으로 만나고 싶지는 않았다.

어떻게 이럴 수가.

매그너스가 옳았다. 세상은 끝나야 한다. 그자처럼 다른 사람들을 약탈하는 자들이 판을 치고 체이스 같은 사람들이 더 이상 없다면.

창밖으로 샘플을 집어 던질 수도 있었다. 세상이야 알아서 정화되겠지. 신의 의지가 그런 것 아냐? 나야 포기하면 그만이잖아? 누가 알겠어? 난 머릿속으로 차창을 내다보았다. 얼음같이 차가운 바람. 단 한 번, 돌이키지 못할 한 번의 행동으로도 천국과 지옥을 가를 수 있건만.

얼마나 많은 생명이 이 유리로 만든 슬라이드처럼 도로에 떨어져 박살 날 것인가?

난 옆자리의 캐리어에 손을 뻗어 걸쇠를 만져보았다. 아직은 단단히 잠겨 있었다.

아직은.

매그너스의 예언이 실현될지는 모르겠지만… 적어도 내가 그 주체가 될 수는 없다.

제38장

남쪽으로 방향을 잡고 산기슭을 따라 돌아갔다. 눈 쌓인 도랑에 처박힌 차들, 후진으로 중앙선을 들이받은 차들, 갓길에 버려진 차들. 어디를 가도 똑같은 풍경이었다. 난 그마저 흥미를 잃었다.

나는 마스크를 올리고 후드로 얼굴을 가렸다. 287번 국도를 따라가니 곧바로 포트콜린스였다. 길은 칼리지 애비뉴로 바뀌었다. 첫 번째 교차로에서 도로는 1차선으로 좁아졌다. 여기저기 충돌한 차들의 파편까지 널브러졌다. 옆으로 뒤집힌 세미트럭, 폭탄이라도 맞은 듯 기이하게 뒤틀린 트레일러, 연석을 들이받고 우그러진 SUV 등, 왕복차선 어디나 파편 투성이었다. 한 남자가 후드를 쓴 채 중앙에 서서 가상의 경찰봉을 허공에 대고 흔들어 댔다. 교통정리를 하는 게 아니라 상상의 오케스트라를 지휘하는 모양이다.

주유소는 문을 닫았다. 불 꺼진 약국, 창문은 박살 나고 진열장은 텅 비었다. 철물점은 더 심해 아예 내장을 들어낸 몰골이었다. 아시아 계 식당도 마찬가지였지만 중고 할인점만은 폭도의 손길을 피한 듯 보였다.

한 아파트는 휴대용 사슬로 테를 두르고 손으로 쓴 표지판을 내걸 었다.

감염구역

순찰차가 우측 차선을 막고 있었다. 난 왼쪽으로 돌았다. 자동차 앞 문에 스프레이로 X 표시가 그려져 있었다.

그 뒤의 건물은 모두 주점이나 음식점이었다.

대학도 문을 닫은 듯 보였다.

칼리지와 라포트의 4차선 사거리에도 부서진 차량들이 보였다. 마 운틴 애비뉴에도 몇 대가 널브러져 있었다. 나는 아무렇게나 엉킨 자 동차 세 대를 우회하며 교차로를 살폈다. 여기 어딘가에 캠퍼스가 있 을 것이다.

쪽빛 하늘을 배경으로 저 앞쪽에 파란 불빛들이 번쩍였다. 소리는 들리지 않았다. 나는 산을 향해 가다가 급정거를 했다. 트럭이 캠핑용 트레일러를 매달고 사거리 쪽으로 폭주하고 있었다. 속도를 줄이지도 않았다. 공회당을 지나가 보니 문 앞에 '물'이라는 간판이 걸려 있었 다. 밖에는 100명에 가까운 사람들이 줄을 서 있었다. 다들 갖가지 마 스크를 쓴 채 서비스가 중지된 휴대폰들을 노려보았다. 몇 명이 돌아 보았지만 눈빛이 죽어 있었다. 저들 중 올겨울을 날 사람이 얼마나 될까? 아니, 이번 달, 이번 주는?

주차장에는 임시 화장실이 여섯 개, 다들 줄이 길었다. 그런데 한 칸에 광인이 들어 있는지 심하게 요동을 쳤다. 순간 줄이 흩어졌다.

당연히 광인이겠지.

주택가를 관통하면서 정말 캠퍼스를 지나쳤나 불안하기 시작했다. 길도 어느새 로렐 애비뉴로 바뀌었다.

그리고 갑자기 캠퍼스가 나타났다. 그것도 바로 눈앞에.

오렌지색과 흰색 줄무늬의 바리케이드가 입구를 막고 캠퍼스 경비차가 그 뒤에 서 있었다. 경비원은 차 안에 앉아 있었다. 난 계속 이동해 주택가에 차를 세웠다. 그리고 후드를 뒤집어쓰고 캐리어를 겨드랑이에 끼운 뒤 트럭에서 내렸다. 트럭은 잠갔다.

나는 곧바로 캠퍼스로 건너가 주차장을 통과했다. 기숙사 건물을 돌아가다가 고개를 들어보니 3층 창 커튼이 살짝 움직였다. 물론 누가 내다보는지 알 수는 없었다.

길을 따라 뒤로 돌아가자 입구가 하나 더 있었다. 이곳 문에도 손으로 쓴 경고문이 내걸렸다. '출입금지-감염구역' 위층 사람이 정말 감염된 걸까? 아니면 그저 보호막으로 사용하는 걸까?

기숙사 구역 다음은 운동장이었다. 운동장 북쪽을 지나자 보다 대학 같은 건물들이 나타났다. 돌과 콘크리트 건물들이 어쩐지 강의실, 강당용으로 쓰는 듯싶었다. 실험실도. 다만 공간이 확 트인 것보다 너무 조용한 게 더 신경이 쓰였다.

언제나 그렇다. 정적이 더 두렵다.

첫 건물도 역시나 잠긴 채였다. 모퉁이를 돌아가다가 난 우뚝 멈춰 섰다. 청바지와 후드 차림의 사내 둘이 다가오고 있었다. 나이는 비슷해 보였지만 나만큼이나 이 대학과 무관한 사람들 같았다.

"이봐요." 첫 번째 사내가 턱을 들며 불렀다. 머리는 바짝 밀고 아랫입술 아래에는 염소처럼 가느다란 수염을 길렀다. 검은색 부츠엔 은색 체인을 달았다. "먹을 것 좀 있소?"

"아뇨. 혹시 수의학과 건물이 어디 있는지 아세요?"

"당근. 먹을 것 좀 주면." 그가 말했다. 시선은 샘플을 향했다.

"말했잖아요. 없다고."

"거긴 뭐가 들었는데?" 그가 턱으로 캐리어를 가리켰다.

"먹는 건 아니에요."

"돈도 좋은데."

나는 주머니에서 권총을 꺼내 엄지로 안전장치를 풀었다. "이건 어때?"

둘은 똑같이 두 손을 들고 뒷걸음질 쳤다.

"와우, 성깔 보소."

둘은 몇 발짝 물러났다. 한 놈이 침을 뱉었다. 그리고 함께 돌아서서 다른 쪽으로 줄행랑을 쳤다.

기숙사 통로를 따라 뒤로 돌며 뭐든 이정표를 찾았다. 손에는 권총을 그대로 들고 있었다. 수의학은커녕 미생물대학 건물이 어디인지조차 알 수가 없었다. 무작정 걷다 보니 넓은 아치형 입구가 나왔다. 첫 번째 문을 당겨보았으나 역시 잠겨 있었다.

고개를 드는데, 창문에 종이 한 장이 테이프로 붙어 있었다.

Winter →

난 돌아서다가 멈춰 섰다. 애슐리는 내 이름이 'Wynter'라는 사실을 알 리가 없다. 화살표를 따라가니 문이 여러 개가 나왔다. 이번에도 화살표가 다음 건물을 가리켰다. 그 건물이 바로 미생물대였다. 입구를 향해 달려갔지만 여기도 노란 테이프가 입구를 막고 있었다. **'격리 중:출입금지'** 그리고 이번에도 화살표가 옆문을 가리켰다.

검은 철제문이 나왔다. 이번의 걸림돌은 키패드였다. 그 옆에 짧은 메모가 있었다. 'J의 생일'

재클린은 7월 3일에 태어났다. 줄리가 떠나기 전, 재클린의 생일엔 당밀을 입힌 케이크가 나왔다. 그 위에 촛불이 아니라 폭죽을 꽂은 덕에 난 끝내 케이크를 먹지 못했다. 어린 나이에도 맛이 없게 보였던 것이다.

난 한 번에 하나씩 번호를 눌렀다. 0, 7, 0, 3. 문득 그날 밤 트롤리를 안고 번호를 입력하던 기억이 떠올랐다. 이제는 알겠다. 만나지는 못해도 재클린은 언제나처럼 나와 함께 있다는 사실을.

문제는… 그때처럼 문이 열리지 않았다. 난 절망감에 다시 숫자를 눌렀다. 할 수만 있다면 뒤로 물러나 비명이라도 지르고 싶었다. 순간, 줄리의 집 보안 시스템 생각이 나 버튼을 추가했다.

딸깍, 문이 열렸다.

안으로 들어가자 층계 문에 두 번째 메모가 있었다. C321. 그 옆에 벨크로를 이용해 회중전등도 붙여두었다. 난 권총을 주머니에 넣고 플래시를 떼어내 불을 켰다. 그리고 두 개 층을 올라간 뒤 성큼성큼

타일로 된 복도를 걸었다. 어두운 연구실 문 유리 표시판을 하나하나 확인하며 걷다 보니 마침내 C321이 나왔다. 연구실 내부, 소파에 놓인 다리 두 개가 먼저 눈에 띄었다. 청바지를 입고 있었다.

조용히 문을 두드렸는데 다리가 꼼짝도 하지 않았다. 잠시 끔찍한 상상도 들었다. 이 모든 고생이 헛수고란 말인가? 너무도 끔찍하고 참담한 상상이라 난 문을 쾅쾅 두드리기 시작했다.

다리가 움찔거리며 살아났다. 그가 잠시 시야에서 벗어나는가 싶더니 잠시 후 등잔 불빛이 실내를 밝히고 남자가 불쑥 모습을 드러냈다. 헝클어진 장발, 배지를 목에 걸고 있었다.

"애슐리 닐 박사님을 찾고 있어요." 내가 큰 소리로 외치자 복도가 쩌렁쩌렁 울렸다.

그가 창문 너머로 내 눈을 노려보는 통에 난 꿀꺽 숨을 삼켰다. 배지의 이름을 읽을 필요도 없이 난 제대로 찾아왔다고 확신했다.

트룰리와 꼭 닮은 것이다. 입도 눈도.

"윈터?"

난 고개를 끄덕이며 마스크를 내렸다. 난 재키보다 엄마를 닮았지만 그래도 자매가 아닌가.

그가 나를 노려보더니 재빨리 마스크를 귀에 걸었다.

"병에 걸렸어요?" 그의 말이 마스크와 문에 막혀 답답하게 들렸다.

"아뇨!" 내가 대답했다. 바라건대, 부디 사실이기를.

그가 문을 열고 나를 들였다. 그리고 어두운 복도를 살핀 다음 문을 잠갔다.

"해냈군요. 오지 못할까 걱정했어요."

"예, 저도 걱정했으니까요."

지금껏 상상한 교수, 수의학자와는 거리가 멀어 보였다. 낡은 청바지 속에 아무렇게나 끼워 넣은 데프 레퍼드 티셔츠, 슬리퍼는 짝이 맞지 않았다. 당혹스러운 표정, 아니, 초조한 걸까? 그러면서도 그는 연신 나를 훔쳐보았다.

"미안해요. 윈터를 보니 예전에…" 그가 손가락으로 머리카락을 다듬는데 마치 덩굴손으로 수풀을 헤집는 것 같았다.

"괜찮아요." 내가 대답했지만 어쩌면 언니 이름을 부를까 겁이 났는지도 모르겠다.

그가 내 겨드랑이 사이에 낀 캐리어를 향해 고갯짓을 했다. "그게…"

"예."

"연구실에 발전기를 걸어놨어요. 당장 확인해 볼 수 있습니다."

하지만 이건 더 이상 어느 질병의 샘플이 아니다. 많은 사람을 구한다는 명목으로 벌써 몇 사람의 목숨을 앗아 가지 않았던가. 내게 소중한 사람들을. 어쩌면 그래서 쉽게 떠나보낼 수 없었는지 모르겠다.

내가 움직이지 않자 그가 자기 머리를 때렸다. "이런, 형편없는 인간 봤나… 배고프죠? 물 한 잔 드릴까요? 커피? 아침에 새로 탄 거라 따끈합니다." 그가 찬장으로 갔다. 찬장에는 물병, 유럽 스타일의 주전자, 가공식품을 담은 낡은 상자가 있었다.

"물이면 돼요."

그가 물잔을 찾는 동안 나는 벽을 가득 채운 명판들을 둘러보았다. 책상 앞에는 전자기타가 스탠드에 서 있고 선반마다 액자도 많았다. 스쿠버 장비를 하고 물속으로 뛰어드는 애슐리, 다른 사람들과 산 정에 선 애슐리, 붉은 진창을 자전거로 달리는 애슐리. 이 사람은 어떤 사람일까? 재클린이 그렇게 사랑했던 사람, 그렇기 때문에 배란일을 계획해 가며 트룰리를 임신한 게 아닌가.

트룰리 생각에 또 가슴이 아팠다.

"혹시… 연락은 있었나요?" 그가 물었다.

깜짝 놀라 돌아보니 그가 머그잔을 들고 있었다. 어딘가 난감한 표정이었다.

아니, 고통스러운 표정인가?

"연락이라뇨?" 그리고 문득 누구 얘기인지 깨달았다.

"아뇨." 내가 조용히 대답했다. 언니가 어떻게 연락하겠는가.

"그럼 사실이군요. 뉴스에서 나오는 얘기가. 윈터가 언니를 살해한 게 아니라… 그자가… 사실인가요?" 그가 다소 갈라진 목소리로 물었다.

난 침을 삼켰다. 내 입으로 하기 어려운 얘기다.

그가 한 걸음 물러나며 손을 머리로 가져갔다. 슬픔에 한 방 맞은 남자의 표정.

사랑의 슬픔.

"그자가 한 짓이죠? 그날 밤 전화로 그랬잖아요. 매그너스가 죽이겠다고 협박했다고. 놈이 사기꾼인 건 나도 압니다." 그가 말했다. 목소리가 더 크게 갈라졌다. 그가 고개를 들었을 때는 눈빛이 위태로웠다. "놈이 미친놈인 줄은 알고 있지만 이런 건 악마나 하는 짓 아닌가요?"

나는 테이블에 캐리어를 내려놓았다.

"그러니까 악마를 막아줘요."

제39장

애슐리가 실험실에서 돌아올 때쯤 사무실도 어두워졌다. 난 깜짝
놀라 일어났다. 그러고 보니 내내 잠에 빠졌던 모양이다.

"어떻게 됐어요? 뭐가 나왔나요?" 내가 물었다. 애슐리는 LED 랜
턴을 바닥에 놓고 털썩 의자에 주저앉았다.

"프라이온 병이에요." 애슐리는 얼굴까지 창백했다. 지금은 실험용
가운을 입고 머리는 포니테일로 묶었다. 두 손으로 얼굴을 비비는데
등잔불 때문인지 오히려 두 눈의 다크서클만 두드러졌다. CDC에 연
락을 취했다는 얘기도 덧붙였다.

하지만 내 머릿속엔 매그너스도 알고 있다는 사실만 떠올랐다. 샘
플을 어떻게 손에 넣었든, 그자는 그 사실을 알고 있었다. 자기 손에
수백, 수천의 생명을 살릴 방책이 있다는 사실을 알았다.

켄처럼, 재키 언니처럼. 두 사람 때문에라도 놈의 죄는 더없이 무겁다.

도대체 얼마나 많은 사람들을 죽이려고 했을까? 무슨 이유로? 병으로 국가를 조종하기 위해? 신의 천벌을 강요하기 위해?

악마, 애슐리는 매그너스를 악마라고 불렀다.

아니, 놈은 악마보다 지독하다.

애슐리가 계속 얘기를 했지만, 혼잣말인지 내게 한 이야기인지는 분명치 않았다.

"…고대 바이러스가 프라이온 단백질을 더욱 빠르게 잘못 접고 있어요. 역사상 유래가 없을 정도로. 그리고 자신의 DNA를 인플루엔자 유전자에 삽입하는 식으로 전염성을 높이고 있죠."

무슨 말인지 이해할 수가 없었다. "애슐리, 무슨 뜻이에요?"

그가 고개를 들었는데 표정이 더 없이 딱딱했다. "이건 팬데믹이에요. 게다가 더 나빠질 겁니다."

애슐리는 나를 실험실로 데려가 노트북을 켜고 일련의 파일을 열었다. 부고 기사와 더불어 내가 USB 드라이브에서 보았던 내용들이다.

"이 남자가 돼지 농장 주인입니다." 애슐리가 설명했다. 존 쿨터라는 이름의 알래스카 농부. 쿨터는 옛 헝가리 돼지 품종인 만갈리차를 키웠다. 만갈리차는 털이 많아 시베리아나 알래스카 같은 기후에 강하다. 1990년 대량 멸종위기까지 갔지만 어느 동물유전학자가 농부들을 설득해 품종을 보호하도록 유도했다. 덕분에 만갈리차는 위기에서 벗어나 2007년쯤엔 미국까지 상륙했다. 오늘날에는 별미로 인정받아 취미 농부들이 많이 사육한다. 다만 보호 품종은 상업용 돼지와 달라서 방목해서 기르는 경우가 많다.

"돼지의 대표 특성이 땅을 파고, 아무거나 엄청 먹는 거예요. 존이 UC 데이비스 대학원생한테 한 얘기에 따르면, 수퇘지 한 마리가 농장 숲에서 오랜 순록 시체를 파냈어요. 그 지역은 알래스카에서도 영구동토층에 속하죠. 죽은 지 10년일 수도 있고, 모르죠. 빙하기 이후 수십만 년 동안 얼어 있었을 수도 있어요. 며칠 후 한 마리를 남겨놓고 돼지가 전부 괴사합니다. 존은 실의에 빠져 농장을 포기하기로 하고 남은 돼지를 도살했지만, 뇌만큼은 챙겨서 계란과 볶은 뒤 도살장 친구와 함께 먹습니다. 별미라는군요."

"역겨워."

"그래요. 이걸 보면 더할 겁니다." 애슐리가 둥근 이미지를 하나 꺼냈는데 흡사 핑크색 스펀지를 클로즈업한 것 같았다. "발굴한 돼지 두뇌 샘플이에요. 여기 단백질 보이죠? 온통 엉겼잖아요. 프라이온 병의 특징입니다. 대개는 몇 년에 걸쳐 진행되며 해면상뇌증을 일으켜요. 뇌와 신경 체계를 공격해 송송 구멍을 내는 겁니다. 광우병은 들어봤죠? 소가 해면상뇌증에 걸렸다는 얘기입니다. 인간 변종은 대개 감염된 뇌나 척수를 섭취해서 발생하는데, 크로이츠펠트-야콥병이라고 불러요. 식인의 경우엔 쿠루kuru 라고 하고."

내가 인상을 찡그렸다.

"종종 있는 일이에요." 그가 베이컨 페스티벌 거래 목록으로 넘어갔다.

"8월에 농부 존이 원인 모르게 사망하고 그가 기른 만갈리차 정육이 워싱턴 레드몬드에 나타나요. 식육 도매상 노스우즈 농장이 제공한 시식 코너였죠. 문제는 고기의 신경이나 척수세포가 오염된 겁니

375

다. 결국 고기를 먹은 사람 모두 보균자가 된 거죠."

켄이 그날 밤 전화로 한 얘기가 생각났다. "그 병에 걸린 사람 모두가 고기를 먹은 건 아니에요."

재키가 그랬다. 고기를 먹지도 않았는데.

"맞아요. 프라이온 감염 베이컨을 먹은 사람이 몇 주 후 병원에서 긴급 충수 제거 수술을 받아요. 문제는 일반 멸균 기술로는 수술 도구의 프라이온 제거가 불가능하다는 겁니다."

"벨뷰13…"

"…모두 동일한 수술실이죠. 감염된 세포를 섭취하거나, 아니면 프라이온에 감염된 도구를 통해 전파하는 겁니다. 여기까지는 우리가 프라이온에 대해 아는 것과 별반 다르지 않아요. 한 가지만 빼면."

애슐리가 슬라이드를 바꾸었다. "이건 순록 시체의 조직 샘플이에요. 여기 척수 조직에 잘못 접힌 프라이온 단백질 보이죠? 순록이 죽은 이유이지만 뭔가 다른 게 있어요. 바이러스죠. 알래스카에서…" 그가 두 번째 부고를 꺼냈다. "농부의 친구도 뇌를 먹고 기이한 행동을 합니다. 기계톱에 머리를 박고 처참하게 죽어요."

그가 잠시 말을 끊고는 욕설을 내뱉으며 수첩을 집고 무언가 끄적였다. "알래스카 도살장 폐쇄."

그가 세 번째 부고를 꺼냈다.

"나흘 후 두 번째 도살장 노동자가 사망해요. 가족의 증언에 따르면, 이 양반, 최근 채식만 했다는군요. 결혼식 때문에 살을 빼려고. 고기를 먹지 않았는데 인플루엔자 진단을 받고 3주 후에 사망한 겁니다."

"퀸도 감기 얘기를 했어요." 내가 말했다. 그런데 그게 불과 사흘 전이었다고?

애슐리가 고개를 끄덕였다. "예. 만갈리차 돼지가 순록 시체를 파내 프라이온 중독이 되지만 그때 프라이온에만 감염된 건 아니에요. 땅을 파고 주둥이로 시체를 파헤치면서, 바이러스에도 감염이 된 겁니다. 그러니까 처음 순록이 프라이온 병에 걸리게 만든 바로 그 바이러스죠. 요는, 도살장 일꾼들도 돼지 뇌를 다루면서 바이러스에 노출된 겁니다. 그중 하나가 인플루엔자에 걸렸을 때, 세포 내의 바이러스 두 종이 아주 기발한 행동을 해요. 재결합 형태로 서로 DNA를 교환하고 공유하는 겁니다. 스페인 독감이 그랬어요. 그 전에는 존재도 없다가 무려 세계 인구 3퍼센트 이상의 목숨을 앗아 갔으니까요."

그래도 모두의 생명은 아니잖아. 문득 그 생각을 했지만 매그너스의 목소리로 떠올리고 싶지는 않았다. 그보다, 퀸이 애슐리의 말을 들으면 얼마나 좋아할까. 그의 팀이 옳았다는 얘기를 하고 있으니 말이다. 당연히 알 자격이 있다. 퀸도 애슐리가 마음에 들었을 것이다.

"두 번째 도살장 직원이 변종 인플루엔자 A에 걸리는데, 바로 그 바이러스가 프라이온 단백질을 빠른 속도로 잘못 접히게 만들어 해면 상뇌증을 유발합니다. 보기엔 급성 조기치매 같지만요. 인플루엔자 A는 원래의 순록 바이러스보다 훨씬 전염성이 강해요."

"끔찍하군요." 내가 중얼거렸다.

애슐리는 콘서트 일정표를 꺼냈다. "그가 죽기 일주일 전, 친구들과 함께 포틀랜드로 총각파티 여행을 떠납니다. 그곳에서 U2 콘서트가 있었죠. 한 달 후 급성 조기치매 증세가 태평양 연안 북서부 지역에 창궐합니다. 다만 이번엔 독감이 원인이었어요. 좋은 소식이라면, 독감은 예방할 수 있어요. 나쁜 소식은, 수술 도구에서 프라이온을 멸균하는 방법을 모른다는 겁니다. 게다가 프라이온 혈액검사도 시험 단계라 혈액 공급의 안전성을 확인할 방법이 없어요."

그러고 보니 켄의 말이 생각났다. 질병을 확인하려면 사후 뇌 조직을 검사하는 수밖에 없다고 했는데.

"또 하나. 돼지들을 묻은 땅도 감염됐어요. 인간이든 동물이든, 그 땅에서 자란 건 뭐든 먹으면 안 됩니다. 왜냐하면… 사실 나도 몰라요. 감염자가 헌혈을 못 해도 환자한테는 여전히 수술이 필요하죠. 왜 문제인지 알 겁니다." 애슐리가 설명했다.

"이제 샘플이 생겼으니 치료법을 찾아내야죠."

내 말에 애슐리가 고개를 저었다. "그게 문제예요. 이미 감염된 이상 방법이 없어요. 혈뇌 장벽 너머 항체를 주입할 방법이 없기 때문이죠. 뇌에 직접 투약해도 안 됩니다. 다만 미리 약을 먹으면 어느 정도 예방 효과가 있기는 합니다."

난 그를 보았다. "그럼 샘플이 무슨 소용이죠? 도대체 내가 왜 이 난리를 친 건데요?" 체이스가 잡혔는지, 총상을 입고 병원에 있는지, 아니면 협곡에 죽은 채 버려졌는지 알지도 못하는데. "언니도 이것 때문에 죽었단 말이에요!"

"독감 기반의 질병이라면 보다 정확한 백신을 만들 수 있어요. 사람들 대부분이 그 때문에 죽었으니까요."

"그래요?"

"윈터, 당신과 재키가 얼마나 많은 생명을 구했는지 모를 겁니다."

"도와준 사람이 있어요. 이름은 체이스, 해병 출신이라고 했어요. 그리고 노아라는 남자도." 그 말을 하는데 가슴이 먹먹했다. 멜, 켄, 농부 인골드… 심지어 라디오 DJ도 도움이 되었다. 그녀의 말이 옳았다. 우린 결코 혼자가 아니다.

애슐리는 노트북을 닫고 한숨을 쉬며 등을 기댔다.

"CDC 현장사무소가 우리 대학 감염병 연구소 맞은편에 있었는데 며칠 전에 문을 닫았어요. 그나마 애틀랜타에 연락을 넣을 수는 있었죠. 이제 문제는 대량의 신종 플루 백신을 제작하는 건데 불행히도 정전사태 와중이네요." 애슐리는 골치가 아픈 듯 콧등을 꼬집었다. "전력이 없으면 앞으로 한 달 동안은 수많은 사람이 온갖 합병증으로 목숨을 잃을 겁니다. 살아남는다 해도 이제 독감 시즌에 접어드니 상황은 일촉즉발인 셈이죠."

난 두려움을 애써 억눌렀다. 사기꾼 매그너스의 목소리가 자꾸만 비집고 나오려 들었다. 종말을 피할 수 없다고 했는데.

"윈터, 나한테 권리가 없다는 건 알겠지만…" 애슐리가 조용히 말을 꺼냈다. 눈에는 절박감이 가득했다.

이 마당에 무슨 권리가 필요하단 말인가.

"아이를 데리러 가겠어요." 그가 나지막이 말했다. "다만 도움이 필요합니다."

제40장

"그런데 사진은 없겠죠? 트룰리 사진?" 애슐리가 물었다. 이미 동이 트기 시작했다.

안타깝게도 사진은 없었다.

"엔클라베에선 사진도 파문당할 이유거든요." 난 연구실 창문을 내다보았다. 새벽 여명이 지평선을 남색으로 물들였다. 체이스가 저 밖에 있을까? 아직 살아는 있는 걸까? 캠퍼스를 내려다보며 인기척을 찾고, 행여 누군가 큰 소리로 내 이름을 부를까 귀를 쫑긋한 것도 벌써 몇 번째인지 이젠 셀 수도 없을 정도다. 그가 언제든 나타나리라는 바람이 아니었던들 벌써 이틀 전에 뛰쳐나갔을 것이다. 그사이 애슐리는 나와 트룰리를 위해 항체를 만들고 있었다.

"완벽하지 않지만 어느 정도 예방 효과는 있어요. 신종 플루에 걸린다 해도, 조금 앓기야 하겠지만 미치거나 죽지는 않을 겁니다." 애슐리가 어제 한 얘기가 그랬다.

"트룰리가 애슐리의 눈을 닮았어요. 곱슬머리도. 귀와 코는 언니를 닮았지만." 내가 조용히 중얼거렸다.

애슐리가 고개를 들어 나를 보았다. 물론 그가 찾는 것은 내가 아니다. 이해하지 못할 바는 아니다. 사람들이 나한테서 언니의 모습을 찾은 게 오늘 밤만은 아니었다.

그가 시선을 돌리며 팔뚝으로 눈을 훔쳤다. "격납고 얘기도 해줘요."

배가 고프지 않지만 식사를 했다. 애슐리는 내 한쪽 팔에 주사를 놓고 다른 팔에서는 피를 뽑았다. 교대로 소파에서 잠도 잤다. 애슐리는 한 번에 몇 시간만 눈을 붙이면서도 난 면역력을 키워야 한다며 푹 자둘 것을 지시했다.

"윈터, 일어나요."

난 깜짝 놀라 벌떡 일어나 앉았다. 애슐리는 이미 책상 위의 두꺼운 봉투를 비롯해 몇 가지를 가방에 챙기고 있었다.

"준비됐어요?" 난 황급히 구두를 찾았다.

"예, 여기 있어요. 하나 알려줄 게 있는데… CDC가 공격을 받았습니다."

내가 화들짝 고개를 들었다. "예?"

결국 종말이 올 거야. 최후의 날은 피할 수 없다.

아가리 닥쳐!

애슐리가 몸을 일으키며 머리를 긁었다. "자세한 얘기는 나도 몰라요. 그 전에 연락해서 염기서열 분석이 거의 끝났다고 알려줬죠. 답신이 없기에 조지아대학 친구한테 연락했더니 그 얘기를 하더군요."

"그래서 지금은 어떻게 됐죠?"

"네브래스카대학 의료 센터와 연락이 닿았어요. 그쪽 얘기가 윈터 친구… 켄? 며칠 전 그분하고 통화한 사람이 있다더군요. 그 사람도 상태가 좋지 않아 기억을 못 하고 윈터한테 연락도 할 수 없답니다. CDC도 더 이상 안전지대가 아니라네요. 우리도, 샘플도 위험하다는 뜻입니다. CDC에서 주방위군에 연락해 헬기를 보내겠다고 했어요. 희망은 늘 있는 법이죠."

늘 그렇지 않은가?

애슐리는 내 앞 테이블에 걸터앉았다. 언뜻 보니 가방에 식량과 남은 식수를 채워둔 터였다.

"윈터는 언니 살인범으로 수배 중이에요. 나와 함께 헬기에 타면 잡힐 겁니다. 세상이 셧다운 상태라 한 번 잡히면 몇 달은 꼼짝 못 해요."

"그렇게는 안 돼요." 내가 말했다. 그렇다 해도 헬기를 이용할 수 있으면 좋겠다는 생각은 들었다.

애슐리가 허리를 숙여 내 두 손을 잡고 내 눈을 보았다. "꼭 이 상황을 해결할게요. 맹세코. 그때까지 절대 포기 안 합니다. 하지만 난 엔클라베에 들어가지 못해요. 이렇게 부탁합니다. 제발 돌아가 트롤리를 격납고로 데리고 와줘요."

나도 그의 손을 꼭 잡고 그의 눈길에 응답했다. "나도 약속해요. 꼭 그렇게 할게요."

그가 의자에 등을 기대며 길게 한숨을 내쉬었다. "고마워요."

"나도 필요한 게 있어요."

"얘기해요."

"차 한 대와 최대한의 연료."

"그리고 또?"

"극장 건물 안으로 데려다줘요."

제41장

포트콜린스에서 빠져나갈 때쯤 해가 산 너머로 자맥질했다. 난 야구 모자를 짧은 금발 가발 깊숙이 눌러썼다. 애슐리가 주사를 놔준 터라 왼쪽 어깨가 뻐근했다.

난 백미러를 보다가 턱에 붙인 수염을 꼬집으며 윙크를 했다. 백미러에서 비쩍 마른 남자가 나를 보고 있었다. 나라도 나 같은 남자와는 데이트하고 싶지 않겠어.

불과 닷새 전 떠나온 세상은 그사이에 또 한 번 바뀌었다. 너무 조용하고 기이할 정도로 야만적이었다. 건물의 조명은 모조리 꺼지고 마을은 어디나 폐쇄되어 흡사 벽 없는 중세 촌락 같은 느낌이었다.

지금은 라디오에서도 잡음뿐이다. 적어도 전파상으로는 내 이름이 지워진 것이다. 정적은 그 자체로 광기 같은 느낌이다.

연료 부족 탓에 교통량이 줄었으리라 생각했는데 착각이었다. 주간

도로는 동쪽 방향만 한산했다. 다만 군용 차량들은 대부분 그쪽을 향하는 듯 보였다.

난 남쪽 캔자스로 직행하기 위해 지방도로를 고수했다. 다행히 그 많던 경찰차도 눈에 띄게 줄어들었다. 도시 폭동을 진압하기 위해 떠난 것이다. 난 운전대를 잡은 광인들과 마찬가지로 창밖으로 목을 내밀고 운전사들을 살폈다. 저들은 누구이고 어디로 가는 걸까? 바닥난 연료를 태울 정도로 중요한 일이 뭐가 있을까?

4시간쯤 운전했을까? 네브래스카 노스플랫을 막 지나는데 머리 위에서 헬기 한 대가 맴돌기 시작했다. 난 운전석 창밖으로 올려다보았다. 애슐리가 저 위에서 지켜보는 걸까? 이 차에는 내 소지품은 물론, 노아의 트럭에서 뽑아낸 연료, 애슐리의 차고에서 가져온 연료, 대학 창고에서 훔친 연료가 실려 있다. 식량, 물, 현찰을 담은 통은 뒷자리에, 사각형의 캐리어는 앞자리에 두었다.

오마하 남쪽을 지나 주간도로에 진입할 때쯤 날이 어두워졌다. 외곽도로에서도 경찰차 불빛이 질서 회복을 위해 애쓰는 것을 볼 수 있었다. 지금 시카고에 있으면 기분이 어떨까? 상상하기도 힘들다.

줄리와 로렌은 무사하겠지? 외할머니 집에는 잘 도착했을까? 줄리는 강하고 영리하다. 분명 다시 만날 수 있으리라. 어떻게든.

나는 I-80을 빠져나와 디모인에 진입했다. 도시 불빛은 꺼진 채 모호한 여명만 남았다. 그곳에서는 북쪽으로 꺾어 169번 도로를 탔다. 이제 연료도 막바지다.

스토리시에서 1.5킬로미터 정도 외곽에서 차가 완전히 퍼질 때쯤, 노래가 다시 돌아와 머릿속을 맴돌았다.

차에서 내리는데 냄새가 났다. 연기 냄새. 남풍에 실린…

디모인이 불타고 있었다.

제42장

캐리어 지퍼를 열고 냉장한 약병과 잘 감싼 주사기를 꺼내 외투 주
머니에 넣고 뒷좌석의 짐도 챙겼다.

마지막으로 모자와 가발을 벗고 얼굴의 수염도 떼어냈다.

위장을 벗었지만, 난 더 이상 예전의 내가 아니었다.

오늘 밤은 둥그런 달이 떴다. 도로의 눈이 대부분 녹아 순백의 들판
을 검은 리본처럼 갈라놓았다. 난 차 문을 잠그고 앞 타이어에 열쇠를
밀어 넣은 다음 걷기 시작했다.

걸을 때마다 자갈이 자글거렸다. 소리가 바람처럼 파삭거렸다. 오
랫동안 차만 탄 터라 걷는 기분이 무척 상쾌했지만, 그래도 장갑 낀
손으로 귀를 막아야 했다. 귀가 아플 만큼 추운 날씨다. 덕분에 보따
리도 이 손 저 손 교대로 바꿔 들어야 했다.

45분 후, 관목 숲 근처의 개울 바닥 옆에 쪼그려 앉아 교육관의 뾰

족탑을 살폈다. 그곳까지 벽이 가로막고 있지만 거리는 채 200미터가
되지 않았다.

담벼락 이쪽으로 파수꾼이 검은 트럭을 세워놓고 앉아 있었다. 예
상치 못한 상황도 있었다. 모퉁이 근처에 어슬렁거리는 그림자 하나.
두 번째 파수꾼이 순찰 중이었다.

파수꾼을 두 배로 늘렸나 봐.

당연한 일이다. 엔클라베는 식량이 풍부하다. 옷, 깨끗한 우물물, 프
로판가스, 발전기도 충분하고, 비상시에는 1,000명까지 수용 가능한
공간도 있다.

나는 왔던 길로 돌아가 짐을 고목 아래 도랑에 떨구었다. 뺨, 코, 귀
가 꽁꽁 얼고 온몸이 덜덜 떨렸다. 나는 기다란 진입로를 따라 걷기
시작했다. 지난 9월 바로 그날에도 이 길을 걸었다.

이곳에 있던 15년 동안, 거의 변한 게 없던 장소였지만 불과 두 달
반 사이에 이곳은 너무도 달라졌다. 정문에 파수꾼이 증원된 것 외에
도 쪽문 밖에 초소가 새로 생겼다. 그곳에도 파수꾼이 앉아 있었다.
감시탑을 세워 안에서 벽 너머를 감시하게 했는데 그러고 보니 전체
적으로 주립 교도소처럼 보였다.

바깥의 파수꾼이 무전기로 뭔가 얘기했다. 그와는 50미터쯤 거리였
다. 스키 마스크를 쓴 탓에 어둠 속에 구멍이 뚫린 것처럼 보였다.

잠시 후 감시탑에 조명이 들어오더니 곧바로 나를 비추었다.

"정지! 이곳은 사유지다!" 바깥의 파수꾼이 소리쳤다.

난 계속 걸었다.

그가 무전기로 지시를 받았다. "예, 또 한 명 있습니다." 그리고 나

를 향해 성큼성큼 다가오다가 나를 보고는 우뚝 멈추었다.

"윈터?" 그가 나지막이 내 이름을 불렀다. 스키 마스크 탓에 누군지 모르겠지만 나를 아는 것만은 분명했다. "여기서 뭐 하는 거야?"

"가… 갈 데가 없어요." 내가 이를 딱딱 부딪치며 대답했다.

"넌 추방당했어. 당장 꺼져!" 이번에는 두 번째 파수꾼이었다.

"그건 신약서에 어긋나요. 신천국의 무… 문은 참회자에게 열려 있다고 했죠." 내가 이를 앙다물며 항변했다.

"넌 안 돼."

난 자갈밭 위에 무릎을 꿇고 두 손을 들었다.

"참회합니다. 타락한 세상을 거부해요!" 내가 소리쳤다.

파수꾼의 주먹이 날아오더니 그대로 내 뺨을 갈겼다. 첫째, 신천국은 여성을 보호하고 여성에게 공손하게 대한다는 정책을 포기했다. 말투도 친절하지 않았다.

둘째, 케스트럴도 이런 식으로 대했을까?

"무슨 짓이야?" 첫 번째 파수꾼이 질겁하며 따졌다. "매그너스 님 말씀 못 들었어?"

그 말을 듣자 공포에 질린 표정은 두 번째 파수꾼의 얼굴로 옮아갔다.

첫 번째 파수꾼이 무전기를 꺼냈다. 난 천천히 일어나 돌아섰다. 내 이름도 들리고 무전기 소음도 들렸다. 잠시 후, 그가 감시탑을 향해 소리를 질렀다.

쪽문의 잠금장치가 딸깍 소리를 내며 열렸다.

"넌 해고야." 첫 번째가 두 번째에게 통보했다. "윈터, 가자."

"고마워요." 내가 중얼거리며 그가 앞서가도록 길을 열어주었다. 어찌나 경건한 사람인지 행여 내 몸에 닿을까 크게 조심하는 것처럼 보였다.

"고마워하지 마. 그분이 옳았어. 넌 창녀처럼 보여."

제43장

파수꾼이 나를 이끌고 교육관 아래 계단으로 향했다. 내가 어둠 속에서 허우적대자 그도 결국 내 팔 위쪽을 잡으며 부축해 주었다.

고해관은 복도 끝에 있었다. 책상 위에 등잔불을 켜놓고 장부를 확인하는 중인 듯 보였다. 그도 처음에는 당혹스러워하다가 이내 불안한 표정으로 바뀌었다. 내 뺨의 빨간 자국 때문이리라. 그가 나를 알아보고는 놀라 눈을 동그랗게 떴다.

난 고개를 숙이고 바닥을 노려보았다.

"저년의 속셈을 알고 끌어들인 거냐?" 그가 파수꾼에게 따져 물었다. 아무래도 나를 어떻게 받아들여야 할지 난감할 것이다. 배교자가 돌아온 경우는 한 번도 본 적이 없으니.

"제발 아무도 깨우지 말아요. 여기…" 나는 외투를 열고 청바지 주머니를 뒤지기 시작했다. 한쪽에서는 더러운 동전 몇 개, 다른 주머니에선 진홍색 립스틱… 난 둘 다 책상 위에 떨어뜨렸다.

그리고 빈손을 들어 보였다.

머릿속에는 내내 트룰리뿐이었다. 트룰리는 지금쯤 맞은편 소녀동에서 자고 있을 것이다.

고개를 든 고해관의 두 눈에 의문이 가득했다. 도대체 왜 돌아왔을까? 그동안 무슨 일이 있었을까? 이제부터 아주아주 자세히 캐물어야 할 것이다. 어쨌든 지금은 내가 생존을 위해 어떤 짓까지 저질렀을지 상상하는 모습이 재미있을 지경이다. 모르긴 몰라도 내 죄를 열심히 재구성하는 중이리라.

난 고개를 숙이고 외투를 벗어 책상 앞 빈 의자에 걸쳤다. 그리고 두 손은 옆구리에 대고 돌아서서 그를 마주 봤다.

그가 잠시 머뭇거리다가 책상에서 빠져나와 내 몸을 수색했다. 무례할 정도로 철저하게. 먼저 청바지 주머니를 뒤져 동전 몇 개와 껌 포장지를 꺼냈다. 아예 스웨터 안쪽을 더듬기까지 했다. 껌 포장지는 나도 모르는 일이다. 부츠를 벗어주자 하나씩 살펴보았다.

마침내 그가 등잔을 집어 들고 벽에서 열쇠꾸러미를 꺼냈다. 내가 외투를 챙기려 하자 그가 얼른 낚아챘다.

"제발. 너무 춥단 말이에요."

그가 제일 가까운 방을 열었다. 난 안으로 들어갔다. 코트를 다시 집으려 하자 이번에는 아예 손이 닿지 않는 곳으로 치워버렸다.

"제발! 여행자에게 자비를." 난 신약서 3권까지 인용하며 애원했다.

"돌아왔으니 여행자가 아니다." 그가 말하고는 쾅 하고 문을 닫았다.

구석에 있는 변기 너머에서 붉은 눈 하나가 나를 노려보았다. 전력이야 다 끊겼겠지만 이곳은 여전히 특권을 누리고 있으리라. 물론 타인의 굴욕을 훔쳐보는 것도 그 특권에 속한다.

방은 여전히 추웠지만 전보다 자비로운 것도 있었다. 침상 위의 담요. 난 담요를 뒤집어쓰고 바닥에 앉아 벽에 기댔다.

고해관은 나를 예전 방에 넣었다. 복도의 희미한 불빛으로 보아, 제대포를 없애고 매그너스의 사진을 다시 붙여놓았다. 사진은 엔클라베만큼이나 익숙하면서도 낯설었다. 아라, 매그놀리아, 함께 살고, 매일 만나고, 같은 건물에서 잠을 청하며, 천당, 정화 등 같은 목표를 위해, 어쩌면 동료보다 조금 더 나아 보이기 위해 싸웠던 사람들이 있겠지만, 그 속에 재클린은 없다.

그러나 트룰리는 이곳에 있다. 동시에 순간이 곧 영원이라는 매그너스의 말에 일말의 진실이라도 있다면 트룰리와 난 이미 이곳에 없다.

그런 생각을 하고는 있지만 난 그저 감옥에 갇힌 신세일 뿐이다.

난 콘크리트 벽에 뒤통수를 기대고 천장을 바라보며… 기다렸다.

1시간 후 소리가 들렸다. 성큼성큼 복도를 걷는 발소리. 소리는 내 방을 지나 책상 옆에 멈췄다.

잠시 후 자물쇠 여는 소리.

내가 고개를 들었다.

붉은 눈이 꺼졌다.

제44장

등잔이 방을 밝혔다. 내가 일어나자 담요가 발밑으로 떨어졌다. 매그너스는 문을 잠그고 열쇠는 주머니에 넣었다.

마당에서 처음 그를 봤을 때가 생각났다. 그때도 인상적이었다. 다들 그를 우러러보기도 했지만 그는 그런 분위기에 전혀 개의치 않는 듯 보였기 때문이다. 아버지와는 달랐다. 아버지는 유명 인사를 들먹이고, 거창한 이상을 거론하고, 야한 농담들을 지껄이며, 어떻게든 사람들의 관심을 좇았다. 아첨, 돈, 눈빛 등 수다를 위해서라면 뭐든 끌어들였다. 누구를 만나든 끝도 없이 수다를 떨었지만 우리 가족만은 예외였다.

어쩌면 저 실루엣에서 어릴 때 만난 바로 그 매그너스를 볼 수도 있었다. 오로지 주변 인물들의 칭송 덕에 중요해진 사람, 신의 속삭임을 내세우고, 신의 마법으로 원래 모습을 감춘 사람. 그의 말은 틀렸다. 그는 그일 뿐이다. 신성과는 처음부터 거리가 멀었다.

그가 등잔을 제단에 내려놓더니, 우연히 보기라도 한 듯 신약서를 집어 표지를 살펴보았다.

"이 책을 쓸 때 스물여덟 살이었지." 그가 조용히 말했다. 그리고 책을 뒤집더니 낯선 물건이라도 되는 듯 손가락으로 제목을 훑었다. "어떤 여자와 연애할 때였어. 함께 있는 동안은 그 여자가 우주 만물에 대한 대답이었지. 마약처럼 내 감각을 일깨우고 그녀를 제외한 모든 생각을 지워버렸어. 난 홀딱 빠졌지. 늘 그녀에게 목말랐어. 그러던 어느 날 문득 정신이 들더군. 여자의 영향력도 마약처럼 잦아들고 난 따분해진 거야."

그가 말을 이어나갔다.

"깨달음을 얻은 것도 바로 그해였다. 내가 쫓았던 모든 것… 돈, 성공, 여자, 권력, 그 어느 것도 나를 채워주지 못하더군. 속은 기분이었어. 뭘 해도 기쁘지 않았고. 난 집을 떠나 시카고에 허름한 방을 하나 얻었어. 이 방 정도 크기였을 거야. 이른바 내 참회의 근거였던 셈이야. 석 달 동안 목숨을 부지할 정도의 음식과 물만 섭취하며, 모든 욕망을 지워버리려 애썼어. 그 고통을 겪고 나니까 약에 취한 기분이더구나. 그 자체가 일종의 중독이었던 거야."

그가 고개를 갸우뚱하며 책을 이리저리 넘겼다. "책을 쓴 이유는 삶을 엄격하게 절제하고 싶어서였어. 세상에 나가서 나를 탐진했듯이, 그 방법을 따르면서 똑같이 삶을 소비하고 싶었거든." 그가 조용히 신약서를 덮었다. "마침내 바깥에 나왔는데 모든 것이 다시 새롭고 아름다웠지. 적어도… 얼마간은."

그가 책을 제단 위로 던졌다. "예전에는 인간이 그저 먹을 거리만 찾는다고 믿었어. 또 다른 중독 거리, 더 위대한 목적을 부르는 어떤 것 말이야… 이젠 알아. 실제로 우리가 원하는 것이 고통이라는 사실을."

그가 벽에 기대더니 마침내 나를 보았다. "윈터, 모르겠지만 넌 나한테 위대한 선물을 주었다. 너를 갈구하는 동안, 내가 쫓는 것은 영원할 수 없다는 사실을 깨달았거든. 네가 아니라 너를 향한 욕망 말이야. 그걸 알면서도 너를 원한 거야. 그런데 네가 떠나고 말았어." 그가 고개를 저었다. "난 화가 났어. 감히 나를 배신하다니! 그게 얼마나 수치스러웠는지 알기나 해?"

그는 다시 말을 이어나갔다.

"그거 알아? 그간 고통받는 법을 잊고 살았어. 고통이 얼마나 세상을 명료하게 하는지도 잊고. 그래서 다시 쓰기 시작했지. 완전히 새로운 신약이 쏟아져 나오더군. 정말 미친 듯이 써 내려갔어. 잠도 자지 않고. 며칠 후 책을 마치면서 예전의 책을 모두 태워버리기로 결심했지. 모조리 다." 그가 손으로 쓸어버리는 동작을 흉내 냈다. "쓰레기들. 하지만 이 새 책… 최종 신약서는 신천국의 기초로 쓰일 거야. 이 신성한 땅에 수천의 탕아들을 받아들일 때 말이야."

난 눈을 깜빡였다. 저자가 미쳤나? "수천 명을 들일 수는 없어! 저 밖은 팬데믹 상황이고, 그렇지 않다 해도 공간이 충분치도 않은데!" 내가 계단 쪽을 가리키며 말했다.

그가 팔짱을 끼며 쯧쯧 혀를 찼다. "윈터, 넌 모르는 게 너무 많아. 이곳이 아니라 새로운 시설 얘기야. 지난 10월에 공사를 시작했다. 어려운 사람들을 수용하도록 센터 전체를 설계했어. 그들을 일단 격리했다가 받아들이거나, 아니면 분리한 뒤 의료, 상담 따위를 제공…"

그가 손을 저었다. 자세한 얘기를 하기도 귀찮다는 투다.

난 등잔 불빛으로 그를 살폈다. 제2의 엔클라베? 사람을 더 끌어들인다고? 절망과 굶주림, 고통에 빠진 신도들을 새로 받아? 미쳐버린 세상에서 의미를 찾겠다고?

하지만…

"신천국은 횃불이 되고 이정표가 될 거야. 파국을 맞은 세상에서 유일한 희망의 도시가 될 테니까. 그래, 장로 계급도 새로 정하고 교육기관도 세울 생각이다."

누군가 그 말을 들었다면 "아멘!"이라고 외치겠군. 지난 몇 년 동안 예배에서, 마당에서 무수히 보고 듣던 광경이다. 선택 받은 자들은 그의 말을 빵 부스러기처럼 받아먹으려 안달이 나 있다. 지금도 내가 그의 새 비전을 찬양했으면 하고 바랄 것이다. 경외감에 복받쳐 "오, 위대한 역사입니다!"라고 외쳤으면 좋겠지?

"당신은 나를 재키 살인자로 몰았어."

그가 인상을 찌푸리며 나를 보았다.

"아무도 몰지 않았어. 아내가 시체로 발견되고 중요한 재산이 사라졌다고 기자들에게 말했을 뿐이야. 이제 보니 널 잡지도 못한 모양이군. 파수꾼을 마을 보안관한테 보낼 수도 있었어. 그럼 마을 전체가 내게 감사했겠지… 너한테 우리 귀중품이 없다는 사실을 알면 얘기는 달라지겠지만 말이야. 이곳으로 추방당했다고 생각하나? 세상은 잔혹하고 가혹한 동네야. 다시는 너를 받아들이지 않을 거야. 이제 친구도 보호막도 안식처도 없겠지." 그가 치아를 드러내며 씩 웃었다.

매그너스는 성큼성큼 다가오더니 내 뺨을 만지고 엄지로 내 입술을 문질렀다. "하지만 꼭 그럴 필요는 없어. 나한테 새로운 영감을 주겠다면 말이야. 지금 그게 무척 필요하거든? 그래, 욕망의 지속성에 대해서도 내 생각이 틀렸다는 걸 증명해 볼까? 아무튼 계속 이 방에서 지내기는 해야 할 거야. 지금 네가 돌아오면 어딘가 이상해 보이지 않겠어? 그래서 비밀로 남겨둘 생각이야." 그가 속삭이더니 상체를 일으키며 윙크를 했다. 그런데 얼굴의 장난기가 완전히 걷혀 있었다.

"트룰리를 만나게 해줘. 그럼 뭐든지 할 테니까." 내가 말했다.

그가 바지 주머니에서 뭔가 꺼내 불빛에 비추었다. "그럼 이것도 줄 수 있나?"

약병.

내가 그에게 달려들려 하자 그가 팔을 뻗어 콘크리트 바닥에 약병을 떨어뜨릴 자세를 취했다.

난 우뚝 멈춰 섰다.

"아, 아. 이놈의 유리병은 너무 작고 약해. 정체도 모르겠어. 어떤 약인지 말해줄 생각도 없겠지? 그래, 알아맞혀 볼까? 어디 보자. 아마도 샘플을 넘겨준 사람한테 받았겠지? 말하자면 내 물건에서 추출했다는 얘기잖아? 아, 물건을 다시 가져오지는 않은 거지, 응?"

"제발! 사람들이 역병으로 고생 중이야." 나는 두 손을 맞잡고 기도하듯 애원했다. 망할, 예전에도 툭하면 이 짓거리였건만.

"그래, 나도 알아. 지난주에만 셋을 세상에 내보냈으니까. 야생으로 돌아간 짐승들 같더군." 그가 약병을 살짝 흔들며 말했다.

난 움찔했다. 벌써 여기까지…? 벌써?

너무 늦은 건가?

매그너스가 몇 발짝 물러서더니 주머니에서 주사기를 꺼냈다. 내가 달려가 그의 발밑에 무릎을 꿇고 두 손을 머리 높이 올렸다. "제발, 트룰리를 살려줘요. 나한텐 그 아이밖에 없어요!"

"내가 어떻게? 이렇게? 이런 게 얼마나 있지?" 매그너스가 이빨로 주사기 뚜껑을 떼어냈다.

"안 돼! 그게 다예요. 나눌 수도 없어요. 제발, 주님의 사랑을 위해서라도… 트룰리는 당신 딸이잖아요!"

"주님의… 사랑?" 그의 표정이 어두워졌다. "신약서를 읽어보기는 한 거야? 딸은 아무 짝에도 쓸모가 없어."

매그너스가 주사기를 약병에 찔러 넣었다.

"이봐요, 시키는 대로 할게요. 아들을 낳아줄 수도 있어요!"

"듣지 못했구나. 아라가 벌써 아들을 낳았어." 그가 주사기를 채우며 말했다. 눈빛도 게슴츠레해졌다.

난 눈을 깜빡이다가 비명을 질렀다. 매그너스가 주사기로 자기 팔을 찌르고 바닥까지 눌렀다.

난 멍하니 바라보기만 했다. 물약이 그의 혈관 속으로 사라졌다. 애슐리가 몇 시간 동안 고생한 결과가 순식간에 물거품이 되고 말았다.

"자기 핏줄을 위험에 몰아넣다니." 내가 중얼거렸다.

"그럴 리가 있나." 매그너스가 주사기를 빼내 약병과 함께 재단에 내려놓았다. "트룰리와 아기는 게스트하우스로 옮겼어. 아무튼… 신의 중개자가 병에 걸리면 세상이 뭐라고 하겠나, 응?"

그가 허리를 펴고는 천천히, 깊숙이 숨을 들이켰다 내뱉었다. 마치 새로 태어난 사람이라도 된 듯했다.

"자, 그럼."

매그너스가 나를 덮치더니 두 팔을 잡고 침상으로 밀었다… 순간 난 휙 고개를 돌려 문 쪽을 보았다.

그도 시선을 의식했는지, 멈칫하며 몸을 빼내 자물쇠부터 확인했다.

순간 내가 벌떡 일어나 그의 등 뒤로 돌아가 목을 졸랐다. 두 다리로는 뱀처럼 허리를 감았다. 한 손으로 다른 손 위팔을 움켜잡고 손등으로 그의 머리를 앞으로 밀었다. 둘의 귀가 맞닿을 정도였다.

매그너스가 발버둥 쳤다. 그 바람에 둘 다 바닥으로 굴러 떨어졌으나 난 거미원숭이처럼 매달려 놓지 않았다. 매그너스는 그렇게 내 품에서 서서히 늘어졌다.

제45장

네브래스카는 어떻게 됐을까? 지금쯤 애슐리의 백신을 테스트는 하고 있을까? 애슐리는 연구실 소파에 쓰러져 있을까? 아니면 네브래스카 의료센터 의사 휴게실에 앉아 있을까?

문득 우리가 이곳에 발을 들이지 말았어야 했다는 생각이 들었다. 결국 우리는 이곳 '세상에 존재한 적도 그 일부였던 적도 없으며' 완전히 다른 세상에 속했던 것이다. 이것도 신앙을 위해서가 아니라 그저 안전한 장소에 숨어들었을 뿐이다. 이율배반의 삶을 살면서도 신앙심을 시험받지 않은 이유도 거기에 있다. 실제로 금지된 음식으로 새로운 신도를 유혹하고, 사랑을 약속해 놓고는 심판을 내리고, 타락의 상징으로 여기는 옷들을 주님의 은혜라는 명목으로 구호기관에 보내지 않았던가.

콘크리트 바닥에서 고통스러운 신음이 들렸다.

매그너스는 눈의 초점이 잡히지 않는지 잔뜩 인상을 찡그렸다. 한 방 맞기라도 한 것처럼 턱을 좌우로 움직이기도 했다. 기절해 있는 동안 내가 때렸는지는 모르겠지만.

"무… 무슨 짓을 한 거냐?" 그가 중얼거렸다. 얼굴이 시뻘겠다.

새벽 3시 30분쯤 되었을까? 콘크리트 바닥은 고통스러울 정도로 차가웠다. 난 담요를 끌어당겨 몸을 감싸고, 반대쪽 끄트머리로 매그너스의 벗은 상체를 대충 덮어주었다. 보지 않아도 그가 식은땀을 흘린다는 정도는 알 수 있었다. 이 추위에도 땀 냄새가 났다.

"조카를 데리러 왔을 뿐이야. 그런데 네놈은 극악한 순록 독감 바이러스를 제 몸에 주사하더군. 진정제하고 섞기는 했지만, 네놈이 의식을 잃은 건 내 헤드록이 먹혔기 때문이야."

"순록… 독감?" 매그너스는 여전히 혼란스러운 표정이었다.

"정확한 명칭은 나도 몰라." 난 바닥에서 열쇠꾸러미를 집어 들었다. 그리고 끙, 신음을 흘리며 바닥에서 일어났다. 제단의 등잔도 챙겼다.

"무슨 뜻이야? 내가 감염되었다고?" 내가 문으로 걸어가는데 그가 외쳤다. 나는 매그너스가 침대에서 일어나겠다고 낑낑거리는 소리를 들으며, 열쇠를 하나하나 차근차근 맞춰나갔다. 마침내 문고리가 돌아갔다.

나는 밖으로 나가 열쇠를 잠금장치에 꽂았다. 그리고 한 걸음 물러난 뒤 발로 열쇠머리를 차서 끊어버렸다. 열쇠꾸러미가 바닥에 떨어지며 쩔그렁 소리를 냈다. 난 열쇠꾸러미를 집어 들었다.

그러고는 총총걸음으로 고해관의 책상으로 돌아가 등잔을 놓고 외투를 걸쳤다. 열쇠꾸러미는 주머니에 넣었다. 서랍을 열어보니 검은색 유성펜이 있었다. 참회실로 돌아가니 매그너스가 연신 악을 쓰고 있었다.

나는 철제문에 커다랗게 X를 그리고 이렇게 썼다.

감염!
엔클라베 주민 모두의 안전을 위해
절대 들어가지 말 것!

매그너스는 직접 주님을 만나기로 결심함.

난 펜 뚜껑을 닫고 잠시 망설이다 펜을 문 아래로 던져 넣었다. 혹시 죽기 전에 새로운 계시를 받을 수도 있지 않는가.

나는 손에 등잔을 들고 계단으로 달려가 한 번에 두 칸씩 뛰어 내려갔다.

처음에는 게스트하우스로 곧바로 갈까 했다. 난 대신 어둠을 틈타 본관 뒷문으로 향했다. 이번에도 열쇠를 꽂고 차례로 시도한 끝에 매그너스의 집무실 문을 열고 들어갔다.

등잔불을 켜고 주변을 살피니 노트북이 먼저 눈에 들어왔다. 노트북을 겨드랑이에 끼고 밖으로 나가려는데 문득 책장 위의 서류뭉치가 보였다. 뭉치 두께가 7~8센티미터는 되었다. 난 그곳으로 가서 제목을 보았다.

매그너스 타이센의 최종 신약서

그는 결국 예언자였어.

나는 행정실로 빠져나갔다. 벽에는 캐비닛이 줄줄이 서 있었다. 신도들의 파일 저장소. 하나하나가 죄의 고백서다. 그 너머가 바로 보일러실이다. 난 보일러실에 들어가 연관을 살펴보았다. 물탱크에서 에어컨과 난방기로 물을 보내고 받는 장치가 보였다. 나는 뒤로 물러나 노란 연관을 발로 차기 시작했다. 한 번, 두 번… 마침내 연관이 떨어져 나가고 곧바로 가스 냄새가 났다.

그리고 행정실에 돌아와 내 손안의 노트북을 다시 보았다.

결국 등잔과 함께 내 책상에 놓기로 했다. 행정실 문은 잠글 필요조차 없었다.

제46장

구석의 붉은 눈은 꺼져 있었다.

난 부엌 뒷문으로 들어가 손가락으로 카운터를 더듬어 나갔다. 처음 왔을 때 우리의 미래를 상상한 곳도 이곳이었다. 그래, 셰이의 아이폰으로 처음 해변을 본 곳도 여기였어. 맑고 푸르른 바다.

그다음이 거실이다. 엄마는 장로들을 만날 때마다 계단 발치에 서서 치마를 끌어 내렸다. 두 눈은 늘 그렇게 희망으로 가득했었지.

난간을 더듬으며 침실에 오르는데 계단이 발밑에서 삐걱거렸다. 재클린과 나는 이 침실에서 우리 노래, 리본, 이야기, 그리고 바깥세상와 작별을 고했다.

"트룰리?" 내가 속삭였다.

모퉁이에서 하얀 가운이 하나 일어났다. 갓난아기가 여자의 젖을 물고 있었다.

"여기서 뭐하는 거야?" 아라. 크게 놀란 목소리. 어둠 속이지만 그녀는 스물세 살 나이보다 훨씬 늙어 보였다.

"트룰리를 데려가려고." 내가 말하며 첫 번째 침대로 향했다. 작은 아이가 누비이불 밑에서 잔뜩 웅크린 채 잠들어 있었다. 예전에 나도 이 침대에서 잠을 잤다.

아라는 나를 막으려고 하지도 않았다.

"그 사람 아기야?" 내가 물었다.

"그렇게 얘기했는데 벌써 내가 싫증이 난 것 같아."

트룰리의 어깨를 흔들었지만 꿈쩍도 하지 않았다. 난 담요와 누비까지 함께 안아들고 돌아섰다.

"위니, 우리 어디 가?" 트룰리가 졸린 목소리로 물었다. 바로 어제 만나기라도 한 투였다.

"안전한 곳." 내가 대답하며 아이를 어깨에 걸쳤다.

"사람들이 나를 싫어해. 모두 다." 내가 계단으로 가는데 아라가 불쑥 내뱉었다.

난 걸음을 멈추고 천천히 돌아보았다.

"우리하고 함께 갈래? 아이들하고 모두."

아라가 나를 바라보았다. 그녀는 어둠 속에서 눈을 끔벅거리기만 할 뿐 따라나설 기미는 보이지 않았다.

"잘 있어, 아라." 내가 중얼거리곤 트룰리를 데리고 내려갔다.

폭발이 있고 몇 분 후 파수꾼들이 몰려왔다. 불꽃이 하늘을 밝히며 구조 신호를 보냈다. 서류는 숯이 된 채 바닥으로 떨어져 내렸다.

암호를 입력할 필요도 없었다. 파수꾼이 안으로 뛰어들며 쪽문을 활짝 열어놓은 덕분이다.

통념에 따르면 천국과 지옥 사이엔 넘을 수 없는 간극이 존재한다. 영원과 공간이라는 절대적 차원이.

하지만 장담하건대, 그 간극은 50센티미터가 채 되지 않는다. 단 한 걸음.

또는 신념의 전환.

나는 파수꾼의 트럭으로 달려갔다. 다행히 시동을 켜둔 채였다. 운전석에 오르는데 트룰리가 겁에 질려 내 목에 꼭 매달렸다.

"어디 가는 거야?" 트룰리가 우는 소리를 냈다.

"돌아보지 마." 내가 말하며 트럭의 가속페달을 밟았다.

5분 후 난 도랑에서 짐을 회수했다. 확인해 보니 모두 그대로였다. 항체를 담은 캐리어, 아침 식사 대용의 에너지 바 몇 개, 애슐리가 트룰리에게 보내는 편지, 그리고 돈 봉투.

애슐리의 카마로 차량은 이미 파수꾼들이 찾아내 샅샅이 수색한 터였다. 차에 타는데 의복과 식량이 앞좌석에 아무렇게나 쌓여 있었다.

나는 트룰리를 뒷좌석에 앉히고 벨트를 매주었다. 아이는 조용하지만 불안해 보였다. '커다란 폭발'에 대해 묻기는 했다. 계기반을 보니 연료가 탱크의 4분의 1 정도에서 오르내렸다. 시드니까지 가기엔 연료가 턱없이 부족했다.

아무래도 노 젓는 배라도 있어야겠어.

69번 고속도로에 차를 세우는데 뒤쪽에서 헤드라이트 한 쌍이 지평선을 훑으며 다가왔다. 트럭 한 대가 속도를 줄이고 있었다. 난 고개를 돌리다가 얼어붙고 말았다. 저 사람들은…

난 있는 힘껏 브레이크를 밟았다. 백미러를 보니 트럭도 급정거를 하고 있었다. 나는 문을 열고 뛰어나가 아스팔트를 질주했다. 체이스가 두 팔로 나를 끌어안았다.

"죽은 줄 알았잖아!" 어떻게 이럴 수가!

"사륜구동이 얼음은 쥐약인데 모래에선 제법 힘을 쓰더라고." 체이스가 내게 키스했다.

눈을 뜨니 케스트럴이 다가왔다. 한때 흠모해 마지않았던 초월적 우아함은 더 이상 보이지 않았다. 걸음걸음도 분명 이 세상의 것이었다.

"그자는 참회실에 있어요. 병에 걸렸지만 그것도 몇 주 안에 끝나겠죠. 며칠밖에 안 걸릴 지도 모르지만." 그녀가 두 팔로 나를 안아주었다.

차량을 바꿔 탄 후, 케스트럴은 체이스와 포옹하고 트룰리의 이마에 입을 맞추었다. 그리고 가방을 어깨에 메고 엔클라베를 향해 걷기 시작했다.

"뭐 하세요? 걷기엔 너무 춥습니다." 체이스가 그녀의 등에 대고 소리쳤다.

케스트럴이 어깨 너머로 돌아보며 미소를 지었다. "연료를 가져가요. 필요할 테니. 이 길은 전에도 걸어본 적이 있답니다."

제47장

다음 날 아침 늦게 피터슨 농장에 도착했다. 경비원들이 주변을 에워싸고 있었다.

이번에는 우선 격리구역으로 끌려갔다. 먼저 독감 검사를 받아야 한단다.

"미안해요. 새로 생긴 규칙이오. 듣기로는 성공적인 여행이었다고…" 멜이 안쓰러운 표정으로 트룰리를 보았다. 트룰리는 아직도 무서운지 내 품에서 잔뜩 웅크리고 있었다. 간호사 한 명이 조악한 테이블에 튜브를 잔뜩 늘어놓고 작업 중이었다.

두 사람은 검사가 필요 없지만, 체이스도 나도 간호사에게 말하지 않았다. 트룰리와 난 이미 항체가 형성되어 있었다. 트룰리의 안전을 위해서라도, 아이의 친부가 누구인지, 백신 연구에서 그가 어떤 역할을 했는지 말할 수 없다.

"예, 고마워요." 내가 말했다. 콜로라도에 가기까지 멜이 얼마나 큰 도움이 되었는지, 굳이 얘기하지 않아도 알 것이다. "노아는 잘 있나요?"

"여러분을 기다리고 있소."

체이스가 가장 위험했지만 아무튼 모두 음성이었다. 우리는 안도의 한숨을 쉬며 풀려난 뒤 멜을 따라 본관으로 향했다.

현관에서 줄리가 눈물을 흘리며 나를 안아주었다. 마지막으로 본지 일주일밖에 되지 않았는데 어딘가 더 나이 들어 보였다. 더 강해진 것 같기도 했고 약해진 것 같기도 했다.

"로렌은요?" 내가 물었다.

"안에 있어. 이곳에 도착하고 시간마다 네 소식을 묻더구나. 켄 소식은 들었지?" 줄리가 말끝을 흐렸다. 표정도 어두워졌다.

로렌의 외할머니 소식도 물었지만 줄리는 고개만 저었다. 트룰리는 내 곁에 꼭 붙어 다녔다.

"노아가 무선 통신을 들었는데 하와이에 미사일 공격이 있었다는 구나. 어떻게 그런 일이." 줄리는 겁에 질린 표정이었다. "매그너스 말이 정말 맞는 거야? 세상의 종말 운운했다면서?"

"아뇨. 세상은 이런 식으로 안 끝나요." 나는 확신에 찬 목소리로 대답했다.

격납고가 만원이라고 줄리가 얘기할 때만 해도 나는 믿지 않았다. 그런데 사실이었다. 나흘간 서른 명 이상이 들어왔다. 체이스와 나는 노아와 함께 마당에 서서, 도로를 따라 길게 늘어선 인파를 지켜보았다. 차를 탄 사람들도 있지만 대부분은 걸어서 들어왔다. 반려동물을 데려오기도 하고 가방을 잔뜩 가져온 사람들도 있었다.

"드디어 때가 왔네. 대홍수가 있을 거야." 노아도 걱정스러운 표정이었다.

"저 사람들은 어떻게 되죠?" 내가 물었다. 마당 반대편의 합숙소는 어제 들어온 사람들로 이미 가득 찼다.

"내가 도울 일이 있겠지." 그가 대답했다.

"어떻게요? 우리 모두 지하에 있을 텐데?" 체이스가 물었다.

노아가 조용히 미소를 지었다. 순간 난 이해할 수 있었다.

"안 돼요! 선생님이 지었으니 선생님 것이에요!" 내가 항의했지만, 그러고 보니 나도 트룰리를 데리고 오겠다는 얘기를 한 적이 없다. 그에게 자리를 포기하라고 요구할 권리가 나한테 있을 리가 없었다. "내가 지상에 있을게요. 대신 조카를 데려가 주세요." 노아가 가만히 고개를 저었다.

"나를 위해 한 일이 아니었네. 게다가 누군가는 남아서 안팎으로 타이머를 설치하고 작동해야 하지 않겠나? 그래야 문을 봉쇄하지."

"안 됩니다. 6개월 동안 난 안에 숨고 선생님만 밖에 남길 수는 없어요. 선생님은요? 누가 보호하죠?" 체이스도 고개를 저으며 항변했다.

"이보게, 고맙게도 지금 세상엔 아직 나 같은 사람이 필요하지만 다가올 미래엔 자네 같은 사람이 필요할 걸세." 노아가 체이스의 어깨를 두드리며 말했다.

해가 저물기 직전, 모두 최상층에 모였다. 다들 조용하고 초조했다. 오후 4시 59분, 여기저기 섬광이 번쩍거렸다. 사이렌은 10초마다 울어댔다. 주기도 점점 짧아져 마지막 10초 동안은 매초마다 울더니 급기야 그저 앵앵대는 소음처럼 들렸다. 이제는 세상을 벗어나고 싶어도 제 시간에 이곳에 이르지 못할 것이다. 트룰리는 자기 귀를 막았다. 줄리가 과호흡 증세를 보이자 로렌이 놀라 엄마 손을 잡아주었다.

마지막 사이렌이 울고, 문이 쾅 소리와 함께 닫히며 지하 공간을 흔들었다. 체이스가 팔로 나를 감싸는데 빗장이 미끄러지며 잠겼다. 착각이었을까? 아니면 체이스가 움찔한 걸까?

정적, 그리고…

발밑 어딘가에서 부드러운 바람소리를 내며 전력이 들어왔다.

벽과 천장에 불이 들어오자 주변 여기저기 탄성이 흘러나왔다. 빛이 파동을 치며 태양으로 변하고 목초, 풀이 산들바람에 물결을 쳤다.

"위니, 저기 봐!" 트룰리가 속삭이며 어딘가를 가리켰다. 맙소사! 들판 위로 꽃, 나비들이 어우러져 있지 않는가. 희미하게 금성까지 나타났다.

그러고 보니, 트룰리는 벽에 갇히지 않은 자연 그대로의 초원을 본 적이 없다. 그림이라면 모를까 이 비슷한 광경도 아니다.

나는 트룰리 옆에 무릎을 꿇었다.

"저게 뭘까, 트룰리? 뭐처럼 보여?" 난 아이를 안으며 물었다.

바로 그때 영상이 흔들리며… 이내 시야에서 사라졌다.

트룰리는 아직 눈치채지 못했다. 고개를 젖힐 때 보니 놀라서 입도 다물지 못하고 있었다.

"예뻐." 아이가 속삭였다.

약속할게. 언젠가 꼭 바다를 보여준다고.

난 트룰리를 안아들고 별 반짝이는 하늘 아래 해가 지는 모습을 지켜보았다.

에필로그

계단을 올라가 안뜰에서 일출을 보는 것도 이제 일상이 되었다. 매일 아침 아이들 수업을 시작하기 전 픽셀로 만든 지평선 위로 태양이 떠오른다. 잠자리에 들 때는 전자 별이 하늘을 장식한다.

처음 얼마간은 의료 관찰 문제로 크게 긴장했다. 사람들을 검사하기는 했지만 자칫 오진이 있을 수 있기 때문이다.

다행히 그런 사람은 없었다.

늦지 않은 사람은 우리뿐이 아니었다. 첫 주에 아이들은 달력을 만들어 침대 옆에 걸어놓고, 매일 밤 색연필로 날짜를 하루씩 지워나갔다. 철문이 다시 열리는 그날까지 안뜰의 화창한 날씨가 항상 같은 달, 6월에 맞춰져 있다는 것도 그 덕분에 알게 되었다.

저녁 식사 이전, 1시간의 여유가 생겼다. 난 체이스를 유혹해 몰래 관리층을 빠져나왔다. 우리는 햇살을 받으며 함께 앉았다. 며칠 만에 처음이다. 체이스는 이곳에 도착한 후 우울해하고 말수도 줄었다. 하긴 누군들 아니겠는가.

이곳에서 나갈 때쯤 우리는 또 어떻게 변해 있을까?

오늘은 크리스마스, 잠시나마 둘이 이 공간을 독차지했다.

체이스가 팔꿈치로 머리를 괴고 누우며 찬란한 미소를 지어 보였다. 벌 한 마리가 날아갔다. 어찌나 진짜 같은지 정말로 날갯짓소리가 들렸다. 벌은 날아가다 멈추더니 깜빡거리며 다시 날아갔다.

이제 170일 남았다.

작가노트

2016년, 시베리아 야말반도의 동토층이 녹으면서 탄저균이 풀려났다. 원인은 순록의 시체, 그 바람에 스무 명이 병원에 입원하고 소년 한 명과 순록 2,300마리가 죽었다.

2017년 5월, BBC 보도에 따르면, 북극권의 기온이 계속 올라갈 경우, 장기 동면중인 박테리아와 바이러스가 다시 살아날 가능성이 크다. ("빙산에 잠재 중인 질병이 깨어나고 있다." BBC, 2017년, 5월 4일) 2017년 11월 6일, 《애틀랜틱》에 기사가 하나 실렸다. "인류 또는 인류의 조상에게 감염균이 [해빙 중인 영구동토층에] 존재한다면 지금도 얼마든지 감염 가능성이 있다." "좀비바이러스"에 대한 멋진 기사이며 이곳에서 읽을 수 있다. theatlantic.com/science/archive/2017/11/the-zombie-diseases-of-climate-change/544274/. 《사이언티픽아메리카》의 기사도 확인해 볼 가치가 있다. scientificamerican.com/article/asearth-warms-the-diseases-that-may-lie-within-permafrost-become-a-bigger-worry/.

러시아 과학자가 350만 년 전의 박테리아를 자신에게 주입했다는 얘기도 그 기사에 들어 있다. (현실은 정말 소설보다 드라마틱하다.) 2015년, 모스크바 주립대학 동토연구학과 과장이자, 화제의 과학자 아나톨리 브루치코프가 그 장본인이다. 시베리아의 영구동토층에서 발견한 '바실루스 F'라고 명명한 박테리아였다. 그 지역 사람들이 박테리아가 함유된 물을 마시고 더 오래 산다는 사실을 발견한 후였다. 주장에 따르면, 박사는 그 후 감기에 걸려본 적이 없다.

이 책을 쓰는 현재 프라이온 병에 대한 검사는 없었다. 소설 속에서 켄이 말했듯, 사후에 뇌 조직을 조사해야 하기 때문이다. 현재까지 치료법도 없다. 다만 전 세계적으로 프라이온을 연구하는 조직들이 있기는 하다. 콜로라도 주립대학의 프라이온 연구센터도 여기에 속한다.

2014년 네브라스카대학 의료센터(UNMC)는 에볼라와 고위험 감염병의 표준 치료법으로 전국적인 관심을 이끌어 냈다. 2016년에는 에볼라와 고위험 감염병과 싸우기 위한 전미 훈련센터를 설립해 1980만 달러의 지원금을 받기도 했다. UNMC에 대해 더 알고 싶으면 NET의 기록물 〈에볼라 이후 After Ebola〉를 이곳에서 확인 가능하다. netnebraska.org/basic-page/news/after-ebola.

2015년, 테드 코펠은 자신의 저서 『소등Lights Out』에서, 미국의 전력망에 대한 사이버 테러가 얼마든지 가능하다고 주장했다. (전 국토안보부 장관 재닛 나폴리타노도 당시 가능성을 80~90퍼센트 수준으로 보았다.) 냇지오NatGeo의 영화, 〈아메리칸 블랙아웃〉은 철저한 고증을 거쳐 정전 사태 초기가 얼마나 끔찍할지 드라마로 적절하게 풀어냈다. 미국 정부는 2013년 이후 미국 발전소의 운영체제 침투 현황을 분석한 뒤, 2018년 3월 미국의 '주요 기간시설'에 침투하려는 시도를 보고서로 만들어 배포했다. 보고서에서는 범인으로 러시아를 지목했다. 보고서는 이곳에서 볼 수 있다. us-cert.gov/ncas/alerts/TA18-074A.

좀 더 밝은 얘기라면, '농경의 인디애나 존스', 켄 스트리트 박사 같은 종자 사냥꾼도 실재한다. 그들은 오늘날 소실된 고대 채소류를 찾기 위해 흙을 헤집고 다닌다. 내가 보기엔 그럴 가치가 충분하다. 우리 종자의 93퍼센트가 지난 80년 사이에 사라졌기 때문이다. 혹시 토종 및 고대 채소류를 발굴하는 데 관심이 있으면, 베이커 크리크 토종 씨앗 같은 기업이나(미주리, 맨스필드에 기업농장이 있는데 견학도 가능하다.), 애리조나 투손의 비영리 종자보존단체인 토종씨앗/SEARCH를 찾아보라. 종자를 주문할 수도 있고 워크숍 참여도 가능하다.

신천국 인터내셔널은 실존 교단과 거리가 멀다. 물론 그런 생각은 할 수 있다. "하지만 금욕적·가부장적·폐쇄적·묵시론적인 사람들이 공동생활을 하잖아! 그런 종교는 나도 알고 있어!" 상기하자면, 근대적 의미에서의 사이비는 다음과 같은 행동으로 규정된다. 마인드컨트롤, 억압, 고립, 비판적 사고 및 질문 금지, 비밀주의, 친구와 가족들과의 단절, 특별한 능력(따라서 특권)을 내세워 지속적인 숭배를 요구하거나 타인에게 공개적으로 굴종을 강요하는 절대적 지도자, (금전적, 신체적, 성적) 착취, 그리고 배교자에 대한 처절한 응징.

이 소설이 참혹한 현실을 그럴듯하게 편집한 것처럼 보일 수 있다. 그 덕분에 흥미로운 생존 이야기가 될 수 있었다. 비극이 다 그렇듯

(이 글을 쓰는 동안, 태국의 동굴에서 축구 팀 열두 명과 감독을 구한 소식이 뉴스에 나왔다. 불과 이틀 전 일이다.), 정말로 하고 싶은 이야기는 주인공들의 진정한 용기에 관해서였다. 그런 사람들이야 말로 어둠 속에서 더욱 밝게 빛나는 법이다.

우리 모두, 누군가에게 그런 빛이 될 수 있기를.

프라이온 병 얘기는? 고대 바이러스가 독감 바이러스와 결합한다면서? 걱정하지 말자. 이건 소설이다.

적어도 아직까지는.

옮긴이의 말

– 팬데믹이 그려낸 지옥도

봉쇄된 거리.

끊어진 국제노선.

썰렁한 극장, 공연장.

어디 가나 마스크를 착용한 사람들.

쉴 새 없이 쏟아지는 감염자.

2021년, 2년간의 팬데믹이 바꿔놓은 현재 지구촌의 모습이 그렇다. 손님을 빼앗긴 자영업자들이 극단적 선택까지 몰리고 가난한 나라의 가난한 국민은 치료도 받지 못한 채 죽어갔다. 세계 곳곳에서 아시아인들이 코로나19의 원흉이라는 누명을 쓰고 테러를 당하기도 한다. 전 세계가 팬데믹 이전의 삶으로 돌아가기 위해 애를 쓰고 있건만 코로나 바이러스는 소멸은커녕 변종을 거듭하며 인류를 위협하고 있다.

인류는 이렇게 멸망하는 걸까? 우리에게 희망은 있는 걸까?

『라인 비트윈: 경계 위에 선 자』는 인류에 실제로 팬데믹이 닥치기 전, 팬데믹 상황을 기록한 일종의 종말 보고서다. 반드시 마스크와 장갑을 착용하고, 가급적 집에 머무를 것, 사람과의 접촉을 피할 것 등… 방역수칙도 우리 현실과 흡사한 탓에 번역 작업을 하는 동안 두 세계가 오버랩 되며 묘한 기분까지 들었다. 다만 소설 속에서는 코로나 바이러스가 아니라, 조기치매, 즉 인간 광우병이다. 영구동토층이 녹으면서 치명적인 바이러스가 부활한 것이다. 사망률은 100퍼센트이며 백신도 치료약도 존재하지 않는다. 세상은 급속도로 지옥도처럼 변해간다.

스릴러, 호러 등 장르소설만 수십 권을 작업한, 이른바 장르소설 전문번역가이지만, 『라인 비트윈: 경계 위에 선 자』만큼 음모, 반전, 읽을거리들이 풍부한 소설을 만나기는 쉽지 않다. 저자 토스카 리가 화려한 글쟁이임도 부인할 여지가 없다. 번역을 하고 몇 차례 교정을 보는 동안, 디테일한 인문·과학 지식, 등장인물과 사건을 다루는 솜씨, 상상을 뛰어넘는 복선과 반전에 몇 번씩 혀를 차고 말았다. 소설은 '엔클라베'라는 이름의 폐쇄적 종교집단과 바깥세상의 팬데믹 상황이 서로 교차하며 복잡하게 얽히지만, 저자는 어느 하나 놓치지 않고 집요하게 물고 늘어진다. 만점에 가까운 아마존 평점이 그냥 나온 것은 아니리라.

역자 교정까지 마치고 난 후 내 마음도 복잡해졌다. 내 나이 60을 훌쩍 넘기는 동안 요즘 같은 팬데믹 상황은 처음 겪는다. 아니, 이런 일이 가능하리라고는 상상도 못 했다. 세상에, 바이러스 하나 때문에 세상이 먹통이 되어버리다니! 그런데… 이게 마지막일까? 아니면, 더 지독한 팬데믹을 위한 예고편이자 경고일까? 『라인 비트윈: 경계 위에 선 자』는 경고하고 있다. 지구온난화로 영구동토층이 녹으며 그 속에 잠복해 있던 치명적인 바이러스가 퍼진 것이다. 그건 이미 현실 세계 여기저기에서도 경종을 울리는 문제이며, 저자가 후기에서 밝혔다시피 실제 일어난 사건이기도 하다. 환경 운동가인 16세 소녀 그레타 툰베리도 이미 늦었을지도 모른다고 경고하고 있지만 팬데믹 상황에서 우리 인류의 환경은 급속도로 악화하고 있다. 그런데 이렇게 구경만 하고 있어도 인류는 안녕한 걸까? 저자 토스카 리는 소설 속 이야기일 뿐이라고 하면서도 언제든 소설이 현실이 될 수 있다며 한 발 물러나고 있지 않은가. 정말 이대로 괜찮은 걸까? 이 소설이 단순히 소설로만 읽히지 않는 것은 나 혼자만의 망상일까? 소설의 결말이 우리 인류의 결말이 아니기를 빌어본다.

속편 『라인 비트윈: 단 하나의 빛』은 그 이후의 이야기를 다루며 주요 등장인물도 동일하다. 걱정할 필요는 없다. 1편과는 완전히 다른 스토리인지라 어느 한 편만 읽어도 큰 불편은 없으리라. 현재 절반 정도 작업을 마쳤지만 전편과 마찬가지로 흥미진진한 스릴러가 될 것이다. 장르소설 팬이라면 크게 기대해도 좋다.

2021년 12월
남양주에서
조영학

라인 비트윈
경계 위에 선 자

초판 1쇄 찍은날 2022년 1월 10일
초판 1쇄 펴낸날 2022년 1월 19일
지은이   토스카 리
옮긴이   조영학
펴낸이   한성봉
편집   김학제·신소윤·이은지·권지연
디자인   정명희
마케팅   박신용·오주형·강은혜·박민지
경영지원   국지연·강지선
펴낸곳   도서출판 동아시아
등록   2017년 4월 24일 제2017-000050호
주소   서울시 중구 퇴계로30길 15-8 필동1가 26 2층
페이스북   www.facebook.com/dongasiabooks
인스타그램   www.instagram.com/dongasiabook
블로그   blog.naver.com/dongasiabook
전자우편   dongasiabook@naver.com
전화   02) 757-9724, 5
팩스   02) 757-9726

ISBN   979-11-90090-55-1   03840

만든 사람들

책임편집   신소윤
크로스교열   안상준
표지디자인   김지형
일러스트   조은교
본문조판   김경주